MOVING IN
WITH MY BOSS

Biographie

Bien qu'elle ait posé ses valises sous le soleil de la Tunisie il y a quelques années, Mila Jensen est plutôt casanière et ne s'en cache pas. À travers ses écrits, souvent empreints d'humour, cette ancienne chroniqueuse littéraire s'est donné pour mission de transporter ses lecteurs dans une bulle de plaisir et d'égayer leur quotidien.

MILA JENSEN

MOVING IN WITH MY BOSS

addictives

1

Ava

– Merde ! Merde ! Merde !

J'observe avec horreur l'auréole jaunâtre sur ma belle couette blanche.

– Hagriiid !

Le coupable lève la tête. Il me lance un regard vide, avant de retourner vaquer à l'une de ses activités favorites : se lécher les roupettes.

Saleté de chat ! J'aurais mieux fait de me casser une jambe le jour où j'ai autorisé mon « colocataire » (comprendre par là mon squatteur de frère) à prendre ce stupide animal.

– T'as encore pissé sur mon lit !

Bien qu'il ne me prête aucune attention, je le pulvérise d'un regard assassin et le menace de l'index.

– Dès que je rentre de mes entretiens, je t'amène chez le véto ! On va voir si après ça tu continues à te prendre pour le *king*.

Je sors de ma chambre d'un pas furibond. Si je change mes draps maintenant, je serai définitivement en retard.

Sauf que ça va empester l'urine dans la pièce pendant des jours.

Je peste et rebrousse chemin pour ouvrir en grand la fenêtre. Je soulève ma couette souillée avec précaution et l'emporte dans le salon où je la jette, sans ménagement cette fois, sur mon idiot de frère qui est en train de petit-déjeuner, vautré devant la télé.

– Eh ! Qu'est-ce qui te prend, bordel ? T'as failli renverser mes céréales !

– Hagrid a encore pissé sur mes draps. Cet aprèm, je le ramène chez le véto pour le castrer. Et si tu oses t'interposer, je m'occuperai de tes couilles après ! C'est compris ?

Aussitôt, Ben se tient l'entrejambe dans une grimace apeurée.

– Comment t'es méchante, dès le matin ! Vilaine castratrice ! Normal que tu ne trouves pas de mec avec un comportement de sociopathe comme le tien. Faut que tu arrêtes ton obsession avec les couilles, sérieux. Ça devient chelou.

– Ce qui est chelou, c'est que tu ne piges pas que ce chat doit être castré. Sinon, il continuera à uriner partout pour marquer son territoire.

– Il ne se soulage que sur tes affaires, précise-t-il avec malice, ce qui redouble ma colère.

Pour une raison qui m'échappe, son chat ne cible que ce qui m'appartient. Cette constatation est aussi perturbante qu'agaçante.

Dans un élan de bravoure (ou de sottise extrême), Ben se lève, le poing brandi en l'air, et brame :

– Solidarité masculine ! Solidari…

Au même moment, je plisse les yeux, articule un couic couic, tout en mimant avec mes doigts une paire de ciseaux.

– … té… toute jolie habillée comme ça, finit-il par bougonner.

Courageux, mais pas téméraire. Du Benjamin tout craché.

J'adore mon frère. Vraiment. Néanmoins, depuis qu'il s'est installé chez moi pour une durée indéterminée, je me rends compte que je l'aime encore plus lorsqu'il est loin de moi. Étrange, non ?

Il a débarqué à New York il y a huit mois. Il aurait pu prendre un appartement n'importe où – contrairement à moi, l'argent n'est pas un souci pour lui. Cependant, il a opté pour la facilité : emménager chez sa grande sœur. Enfin, c'est ce qu'il s'emploie à me rabâcher. Je le soupçonne toutefois d'être ici par charité. Sans lui, je ne pourrais pas payer le loyer. C'est gentil de sa part, évidemment. Seulement, cela me renvoie à la médiocrité qu'est devenue ma vie depuis ma rupture avec Warren, plus connu sous le nom de Gros-connard ou Couilles-molles.

Vous connaissez la loi des séries ? Un jour, on perd ses clés de voiture, puis le lendemain son mec et, pour finir, son job.

Cette histoire m'aura au moins appris une chose : ne jamais égarer ses clés !

Ni mélanger le travail et le plaisir…

C'est un peu le risque lorsque l'on sort avec son patron. Le jour où la relation capote, le travail suit. Le moindre manquement qui, auparavant, était anodin, devient soudainement une terrible bévue impardonnable et on se fait virer sans préavis.

Depuis, je galère à trouver un nouvel emploi. Je vogue de petit boulot en petit boulot, ce qui me permet tout juste de couvrir mes dépenses quotidiennes, sans me garantir la stabilité dont j'ai besoin. Je sais que le marché est saturé dans ma branche, alors j'ai dû revoir mes exigences à la baisse. Jusqu'à ne plus avoir d'exigence du tout. J'accepte tout ce qui s'offre à moi.

Ainsi, l'ancienne assistante dentaire que je suis vient de postuler pour une place de toiletteuse pour chiens. Cela pourrait être sympa… si je n'éprouvais pas une angoisse terrible à l'idée d'être mordue. J'ai développé cette phobie vers mes 10 ans, à la suite d'une agression canine. Le basset des voisins m'a sauvagement attaquée tandis que je traversais leur pelouse pour récupérer mon ballon. Mes parents n'ont jamais voulu croire que ce gros saucisson pataud aux grandes oreilles pendantes ait pu se transformer en bête féroce. C'est pourtant le cas. S'il avait pu soulever sa graisse, il m'aurait probablement sauté à la gorge. Il s'est contenté du mollet, du coup. N'empêche, si d'un point de vue extérieur, la morsure pouvait sembler minime, je me souviens encore de la douleur ! Maintenant, je me méfie de tout ce qui porte des crocs, des canines pointues… ou des dents, de manière générale.

Heureusement, mon entretien suivant est plus dans mes

cordes. Il concerne un poste de secrétaire dans une grande entreprise de construction. Je croise tout ce que je peux pour que ce rendez-vous aboutisse. Ce travail pourrait être ma lumière au bout du tunnel.

Après de laborieuses minutes de recherche, je finis par trouver un emplacement vacant où stationner, à l'angle de la 87th et de Columbus Avenue, non loin du salon de toilettage. Une sueur froide coule le long de mon échine, tandis que j'observe le grand néon bleu, en forme de chien des enfers, qui surplombe la vitrine et m'invite à faire demi-tour au plus vite. Mes intestins se tordent. Je tente d'apaiser ma peur par quelques exercices de respiration conseillés par mon psy. Inspirer par le nez, couper son souffle, pour le libérer ensuite par la bouche ; cette technique permet surtout de se concentrer sur autre chose que sur ce qui nous tracasse.

Malgré mes efforts, mes maux de ventre s'intensifient. Le stress a tendance à me provoquer d'affreuses coliques. Satané syndrome de l'intestin irritable !

Le cœur au bord des lèvres, je resserre mon foulard autour de mon cou avant de pousser la porte de l'enseigne.

– Bonjour, m'interpelle une jolie femme d'une quarantaine d'années, habillée comme une pin-up des années soixante. Je peux vous aider ?

– Je suis Ava Summer, nous nous sommes parlé au téléphone.

– Ah, oui ! Eh bien, approchez, n'ayez pas peur. (Je reste figée à l'entrée, incapable de franchir le seuil.) Je ne mords pas, rajoute-t-elle en gloussant.

C'est bon à savoir. Peut-elle en dire autant de ses compagnons à poils ?

– D'accord. (Je ne bouge toujours pas.) Mais… euh… vous ne mettez pas de muselière aux chiens ? Ce serait peut-être plus…

– Ce sont des habitués, me coupe-t-elle. Hein, Attila ?

Elle embrasse le museau du caniche royal qui est assis sur la table où elle se tient penchée.

C'en est trop pour moi. Il aurait pu lui bouffer le nez !

– Je suis désolée, mais je… je ne vais pas pouvoir…

Sans finir ma phrase, ni attendre de réponse, je m'enfuis à toutes jambes vers ma voiture.

Au moins, j'aurais essayé. Je me suis pointée au rendez-vous, c'est le plus important.

Je souffle pour tenter de calmer mes nerfs éprouvés. J'ai encore un entretien ce matin, et celui-là, je ne dois pas le rater. La musique de BTS à fond dans l'habitacle, je me déhanche au rythme de « Baepsae » pour me changer les idées et chante à tue-tête une version yaourtée des paroles. Plus les titres défilent, plus je m'enflamme comme si j'étais à un concert. Les pauvres garçons, je viens de massacrer leur album *Young Forever*, et mes chorégraphies improvisées m'ont valu quelques coups de klaxon. Ils sont marrants, les gens ! Qu'ils essaient de danser, coincés derrière un volant, avec en prime les entrailles qui battent la mesure, pour voir ! Eux aussi auraient du mal à garder leur concentration. Mon frère ne comprend pas pourquoi je m'obstine à vouloir conduire en ville, mais la voiture représente pour moi une forme de liberté. Aussi étrange que cela puisse paraître, j'aime conduire, même dans les embouteillages. Ça me détend. Enfin, en temps normal. Et puis, les transports en commun, très peu pour moi.

Bien décidée à mettre toutes les chances de mon côté, j'arrive trente minutes en avance sur les lieux. Le siège social de l'entreprise est situé dans un de ces nombreux gratte-ciel du sud de Manhattan. Il doit faire une soixantaine d'étages au bas mot. À la réception, je demande M. Sutton. L'employé me fait signer un registre, puis m'indique l'étage de son bureau.

En raison du stress subi un peu plus tôt, mes intestins ne cessent de me tirailler. Je serais à la maison, je pourrais évacuer cette tension autrement qu'en soupirant ; ce n'est pas par ce côté que mon corps souhaite expulser l'air. Plus je me retiens, plus mon ventre se contracte douloureusement. Après une courte réflexion, j'opte pour un passage express aux toilettes. Miser sur la sécurité, c'est toujours intelligent, on évite ainsi les accidents. Une fois soulagée et mon bide moins ballonné, je me dirige vers les ascenseurs et me glisse vers le premier qui ouvre ses portes. Bien sûr, il est bondé. L'inverse m'aurait étonnée.

Par chance, il se vide rapidement, me laissant bientôt seule dans cet espace confiné. Je peste en sentant de nouveaux gargouillis désagréables. Pas encore, pitié !

Puisque je suis seule, autant que j'en profite pour gérer la pression et tenter de la canaliser un peu. Je pourrais réciter mon mantra, mais la meilleure des méthodes reste le chant. Chez moi, c'est garanti cent pour cent efficacité.

J'hésite un instant sur la chanson parfaite pour me détendre. BTS ou un classique ? C'est « My Heart Will Go On » qui remporte cette fois le suffrage.

Je me racle la gorge et m'élance dans une prestation digne d'un concert à Las Vegas. Du grand Céline !

« Near, faaaar, wherever you
aaaaaaaaaaaaaaaaaaare
I believe that the heart does go ooooooon
Once mooooooore, you open the doooooooooor
And you're hereeeeee in my heart
And my heart will go on and oooon »

Je prends une inspiration et attaque la dernière partie en donnant tout ce que j'ai. Gestuelle, attitude, tout y est. Je suis la reine du show, malgré ma voix qui déraille.

« You're here, there's nothing I feaaaaaaaar
And I know that my heart will go ooooooooooooooon
We'll stay forever this waay
You are safe in my heart and
My heart will go on and ooooooooooooooooooon »

À fond dans mon délire, j'imagine le public m'acclamer et scander mon nom tandis qu'on me remet un Grammy.

Je module mon timbre pour le rendre une tonalité plus

grave et fais semblant de tenir un micro pour incarner un présentateur.

– On applaudit bien fort Avaaaa Suuummer pour cette incroyable prestation !

– Merci, merci ! dis-je avec émotion, une main à présent sur mon cœur et l'autre tenant un trophée imaginaire. Je suis tellement émue par cet instant. Recevoir ce prix, c'est une concrétisation de toute une vie. Cette chanson, j'y ai mis mon âme et…

– Et moi, je viens de perdre la mienne. Je sais maintenant pourquoi le Titanic a coulé.

Au son de cette voix, je me retourne… puis hurle de terreur.

– Mais qu'est-ce que… Co… comment ? Par… par où ?

Je me sens blêmir. Qu'est-ce qu'il fait là, lui ? Les yeux écarquillés, j'observe l'homme apparu comme par magie. Il n'était pas là tout à l'heure, j'en suis certaine.

C'est sûr.

Obligé.

Je l'aurais remarqué.

Comment a-t-il réussi ce tour de passe-passe ?

Instinctivement, ma tête se lève en direction du plafond.

Je couine, d'une voix mal assurée :

– Vous venez d'arriver ?

L'explication la plus logique est celle du plafond. Il a dû ouvrir une trappe invisible pour se faufiler derrière moi tel un ninja.

De toute façon, il n'y a pas d'alternative.

Je ne peux pas imaginer que… Enfin, c'est impossible. Je veux dire, je l'aurais vu ; sa beauté est frappante qui plus est.

L'homme au regard bleu impénétrable me toise sévèrement.

– À votre avis ? gronde-t-il. Vous pensez que j'ai sauté du plafond ?

Oui, tout à fait.

À son expression renfrognée, mon espoir s'étiole. De plus, il n'est pas vêtu comme un ninja. Son costume sombre et ses chaussures vernies sont un indicateur qui ne trompe pas.

Merde !

Par désespoir, je reformule bêtement :

– Vous êtes là depuis longtemps ?

– Pourquoi ? Vous vous attendiez à ce que j'applaudisse ?

OK. Il a tout entendu.

De blêmes, mes joues virent au cramoisi.

Je regarde à nouveau le plafond ; cette fois, pour voir si je peux m'échapper.

Alors que j'échafaude un plan totalement saugrenu afin de me sortir au plus vite de cette situation affreusement gênante, un ding annonce l'ouverture des portes. Alléluia !

Sans plus réfléchir, je me précipite hors de l'ascenseur.

Mon Dieu, je n'ai jamais eu aussi honte de ma vie.

Et avec la veine que j'ai aujourd'hui, je ne suis pas au bon étage… Génial…

Je souffle. Cette journée ne finira-t-elle donc jamais ? Je ne voudrais pas jouer les pessimistes, mais je ne le sens plus du tout cet entretien. Avec toutes les tuiles qui viennent de se produire, ça ne présage rien de bon.

J'avise l'ascenseur d'un œil mauvais. Hors de question de remettre les pieds dedans. Je ne veux plus jamais croiser l'homme témoin de mon show improvisé. Je peux affirmer sans risque que ma performance ne l'a pas impressionné dans le bon sens du terme.

Il me reste deux étages à monter, les escaliers feront l'affaire.

Malgré les désagréments survenus, je me présente au bureau de M. Sutton avec plus de vingt minutes d'avance. La secrétaire, dont le ventre arrondi annonce une naissance prochaine, m'informe qu'il est en rendez-vous et m'invite à patienter sur l'un des sièges disponibles. Je m'assois et sors mon téléphone pour passer le temps. *Candy Crush*, me voilà ! Ce jeu est censé nous détendre, il aurait plutôt l'effet inverse sur moi. Je suis bloquée depuis trois semaines au niveau 1945.

Allez, si je réussis ce niveau, j'aurai le job !

Raté ! Mes cinq vies n'ont pas suffi. Putain de niveau cauchemardesque !

Je ne sais pas pourquoi, j'ai la manie de me lancer des

défis débiles et de croire qu'ils impacteront mon futur. Je me demande si je suis la seule à faire ça ?

– Mademoiselle Summer ? M. Sutton vous attend, m'indique la secrétaire.

Je me redresse. Un homme sort en flèche du bureau. Il semble carrément remonté. La tête basse, il marmonne une litanie de mots incompréhensibles. J'espère que ce n'est pas M. Sutton qui l'a mis dans cet état.

Une sorte de grognement flippant me parvient depuis la pièce close.

– Mademoiselle ? Vous feriez mieux d'y aller, M. Sutton n'aime pas attendre.

Je déglutis. J'ai l'impression de pénétrer dans l'antre d'un ours en quête de chairs fraîches. J'espère qu'il est un minimum civilisé et qu'il ne mord pas – au sens propre du terme – son personnel.

J'ouvre la porte et lance un timide bonjour, puis m'approche à pas feutrés de l'homme assis derrière un immense bureau en verre. Il me détaille de la tête aux pieds pendant ce qui me semble être une éternité, avant de me rendre mon bonjour.

Cheveux châtain foncé, coupe courte et soignée, yeux marron vert, entre 30 et 35 ans. Plutôt bel homme. Ne voulant pas me montrer aussi grossière que lui, je stoppe rapidement mon inspection.

Je me présente :

– Ava Summer, je viens pour le poste de secrétaire.

– Vous vous appelez Summer ? Et vous l'avez caché où le soleil ? s'enquiert-il sèchement. Quinze jours qu'il pleut non-stop, tu parles d'un été !

Je m'abstiens de lui faire remarquer que nous ne sommes pas encore en été… Ceci explique peut-être cela.

Et puis sa repartie puérile, digne d'un niveau de cour de récréation, il peut se la fourrer où je pense. Toutefois, je garde mon sang-froid. Rien ne m'atteint.

« Je suis un arbre dont les branches centenaires me protègent. »

Parfois, je me demande ce que fume mon psy…

Je tente un sourire qui se transforme en grimace de constipation, tant je suis crispée.

– Désolée, je n'ai aucune influence sur la météo.

– Humpf ! J'espère que votre CV n'est pas aussi mensonger que votre nom.

– Le nom de famille ne définit pas la personne, sinon nous serions entourés d'un nombre incalculable de « Tête-de-bite » et de « Couilles-molles ».

Oh, merde ! Mon filtre vient de se barrer rejoindre le soleil à Miami.

Ses yeux s'arrondissent. Les miens aussi. Je ne sais pas lequel de nous est le plus surpris.

– Excusez-moi, je suis navrée. Je ne sais pas ce qui m'a pris. La matinée a été difficile et… et…

Son silence ne m'aide pas, là. Il pourrait prendre la relève, me sortir de l'embarras. Mais non.

– Et… je connais le chemin de la sortie…

Autant arrêter les dégâts de suite. Quand ça ne veut pas, ça ne veut pas. Cette journée est moisie, je n'en tirerai rien de bon.

Je pivote pour attraper la poignée lorsqu'il m'interpelle :

– Attendez. Vous cherchez toujours un travail ?

Une étincelle d'espoir renaît.

– Oui. J'ai le poste ?

Je peine à masquer mon excitation. Ainsi que mon incrédulité.

– Hum… non. (Douche froide.) Néanmoins, je lis sur votre CV que vous avez été bénévole dans l'association Un enfant, un sourire. Cela signifie donc que vous aimez les enfants ?

Je fronce les sourcils, ne comprenant pas où il veut en venir.

– C'est… exact.

Il m'offre un large sourire, sa mauvaise humeur envolée.

– OK. (Il griffonne sur le carnet posé devant lui, puis arrache la feuille qu'il me tend.) Allez à cette adresse de ma part et demandez Helen Montgomery. Helen Montgomery, c'est compris ? Surtout ne demandez pas le propriétaire, il est… occupé, en ce moment. C'est mon beau-frère, il cherche une gouvernante pour ses enfants et c'est urgent. Helen prend sa retraite à la fin du mois, elle aura juste le temps de vous former. (Son regard pétille d'un éclat qui me met mal à l'aise.) Vous conviendrez parfaitement.

***

De retour à l'appartement, je balance mes chaussures avec lassitude et pousse un long gémissement en enfilant mes pantoufles, puis je m'affale sur le canapé. Je suis éreintée. Je n'ai même plus la force d'amener Hagrid chez le vétérinaire. Ce dernier en profite allègrement. Il s'est installé face à moi, pile devant la télé, et se lèche consciencieusement, l'air de dire : « Elles sont toujours là, hé, hé ! »

Je grimace en secouant la tête.

– « Hé, hé ! » C'est ça, fais le malin ! Bientôt, je les mangerai agrémentées d'une petite sauce au vin rouge.

– Ava ! intervient mon frère. Laisse les couilles de mon chat tranquilles et va te trouver un autre passe-temps !

– C'est lui qui me nargue depuis tout à l'heure !

Comme s'il comprenait qu'on parle de lui, Hagrid dresse l'oreille dans ma direction. Ses iris ocre cernés de noir lui confèrent un regard que je qualifierais de diabolique. Mon frère ne l'a pas nommé comme le géant de Harry Potter pour rien. Hormis le fait que Ben soit un Pottermania, son chat est le portrait craché de Rubeus Hagrid. Ses poils sont roux foncé, longs et frisés, ce qui donne l'impression qu'il porte une barbe.

– Tu ne m'as pas parlé tout à l'heure au téléphone d'un autre rendez-vous pour du taf ? Baby-sitter, un truc dans le genre.

– C'est gouvernante, pas baby-sitter. Et non, je n'irai pas. Ma journée a été suffisamment merdique. Je ne vais pas en rajouter. En plus, ce n'est même pas dans l'État de New York, mais dans le Connecticut. T'imagines ? Je ne vais pas me farcir plus de cent kilomètres pour du vent.

– Tu loupes peut-être la chance de ta vie.

– Ou pas… Je vais plutôt me mettre en pyjama.

– Il n'est que quinze heures, t'abuses. Attends au moins que le soleil se couche.

C'est l'hôpital qui se moque de la charité. Mon frère est en jogging du matin au soir. Il a le survêtement de nuit et celui de jour. Enfin, c'est ce qu'il dit. Moi, je vois toujours un truc gris difforme, à la propreté douteuse. Son boulot, webdesigner en free-lance, lui permet de travailler depuis le salon. Pratique.

Je n'ai pas cette chance et le tailleur que je porte n'est pas des plus confortables. Rien de mieux qu'un pyjama en pilou.

Avant de me changer, je passe aux toilettes. Mon téléphone en main, je lance une nouvelle partie de *Candy Crush*, même si je sais que ce n'est pas demain la veille que je vaincrai ce niveau.

Allez, si je gagne, c'est qu'il faut que j'aille voir cette Helen Montgomery.

Mon cœur s'emballe lorsque je constate qu'il ne me reste que trois coups à jouer et seulement deux blocs de gélatine à dégommer. C'est jouable. C'est carrément jouable, d'autant plus que j'ai en ma possession un booster qui me permet d'éliminer le bloc de mon choix. D'un doigt nerveux, je sélectionne la sucette, puis effectue un déplacement qui, je l'espère, me permettra de gagner la partie.

Yes ! Réussi !

J'exulte.

– Oh, bordel ! C'est qui la championne ? C'est qui, hein ?

– Tout va bien là-dedans ? me questionne Ben. Dois-je m'inquiéter ?

Une fois décente et les mains lavées, je déverrouille la porte.

– Changement de programme. Je vais choper ce job !

Quelques minutes plus tard, je rentre les coordonnées de l'adresse dans mon GPS et prends la route, plus motivée que jamais.

Ce matin était un faux départ. Dorénavant, les compteurs

sont remis à zéro. La chance a tourné, ma partie gagnée est un signe.

– Qui c'est qui va tout déchirer ? C'est moi ! Bonjour, je suis la gouvernante de monsieur… (Merde, je ne connais pas son nom. Peu importe !) de monsieur le beau-frère de M. Sutton. Que puis-je pour vous ?

Je m'entraîne ainsi tout le long du trajet. Malgré la circulation relativement fluide, il me faut plus d'une heure pour parvenir à destination.

À l'Interphone, je précise le but de ma venue et demande à voir Mme Montgomery. Le portail s'ouvre. Le cœur fébrile, je pénètre dans la propriété en roulant au pas. Après quelques mètres, je me gare et découvre une gigantesque demeure.

Mon Dieu, combien de personnes vivent ici ? me dis-je en sortant de mon véhicule.

Impressionnée par la taille de la villa, j'hésite à monter les quelques marches qui mènent à l'immense porte d'entrée, abritée par une arche tout aussi imposante.

Un raclement de gorge derrière moi me tire un glapissement.

– Je peux vous aider ?

Je me retourne.

Et hurle de terreur.

– Mais qu'est-ce que… Co… comment ? Par… par où ?

À défaut de plafond, je tends le cou vers le ciel.

C'est une blague ? Rassurez-moi et dites-moi que c'est une blague !

Il ne peut pas être là.

Pas lui !

2

Seth
Quelques heures plus tôt

Helen, ma gouvernante, m'a supplié de faire un effort et de laisser une chance aux candidats et candidates qui se présentent pour prendre sa suite. Sauf qu'aucun d'entre eux ne convient pour le poste. Ce matin en apporte une nouvelle preuve. Je n'ai pas pour habitude de juger les gens sur leur apparence, néanmoins, certains comportements sont rédhibitoires. La femme qui se dresse devant moi, habillée comme si elle sortait d'un dîner de gala, en tenant nonchalamment une cigarette entre ses doigts, est un exemple parfait. Je ne connais pas ses motivations, mais elle n'est visiblement pas là pour l'annonce. Qui se pointerait à un rendez-vous professionnel, la clope au bec ?

– Bonjour monsieur Manning, minaude-t-elle d'une voix qui m'irrite aussitôt les tympans. C'est M. Sutton qui m'envoie. Il m'a dit que vous aviez besoin d'une femme pour diriger ce somptueux domaine.

Elle papillonne des cils tout en me dévorant du regard.

Je tique.

D'une femme ?

– Il y a un malentendu, je crois. C'est une gouvernante que je recherche.

Comme les quatre filles précédentes, j'ai la désagréable sensation qu'elle postule pour une place dans mon lit et non pour s'occuper de mes enfants.

J'en ai ma claque de tous ces entretiens qui n'avancent à rien. Pourquoi Helen veut-elle prendre sa retraite ? Je suis conscient que son travail nécessite beaucoup d'énergie et qu'à son âge elle n'a plus forcément la capacité de gérer une si grande maison ni de s'occuper des enfants. Néanmoins, elle devrait savoir qu'elle est irremplaçable. C'est le pilier de la demeure ; sans elle, les fondations déjà ébranlées risquent de s'effondrer. Elle prend soin de notre famille depuis quatre décennies ; à mes yeux, elle est bien plus qu'une gouvernante. Seulement, il y a des choses que l'on pense immuables, alors qu'elles ne le sont pas.

– Désolé pour le dérangement, l'entretien est terminé.

Marre de ces conneries…

Je congédie la postulante sans autre explication et interpelle Helen pour qu'elle la raccompagne jusqu'à la sortie.

– Mais enfin… Attendez ! Monsieur Manning !

Je renâcle et me détourne sans un mot de plus.

Je dois impérativement m'entretenir avec Greg. Je cherche une nounou pour mes enfants, pas quelqu'un pour partager ma couche. Qu'est-ce qui lui traverse la caboche à cet idiot ?

– Je suppose que je n'ai toujours personne à former pour me remplacer ?

Helen se plante devant moi, une expression que je lui connais bien sur le visage.

– Si tu insinues que je n'y mets pas du mien, tu fais erreur.

– Je sais bien, mon p'tit. Ne vous découragez pas, on trouvera la perle rare, j'en suis convaincue.

Si cela continue, je vais devoir me résoudre à appeler M&H, une agence spécialisée dans le recrutement de personnel de maison. Dans leurs fichiers ne figurent que des employés triés sur le volet et hautement qualifiés. Cela paraît idéal sur le papier, et ça l'est pour de nombreux parents, sauf que ça ne me convient pas. Pas pour mes enfants. Je veux qu'ils vivent ancrés dans ce monde et non dans une bulle dorée, bercés par l'argent de papa. Or, pour avoir eu un aperçu chez des connaissances, la formation de ce personnel ne correspond pas à mes attentes. Je veux quelqu'un de proche de mes enfants, qui aime et prend plaisir à s'en occuper, et non une personne froide, distante, qui connaîtra tout sur les us et coutumes de la haute société, mais en aura oublié la chaleur d'une étreinte. Voilà pourquoi j'ai laissé Greg se charger du recrutement en amont. Pour je ne sais quelle raison, cela lui tenait à cœur et j'avoue qu'au départ, j'espérais que personne ne conviendrait. Ainsi cela inciterait Helen à rester ne serait-ce qu'une année supplémentaire. C'est égoïste, je sais. Néanmoins, depuis que j'ai enfin accepté l'idée d'engager réellement une gouvernante, les critères de sélection de Greg m'apparaissent au grand jour.

– Il faudrait pour cela que Greg arrête de jouer les entremetteurs. Que ça lui plaise ou non, je suis marié ! Et cet état de fait ne changera jamais. Sa volonté de me caser avec une autre me met hors de moi.

Les yeux d'Helen s'emplissent de tristesse.

– Il ne veut que votre bonheur.

Je n'aime pas la voie que prend cette conversation. Alors, comme à mon habitude, je m'esquive sans un mot et pars m'enfermer à double tour dans mon bureau ; le seul endroit où je ne sens pas les regards tantôt peinés, tantôt accusateurs de mon entourage. Qu'ils me foutent la paix ! Ce sont mes choix, mes décisions.

Je m'empare de mon téléphone afin d'envoyer un message à Greg.

[Je passe te voir d'ici
une heure. J'ai à te parler.]

[Pas dispo, j'ai des RDV
toute la matinée.]

[C'est une affirmation,
non une question qui requiert
ton approbation.]

[Non, vraiment,
pas aujourd'hui.]

[Je passe des entretiens pour
remplacer Abby.]

[Seth ?]

[Putain, Seth !]

Si je ne détestais pas autant les émojis, je lui enverrais un doigt d'honneur afin qu'il saisisse au mieux mon état d'esprit. J'occulte ses derniers messages et fonce au siège social de son entreprise. S'il a des rendez-vous toute la matinée, cela signifie qu'il sera dans les locaux, non sur le terrain.

– Monsieur Manning, me salue la secrétaire à mon arrivée.

Elle se tient debout devant la porte du bureau, tel un chien de garde qui empêcherait toute intrusion.

À coup sûr, Greg l'a informée de ma probable visite et lui a donné des consignes.

– La grossesse vous va à ravir, Abby.

– Merci. (Ses pommettes rougissent.) M. Sutton est en rendez-vous. Je vais devoir vous demander de patienter…

– Je ne crois pas, non.

Déterminé, je la contourne sans difficulté et ouvre en grand la porte, sans prendre la peine de frapper au préalable.

En constatant ma présence, Greg secoue la tête, irrité. Il me lance un regard peu amène tandis que son interlocutrice me dévisage, intriguée.

– Excusez-moi, madame… Votre entretien est terminé. M. Sutton vous recontactera dès que possible. Vous pouvez disposer.

Troublée par mon intervention, elle obéit tel un automate sans poser de question.

– Je t'avais dit de ne pas venir, s'agace mon beau-frère.

Greg soupire, un air las sur le visage.

Soudain, ses sourcils se froncent tandis qu'il m'observe avec attention.

– Pourquoi tu es tout décoiffé ? (Son expression se fige.) Tu as batifolé dans l'ascenseur ?

– Je sais que tu aimerais, mais non. (Je passe mes doigts dans mes cheveux.) Une folle vient de m'exploser les tympans en se prenant pour Céline Dion. Mon âme a même quitté mon corps pendant un moment. Ça a de quoi décoiffer, conclus-je, pince-sans-rire.

– Tu déconnes ? s'esclaffe-t-il.

Je secoue la tête.

– Je ne suis pas du genre à plaisanter, tu devrais le savoir.

– C'est la meilleure, celle-là ! rit-il plus fort. Elle était jolie au moins ?

– T'es sérieux ? Tu penses vraiment que j'ai regardé ? Avec sa voix de crécelle, je ne me suis pas attardé sur son physique. En plus, je pense qu'elle n'avait pas toute sa tête. Elle a carrément fait un discours de remerciements devant son public imaginaire après sa performance.

À présent, Greg est écroulé sur son bureau et rit à gorge déployée.

Au moins un que ça fait marrer.

Je commente d'une voix sèche :

– Ravi que ça t'amuse !

– Oh, détends-toi un peu, Seth ! C'est marrant.

– Tu sais ce qui pourrait me détendre ? Que tu prennes au sérieux le recrutement de ma gouvernante. C'est toi qui as voulu t'en occuper, je te rappelle ! Alors pourquoi j'ai l'impression que l'unique chose qui t'intéresse, c'est de me caser ? Je cherche une gouvernante, Greg, pas une femme !

– Eh bien, tu devrais ! s'énerve-t-il à son tour.

– Je suis marié.

– Non, tu es…

– Marié et fidèle !

– Mais c'est pas possible d'être aussi entêté ! Tourne la page, bordel ! Tu fais du mal à tout le monde, ainsi.

– Tu n'as pas ton mot à dire là-dessus. C'est ma décision.

– C'est de ma sœur dont on parle, Seth !

– Alors cesse de vouloir me mettre dans les bras d'une autre.

– Putain ! hurle-t-il en balançant je ne sais quoi à travers la pièce. Combien de temps ça va durer encore ce cirque ? C'est… malsain.

– Fais gaffe à ce que tu dis, Greg ! Je t'aime bien, alors ne m'oblige pas à te foutre sur la gueule. À partir de maintenant, je me passerai de tes services. N'interviens plus dans ma vie, que ce soit pour me trouver une nounou ou une compagne.

La tête basse, je sors du bureau en fulminant.

Mon humeur ne s'arrange pas au fil des heures. Certains jours, j'ai l'impression que l'obscurité va m'engloutir ; sans mes enfants, elle m'aurait sûrement submergé. La tristesse, la culpabilité, le regret, tant de sentiments qui me rongent au quotidien.

Puisque je suis descendu à New York sans mon chauffeur, j'envisage de conduire sans destination précise dans l'espoir d'évacuer un peu de ma tension. Mon emploi du temps est quasi vide, de toute façon. Depuis quelque temps, je ne passe presque plus au bureau. Ces murs me rappellent des souvenirs bien trop douloureux. Je me suis délesté, au fil des mois, de pas mal de responsabilités également. Avant, nous étions deux à gérer notre enseigne de cosmétiques biologiques ; seul, mon intérêt s'est émoussé. Je songe même à revendre, j'ai déjà deux trois acheteurs potentiels. Néanmoins, avec notre récente entrée en bourse, un changement dans la direction ne serait pas judicieux dans l'immédiat. Alors, je patiente, pour le moment.

Comme à chaque fois que mes nerfs sont trop à vif, ma balade se termine soit dans une salle de sport, soit dans le premier troquet qui croise mon chemin. Le sport et l'alcool me permettent, chacun à leur manière, d'évacuer mon stress. Pour aujourd'hui, ce sera la boxe. Je me sens d'humeur bagarreuse, allez savoir pourquoi.

Une fois mon sac de sport sorti du coffre, je me dirige d'un pas leste vers le bâtiment.

J'attaque l'entraînement par le tapis de course, puis la corde à sauter, cogne pendant plusieurs longues minutes dans un sac de frappe et enfin je termine par un peu de *sparring* sur le ring. Ce n'est pas un combat à proprement parler, le but n'est pas de se foutre sur la gueule, néanmoins, les sensations sont identiques. Je me défoule, tout en apprenant de nouveaux enchaînements. La sueur me coule dans les yeux et, bientôt, mes muscles fatiguent.

Lorsque je fais enfin une pause, l'après-midi est déjà bien avancée. Je suis harassé, ma tête est vide, mon esprit tranquille. J'aime cette sensation, quand cette plénitude m'envahit.

***

De retour à la maison, la réalité me rattrape. Une femme se tient devant l'arche de l'entrée principale. Je n'ai pas l'habitude de recevoir des visiteurs, encore moins des visiteuses, je suppose donc que c'est une autre candidate pour le travail à pourvoir.

Au moins, ses habits sont appropriés…

Quoique !

Je fronce les sourcils.

Qu'est-ce que c'est que ça ?

Je cligne des yeux afin de vérifier que je ne suis pas victime d'une hallucination. Non, c'est bien ça. Elle porte des mules en forme de lapin rose avec son tailleur.

Je soupire. Ce serait trop demander d'avoir, rien qu'une fois, une personne normale qui se présente ?

Je me racle la gorge et demande :

– Je peux vous aider ?

La femme couine telle une souris apeurée, se retourne et… pousse un cri d'effroi.

– Mais qu'est-ce que… Co… comment ? Par… par où ? bégaie-t-elle, en totale panique.

Sa réaction me déstabilise, mais pas autant que ses paroles et sa voix qui me semblent étrangement familières.

Elle lève les yeux en direction du ciel, me lance un regard trouble, puis tend à nouveau le cou vers le ciel.

Oh, putain ! C'est la fille de l'ascenseur !

– Vous me suivez ? m'accuse-t-elle alors.

C'est la meilleure. Moi, je la suis ?

Pense-t-elle que je suis un de ses fans ? Quelle horreur !

Je réplique durement :

– Je vous retourne la question ! Qu'est-ce que vous fichez ici ?

Elle pointe le menton vers le haut, essayant de reprendre contenance.

– Je suis venue voir Helen Montgomery.

J'arque un sourcil.

– Pour le poste de gouvernante ?

– C'est ça. (Toute une palette d'émotions traverse son visage.) Vous aussi ? demande-t-elle avec ce qui semble être une pointe d'espoir.

– Moi aussi, quoi ?

– Vous êtes ici pour… pour le poste ! Hein ? Et après, vous allez repartir et… rentrer chez vous.

Je suis son regard qui se plante à nouveau dans le gris du ciel.

OK. J'ai compris. Elle est vraiment timbrée.

Au moment où je m'apprête à la renvoyer manu militari chez elle, la porte s'ouvre sur une Helen rayonnante.

La fille pousse un soupir de soulagement.

– Vous êtes Helen Montgomery ?

– Tout à fait. Entrez, mon p'tit.

Je fais de gros yeux à Helen en secouant la tête, les siens m'intiment au silence, tandis qu'elle poursuit :

– Vous allez être trempée comme une soupe autrement.

Je grommelle :

– Il ne pleut pas.

Néanmoins, les premières gouttes s'écrasent déjà sur les dalles de l'allée. Helen me lance un regard entendu. Je déteste quand elle a raison.

Titanic hésite un instant, un pied sur la marche ; j'en profite pour me glisser devant elle.

– Eh ! s'insurge-t-elle. J'étais là avant ! Vous attendez votre tour, nanmého !

Elle me donne un coup de coude, puis grimpe les escaliers à toute vitesse.

– Je viens pour le poste de gouvernante, précise-t-elle à Helen, et j'étais là avant ce malotru.

La surprise se peint sur les traits d'Helen, avant qu'un léger gloussement s'échappe de ses fines lèvres cernées de rides.

– Vous êtes rafraîchissante.

– Complètement folle, oui.

J'ai parlé dans ma barbe, malgré cela, leurs têtes pivotent vers moi.

– C'est M. Sutton qui m'envoie, poursuit Titanic.

– QUOI !

Mon exclamation furieuse lui tire un glapissement étranglé.

Comment ce connard a-t-il réussi à retrouver la fille de l'ascenseur ? Si je n'étais pas si en colère, je serais impressionné par ce tour de force.

– Ou… oui, souffle-t-elle. Il m'a précisé que son beau-frère cherchait…

– Je suis son beau-frère !

– Non !

– Si !

– Non. (Elle s'agite, nerveuse.) Non, c'est impossible, insiste-t-elle. Vous êtes…

Je la coupe sèchement :

– Je sais encore qui je suis !

Elle n'est pas croyable, cette fille !

– Pourtant, j'ai gagné ma partie de *Candy Crush*, soupire-t-elle, affligée. Je ne comprends pas, la scoumoune était censée être derrière moi.

Helen hausse les épaules dans ma direction, l'air de dire : « Je n'ai aucune idée de ce qu'elle baragouine. »

Nous l'observons, médusés, s'emparer de son téléphone et s'acharner dessus en grognant.

– Je peux savoir ce que vous faites ?

– Je désinstalle ce maudit *Candy Crush*. (Elle nous dévisage tour à tour.) Voilà, c'est fait. Maintenant, je vais rentrer chez moi et… me bourrer la gueule pour noyer ma honte. Si vous voulez bien m'excuser.

C'est alors que je remarque pour la première fois ses grands yeux. Ils brillent sous l'humidité des larmes qu'elle tente de contenir, ce qui fait ressortir le bleu profond de ses iris.

– Attendez, s'écrie Helen. Hors de question de vous laisser repartir dans cet état, n'est-ce pas monsieur Manning ? (Si elle pense me culpabiliser ainsi, elle se trompe.) Je vois bien que vous êtes toute chamboulée. En plus, il pleut à verse. Venez plutôt à l'intérieur et dites-moi votre petit nom.

Je siffle entre mes dents :

– Elle s'appelle Ava Summer, et elle s'en va.

Encore une fois, les têtes se tournent vers moi. Titanic est sur le point de défaillir.

– Com… comment connaissez-vous mon nom ? s'alarme-t-elle.

J'ai vraiment l'impression qu'elle me prend pour un psychopathe, alors que c'est elle la folle ici.

– J'ai des oreilles encore traumatisées et une bonne mémoire. « On applaudit bien fort Avaaaa Suuummer pour cette incroyable prestation. » Et je tiens à préciser que celui qui vous a dit un jour que vous chantiez bien mentait !

– C'est bon ! m'arrête-t-elle. Je… (Elle soupire.) Vous n'avez pas un endroit discret dans votre immense jardin où je pourrais m'enterrer ? N'importe quel petit trou fera l'affaire, vraiment, je ne ferai pas ma difficile.

– Cesse de la taquiner, me houspille Helen. Venez, nous allons discuter un peu.

Houla ! Il vaut mieux que j'intervienne de suite pour mettre mon veto.

– Hors de question qu'elle s'occupe de mes enfants. Cette fille a visiblement un problème mental.

– Pas du tout ! Je ne vous permets pas ! s'offusque aussitôt l'intéressée. Ce n'est pas parce que je me suis un peu laissée emporter à chanter que j'ai un problème mental. Gardez pour vous votre jugement hâtif !

– En attendant, ce n'est pas moi qui vais à un entretien d'embauche avec des chaussons en forme de lapin.

– Nooooon !

Son cri désespéré me tire presque un sourire, tandis qu'elle se penche pour lorgner ses pieds.

– Pourquoi ?

Elle tend les mains au ciel.

– Pourquoiii ?

Cette fois, mon sourire est plus franc. Difficile de ne pas s'amuser de la situation.

Ma gouvernante hoquette. Cependant, son regard n'est pas rivé sur les pantoufles d'Ava, mais sur moi. Elle pose une main sur sa poitrine, tandis que ses traits s'illuminent.

Lorsqu'elle s'adresse à Ava, sa voix n'a jamais été aussi chaleureuse :

– Allons, allons, ce n'est pas si grave. Mon instinct me souffle que vous êtes la candidate idéale pour ce poste.

– Ton instinct est aussi détraqué que ton taux de glycémie.

Elle saisit Ava par le coude pour l'entraîner vers le séjour.

– Ne vous inquiétez pas, il aboie plus qu'il ne mord.

– Parce que ça lui arrive de mordre ? s'affole-t-elle, le timbre tremblant.

Je perçois le gloussement d'Helen en réponse.

J'ouvre la porte de mon bureau, me dirige vers la desserte pour me servir un verre de scotch que j'avale d'une traite.

Qu'on me pende haut et court si cette femme devient ma gouvernante ! Toutefois, pour une raison que j'ignore, elle semble plaire à Helen. C'est la première fois qu'une des candidates retient son attention, et cela, sans même amorcer la moindre conversation. Heureusement que c'est encore moi qui ai le dernier mot ! Qu'elle discute avec elle tout son soûl si ça lui chante, cela ne changera pas mon opinion.

Ma décision est prise : Titanic n'approchera pas mes enfants.

3

Ava

À peine ai-je ouvert la porte de l'appartement que mon frère bondit à ma rencontre.

– Alors, comment s'est déroulé ton entretien ? C'est dans la poche ?

– Dans le fumier, plutôt.

– Ils ne t'ont pas engagée ? s'indigne-t-il. Pourtant, tu es douée avec les gosses.

– C'était horrible.

– Pire que chez la toiletteuse ?

Je hoche la tête.

– Il m'est arrivé un incident ce matin, que j'ai omis de mentionner. Si je te raconte, il faut que tu me jures avant de ne pas te moquer ! Ni d'en parler à qui que ce soit ! Tu m'entends ?

– Tu m'intrigues. Vas-y, déballe.

– Promets-moi avant de ne rien dire à personne et de ne pas rire… Enfin, tu peux rire, mais dix minutes, pas plus.

– C'est bon, ma curiosité est piquée. Accouche, Ava. T'as fait quoi comme connerie ?

D'une voix tendue, je lui explique l'épisode de l'ascenseur.

Par deux fois, je songe à appeler les secours de crainte que mon frère ne s'étouffe tant il rit fort. Mes nerfs lâchent. La journée a été si épouvantable que je finis à mon tour par céder à l'hilarité.

Entre deux éclats, je lui narre la suite de mes péripéties.

– Naaaaan ! C'est lui, le beau-frère qui cherche une gouvernante ?

Je crois que Ben va trépasser d'un instant à l'autre.

– Et pour couronner le tout, j'ai oublié d'enfiler mes chaussures avant de partir. Regarde.

Je lui désigne mes beaux chaussons Cooky, en forme de lapin rose, symbole de mon amour pour Jeon Jungkook, le *maknae*[1] de BTS, qui aujourd'hui ne m'aura pas porté chance, malheureusement.

– Du coup, il en a déduit que j'étais folle à lier.

Mon frère est en apnée, pris d'un fou rire magistral. Des larmes roulent sur ses joues écarlates, tandis qu'il se tient le ventre, le corps à demi plié.

– Pense à respirer de temps en temps, frangin, je ne voudrais pas que tu clamses dans mon salon. (Je soupire.) Bref, autant dire que la probabilité d'être embauchée avoisinait le néant. De toute façon, s'il n'avait pas refusé, c'est moi qui l'aurais fait. Tu m'imagines travailler sous ses ordres après ça ?

Les dix minutes d'amusement sont écoulées depuis longtemps, néanmoins, Ben est incapable de se ressaisir. Dès qu'il me regarde, un gloussement s'échappe de ses lèvres.

C'était à prévoir. J'en aurais fait de même à sa place.

Heureusement pour moi, le ridicule ne tue pas. Puis, il faut relativiser, ce n'est pas comme si j'allais être amenée à revoir ce M. Manning… Alors, ses considérations à mon égard m'indiffèrent ! Qu'il me prenne pour une simple d'esprit, je m'en fiche. Après tout, je n'en pense pas moins de lui. Sur son front, au marqueur rouge, on peut y lire : connard imbu de soi. Je suis assez perspicace pour cerner les gens, et lui et moi ne jouons pas dans la même catégorie.

***

Les jours qui suivent, je reprends mon train-train quotidien qui consiste à : éplucher les petites annonces, courir dans toute la ville pour des entretiens, faire chou blanc et

1. Désigne en coréen le plus jeune des membres d'un groupe de K-pop.

rentrer chez moi, éreintée. Qui a affirmé qu'être au chômage était reposant ?

Néanmoins, trois semaines après ce que j'ai désigné comme le-jour-dont-on-ne-doit-pas-reparler, ma vie prend malgré moi un tournant à cent quatre-vingts degrés. La raison ? Mon frère s'est trouvé une copine. Une annonce qui peut paraître anodine, s'il n'avait pas voulu emménager avec elle aussitôt !

Tandis que je l'aide à emballer ses affaires (un bric-à-brac de vieilles choses récupérées pour la plupart dans la rue), je lui demande :

– Pourquoi tu es si pressé ?

Je ne pose pas ma question uniquement par égoïsme. Certes, son départ va m'amputer de sa part de loyer, et ce n'est pas du tout le moment, cependant, je m'inquiète réellement de cette brusque décision. C'est irréfléchi, insensé. Or, on peut l'accuser de beaucoup de choses, mais agir ainsi ne lui ressemble pas. C'est moi la fonceuse de la famille qui ai pour habitude de me fourrer dans les ennuis jusqu'au cou.

J'insiste devant son silence :

– Tu la connais à peine, en plus !

Jamais je n'aurais imaginé que son déménagement me causerait autant de mélancolie. Les trois quarts du temps, il me court sur le haricot, seulement quand je rentre le soir, après une journée de déroute, il est celui qui me réconforte. Sans son soutien, j'ai peur de m'effondrer.

– Elle me plaît.

– Le petit facteur qui dépose mon courrier le matin me plaît aussi, ce n'est pas pour cela que je pars m'installer chez lui.

– Il ne voudrait pas de toi, de toute façon.

– Qu'est-ce que tu en sais, hein ? Si ça se trouve, il me kiffe en secret !

Ben s'approche de moi pour me saisir par les épaules.

– Ava, c'est la femme de ma vie.

– Comment peux-tu être aussi catégorique ?

– Parce que je le sais, c'est tout. Il y a parfois des choses qui ne s'expliquent pas. Elle et moi, on est complémentaires. Un peu comme ce Kinder Surprise ! s'exalte-t-il en déballant la friandise illicite[2] qu'il a ramenée de son dernier voyage d'Europe.

Comme s'il tenait entre ses mains un trésor inestimable, il décolle avec une précaution exagérée les deux parts de l'œuf sans casser le chocolat, puis ouvre la petite boîte jaune pour me montrer son contenu.

– Tu vois, elle est la notice et moi le jouet. Dès qu'elle est entrée dans ma vie, j'ai eu la sensation d'avoir enfin trouvé ma moitié.

Merde, maintenant, je suis jalouse. Je soupire :

– Et moi, tu crois que je suis la notice de quelqu'un ?

– Bien sûr ! Il faut juste trouver à quel meuble Ikea tu corresponds.

– Pourquoi je serais la notice d'un meuble Ikea et pas celle d'un Kinder ?

J'ai acheté il y a peu une étagère de la célèbre enseigne suédoise pour ranger mes albums, sauf qu'après des heures de lutte acharnée, on a dû se rendre à l'évidence : il fallait un bac +10 en décryptage, montage et vissage. Y a que des Européens pour inventer des trucs pareils…

– Ta notice à toi, elle comporte dix-huit pages recto verso et est écrite en hiéroglyphes. Seul un expert peut la déchiffrer. Un peu comme ton étagère, ricane-t-il.

– Génial ! (Mon regard glisse sur Hagrid qui nous contemple d'un œil méfiant.) T'es en train de m'expliquer que je vais finir seule avec un imbécile de chat qui prend ma chambre pour une litière.

Dès lors où ses roupettes lui ont été retirées, le lendemain du jour-dont-on-ne-doit-pas-reparler, il s'est entêté à ne déféquer que sur ma descente de lit.

Si ça, ce n'est pas du vice !

---

2. Une loi de 1938 interdit d'associer aux USA de la nourriture avec une autre substance non comestible. Les Kinder sont donc interdits à la vente sur le sol américain.

– Euh… Hagrid vient avec moi.

– Ah. Oui, évidemment. C'est ton chat.

Je vais donc me retrouver seule. OK. Je peux gérer. Ça me va parfaitement ! Je n'ai pas du tout envie de pleurer. De toute façon, ce n'est pas comme si je voulais garder cet affreux animal…

Je renifle.

Néanmoins, une présence, même diabolique, m'aurait en quelque sorte apaisée.

– Tu pleures ?

– Bien sûr que non ! C'est… l'odeur de la javel qui me brûle les yeux. J'ai dû désinfecter toute ma chambre, tout à l'heure.

– Je ne suis pas obligé de partir ce soir, tu sais. On peut se commander une pizza. Ça te dit ?

Je meurs d'envie d'accepter, pourtant je me retiens. Mon frère a toujours fait passer mon bonheur avant le sien. C'est à son tour d'être heureux ; je ne l'ai jamais vu aussi rayonnant que depuis sa rencontre avec Alice. Il n'a pas à payer de mes erreurs.

– Arrête tes bêtises ! Du balai ! En plus, vous avez prévu de dîner en tête à tête.

– Je peux annu…

– Hors de question ! J'ai moi aussi mon programme : me foutre en pyj et danser devant des MV de K-pop jusqu'à ce que le salon soit noyé sous mes litres de bave ou autres sécrétions.

Mon frère prend une mine horrifiée devant mon aveu spontané.

– Pitié, n'en dis pas plus ! Trop d'informations, là. (Il frissonne de dégoût.) Je ne veux pas être témoin de ta déchéance.

Je rigole.

– Allez, oust !

– Oh, j'ai failli oublier…

Ses bagages sous le bras, Ben se contorsionne pour sortir un papier de sa poche, qu'il déplie et me tend.

C'est un chèque. Ma gorge se noue.

– C'est mon… préavis pour le loyer. Je ne veux pas que mon départ te mette dans la panade. Je sais que tu as besoin…

– De rien du tout ! Garde cet argent, s'il te plaît. Je vais très bien m'en sortir.

– Ava. (Son regard compatissant m'arrache une grimace.) Je serais plus rassuré si tu l'acceptes.

– C'est gentil, mais je t'assure que ça va. J'ai trouvé un travail, figure-toi !

– Ah bon ! Pourquoi tu ne me l'as pas dit plus tôt ?

Parce que je ne le savais pas il y a deux secondes…

– Oui, avec tous ces derniers événements, ton déménagement et tout, ça m'est totalement sorti de la tête. Donc, voilà, je commence demain.

Mais tais-toi, Ava ! Bordel, tais-toi !

– C'est génial ! Faut qu'on fête ça !

– Ouiii ! J'avais justement prévu de vous inviter au restau cette semaine, Alice et toi.

Ta gueule ! FERME TA GUEULE, MAINTENANT !

Je le raccompagne jusqu'au seuil.

– Allez, file ! Tu ne voudrais pas faire attendre ta chérie.

– OK. On s'appelle ?

Je confirme d'un oui haut perché, tout en refermant le battant sur lui.

Dès que j'aurai vendu un de mes reins, je t'appelle.

Une fois seule, je m'allonge sur mon canapé en fixant le plafond.

– Bien joué, ma grande ! Il ne te reste plus qu'à trouver un emploi, et vite.

***

Le lendemain après-midi, je saisis toute l'ampleur de ma connerie. Refuser cet argent, par simple fierté, était une bêtise monumentale. Mon compte en banque est dans le rouge, le loyer de mon appartement est largement au-dessus de mes moyens. J'ai pris ce logement à la demande insistante de Couilles-molles. C'était il y a trois ans. Ce pied-à-terre, situé non loin de la jetée de Coney Island et à quelques pas seulement du cabinet médical, nous facilitait la vie, il est vrai. Tant que nous étions en couple, nous partagions les frais. Maintenant, c'est un gouffre financier, et mes économies se réduisent comme peau de chagrin. Brooklyn a beau être moins cher que Manhattan, certains quartiers, comme celui où je réside, sont bien trop élevés pour la pauvre que je suis.

De plus, la moindre course à l'extérieur m'oblige à passer devant Gros-connard. Va-t-il contraindre sa nouvelle assistante à prendre une garçonnière également ?

J'aimerais déménager. Pour cela, il faut de l'argent. C'est un putain de cercle vicieux.

Et voilà que j'ai deux factures dans ma boîte aux lettres... Ben avait raison, mon petit facteur ne doit pas me kiffer tant que ça.

Je contemple un instant les enveloppes, regarde autour de moi, puis décide de les remettre où elles étaient.

Hop ! Personne n'a rien vu, surtout pas moi. Des factures ? Où ça ?

Ce problème temporairement réglé, je m'attèle à une tâche que j'avais négligée depuis fort longtemps : me lamenter au fond de mon lit.

Les bienfaits de l'auto-apitoiement sont sous-estimés de nos jours. Rien de tel qu'une bonne crise de larmes avec le nez qui coule et les yeux bouffis pour se remettre d'aplomb. Du moins, c'est ce que je me martèle ces deux dernières heures. Dès que j'aurai évacué ce trop-plein, je me sentirai mieux. C'est évident.

Une notification sur mon téléphone interrompt momentanément ma phase ma-vie-est-trop-nulle-oin. C'est un message de ma cousine, et meilleure amie, Cherryl. Sûrement parce qu'il est dix-huit heures, que nous sommes vendredi, et que je suis en retard.

Avec elle et mes potes, Lana et Chad, nous formons ce que nous appelons le cercle des brunes, pour la simple et bonne raison que nous sommes toutes les quatre brunes. Bon, notre ressemblance s'arrête là ; pour le reste, nous sommes bien différentes. J'ai toujours pensé que les cheveux étaient le reflet de notre personnalité. Par exemple, Cherryl, notre écrivaine en herbe (et accessoirement vendeuse dans une boutique huppée), possède un magnifique carré long de boucles indisciplinées, à l'instar de son caractère, pétillant et dynamique. Chad, maquilleuse professionnelle, a une sublime tignasse épaisse qui lui tombe jusqu'à la taille, telle une crinière de lion. Lana, ingénieur informatique, dont les cheveux raides portés en queue-de-cheval haute dont aucune mèche ne s'échappe, est notre voix de la sagesse. Quant à moi, j'ai le cheveu imprévisible : tantôt indomptable et rebelle, tantôt lisse et soyeux.

À 19 ans, lorsque j'ai débarqué à New York depuis ma minuscule ville d'Addison dans le Vermont, j'étais totalement perdue. Sans ma cousine, une New-Yorkaise pure souche, je n'aurais jamais réussi à trouver mes marques. C'est également elle qui m'a présentée à Chad. Leur amitié remonte à loin puisqu'elles se sont rencontrées sur les bancs de l'école. Quant à Lana, c'est la première personne qui m'a adressé la parole alors que je galérais dans le métro, incapable de repérer ma station. Sa gentillesse était comme une bouffée d'oxygène.

Bref. Toutes les quatre avons notre petit rituel du vendredi soir, qui se déroule en deux temps : manger au Brodiner, un *diner* pas cher, convivial, qui possède le meilleur pain de viande du continent, puis traverser la route pour faire les piliers de bar chez Dino, un pub tenu par un Italien.

Je n'ai pas envie de bouger de mon lit, cependant, je sais qu'il est inutile de parlementer avec Cherryl. Si je ne rapplique pas dans les vingt minutes qui suivent, elle me sortira elle-même par la peau des fesses.

Deux secondes plus tard, mon téléphone vibre.

Grrr ! Laisse-moi au moins le temps de me lever !

Je décroche :

– J'arrive, la moche ! Deux secondes.

– Mademoiselle Summer ? m'interroge une dame dont la voix m'est étrangère.

– Oui...

– Je suis désolée de vous déranger, mon p'tit, c'est Helen Montgomery. Vous vous souvenez, la gouver...

En comprenant qui est au bout du fil, mes neurones court-circuitent.

Mon premier réflexe est de paniquer. Les yeux écarquillés, je sautille en poussant des cris muets. Du moins, j'espère qu'ils sont muets.

Mon second réflexe est de paniquer et... de chercher une cachette. (Pourquoi ? Je ne le sais pas !) Je cours à présent à travers la pièce, soulève ma couette, ouvre mon armoire, décale les cintres pour y créer un petit espace où me glisser, puis décide de me jeter à plat ventre près de mon lit.

Mon troisième réflexe est de paniquer et... de raccrocher.

Enfin, une réaction logique !

Si un jour des scientifiques se penchent sur le comportement irrationnel de l'homme en période de stress, je suis sûre d'être le cobaye idéal.

La sueur me dégouline dans le dos, tandis que je me redresse péniblement.

Ouf, l'alerte est passée !

Ou pas...

Je lorgne d'un œil horrifié mon téléphone qui vibre à nouveau.

Oh, bordel de merde !

Un instinct primaire m'exhorte à le jeter dans les toilettes ; heureusement, une étincelle de lucidité me rappelle que c'est une très mauvaise idée.

À ce stade, je ne sais plus comment réagir. Je sautille, je couine, je crie, je gesticule. À croire que mon téléphone s'est transformé en un monstre terrifiant.

Que ferait Rachel dans cette situation ?

J'ai trois grandes passions dans ma vie : la couture, BTS et *Friends*. La première est mon espoir, mon ambition inavouée de réussir un jour à vendre mes créations ; la seconde m'aide à m'accepter et à m'aimer telle que je suis avec mes qualités et mes défauts ; et la dernière me donne la force, le courage et la volonté d'y arriver. Au fil des années, Rachel Green, l'une des héroïnes de la série culte, est devenue mon modèle. Nous avons de nombreux points communs toutes les deux, à commencer par nos relations amoureuses désastreuses. Elle s'est également entichée d'un dentiste qui confond pine et turbine et est incapable de la garder dans son pantalon. Elle reflète aussi la jeune femme trop gâtée qui, malgré tout, parvient à s'émanciper et à prendre sa vie en main. Ce que j'aspire à devenir.

Sauf que là, il y a encore du boulot…

Pour cette raison, je passe outre mon état d'âme. Je suis mature et responsable. Je vais décrocher, me comporter de façon professionnelle, parce que c'est ce que font les adultes. Ils gèrent et assument. Voilà.

– Mademoiselle Summer ?

– Oui, pardon. Nous avons été coupées. Que puis-je pour vous ?

***

Plus tard, attablée chez Dino, avec d'une part, la team mojito (Cherryl et Chad) et d'autre part, la team margarita (Lana et moi), je raconte à mes amies l'étrange coup de fil d'Helen.

– Si je comprends bien, déclare Lana, songeuse, elle veut t'embaucher ?

– Mais M. Bite n'est pas au courant, c'est ça ? renchérit Chad.

M. Manning a été rebaptisé par nos soins M. Bite : beau, imbuvable, ténébreux, exaspérant. Nous lui avons dégoté ce magnifique surnom avec les filles, une semaine après le-jour-dont-on-ne-doit-pas-reparler, quand je me suis résolue à leur narrer ma mésaventure. Ce petit mot de quatre lettres lui correspond à merveille.

– Si, il est au courant. Je l'entendais pester derrière elle pendant qu'elle me parlait. Seulement, il n'est pas d'accord.

– Euh… c'est sa gouvernante qui décide pour lui ? s'étonne Cherryl, jusque-là silencieuse.

– Je ne connais pas leurs rapports, mais c'est bizarre, oui. Il m'avait pourtant l'air autoritaire, je ne l'imaginais pas du tout se faire dicter sa conduite. J'ai dû me tromper.

– Tu vas accepter le poste ?

Je dévisage ma cousine, tandis que toutes sont suspendues à mes lèvres.

– Je n'ai pas dit oui... Mais je n'ai pas dit non, non plus. Elle a sous-entendu que le salaire était alléchant, je serai nourrie et logée sur place. Ça prête à réfléchir, surtout dans ma situation.

– C'est une opportunité que tu dois saisir ! certifie Lana d'un ton qui ne souffre d'aucune contestation possible.

D'ailleurs, les filles appuient son affirmation d'un grand oui.

– J'ai rendez-vous demain matin à neuf heures. On verra bien. En attendant, j'ai vraiment besoin de me bourrer la gueule.

Je lève mon verre. Aussitôt un concert de « cling » retentit tandis que nous trinquons en poussant notre cri de guerre :

– Santé, les chattes !

Advienne que pourra. Demain est un autre jour.

4

Seth

Tandis que j'effectue les cent pas, je torpille mon ancienne gouvernante d'une œillade mauvaise. Je ne décolère pas depuis hier soir ; d'ailleurs, les cernes noirs sous mes yeux attestent de ma nuit agitée.

– Pourquoi a-t-il fallu que tu la choisisses, elle, parmi toutes les candidates ? Je ne comprends pas.

– Mettez-vous en doute mon discernement ? (Je grimace.) J'ai encore toute ma tête, mon p'tit ! s'agace Helen. Je peux vous assurer qu'elle convient tout à fait.

– D'autres convenaient mieux qu…

– Sauf que vous les avez toutes rejetées, avançant le moindre prétexte pour leur refuser le poste. Maintenant, vous êtes au pied du mur. J'étais censée former la personne me remplaçant et céder ma place à la fin du mois. Je vous l'ai dit, je veux bien vous aider quelques semaines supplémentaires, mais c'est moi qui désigne qui me succédera. Et j'ai choisi Ava.

– Je maintiens qu'elle a un désordre mental.

– M. Sutton m'a envoyé une copie de son CV, elle a toutes les compétences requises. Vous saviez qu'elle faisait du bénévolat auprès d'enfants désœuvrés ? Cela montre sa gentillesse et sa dévotion. Elle sera parfaite.

Sans me laisser le temps d'argumenter, elle continue :

– Maintenant, vous devriez vous préparer, elle ne va pas tarder à arriver.

– Je ne vais pas porter un costume-cravate pour ses beaux yeux.

Le week-end est le seul moment où je peux être décontracté, hors de question que je m'habille pour Titanic.

– Je n'en demande pas tant, sourit-elle, malicieuse. Si vous désirez l'accueillir dégoulinant de transpiration, à votre guise.

Je viens à peine de finir mon jogging le long de la propriété, ce qui explique mon état. Normalement, j'enchaîne par une séance de musculation. Ma salle de sport n'est pas aussi équipée que je le souhaiterais, néanmoins, elle me permet d'entretenir ma forme.

Je bougonne :

– Je vais me doucher.

Au même instant, l'Interphone crépite.

– D'accord. En attendant, je vais lui faire une petite visite guidée de la maison.

Avant de m'éclipser, je la mets en garde en pointant ma gauche du doigt :

– N'oublie pas, toute cette aile lui est interdite ! Ce qui inclut ma chambre, mon bureau et…

– Je ne suis pas encore sénile, me rabroue-t-elle en soupirant. Je connais les consignes.

***

Une fois dans la salle de bains, j'ai un moment d'hésitation. Rien à battre de cette gonzesse ! Je ne vais pas changer mes habitudes pour elle. Helen veut qu'elle soit sa remplaçante ? Alors qu'elle se débrouille seule. Je ne lui faciliterai pas la tâche.

Ma décision prise, je virevolte et pars continuer mon entraînement. Certains se shootent à l'héroïne, moi, c'est aux endorphines. Sans ma dose quotidienne de sport, je ne réponds plus de rien.

Après avoir enchaîné quelques exercices de traction, je termine par une séance de développé couché. Mon tee-shirt colle à ma peau moite de sueur ; je le retire pour m'éponger avec. Je saisis ensuite ma bouteille d'eau, en bois une bonne rasade avant de déverser le reste du contenu sur mon visage, afin de me rafraîchir un peu.

Bientôt, des voix troublent ma quiétude, suivies d'un éclat de rire féminin, léger et cristallin. Je soupire. J'avais espéré que l'intruse serait partie avant la fin de ma séance d'entraînement. Lorsque les voix se rapprochent, je pousse un grognement irrité.

Si Helen ramène cette femme ici, ça va…

– Oh, Seth, vous êtes ici !

La surprise peinte sur les traits d'Helen lorsqu'elle pénètre dans la pièce est trop exagérée pour être crédible. Elle savait parfaitement où me trouver. On n'apprend pas aux vieux singes à faire la grimace ! Elle me connaît par cœur ; c'est elle qui m'a élevé, après tout.

– Désolée, mon p'tit.

Ses excuses ne me sont pas destinées, c'est à Ava qu'elle les adresse.

Elle pose une main prévenante sur son épaule.

– M. Manning n'a pas une tenue décente pour vous recevoir, j'en conviens.

Ava ne réagit pas. Ne parle pas. Ne bouge pas. Elle est dans une sorte de transe, hypnotisée par… Oh ! Je réalise en suivant la trajectoire de son regard qu'il est rivé sur mon torse nu.

– Mon p'tit, vous allez bien ? s'inquiète Helen devant la soudaine inertie de son invitée.

Sa main frotte son épaule dans le but de générer une réaction.

– Hein ? Quoi ? s'ébroue Ava en sortant de sa léthargie. (Ses joues s'empourprent.) J'ai eu une absence. Je crois…

Qu'est-ce que je disais ! Elle n'est pas nette, cette fille !

Helen réitère sa question. Titanic secoue la tête, comme pour reprendre ses esprits.

– Ça va, oui… Beau. Bien !

Ses yeux papillonnent à présent dans chaque recoin de la salle sauf dans ma direction.

– Bien, répète-t-elle d'une octave plus forte. Très bi… en.

Elle se mord la lèvre, avant de se racler la gorge.

– Et vous, monsieur Manning, comment allez-vous ? Bien ?

Sa bouche se plisse d'une moue vaincue tandis qu'elle soupire. J'ai l'impression qu'elle s'exaspère elle-même, ce qui me tire un sourire moqueur. Ça ne doit pas être facile d'être elle au quotidien ; un vrai boulet, cette femme.

Helen pousse alors un petit couinement victorieux. J'arque un sourcil interrogateur devant son air goguenard. Pour une raison qui m'échappe, elle semble particulièrement enjouée et fière d'elle. Que mijote la vieille Helen ? Son expression ne me dit rien qui vaille.

Je réponds à Ava d'un ton sec :

– Ça irait mieux si on cessait de me déranger.

Puis mon regard se plante dans celui d'Helen.

– Tu n'as pas un autre endroit à lui faire visiter ? De préférence loin de moi. Ça ne devrait pas être compliqué, la villa est grande.

– J'allais justement lui présenter Margot et Gabriel. Ils sont dans le jardin avec Antonio.

Elle ne peut s'empêcher de glousser, telle une adolescente, en prononçant le nom d'Antonio, l'homme « à tout faire » de la maison et son amoureux depuis deux ans. En les observant, j'ai le sentiment d'assister à une parodie de sitcoms des années quatre-vingt, version retraitée. C'est… déroutant !

– J'imagine que vous voulez vous joindre à nous ? poursuit-elle.

Elle imagine mal.

Sauf que, maintenant, si je dis non, je vais passer pour un père indigne qui se fiche de l'éducation de ses enfants.

– Je me douche et j'arrive.

Ma gouvernante me toise d'un œil sévère, que j'interprète sans difficulté : pas d'entourloupes, cette fois !

***

Dès que je suis prêt, je les rejoins sous la grande tonnelle, où un salon d'été est installé. Helen ne cache pas sa déception en lorgnant mes habits : tee-shirt blanc ajusté et bas de survêtement gris. Je l'avais pourtant prévenue, je ne ferai aucun effort vestimentaire.

– Papa ! s'exclame ma grenouille en courant vers moi.

Je m'accroupis pour l'enlacer.

Dès que je contemple ma fille, je prends un uppercut en plein plexus. Mon cœur se comprime si douloureusement que j'ai du mal à respirer. Dans ses mimiques, dans ses beaux yeux chocolat, dans son sourire charmeur, je vois… sa mère. La femme qui a été mon tout pendant des années et qui, encore aujourd'hui, occupe toutes mes pensées. Malgré les injonctions et les prières de mon entourage, je ne peux me résoudre à tourner la page. J'aurais l'impression de la trahir, de baisser les bras sans avoir fait mon maximum pour elle, pour nos enfants, pour notre couple. Même si nos chances de reconstruire un avenir ensemble sont utopiques, j'ai besoin de m'accrocher à cet infime espoir qu'un jour peut-être, nous serons à nouveau réunis.

En attendant, je supporte tant bien que mal cette situation. Je prends sur moi pour ne pas montrer la souffrance que je ressens en serrant ma fille dans mes bras.

– Tu as vu notre nouvelle nounou ? Elle s'appelle Ava.

– Je sais, oui. Elle te plaît ? On peut en choisir une autre sinon.

– Elle est trop belle ! s'extasie Margot, à mon grand désespoir.

Je lui chuchote, insistant :

– Tu ne préfères pas une autre ? On peut sûrement trouver mieux.

– Bah non, papa ! Helen a dit que c'est la meilleure !

Je relève la tête pour torpiller ma gouvernante d'un regard mauvais, néanmoins, mon attention est déviée par un tableau qui me broie le cœur : Gabriel gazouille dans les bras d'Ava et cette dernière lui sourit, attendrie. On dirait une mère et son fils. Avec Helen, cette sensation n'existait pas. Je savais que c'était une mauvaise idée ; je ne veux pas qu'Ava prenne la place de leur mère.

Je me dirige vers Ava et lui retire Gabriel, sans ménagement.

– Je vais le prendre !

Aussitôt, mon fils se met à pleurer. Il gesticule pour se libérer de ma prise et tend les bras vers Helen qu'il réclame à grands cris.

Voilà ma vie. Une fille dont la vue m'est insupportable certains jours ; un fils qui me considère moins qu'un étranger tant je brille par mes absences ; et un amour que je berce d'illusions.

Comme à mon habitude, je ne laisse rien transparaître de mes émotions et masque la peine que ce rejet me procure. Les lèvres plissées dans un simulacre de sourire, je rends Gabriel à Ava. Le dos d'Helen ne supporte plus de charge lourde, et Gab est un bébé rondouillard. C'est la raison principale pour laquelle ma gouvernante désire passer le relais, elle ne se sent plus à la hauteur pour s'occuper d'un bébé qui crapahute partout, et je la comprends. Ce qui me rassure, c'est qu'elle ne sera jamais loin. Elle a vécu la majeure partie de sa vie dans cette demeure, elle ne se voyait pas, à son âge, partir ailleurs. Nous avons donc convenu que l'ancienne maison du gardien serait la sienne. Cela fait longtemps qu'elle est inhabitée puisqu'il n'y a plus de gardien depuis le décès de mes parents. Quand j'ai repris la propriété, je me suis délesté d'une partie du personnel, que je ne jugeais pas nécessaire.

– C'est la fête par ici, s'exclame Greg, sarcastique, en débarquant dans le jardin tel un roi en terrain conquis.

– Je vais peut-être remettre un gardien, en fin de compte ! On rentre dans cette maison comme dans un moulin, ma parole !

– Ne sois pas grincheux, c'est le week-end et il fait beau.

C'est assez étrange, mais l'humeur de mon beau-frère fluctue selon la météo. Dès qu'il pleut, il est irascible. Dommage que le soleil soit au rendez-vous, sinon il serait occupé à bouder, affalé sur son canapé.

– Heureusement que j'ai plus d'un tour dans mon sac, continue-t-il. Ça faisait trois plombes que je sonnais à l'Interphone.

Il pivote en direction d'Ava, manifestement très satisfait qu'elle soit ici.

– Ah, mademoiselle Summer ! Ravi de vous revoir.

À la tête d'Ava, ce n'est pas réciproque.

– Monsieur Sutton, finit-elle par murmurer dans un souffle.

Avant que l'ambiance s'envenime, j'enjoins Greg de me suivre ; ainsi, cela me donne une bonne raison pour m'éclipser.

Margot m'agrippe la jambe pour m'empêcher de partir.

– Tu viendras jouer à la balançoire avec moi, tout à l'heure ? me questionne-t-elle, pleine d'espoir.

– Si j'ai le temps, ma grenouille.

Je détache ses petites mains, embrasse le sommet de son crâne, puis m'éloigne en évitant de m'attarder sur ses traits qui me mettent au supplice.

***

Une fois à l'abri dans mon bureau, je file droit vers la desserte pour me servir un scotch.

– Un peu tôt pour boire, non ?

Le ton accusateur de mon beau-frère me hérisse le poil.

– Je ne t'en propose pas un, du coup…

Je lève mon verre à sa santé avant de le porter à mes lèvres.

Il soupire, mais tait ses remontrances. Tant mieux. J'en ai ma claque de ses discours moralisateurs et de son regard de pitié. Je sais qu'il s'inquiète pour moi, néanmoins, toute cette attention me tape sur les nerfs.

– Bon. Parlons peu, parlons bien. Ava, elle est pas mal, non ?

Je secoue la tête.

– J'ai surtout remarqué qu'elle était idiote.

– Encore mieux, elle sera plus facile à mettre dans ton lit.

– Aucune chance.

J'ai toujours en travers de la gorge son intervention pour que Titanic postule comme gouvernante.

– Je n'en reviens pas du coup tordu que tu m'as fait. T'es un gros…

– Je t'assure que je ne savais pas que c'était la fille de l'ascenseur avant que tu m'en informes, me coupe-t-il, un brin impatient. Combien de fois vais-je devoir te le répéter ? C'est une COÏNCIDENCE ! Elle s'est présentée pour le poste de secrétaire et j'ai pensé qu'elle te conviendrait mieux. C'est tout. Comment aurais-je pu deviner que c'était ta Castafiore ?

Je renâcle, peu convaincu par sa tirade. Je suis trop habitué à ses plans foireux pour m'en laisser conter.

– Il faut voir le bon côté des choses, reprend-il. En cas de guerre, sa puissance vocale fera fuir l'ennemi. Ta demeure est ainsi protégée.

Je réprime un sourire. Quel con.

– Y a que toi pour voir du bon là-dedans. Tout à l'heure encore, elle a fait une sorte d'AVC. Le courant s'est éteint dans son cerveau. Elle fixait mon torse nu, l'écume aux lèvres.

Le comble, c'est que j'exagère à peine.

– Tout le monde bave devant tes pectoraux, ce n'est pas nouveau. T'es gaulé comme un dieu grec avec toute la fonte que tu soulèves. D'ailleurs, tu devrais y aller mollo, tu donnes des complexes aux autres, c'est pas très sympa.

Je lève les yeux au ciel.

– Sinon, que me vaut l'honneur de ta visite ? Tu es déjà passé trois fois cette semaine. À force, tu vas finir par habiter ici.

– C'est une proposition ?

Mes yeux s'arrondissent.

– NON ! Non. Non. Définitivement non. Même pas en rêve.

– C'est bien ce que je pensais. Pour répondre à ta question, je suis venu vérifier comment se déroulait le premier jour de travail d'Ava.

– Tu mets la charrue avant les bœufs, là. C'est un simple entretien, qui n'engage à rien. Tant que le contrat n'est pas signé, on peut encore espérer.

– Espérer quoi ?
– Qu'elle refuse et se tire.
– Je ne vois pas pourquoi elle ferait ça. Ni pourquoi ça te contrarie à ce point qu'elle remplace Helen. Il me semble que le feeling est bien passé avec mes neveux.
– La question n'est pas là.
– Alors, explique.
– Elle est trop jeune, pour commencer.
– Elle a 25 ans.
– De toute façon, ce n'est pas ce qui importe. Elle est inexpérimentée et…
– Canon ?
– Oui. Non ! Putain, arrête avec ça ! Je m'en fiche de son physique.
Et c'est vrai. Cela fait bien longtemps que je ne regarde plus les femmes de cette façon.
– Hormis ses yeux globuleux, je ne sais même pas à quoi elle ressemble.
– Globuleux, t'es sérieux ?
– On dirait un poisson en manque d'air.
– Ce n'est pas possible d'avoir des œillères pareilles. Je t'en foutrais d'un poisson, c'est une sirène, cette fille ! Viens, on retourne au jardin. Et mets des lunettes, cette fois.
– Greg, j'en ai rien à secouer. Elle ne m'intéresse pas.
– Alors qu'elle a tout pour… soupire-t-il.
Avec mon beau-frère, j'ai toujours l'impression d'avoir une discussion sans fin. J'oscille entre agacement et lassitude.
– La vieille Helen a plus de sex-appeal que cette fille !
Tandis que nous traversons le séjour, Greg poursuit son délire, alors j'insiste :
– Je ne coucherai pas avec elle. D'une, parce qu'elle ne m'attire pas, et de deux, parce que je ne m'envoie pas en l'air avec les membres de mon personnel. Maintenant, le sujet est clos.
– Si tu continues, ta queue va se putréfier et se détacher de ton corps. Un moine a une vie sexuelle plus remplie que la tienne, tu t'en rends compte ?

– Ma queue se porte à merveille ! Pas besoin de la tremper dans un vagin pour me sentir bien !

Un hoquet surpris interrompt notre échange.

Ava nous dévisage tour à tour, ses immenses yeux bleus écarquillés.

– Tu vas la niquer, chuchote Greg pour que moi seul puisse entendre.

Je rétorque, sarcastique :

– Je préférerais enculer une chèvre…

À constater l'effroi peint sur le visage d'Ava, j'ai répondu plus fort que je ne l'escomptais.

Eh merde !

5

Ava
Quelques heures plus tôt

Alors que la villa se dessine devant moi, mon cœur s'emballe tels les battements d'ailes d'un colibri en plein vol. Je dois absolument me calmer, car mon anxiété est intrinsèquement liée à mes intestins. Or, je ne tiens pas à m'humilier davantage. Par pitié, gardons les gaz et la diarrhée pour un autre jour !

Ce n'est pas tant le travail qui m'angoisse, mais plutôt le fait de le revoir, lui.

M. Bite est un nid à emmerdes, ça se sent à plein nez. J'ai du flair pour détecter ce type d'individus. Seulement, même lorsque mon instinct me met en garde, j'ai tendance à foncer tête baissée.

Aujourd'hui, par exemple, il me hurle de fuir loin pendant qu'il est encore temps…

Et que fais-je ? Je sonne à l'Interphone, avec un petit sourire crispé vers la caméra braquée sur mon visage, puis je pénètre dans l'antre du diable quand le portail s'ouvre devant moi.

Irrécupérable.

En même temps, j'ai besoin de ce travail… Sans cela, je ne ferai pas long feu avec toutes ces factures qui s'accumulent. Sans cela, je vais me retrouver à la rue. Ou pire : je vais devoir retourner vivre chez mes parents dans le Vermont ! Option inenvisageable, cela va sans dire.

Donc, je vais devenir la meilleure gouvernante que M. Bite ait jamais eue et me rendre indispensable. D'ici une semaine, il me mangera dans la main.

Comme je pars avec un handicap sérieux, je vais devoir mettre les bouchées doubles.

Les gosses, je sais gérer, j'adore m'occuper d'eux. J'ai toujours rêvé de fonder une grande famille, avec une ribambelle d'enfants autour de moi.

Lui, en revanche, je suis plus sceptique. Se faire le maillot à la pince à épiler me semble plus agréable que de devoir affronter son regard de glace.

Une crampe au ventre me rappelle à l'ordre ; je dois chasser toutes ces ondes négatives.

Tout va bien se passer...

J'expire doucement par la bouche, tandis que je grimpe les escaliers menant à l'entrée.

– Tout va très bien se passer.

– Évidemment, me surprend la gouvernante en ouvrant en grand la porte. (Un sourire bienveillant étire ses joues creuses.) Entrez donc mon petit. Vous n'avez aucune inquiétude à avoir, mon instinct me souffle que vous serez ici comme un poisson dans l'eau.

Ah oui ? J'aimerais avoir son optimisme, mais étrangement je le sens beaucoup moins bien qu'elle.

– M. Manning se prépare, il nous rejoindra dès qu'il sera prêt. En attendant, je vais vous faire visiter la villa et vous expliquer tout ce que vous devez savoir. Ensuite, je vous présenterai les enfants. Ils sont dans le jardin avec Antonio, c'est le multitâche de la maison, si je puis dire. Un homme plein de ressources.

Elle glousse, sans que j'en comprenne la raison.

– Ils ont quel âge ?

– Margot a 6 ans et Gabriel 13 mois, il commence tout juste à marcher seul. Ce qui, croyez-moi, n'est pas de tout repos.

Je réponds distraitement, impressionnée par la beauté des lieux :

– J'imagine, oui...

Tout est décoré avec goût. Sobre, mais chic et moderne. Du béton ciré, des murs blancs avec parfois une touche de couleur par-ci, par-là, d'immenses baies vitrées qui ouvrent sur une grande terrasse qui domine un jardin luxuriant, agrémenté de grands arbres et de fleurs bigarrées.

Je n'ai pas le temps de m'attarder sur le paysage que déjà Mme Montgomery me fait visiter une autre pièce. D'abord la cuisine, moderne et tout équipée, digne d'un chef étoilé, puis une chambre, puis une autre, puis encore une autre, et une autre et…

Mais ça ne s'arrête donc jamais ?

– Combien de personnes vivent ici ?

Elle énumère sur ses doigts :

– M. Manning et ses deux enfants. Lenny, le chauffeur. Rosa, la cuisinière. Antonio et moi-même. Et… et c'est tout.

Je fronce les sourcils devant son hésitation. Sa mémoire lui cause-t-elle des soucis ?

– C'est grand pour si peu de personnes, ne puis-je m'empêcher de constater.

– Avant, la maison était toujours pleine d'invités et d'amis, me révèle-t-elle, nostalgique. Il y avait plus d'employés aussi à vivre sur place. Mais… depuis que Mme Manning est… Enfin, ce n'est plus pareil maintenant.

– Que lui est-il arrivé ?

Helen vacille. Je la soutiens par le bras pour ne pas qu'elle tombe.

Je m'affole aussitôt :

– Vous allez bien ? Vous voulez vous asseoir deux minutes ? Vous voulez de l'eau ?

– La chaleur me procure des vertiges, je crois bien. Vous comprenez pourquoi il est urgent qu'on me remplace. Je n'ai plus la vigueur de ma jeunesse, mon p'tit. Mais ça va, ne vous en faites pas.

– Vous voulez que je prévienne M. Manning ?

– Hmmph ! Ce n'était qu'un étourdissement de rien du tout. Regardez, je vais déjà mieux, me certifie-t-elle d'une voix guillerette tout en reprenant sa marche d'un bon rythme.

Je fronce un instant les sourcils devant son soudain regain d'énergie, puis hausse les épaules, avant de suivre son pas.

Cette femme a l'air d'être un sacré numéro. J'ai encore du mal à la cerner.

– Toute cette aile, m'informe-t-elle lorsque nous passons devant un couloir au plafond voûté, est destinée à M. Manning. Il y a sa chambre, son bureau… Et vous n'y aurez donc pas accès. M. Manning tient à préserver son intimité.

– Bien sûr, oui, je comprends.

– Dans ce travail, vous n'avez pas d'horaires fixes, continue-t-elle en poursuivant la visite. Ce n'est pas comme un poste de secrétaire où vous commencez et finissez à telle heure. Parfois, vous serez amenée à travailler tard le soir ou, à l'inverse, tôt le matin.

À ma grimace, elle ajoute :

– D'où le salaire conséquent. Les repas, le logement, ainsi que le transport sont à la charge de M. Manning. Vous n'aurez rien à débourser. Pour vos déplacements, vous ferez appel à Lenny, il est à votre entière disposition. De jour comme de nuit. Margot a des cours de piano le jeudi et consulte un orthophoniste le lundi soir. (Elle me tapote la main.) Mais nous verrons tous ces détails plus tard. Je vous mettrai également en relation avec le Dr Ashley Smith, la pédiatre des enfants.

Elle jette un œil à sa montre, puis claque sa langue contre son palais, d'un air mécontent.

– Vous êtes sportive ? Bien sûr, affirme-t-elle sans me laisser répondre. Ça se voit tout de suite que vous êtes sportive.

Ou pas…

– Je ne l'aurais pas formulé ainsi.

– Je vais vous montrer la salle de sport, décide-t-elle, en ignorant, volontairement ou non, mon commentaire. Vous pourrez jouir des appareils comme bon vous semble.

Elle réfléchit un instant.

– Sauf quand M. Manning y est… Il n'aime pas trop être dérangé. C'est un grognon, murmure-t-elle sur le ton de la confidence.

J'éclate de rire. Un grognon ? Oui, ça lui va bien. Ainsi que tout un panel d'autres qualificatifs en « on ». Au hasard : supercon, couillon, cornichon…

En pénétrant dans la pièce, mes yeux tombent sur le torse le plus musclé qu'il m'ait été donné de voir, à part à la télé ou dans les magazines.

Étalon. Apollon…

Je suis en apnée devant ses pectoraux massifs. Quelques minces cicatrices strient sa clavicule ainsi que le haut de son sternum. Elles sont fines, comme des empreintes laissées par des petits éclats de verre ou des gravillons. Rien de bien méchant. Mon regard est ensuite happé par deux petites gouttes d'eau qui glissent avec lenteur le long de ses côtes, puis plus bas, en direction de son nombril. Une ligne de poils noirs descend sous son short, tout comme les gouttelettes.

Si je me penche pour en lécher une, serait-ce malvenu ? Probablement, oui. Cependant, je ne peux m'empêcher d'imaginer ma langue parcourir les monts et vallons que dessinent ses muscles déliés, tandis que mes mains paressent le long de son torse…

Grouaa ! Aouuuh !

Une friction à l'épaule me tire de mon fantasme. Je cligne des yeux.

Qui m'a parlé ? Quelqu'un m'a parlé ?

– Hein ? Quoi ? J'ai eu une absence. Je crois…

Je secoue la tête pour me remettre les idées en place.

– Je vous demandais si vous alliez bien, répète Mme Montgomery, la mine soucieuse.

Il est vraiment temps que je me trouve un mec, moi !

– Ça va, oui… Beau. Bien !

Rha ! Mais pourquoi il ne porte pas de tee-shirt, non plus ! Encore une manœuvre sournoise pour me déstabiliser ! Je ne vais pas me laisser impressionner.

– Bien, je confirme un peu plus fort. Très bi… en.

Arrête de te ridiculiser… Pitié.

C'est dingue ! Pourquoi je perds tous mes moyens en sa présence ?

Peut-être parce qu'il ne porte pas de tee-shirt, précisément. Qu'il est d'une beauté à couper le souffle et qu'il possède un corps à se damner.

Ou parce que tu es faible, idiote et que tu n'apprends jamais de tes erreurs.

Ou encore parce que tu n'as pas vu l'ombre d'un zizi depuis des mois et que ça te monte au cerveau.

Ou parce que…

C'est bon, on a compris !

« Je suis un arbre dont les branches centenaires me protègent… »

J'expire doucement par le nez, puis souris.

– Et vous, monsieur Manning, comment allez-vous ? Bien ?

Un rictus narquois se dessine sur son visage, vite effacé par son regard de glace qui se plante dans le mien tel un pic acéré.

– Ça irait mieux si on cessait de me déranger, me répond-il sans masquer son agacement.

M. Bite dans toute sa splendeur.

Il m'énerve tellement que je n'ai même plus envie d'écouter la suite de la conversation. Je fixe mon regard au loin et patiente, pressée que ce supplice se termine.

Heureusement, je n'ai pas longtemps à attendre.

Le pas léger et un sourire goguenard aux lèvres, Helen me présente enfin aux enfants.

Aussitôt, en présence de Margot et Gabriel, ma bonne humeur réapparaît. Je suis dans mon élément.

Margot, plutôt grande pour son âge, me contemple de ses beaux yeux marron clair, bordés de longs cils noirs. Un vrai regard de biche. Elle est magnifique. Une jolie poupée, avec son teint légèrement hâlé par le soleil et sa robe évasée d'un jaune vif. Ses cheveux châtains cascadent en vagues sur ses épaules, et des barrettes rouges en forme de cœur, placées de telle sorte qu'aucune mèche rebelle ne vienne chatouiller son visage, complètent sa tenue. Je suis immédiatement sous le charme de son doux minois. Elle ne ressemble en rien à son père, j'en déduis donc qu'elle tient de sa mère. J'espère que pour le caractère, il en va de même…

Mais celui qui me fait complètement fondre, pire qu'un marshmallow dans un bol de chocolat chaud, c'est Gabriel. Mon Dieu, qu'il est craquant ! D'accord, tous les bébés sont craquants. Cherryl serait là, elle me certifierait que non, mais moi, j'insiste : tous les bébés sont craquants.

À la différence de sa sœur, Gabriel est le portrait craché de son père. Ils ont le même regard azuré dont l'intensité varie selon la lumière. Là, ses yeux sont presque gris, alors que tout à l'heure, lorsque le soleil se reflétait dans ses iris, ils étaient d'un bleu étincelant.

Néanmoins, contrairement à son géniteur, lui sait sourire. D'un sourire irrésistible avec ses quelques petites quenottes…

Oh, j'ai envie de lui pincer ses joues rebondies, de lui faire plein de bisous, de le croquer.

– Je peux le prendre dans mes bras ?

– Bien sûr, me répond Antonio, dont les yeux sont rivés sur Helen depuis son arrivée.

Je rêve ou ces deux-là roucoulent comme des adolescents ?

Les regards langoureux qu'ils se lancent ne trompent pas, sans parler des gloussements qu'émet Mme Montgomery à intervalles réguliers.

Antonio, traits hispaniques, mince et de taille moyenne, plutôt bien conservé pour son âge. Bien que plus jeune qu'Helen, je lui donne la cinquantaine bien tassée.

Alors comme ça, l'ancienne gouvernante se tape un « petit jeune »… Elle est décidément pleine de surprises !

J'émets un léger rire, puis porte à nouveau mon attention sur Gabriel, les mains ouvertes dans sa direction. Il tend aussitôt ses petites menottes vers moi.

Ooooh… Je craque.

Commence alors entre nous une discussion des plus philosophiques, où je ne saurais dire qui de nous deux gazouille le plus.

– Toi aussi, t'es une princesse ? m'interpelle Margot.

– Une princesse ? Hum… je ne sais pas.

Ton père dirait que non.

– Tu ressembles à Blanche-Neige, déclare-t-elle avec conviction. Tu seras donc Blanche-Neige. Moi, je suis Belle. Tu connais ?

– Ah oui, Belle ! Ça te va super bien. Tu es la plus jolie des Belle que j'aie jamais vues.

– C'est vrai ?

Elle tournoie sur elle-même pour faire voler les pans de sa robe.

– Tu vas être notre nounou ?

– Je crois bien, oui.

– Trop super. (Elle m'agrippe par la taille.) Moi, je t'aime beaucoup.

C'est ça la beauté d'un enfant. Il t'offre son cœur sans aucune contrepartie, comme ça. Avec eux, tout est simple, naturel, sans faux-semblants. Voilà pourquoi je les aime tant.

Je lui réponds par un énorme sourire :

– Moi aussi, Margot.

Toutefois, ma petite bulle de bonheur éclate bien vite. Un grognement suffit. Celui de mon futur employeur. À croire qu'il est toujours de mauvais poil.

Sa fille se jette aussitôt dans ses bras. Il s'agenouille pour la réceptionner et lui rendre son étreinte.

Je leur laisse leur intimité et me concentre sur Gabriel. Lui et moi n'avons pas fini notre conversation. J'adore les expressions qui traversent son visage lorsque je lui parle.

Soudain, on me tire le petit des bras. Le geste brutal et inattendu fait crier Gabriel, qui pleure maintenant à chaudes larmes, en réclamant Helen.

Mais qu'est-ce qui lui prend à ce crétin ? Ça ne va pas la tête !

Je n'ai pas le temps de m'épandre en remarques désobligeantes que M. Manning me refourgue déjà le bébé.

Je roule des yeux en direction d'Helen, qui hausse les épaules en retour, ne comprenant pas elle non plus ce qui lui a traversé l'esprit.

Ça va être coton de travailler sous ses ordres…

Alors que je pense que l'ambiance ne peut pas s'assombrir plus, le beau-frère fait son entrée.

Youpi !

Heureusement, mon patron et lui s'éclipsent bien vite, nous laissant en paix.

Je peux enfin respirer. Avec eux, l'air me semble vicié, tant ils me mettent mal à l'aise.

– Alors, ce travail vous convient-il ? me questionne la gouvernante, après quelques minutes à papoter. Dites-moi que vous allez accepter ?

J'entends presque comme une supplique dans sa voix.

– M. Manning n'est pas enchanté par…

– Ne vous inquiétez pas pour lui, il s'y fera. Il paraît bourru au premier abord, mais je vous assure que c'est un homme bon. Il est juste… triste.

Son timbre se brise, mon cœur se serre.

– C'est d'accord.

– Formidable ! s'exclame-t-elle en claquant des mains. Vous ne le regretterez pas.

Ça, j'en suis moins sûre, mais bon.

– Les toilettes sont où déjà ?

Cette maison est vraiment grande, il va me falloir un moment pour me repérer.

– Les plus proches sont celles attenantes au salon, sur votre droite.

***

Une éternité plus tard, je retourne dans le jardin où Margot, poussée par Antonio, fait de la balançoire en riant aux éclats tandis que Gabriel est endormi à l'ombre, dans son transat.

– Désolée, je me suis un peu perdue.

J'ai l'impression d'avoir tourné des heures dans la villa avant de trouver les toilettes.

– Aucun souci, mon petit, me rassure Mme Montgomery.

La conversation que j'ai surprise un instant plus tôt me revient en mémoire. J'imagine qu'il plaisantait. C'est évident. Qui voudrait enculer une chèvre à part un détraqué ?

Une petite voix me met cependant en alerte.

Et si c'en était un, justement ?

De nos jours, on n'est jamais trop prudent.

Je tapote ma lèvre, contrariée.

– M. Manning a-t-il des animaux ?

– Ah, oui ! Il les adore.

C'est ce que j'ai cru comprendre…

« Ma queue se porte à merveille ! Pas besoin de la tremper dans un vagin pour me sentir bien ! Je préférerais enculer une chèvre. »

– Il a un chat et un chien, poursuit-elle.

– Pas de chèvre ?

– De chèvre ? Non.

J'insiste, toujours en proie au doute.

– Vous êtes sûre ?

– Il n'y a pas de chèvre sur le domaine, mon petit. À un moment, M. Manning a bien hésité à prendre des poules et un coq, mais ça ne s'est pas fait, finalement.

Pas de chèvre… Hum…

– Et les voisins, ils en ont peut-être ?

– Je ne crois pas…

Elle fronce les sourcils, en pleine réflexion. Son regard s'éclaire lorsqu'elle aperçoit M. Bite, renommé L'enculeur-de-chèvre, venir à notre rencontre.

– Mlle Ava voudrait savoir si les voisins possèdent des chèvres ?

Mon boss se racle la gorge, une rougeur naissante sur les pommettes.

– Pas de chèvre, non, confirme-t-il d'un ton sec. Personne n'a de chèvre. Personne ne fait quoi que ce soit avec des chèvres… C'est entendu ?

Ses yeux me foudroient comme si c'était moi la dérangée. J'exprime dans les miens tout ce qu'il m'inspire.

Espèce de tordu, dégénéré…

« Espèce de timbrée, sans cervelle », me renvoie le sien.

Sale pervers dégueulasse…

« Sombre idiote ! »

Helen, qui assiste à notre duel silencieux, déclare d'une voix chantante :

– Le courant a l'air de bien passer entre vous, j'en suis ravie. M. Sutton est-il parti ?

– Oui… Maintenant, si vous le permettez, j'aimerais faire de la balançoire avec ma fille.

Je soupire, regrettant déjà d'avoir accepté le poste.

Dans quel pétrin me suis-je mise ?

6

Seth

– C'est officiel : Ava Summer est notre nouvelle gouvernante… Elle a fini sa période d'essai hier soir, du coup j'ai dû signer son contrat ce matin. Non sans avoir grincé des dents, tu me connais.

Je saisis un cadre photo posé sur la table de chevet. C'est un cliché où nous sommes, ma femme et moi, enlacés, à regarder l'objectif en souriant.

Je soupire.

– Tu crois que j'ai pris la bonne décision ? Les enfants l'adorent, Helen aussi. C'est l'essentiel, non ? Après tout, je n'ai pas à l'aimer, la tolérer suffira amplement. (Je ricane.) Depuis le malentendu de la chèvre, la semaine dernière, je perçois dans son regard encore plus de dégoût qu'avant.

Je pose le cadre, pour me saisir d'un autre. Ma femme est seule, cette fois, sur la photo. Un portrait magnifique. Elle est si rayonnante, si lumineuse dessus.

– Tu me détestais au départ, tu t'en souviens ? Tu me voyais comme un petit bourge prétentieux et imbu de soi. (Je souris.) Pour le bourge, j'admets. J'ai toujours vécu dans l'opulence, je ne vais pas m'en excuser. Pour le reste, tu te trompais lourdement. Peut-être qu'aujourd'hui, ces qualificatifs me conviendraient, mais à l'époque, j'étais plutôt du genre intello et timide, si tu te rappelles bien. Quant à toi, Jessie, tu étais le fantasme de tous les garçons. Et j'appréciais que tu ne sois pas désireuse de sortir avec Seth Manning, riche héritier de Clifford Manning, l'un des hommes les plus puissants de l'État du Connecticut…

Notre relation a évolué au fil des mois. D'ennemis, nous sommes devenus amis, puis amants. En dernière année de lycée, nous étions le couple le plus populaire de l'établissement. Nous sommes partis ensemble étudier à Yale, et avant même la fin de notre cycle universitaire, nous étions mariés. Heureux.

Je frissonne en repensant au soir où elle m'a annoncé qu'elle était enceinte de Margot. Ce jour est l'un des plus beaux de ma vie.

Pour Gabriel, c'était différent, le contexte était plus tendu. Nous traversions une crise, la pression au travail était énorme, nous ne comptions plus nos heures et nos divergences d'opinions sur la communication de l'entreprise se répercutaient de plus en plus sur notre couple. C'est un peu le risque quand on bosse ensemble. Cependant, cette grossesse nous a permis de nous recentrer sur nous, sur notre famille. Je nous pensais enfin sur les rails… jusqu'à ce que tout s'effondre.

Les larmes me montent aux yeux, comme à chaque fois que je repense à notre bonheur perdu, signe qu'il est temps que je quitte la pièce.

Mes lèvres pressent son front d'un tendre baiser. Je repose la photo, puis sors de la chambre.

« Le mausolée », comme la nomme Greg.

Il refuse catégoriquement de mettre les pieds dedans. J'y ai entreposé tous les vestiges de ma relation avec ma femme, ainsi que toutes ses affaires. Je n'ai rien jeté. Tout est rangé avec soin, pour le jour où elle me reviendra. Mon beau-frère trouve cela malsain, il est persuadé que je ne fais que repousser l'inévitable, que je me voile la face. Il a raison. Seulement, je ne suis pas encore capable de lâcher prise. J'ai besoin de cet espoir illusoire pour survivre. C'est ce qui me donne la force, chaque jour, de me lever le matin. Sans cela, j'ai peur de définitivement sombrer. Et que deviendraient mes enfants, dans ce cas ? Je ne peux pas me le permettre, ils n'ont plus que moi. Je dois me battre, pour eux. Or, c'est la seule façon d'y parvenir. Cet espoir, c'est tout ce qu'il me reste.

Comme après chaque visite, je pars m'enfermer dans mon

bureau pour descendre quelques verres. Il est tôt. Bien trop tôt pour picoler, mais je m'en fiche. J'ai conscience d'être dans un schéma typique d'autodestruction. Néanmoins, le savoir ne change rien à la situation. Je suis dans une impasse depuis si longtemps que je ne sais plus vivre autrement.

Une fois mon gosier anesthésié par une dose non négligeable de liquide ambré, je décide de sortir de mon refuge. Les enfants m'attendent sûrement pour le brunch dominical. Mon esprit est un peu apaisé par l'alcool, assez pour que je réussisse à tromper mon entourage et jouer au papa modèle.

J'espère juste qu'Ava saura se tenir.

Chaque jour, elle me débite une énormité de son cru. Du moment que ça va dans le sens contraire de ma pensée, elle fonce.

La plus ridicule est sûrement celle où elle me soutenait mordicus qu'elle avait aperçu un poney paître sur la propriété. J'ai eu beau lui expliquer que non, ce n'était pas possible parce que nous n'avions pas de poney, elle n'en démordait pas.

***

– Il n'y a pas de poney dans le jardin, Ava. Il n'y a jamais eu de poney dans le jardin !

– Je sais ce que j'ai vu ! s'entête-t-elle, ce qui me donne une furieuse envie de la jeter dans la piscine.

Sérieux, elle le fait exprès ?

Je grogne :

– Vous prenez votre pied à me contredire, c'est ça ?

– Pas du tout ! C'est vous, à toujours vouloir avoir raison… C'est agaçant !

– Parce que j'ai toujours raison.

– Aaah ! Regardez, il est encore là ! Vous le voyez, près du bosquet ?

Elle exulte, littéralement. Je suis la direction de son doigt.

Un rictus narquois ourle ma lèvre.

– C'est un chien.

Ava roule des yeux.

– Bien sûr. Et à côté, il y a une licorne rose. (La colère colore ses joues, habituellement pâles.) Vous n'en avez pas marre de vous moquer de moi ?

– Ce n'est pas de ma faute si vous me donnez des munitions pour tirer.

Je pourrais presque voir la fumée sortir de ses oreilles. Elle s'excite, alors qu'elle a tort, une fois de plus…

– Et pour votre gouverne, c'est réellement un chien. Il s'appelle Gibbs.

Pour mettre un terme à ce faux débat débile, je siffle Gibbs. Aussitôt, une furie noire déboule dans le salon d'été. Tout heureux, il lève son museau rempli de terre dans ma direction, avant de grimper sur le sofa et de s'affaler contre mon flanc, prenant à lui seul presque toute la place.

– Oh, mon Dieu ! s'alarme Ava en bondissant de son fauteuil. C'est quoi, ce truc ?

– Pour la troisième fois : c'est un chi-en. Vous savez ce qu'est un chien au moins ?

– Je ne suis pas stupide.

J'arque un sourcil, loin d'être de son avis.

– C'est juste qu'il est énorme ! Je n'en avais jamais vu de si gros.

Greg serait là, il ne manquerait pas de lui faire une réflexion graveleuse en se touchant l'entrejambe.

Je plisse la bouche pour ne pas rire.

– C'est quelle race ?

– Un dogue allemand.

– Avouez qu'on peut le confondre avec un poney… de loin.

Je renifle, sans prendre la peine de lui répondre. Il faut toujours qu'elle ait le dernier mot.

Le regard suspicieux, elle dévisage Gibbs qui dort, la tête sur mes genoux.

– Il mord ?

– Bien moins que moi ! Vous avez peur des animaux ou quoi ?

Déjà, lorsqu'elle a rencontré Looki, notre maine coon, elle a paniqué. Elle était persuadée que c'était un lynx… Lorsque je lui ai juré, certifié que non, que c'était bel et bien un CHAT, qui plus est amical et câlin, elle m'a demandé s'il mordait. C'est plutôt de ses griffes dont elle devrait se méfier… Mais bon, elle était suffisamment flippée, je n'ai pas souhaité en rajouter.

– Absolument pas. Seulement, je n'aime pas qu'on me morde.

La voix de Greg résonne à nouveau dans mon crâne, me forçant à imaginer des choses que je ne veux pas.

Il n'y a rien de sexuel là-dedans, sors de ma tête, sale pervers !

– Un basset m'a sauvagement attaquée lorsque j'étais petite, reprend-elle. Depuis, je suis méfiante concernant tout ce qui porte des crocs. Ou des dents.

– Un basset ? C'est pas un genre de gros saucisson court sur pattes, avec de grandes oreilles ?

Elle acquiesce du menton pour confirmer.

Cette fois, c'en est trop. J'éclate de rire.

– Ne rigolez pas ! Ils sont sanguinaires. J'ai même une cicatrice sur le mollet qui le prouve.

Elle soulève sa jambe pour que je puisse constater par moi-même. L'unique chose que je remarque, c'est son bracelet de cheville en or qui ressort sur sa peau laiteuse.

– Bon, elle ne se voit plus maintenant. Mais elle était bien là, je vous assure.

Je secoue la tête. C'est un cas désespéré.

***

Je cligne des paupières pour sortir de ma rêverie.

Dès que je mets un pied sur la terrasse, ma fille se jette à mon cou.

– T'étais où ?

– Je faisais mon sport, ma grenouille.

Ce qui n'est pas un mensonge. Dès la première heure, ce matin, je m'entraînais. Footing le long de la propriété, plus une séance de musculation. C'est après que cela a dérapé, lorsque mes souvenirs m'ont submergé.

Le brunch se déroule sans anicroche. Je dois le reconnaître : Ava se débrouille bien avec les enfants. Comme si, à leur contact, elle changeait de personnalité. Ses maladresses sont estompées par une assurance que je ne lui connaissais pas. Elle est douce, gentille, d'une patience à toute épreuve, et surtout on sent qu'elle aime être auprès de Gabriel et Margot ; elle ne se force pas, son plaisir est palpable, ses sourires sont sincères. Ce constat me rassérène, j'ai fait le bon choix. Néanmoins, pour ma santé mentale, je préfère la côtoyer au minimum.

C'est ainsi que les jours passent, puis les semaines.

Une sorte de routine s'installe.

Ava s'occupe à merveille des petits. Toutefois, concernant nos échanges, ils se limitent au strict minimum. Si je la tolère un peu mieux, je pense toujours que c'est une idiote. Gentille et inoffensive, mais bête à manger du foin. Avec, en prime, un caractère de cochon.

De son côté, elle me considère comme un connard autoritaire aux pratiques sexuelles douteuses.

C'est de bonne guerre.

Greg, quant à lui, me serine pour que je la *baise* et vient presque chaque jour aux nouvelles.

Ce qu'il ne comprend pas, c'est qu'elle m'est invisible, transparente. Certes, je la reconnaîtrais maintenant si je la croisais dans la rue, mais c'est tout. Les détails de sa physionomie m'échappent. Seuls ses grands yeux bleus m'ont marqué. Ils ne sont d'ailleurs pas aussi globuleux que je le pensais au départ. Juste expressifs, si bien que parfois, ils donnent l'impression de lui manger le visage.

Est-elle jolie ? C'est possible.

Sauf que pour moi, elle a autant d'attrait que la vieille Helen.

***

Un soir, tandis que je termine une séance d'abdos avant d'aller me coucher, un son de verre brisé retentit non loin de moi. Suivi d'un cri perçant.

Je sens mon cœur tambouriner dans ma poitrine à l'idée qu'un de mes enfants ait pu se faire mal. Sans réfléchir, je me précipite vers l'origine du bruit.

Lorsque je pousse la porte, mon esprit vrille.

Ava, complètement nue, se dandine en se tenant l'orteil. Les bris d'une lampe jonchent le parquet.

Elle relève la tête devant mon entrée fracassante. Puis hurle :

– Sortez d'ici ! Sortez d'ici ! Vous voyez bien que je suis à poil, bordel !

Pour voir, je vois.

Je ne vois plus que ça.

Je ne vois plus qu'elle…

Comme si on venait de braquer un putain de projecteur sur elle et que tout le reste était plongé dans le noir.

Ses petits seins rebondissent pendant qu'elle gesticule dans tous les sens. Ses mamelons roses, aux pointes érigées, tranchent avec la blancheur de sa peau, tels des rubis rares et précieux. Je remarque qu'ils ont quasiment la même couleur que ses lèvres, qu'elle a de fines et bien dessinées.

Ma bouche s'assèche.

Ma queue, la traîtresse, se réveille, alors que je la pensais en hibernation.

Mes mains viennent discrètement couvrir mon entrejambe, pendant que mes yeux refusent de quitter ce corps tentateur.

Sa peau est-elle aussi douce qu'elle en a l'air ?

Je suis vraiment en train de me poser la question ? Et de la reluquer comme le roi des pervers ?

Putain de merde !

Afin de reprendre contenance, je gronde :

– Qu'est-ce que vous foutez ?

– Je fais la danse de la pluie, conna…

Elle ravale le dernier mot, néanmoins, je suis sûr d'avoir entendu « connard ». Elle a raison, c'est ce que je suis à cet instant.

– Vous vous êtes fait mal ?

– Non, j'adore hurler à la lune quand j'suis à poil. Vous en avez d'autres, des questions débiles ? (Elle souffle.) Sortez d'ici…

Je détourne enfin le regard.

– Couvrez-vous, je vais vous soigner.

Elle tire le drap de son lit pour s'envelopper dedans, puis s'assied.

Agenouillé à ses pieds, je lui demande d'une voix radoucie :

– Comment vous vous êtes fait ça ?

– J'étais sous la douche, mon téléphone a sonné, j'ai couru pour répondre et mon pied a buté contre la table de chevet, faisant tomber la veilleuse. Je crois que je me suis cassé l'orteil.

– Il n'y a pas grand-chose à faire à part mettre de la glace pour éviter qu'il n'enfle trop. Il doit y avoir de la pommade pour les hématomes dans la salle de bains des petits. Attendez-moi ici, je reviens.

– Comme si je pouvais aller ailleurs…

Je ne relève pas son sarcasme. Apparemment, elle est du genre soupe au lait lorsqu'elle souffre.

Cinq minutes plus tard, je suis de retour avec des glaçons, de la crème et des bandages afin d'isoler son orteil blessé.

Une gêne palpable s'installe, tandis qu'accroupi devant elle, j'enserre délicatement son pied entre mes doigts. Nos regards sont fuyants et l'air de la pièce semble s'être raréfié. Je finis le bandage d'un geste maladroit, troublé par l'extrême douceur de sa peau. Je souffle pour reprendre contenance et me redresse d'un bond une fois ma tâche achevée.

Elle ne me remercie pas de l'avoir soignée, je ne m'excuse pas de l'avoir reluquée.

L'échange s'arrête là, les compteurs sont remis à zéro.

***

Je tourne et vire dans mon lit, incapable de trouver le sommeil. Ma peau est moite. Le temps humide et chaud est désagréable. Si je mets la clim, j'ai froid, si je l'éteins, je transpire. Cependant, ce qui me dérange le plus, c'est *elle*. Dès que je ferme les yeux, je la revois. Nue, désirable.

Je refuse de penser à elle. Surtout de cette façon.

C'est juste une réaction biologique. Je n'ai pas vu de

femme nue depuis un bout de temps, alors mon corps réagit. Logique. J'aurais surpris mon ancienne gouvernante à poil, ça aurait été pareil.

Ouais, non.

Concentre-toi sur autre chose.

Jessie. Jessie. Jessie… Jessie nue dans mon lit, Ava à ses côtés. Arrg ! Non !

Je souffle, enfile mon caleçon et me rends à la cuisine. Ça ne sert à rien de rester allongé, à essayer de trouver le sommeil quand mon esprit déraille autant.

Rosa, ma cuisinière, aura sûrement laissé de quoi grignoter. Elle connaît mes fringales nocturnes.

Tandis que je fouille, le nez dans le frigo, un sifflement admiratif me fait sursauter.

– Jolie vue, déclare une voix aux intonations suggestives.

Je virevolte.

Sans aucune gêne, Ava s'installe sur l'un des tabourets qui entourent l'îlot central. Un rictus machiavélique au coin de la bouche, elle s'empare d'une pomme qu'elle croque à pleines dents, tout en me détaillant comme si j'étais une marchandise à évaluer.

Est-ce sa façon de se venger ? Je l'ai matée, donc elle en fait de même ?

Je pensais que les compteurs étaient remis à zéro. Elle veut quoi, à la fin… Me rendre dingue ?!

– Qu'est-ce que vous faites ici ?

– J'avais un petit creux, me répond-elle d'un air malicieux.

– Prenez votre pomme et retournez vous coucher !

– C'est votre truc, donner des ordres, hein ? Soumettre les autres à votre volonté, ça vous excite ?

Elle descend du tabouret pour contourner l'îlot. Son bassin chaloupe lascivement à chaque pas. Elle est vêtue d'une simple nuisette d'un blanc cassé, et je devine le galbe de ses mamelons sous le fin tissu transparent.

D'une voix tendue, j'exige :

– Veuillez cesser ce cirque immédiatement, mademoiselle Summer ! Ma patience a des limites.

Ma mise en garde est un défi de plus pour Ava, qui aime me contrarier. Sa main se pose sur son décolleté, s'empare d'une de ses bretelles et la glisse le long de son bras. Sa nuisette tombe légèrement, dénudant un bout indécent de son sein.

Je déglutis.

Putain, elle joue à quoi ?

« Elle veut que tu la baises ! », surgit la voix de Greg.

– Ai-je toujours autant d'attrait que la vieille Helen ? me demande-t-elle, aguicheuse, tandis qu'elle tire sur l'autre bretelle.

A-t-elle surpris une autre conversation entre Greg et moi ? Comment a-t-elle su que…

Je ne peux pousser mon raisonnement plus loin. Tout le sang de mon cerveau migre vers le sud, tandis que je contemple son corps nu… pour la deuxième fois de la soirée.

– Moi, je crois que je vous plais, lance-t-elle avec un petit rire, en fixant mon caleçon tendu par ma queue raide.

– C'est physiologique. Ça ne signifie rien…

Ma tirade manque de conviction. Mes mains me picotent, avides de la toucher, de caresser sa peau crémeuse.

– Vous n'avez aucune idée des conséquences de vos actes.

– Et si je me fichais des conséquences ?

Je m'avance vers elle, d'une démarche féline. Elle recule de quelques pas par instinct, et se retrouve bloquée par le plan de travail. Un rictus ourle ma lèvre, alors que mon corps vient se plaquer contre le sien.

Mes doigts encerclent son cou gracile tandis que je gronde au creux de son oreille :

– C'est ça que tu veux ? Parce que c'est de ce genre de conséquences dont je parle.

La main toujours sur son cou, mon pouce caresse l'arête de sa mâchoire avant de s'introduire entre ses lèvres.

– Tu préfères que je m'enfonce d'abord dans ta bouche ou dans ta chatte ?

Ses longs cils noirs balaient ses pommettes rougies. Sa langue s'enroule autour de mon doigt.

– Ma chatte, susurre-t-elle d'une voix lascive qui enflamme tout mon être à l'instar du plus puissant des combustibles.

Je soulève Ava pour l'asseoir sur le plan de travail afin qu'elle soit à la bonne hauteur pour la pénétrer.

Je lui redemande par sécurité :

– Tu es sûre de toi ?

Pour toute réponse, elle ouvre ses cuisses. Mon regard tombe sur son petit triangle de poils bruns, épilé avec soin. Sa position dévoile l'humidité parfaite de ses chairs rosées.

Je jure.

J'ai à la fois envie de me fustiger pour ressentir ça et de la baiser jusqu'à plus soif.

Mes doigts s'immiscent entre ses replis. Mes gestes sont brusques. Je la caresse durement, comme pour la punir de m'obliger à la désirer, stimulant son clitoris de plus en plus vite, de plus en plus fort. Je baisse mon caleçon pour me branler au même rythme.

Je grogne :

– Putain, que c'est bon !

Ava tend sa main pour attraper mon membre. Je l'éloigne d'une tape. Pas le temps pour ça.

– Tu pourras la toucher autant que tu veux quand elle sera entre tes jolies lèvres. Mais pour le moment, c'est ta chatte qui m'intéresse.

Je frotte mon gland contre son entrée et, d'une poussée ferme, la pénètre dans un long râle.

– Putain, que c'est bon ! répété-je d'une voix enrouée par le désir, en contemplant mon sexe, couvert d'un préservatif, qui va et qui vient dans son fourreau soyeux.

La surprise se peint un instant sur mes traits. À quel moment ai-je enfilé une capote ? Je n'en ai aucun souvenir, à croire que l'excitation me fait perdre l'esprit.

Les ongles d'Ava griffent mes épaules et mon attention se recentre sur nos mouvements déchaînés. Le plaisir qui m'envahit est indescriptible.

C'est si serré, chaud, humide.

J'aspire l'un de ses tétons entre mes lèvres et me délecte du goût salé de sa peau.

Ma main retrouve ensuite son cou délicat. J'appuie juste suffisamment fort pour lui couper un instant la respiration. Puis je relâche la pression, avant d'agripper ses cheveux. Dès que je la sens réceptive, je tire. Là encore, je ne fais pas semblant, sans toutefois dépasser les limites.

Ava crie. Sur son visage se mêlent douleur et plaisir.

Elle a raison : j'aime dominer. J'aime la dominer. La posséder. Dompter son insupportable caractère à coups de reins.

Je veux la marquer jusqu'à son âme et y laisser mon empreinte.

Je suis déjà au bord de l'implosion. Cela fait tellement longtemps que je n'avais pas pris mon pied ainsi.

Pendant que je la pilonne sauvagement, elle suggère entre deux gémissements :

– Et si on invitait Gibbs à se joindre à nous ?

Je sourcille devant cette requête inattendue. Elle veut faire quoi exactement avec le chien ?

– Je lui ai arraché toutes ses dents, pour pas qu'il puisse mordre, poursuit-elle en se déhanchant comme une furie sous mes coups de boutoir. Comme ça, on pourra jouer tranquillement avec lui. Malin, non ?

J'essaie de faire abstraction de ses commentaires étranges et me concentre sur ma jouissance. Je sens l'orgasme monter.

– Tiens, le voilà ! s'exalte-t-elle en encourageant Gibbs à nous rejoindre. Ce dernier se lève sur ses pattes arrière pour venir lécher mon visage de sa grosse langue.

Complètement déboussolé, je demande :

– Pourquoi mon chien ressemble à une chèvre ?

– Je ne sais pas, monsieur Manning. C'est votre rêve… Pas le mien.

J'ouvre les paupières, épouvanté. Me redresse d'un bond.

Je suis assis. Sur mon lit. Dans ma chambre.

Gibbs, les pattes avant sur le matelas, me dévisage, tout content. Sa queue fouette l'air tel un hélicoptère en plein vol.

Je m'étire. L'image d'Ava, nue, ma main encerclant son cou gracile tandis que l'autre glisse entre ses cuisses écartées, est imprimée sur ma rétine. Je touche mes lèvres du bout des doigts, avec l'étrange sensation de pouvoir encore sentir le goût iodé de sa peau.

– Putain de merde !

Je me frotte les yeux pour tenter de dissiper les dernières traces de ce maudit rêve.

– Qui t'a laissé entrer ici, toi ?

J'essaie de repousser les assauts joyeux de Gibbs, puis finis par capituler. Je ne suis pas de taille à lutter contre ces quatre-vingts kilos d'énergie brute, surtout au réveil.

– Je suis dans la merde, Gibbs. (Mon crâne frappe la tête de lit.) Dans une merde noire.

Je désire Ava.

Et je la hais pour ça.

7

Ava

Le téléphone sur haut-parleur, je m'affaire à ranger un peu le désordre de ma chambre. Je sais que les agents d'entretien passent tous les jours, néanmoins, je me sens gênée de les laisser ramasser mon bordel. De plus, je suis habituée ainsi. Je préfère m'occuper moi-même de mon linge. Et faire mon lit ne me tuera pas.

Je suis indépendante et je m'assume toute seule. Rachel, tu peux être fière de moi !

– Tu es toujours là ? me questionne Cherryl, inquiète de mon silence.

– Oui, oui, désolée. Je profite d'un moment d'accalmie pour ranger ma chambre. J'adore les enfants, mais j'avais oublié à quel point c'est usant. Je ne sais pas comment a tenu Mme Montgomery si longtemps, mon dos est déjà en miettes avec le petit Gaby.

– Évidemment. Je n'arrête pas de te le répéter : les gosses, c'est mignon qu'en photos, et encore, autrement c'est hyper chiant.

– Mais non, ils sont adorables. (Je renifle.) Enfin, sauf quand Gabriel pique une colère ou quand Margot me défie et refuse d'obéir… Sinon, ils sont trognons.

– Si tu le dis.

– Bon, de toute façon, ce n'est pas pour parler des enfants que je t'appelle. J'ai un souci. Genre gros souci.

– Ton enculeur de chèvre se comporte comme un connard ?

– Ça, c'est pas nouveau. (Je réfléchis un instant.) Tu sais, après enquête, je ne pense pas qu'il sodomise des chèvres pendant son temps libre…

Cherryl éclate de rire.

– Non, c'est vrai ? Y a que toi à avoir sincèrement envisagé cette hypothèse. Nous, on plaisantait, c'est tout.

– Ah bon ? Tu n'as jamais cru que c'était possible ?

Le doute était quand même légitime pendant un instant.

– Je n'ai pas l'esprit aussi tordu que toi, donc non. Il te faisait peut-être une sorte de bizutage pour ton premier jour ou alors il t'a choquée pour que tu déguerpisses au plus vite, puisqu'il ne voulait pas de toi pour le poste.

– Tu as probablement raison. D'ailleurs, il me déteste de plus en plus…

– Je croyais que ça s'était un peu arrangé entre vous ?

– Bah, moi aussi. Même s'il m'a toujours dévisagée comme si j'étais la reine des idiotes, notre relation était presque devenue courtoise. Mais il y a eu un « incident » il y a quelques jours… Depuis, il me toise avec un mélange de colère et de répulsion. Enfin, lorsqu'il ne me fuit pas telle une pestiférée. J'te jure, c'est flippant. J'ai l'impression qu'il rêve de me démembrer et de jeter mon cadavre à Gibbs.

– Mais il s'est passé quoi ?

– Il m'a vue nue.

– Quoi ?! T'as couché avec M. Bite ?

– Non, ce n'est pas ce que j'ai dit.

Je lui explique en détail le déroulé de cette soirée étrange, ainsi que sa façon insistante de me détailler.

– Il te dévorait du regard, tu es sûre ?

– Affirmatif ! Et je suis quasi certaine qu'il bandait.

– Oh, putain… T'as fait quoi, après ? Vous avez baisé ?

Je soupire.

– Cherryl… Tu m'écoutes de temps en temps ?

Non pas que je n'aie pas imaginé, une ou deux fois, à l'occasion, ce que ce serait de coucher avec lui. Mais c'était vraiment quand je m'ennuyais, le soir, pour passer le temps, histoire de… Voilà, quoi. Un fantasme inoffensif, rien de plus.

– Je lui ai ordonné de dégager. Il s'est entêté à soigner

mon pied avant, il m'a souhaité une bonne nuit et il est parti. Je pensais l'incident clos, sauf que son comportement m'indique clairement le contraire.

– Bizarre. Il ne s'est rien passé de plus ? persiste-t-elle.

– J'te jure que non. C'est dingue quand même ! Il rentre dans ma chambre sans y avoir été invité, il me surprend nue, il me mate sans pudeur, il ne s'excuse pas... Et pourtant, il agit comme si c'était moi la coupable.

– Et tu serais coupable de quoi selon lui ?

– Bah, je sais pas ! Je l'ai peut-être un peu traité de connard, dans l'action... Mais ça m'étonnerait qu'il ait entendu. Nan, c'est autre chose. Reste à comprendre quoi.

– Moi, je pense qu'il fait ça pour reprendre l'ascendant sur toi. Il est en faute, il en est conscient, mais refuse de s'abaisser devant toi. Du coup, il inverse les rôles.

– Mais ouais, t'as raison ! Je n'ai rien à me reprocher. C'est lui qui me doit des excuses !

– Tout à fait.

– Je vais l'obliger à me demander pardon.

Je réfléchis, mon cerveau en pleine ébullition.

– Ou alors... J'adopte plutôt la méthode de Rachel en pareille situation et je...

– Mauvaise idée, Ava. Très mauvaise idée. Ne mêle pas *Friends* à ça. J'ignore ce que tu mijotes ni ce que Rachel tenterait dans ce cas de figure, mais je te rappelle que c'est un personnage fictif. Prendre exemple sur elle ne t'apportera que des emmer...

– À plus, la moche. Je dois y aller.

Je coupe la conversation et pousse un petit cri de joie. Je sais comment obtenir ma vengeance. Il ne me reste plus qu'à trouver le timing idéal pour mettre mon plan à exécution.

Quelques minutes plus tard, je suis sur le pied de guerre, plus décidée que jamais à passer à l'action. Je n'ai pas encore déterminé un angle d'attaque, mais je suis en bonne voie.

***

– On peut nager dans la piscine, maintenant ? me questionne Margot, une fois le goûter terminé.

– Dès que tu auras enfilé ton maillot de bain.

– Je peux l'aider à le mettre, propose Ann, l'un des agents d'entretien.

C'est la nouvelle recrue de la maison. Elle a été engagée deux jours plus tôt à quart-temps, suite au départ précipité de Louisa. Elle est adorable mais a tendance à s'éparpiller et à vouloir gérer des tâches qui ne lui sont pas attribuées.

– Non ! fulmine la voix sans appel de Seth, qui surgit dans la cuisine tel un démon. L'assister comme un bébé, ce n'est pas l'aider. Margot a 6 ans, bientôt 7, elle est capable de s'habiller toute seule. N'est-ce pas, ma grenouille ?

Margot acquiesce, en souriant à son père, fière que ce dernier la considère comme une grande.

– Mademoiselle Summer ! C'est vous qui êtes responsable des enfants, faut-il vous le rappeler ? À l'avenir, ne demandez pas à une tierce personne de s'en occuper ! Si vous estimez votre charge de travail trop importante, je peux toujours vous trouver une remplaçante.

– Mais… Ce n'est pas du tout ce qui c'est pass…

Parle à mon cul, ma tête est malade. Ce connard s'est déjà barré.

– Je suis désolée, s'agite Ann, mal à l'aise. (Ses mains tremblent tandis qu'elle débarrasse la table.) Je ne voulais pas vous causer des ennuis.

– Bah… (Je hausse les épaules.) Tout est prétexte à me sermonner en ce moment. Si ce n'était pas pour ça, il aurait trouvé autre chose.

Au moins, il m'a adressé la parole…

Une fois au bord de la piscine, je vérifie la solidité des brassards de Margot, la badigeonne de crème solaire, en fais de même pour son petit frère qui chouine pour que je le relâche, pressé de patauger dans l'eau.

– Deux secondes, Gab. On va y aller.

À peine me suis-je délestée de mon paréo que Princesse Belle est dans l'eau.

– Quelles sont les consignes, Margot ?
– Je reste là où j'ai pied, chantonne-t-elle.
– C'est bien, ma chérie.

La piscine, conçue comme un lagon, possède une plage immergée, ce qui me permet d'asseoir Gab en toute sécurité, avec juste suffisamment d'eau pour le distraire.

Je fais mentalement l'inventaire : brassards, tee-shirt, crème, casquette et maillot de bain couche… J'espère n'avoir commis aucun impair.

Je m'assieds à ses côtés en soupirant.

Seth Manning va me rendre folle. Je ne supporte plus de sentir son regard désapprobateur sur moi. Mon assurance en prend un coup à chaque fois.

Aujourd'hui encore, je n'échappe pas à sa surveillance. S'il pense être discret à m'espionner caché sous le grand séquoia, il se trompe.

Je crie bien fort :

– Venez nous rejoindre, monsieur Manning. Elle est bonne !

Aussitôt, sa fille renchérit :

– Papa ! Papa ! Viens !

Grillé ! Il n'a plus le choix, impossible pour lui de s'éclipser discrètement.

La cravate desserrée, les deux premiers boutons de sa chemise blanche ouverte et sa veste de costume grise sur l'épaule, il s'approche d'un pas décontracté. Néanmoins, je vois par-delà sa nonchalance : les mitraillettes dans ses yeux le trahissent.

– Viens te baigner ! S'te plaît, s'te plaît, s'te plaît ! supplie Margot.

– Je ne suis pas habillé pour, ma grenouille. Une autre fois, d'accord ?

– C'est toujours pareil avec toi, souffle-t-elle, déçue.

C'est vrai qu'il n'est pas souvent auprès d'eux. Parfois, j'ai l'impression qu'il souffre à leur contact. À plusieurs reprises, j'ai constaté de la mélancolie dans ses yeux, voire carrément de la tristesse. Je suppose que c'est dû à sa femme. Ça ne doit pas être évident d'élever seul ses enfants.

Je me demande ce qui lui est arrivé ? Toutes mes questions sur le sujet ont été, sciemment ou non, éludées. Helen et Greg Sutton agissent comme si elle était morte ou disparue à jamais, contrairement à Seth qui s'accroche, mais à quoi ?

J'ai donc supputé quelques hypothèses.

Elle est morte… Seth refuse d'accepter la vérité.

Elle a disparu en mer… Seth pense qu'elle s'est échouée sur un rivage et qu'elle rentrera le jour où elle aura recouvré la mémoire.

Elle s'est enfuie à l'autre bout du pays avec son amant ou parce qu'elle ne supportait plus le caractère de cochon de son mari… Seth rêve éveillé, elle ne reviendra jamais. (Aucune femme sensée le ferait…)

Elle est dans le coma ou atteinte d'une maladie incurable… Seth espère un miracle.

Seth l'a tuée, enterrée dans son jardin… Et maintenant, il est pétri de remords.

Bref, c'est un mystère qui reste entier. Pour le moment.

– Vous êtes contente ? me siffle l'intéressé à l'oreille, me sortant de ma rêverie.

Je me redresse pour être à sa hauteur… Enfin, à ses épaules. Cela ne devrait pas être permis d'être si grand ! Ou moi d'être si petite… Je lève la tête, le menton le défiant, et gonfle mon buste, prête à en découdre.

Ses iris, aussi chatoyants que le bleu de la piscine, balaient mon corps d'un air indéchiffrable. Il inspire vivement, se détourne un instant pour porter son attention sur Margot qui s'éclate dans l'eau, puis son regard enflammé glisse à nouveau dans ma direction. Même du coin de l'œil, je le sens m'examiner avec intensité.

– Faites gaffe aux petits ! finit-il par gronder.

Je m'agace :

– Je prends toujours soin d'eux. Si vous doutez de mes compétences, alors…

Autant que je fasse mes bagages tout de suite.

Je ne le prononce pas à voix haute, de peur qu'il me prenne au mot et m'ordonne de partir sur-le-champ. J'adore mon boulot. J'adore ces enfants. J'adore cette maison. J'adore Helen et Antonio, la prévenance de Lenny, les bons petits plats de Rosa… Je ne veux pas perdre ce travail.

– Non… (Il se racle la gorge.) J'ai confiance en vous.

Bah merde alors ! Serait-ce un compliment ?

– Waouh !

– En revanche, je ne trouve pas professionnel de vous balader ainsi, à demi nue.

– Waouh…

Mon second « waouh » est bien moins réjoui.

– Désolée, j'ai la mauvaise habitude de me mettre en maillot quand je suis à la piscine.

Il grogne devant mon sarcasme.

– Il y a maillot *et* maillot. Le vôtre est indécent.

Je scrute mon Bikini : rien d'échancré ou de vulgaire. Seule la couleur, rouge cerise, attire l'œil.

Et dans tous les cas, c'est quoi son problème, à lui ?

Il enfonce le clou :

– Tout est prétexte chez vous à vous exhiber.

Il est sérieux ?!

– C'est plutôt vous qui passez votre temps à épier mes moindres faits et gestes.

– Je ne vous reluque pas ! s'offusque-t-il, aussitôt sur la défensive.

Ce n'est pas ce que j'insinuais…

Pourtant, à bien y réfléchir, c'est exactement ce qu'il fait.

Je plisse les yeux sous mes lunettes de soleil, tandis qu'il s'éloigne, le feu aux fesses, en justifiant une soudaine urgence.

Se pourrait-il que je ne le laisse pas indifférent ?

Oh, mes aïeux !

Il ne faut pas que je m'emballe trop vite, cependant, mon imagination débordante est déjà exaltée par cette éventualité.

Non que je sois intéressée par Seth. Enfin, par M. Manning.

De un, c'est un con.

De deux, c'est mon patron.

Je ne suis pas assez stupide pour réitérer l'expérience. J'ai retenu la leçon avec Couilles-molles. Je me sens juste flattée qu'il puisse me trouver jolie. On ne va pas se mentir : cet homme est outrageusement beau. Grand, au moins un mètre quatre-vingt-cinq si ce n'est plus, large d'épaules et très musclé sans toutefois tomber dans l'extrême. Il a les cheveux brun foncé et ondulés, qu'il coiffe souvent vers l'arrière. Son regard est létal, d'un bleu clair et pénétrant, souligné par des sourcils à l'arc parfait et, sous l'un d'eux, une petite cicatrice en forme de croissant se distingue. Il possède également une fossette au menton, une mâchoire marquée et un nez ni tout à fait droit, ni tordu, qui le rend unique. Ses traits harmonieux lui confèrent une virilité animale. En bref, il est à couper le souffle. Je dirais bien qu'on ne voit ce genre de spécimens que sur les grands écrans, sauf qu'aucun acteur, chanteur, mannequin ou autres stars ne lui arrive à la cheville. (À l'exception des membres de BTS, surtout Jungkook que je trouve sans aucune objectivité d'une beauté irréelle, mais je m'égare.) Après, cela n'engage que moi, toutefois, j'estime avoir bon goût. Mes choix sont peut-être désastreux en matière de mecs, néanmoins, je peux me targuer de savoir reconnaître leur beauté.

Comme quoi, le physique ne fait pas tout. Beau et con, c'est ce qu'on dit, non ?

Le pire, c'est que Seth n'est désagréable qu'avec moi. Bien que distant, il est correct avec les autres membres du personnel. Il est même beaucoup apprécié. Le jour où j'ai osé clamer qu'il n'était qu'un rustre, je me suis fait houspiller par tous les employés présents. J'aimerais les voir dans ma position, ils changeraient vite d'avis.

Afin de ne pas m'attirer plus son courroux, je dois procéder avec intelligence. Ma vengeance doit donc être maîtrisée et furtive. Vite fait, bien fait. Pas de place à l'improvisation.

Puisque je n'ai pas accès à sa chambre et à sa salle de bains privative, j'opérerai lors de son entraînement quotidien. Chaque matin, avant d'aller travailler, il s'octroie une heure de sport, c'est là que j'attaquerai.

Forte de cette décision, je frappe dans mes mains, puis plonge dans le bassin.

***

Le lendemain, je n'en mène pas large. Néanmoins, ma détermination est sans faille, je ne faiblirai pas.

Cependant, les desseins profonds de mon action me chiffonnent. Suis-je honnête envers moi-même ?

Parfaitement ! Évidemment !

Je ne vais pas mater mon boss parce que j'ai un léger *crush* pour lui.

Encore moins parce que je suis une grosse perverse qui a une soudaine envie de le voir tout nu.

Non… Si j'agis ainsi, c'est pour une raison légitime. Tout à fait légitime.

Je suis dans mon droit : il m'a vue nue, à mon tour de le contempler en tenue d'Adam. Logique.

« Œil pour œil, tétons pour petit zizi ! »[1], souviens-toi !

Sur ce proverbe rachelesque, je m'engage dans le couloir, d'un pas déterminé. À cette heure, mon patron est sûrement en train de soulever des poids ou de s'exciter sur une de ses machines de torture. Il me suffit d'attendre la fin de son entraînement et de le surprendre dans la douche attenante à la salle.

Je ne sais pas combien de temps je reste cachée à l'observer derrière le pilier. Peut-être un quart d'heure. Il faut dire que le spectacle est plutôt agréable à regarder, si bien que je ne vois pas les minutes s'écouler. De plus, l'adrénaline qui court dans mes veines me met dans un état second. J'ai l'impression d'avoir avalé dix Red Bull d'un coup.

Lorsqu'il se dirige vers la salle d'eau, je me faufile à sa suite, tout en restant à bonne distance pour qu'il ne

1. Cette phrase culte est tirée de l'épisode 13 de la saison 1 de *Friends*, « Celui qui fait des descentes dans les douches ». Chandler aperçoit Rachel nue alors qu'elle sort de la douche. Par souci d'équité, elle décide de lui rendre la monnaie de sa pièce.

puisse pas me repérer. Dès que le bruit de la douche se fait entendre, je me rapproche en toute discrétion, jusqu'à coller mon oreille contre la porte fermée ; pour plus de sûreté, je préfère patienter un peu et écouter.

Enfin, le cœur tambourinant, j'actionne la poignée, en priant pour qu'il n'ait pas fermé à clé. Je retiens un cri victorieux lorsque la porte s'ouvre dans un léger entrebâillement – juste assez pour y glisser un œil ou deux, afin d'évaluer la scène. J'ai directement en vision la paire de miches la plus incroyable qui soit. À la fois rondes et très musclées. Par instinct, mes doigts s'agitent, pris d'une envie de pétrir, malaxer, palper, tâter…

Arrête ton délire, t'es pas là pour tâter le cul du boss !

Uniquement pour mater.

Alors, c'est ce que je fais.

M. Manning est dos à moi, la tête levée vers le jet d'eau, de la mousse coule sur son corps nu. J'enregistre mentalement chaque détail de son anatomie. Ses muscles qui ondulent à chaque mouvement, sa peau hâlée, ses épaules massives, son cul bombé et ferme.

La pièce est si petite que j'ai l'impression d'être sous la douche avec lui. Je n'ai qu'à tendre le bras, ou presque, pour pouvoir le toucher.

Je soupire, un sourire béat aux lèvres, avant de me résigner à m'éclipser.

Toute bonne chose a une fin. J'ai eu ma vengeance.

Même si le proverbe est « œil pour œil, tétons pour petit zizi ! » et non « tétons pour belle paire de miches ! », je suis amplement satisfaite. Fière de moi, je m'autocongratule pour mon idée de génie.

Après un ultime regard sur ses deux pommes bien fermes, je m'apprête à refermer la porte quand, soudain, un éternuement rompt le silence. Si vivace qu'il me prend par surprise, sans que je puisse le contrôler. Les mains sur la bouche, les yeux exorbités, je tente de ravaler ce petit bruit qui risque de me coûter cher.

Aussitôt, Seth pivote dans ma direction. L'étonnement

sur son visage me ferait mourir de rire si je n'étais pas dans une situation aussi fâcheuse.

Ses iris me foudroient. En retour, je baisse les miens, piteuse. Cependant, en chemin, ces derniers se posent par inadvertance sur son bas-ventre et restent bloqués dessus.

« Œil pour œil, tétons pour petit zizi… »

Non, je ne peux décemment pas dire qu'il est petit.

Il n'a rien de petit. Rien du tout.

Oh. My. God.

– Qu'est-ce que vous foutez ici ?

Cette question formulée d'une voix menaçante me fait l'effet d'une claque. Les pieds à nouveau sur terre, je prends la mesure du bourbier dans lequel je me suis fourrée.

Qu'est-ce que je fous ici ? Qu'est-ce que je fous ici ? Qu'est-ce que je fous ici ?

OH, BORDEL ! JE LUI DIS QUOI ?

Prise de panique, le regard encore aimanté à son entrejambe, je m'entends prononcer :

– C'est une belle érection que vous avez là, monsieur Manning !

– Je vous demande pardon ?!

Cœur, poumons, estomac, rate et d'autres organes non identifiés descendent en chute libre vers le carrelage, pour remonter illico vers ma bouche. J'ai l'impression de mourir. Je vais sûrement mourir d'un instant à l'autre. Pourquoi je ne suis toujours pas morte ?

Tétanisée par la peur, ma tête se vide.

– Je… Euh… Bah… Ja... Jai… Heiiin ?

Quelle emphase ! Je dois à tout prix me ressaisir. Je suis venue ici avec un plan – pourri, certes ! – et je dois l'assumer jusqu'au bout.

Je cligne des yeux, tandis que mes lèvres miment des mots qui refusent de sortir.

Au bord de la syncope, je finis par couiner :

– Je disais : c'est une belle journée que nous avons là, monsieur Manning ! On pourrait peut-être aller se promener… Plus tard ? Qu'en pensez-vous ? Bon, je vous laisse réfléchir à cette idée pendant que… vous vous lavez. Voilà. Et… j'y vais, maintenant. Si vous me cherchez, je serai dans le jardin…

Cachée dans un trou à plusieurs mètres de profondeur.

Je referme la porte dans un claquement et cours me réfugier dans ma chambre.

Merde, merde, merde ! Comment mon plan parfait a pu déraper à ce point ?

Je ne suis déjà pas dans ses petits papiers. Pourquoi lui ai-je donné plus de grain à moudre ?

Je suis maso, c'est ça…

Ne sachant comment me dépêtrer de ce merdier, je téléphone à Cherryl. Elle ne me sera d'aucun secours, mais lui parler apaisera mon esprit.

Dès qu'elle décroche, j'attaque sans préambule :

– T'es réveillée ?

– Bah maintenant, oui.

– OK… J'ai fait une énorme boulette.

– Comme c'est étonnant de ta part, rigole ma cousine, la voix enrouée par cette heure matinale.

– Non mais sérieux. Là, je crois que j'ai vraiment déconné. Tu te souviens que mon boss m'a surprise à poil ? Du coup, j'ai ourdi un plan pour…

– Oh, putain, t'as couché avec lui ! C'est ça ?

– Mais non ! Dans un sens, ça aurait été moins gênant. Comme il m'a vue nue, je voulais être à égalité, de la même façon que Rachel avec…

Comprenant mon allusion, Cherryl s'écrie :

– Ne me dis pas que tu as espionné ton patron pendant qu'il était à poil ?

– En quelque sorte, si…

– Oh, mon Dieu ! Tu es irrécupérable, rigole-t-elle. Bon, et il est bien membré, ton M. Bite ?

– C'est une partie du problème. Le proverbe de Rachel, c'est « œil pour œil, tétons pour petit zizi », tu te souviens ? Je suis donc partie le mettre en application. Une fois bien rassasiée par la vue de son magnifique fessier, j'ai voulu m'éclipser en toute discrétion, sauf que tout a capoté quand j'ai malencontreusement éternué. Le bruit a alerté Manning qui s'est de suite retourné. Et là, j'te jure, j'étais pas prête… Ni à rencontrer son service trois-pièces, ni à l'affronter. Alors, quand il m'a demandé ce que je foutais ici, j'ai perdu pied…

– Qu'est-ce que tu lui as raconté ?

Je pousse un soupir audible, puis du même ton empreint d'admiration, je reformule :

– « C'est une belle érection que vous avez là, monsieur Manning ! » Mon Dieu, j'ai honte, si tu savais !

Cherryl explose de rire. Elle rit si fort que je ne peux plus en placer une. Elle a raison. Si je n'étais pas autant mortifiée, je rirais aussi du comique de la situation.

Tandis qu'elle tente de reprendre son souffle, je lui explique comment j'ai essayé de noyer le poisson avec une histoire de belle journée et de promenade.

Le rire de Cherryl a toujours été nasal. Mais là, je jurerais qu'elle imite un cochon copulant avec un âne.

– Respire, la moche. Tu vas finir par calancher.

– Il faut dire que c'est violent, dès le réveil. Je te conseille, la prochaine fois, de dormir un peu plus. Le sommeil, c'est bon pour les neurones. Maintenant, il n'y a plus rien à faire, sinon attendre que le couperet tombe. Tu crois qu'il va te virer ?

J'écarquille les yeux. Je n'y avais pas songé.

– J'espère pas. Et toi, tu crois qu'il va me virer ?

– Aucune idée, mais tu seras vite fixée.

Lorsque je raccroche, mon moral est au plus bas. Finalement, parler à Cherryl est loin de m'avoir fait du bien.

***

Je passe le reste de la matinée en mode pilotage automatique. L'estomac noué, je crains la sanction de mon patron. Il est clair qu'elle sera à la hauteur de ma connerie.

Mon comportement était déplacé. Dommage que je ne l'ai

pas réalisé plus tôt, cela m'aurait évité tous ces désagréments.

Plus les minutes s'égrènent, plus mes intestins se tordent.

Je me penche vers Gabriel qui mordille sa peluche d'un air absent, et murmure :

– Si ça pue, tu me couvres, OK ?

– Ava, t'as pété ? s'étonne Margot que je pensais concentrée sur son dessin.

– C'est ton frère, il a des gaz.

– Gabriel a pété ! Gabriel a pété ! Gabriel a pété !

Tandis qu'elle chantonne en boucle ce merveilleux refrain, son père choisit ce moment pour se pointer.

– Papa ? Gabriel a fait un gros prout !

Même pas vrai, il était tout petit.

Margot se bidonne, à se plier en deux. Puis soudain, un rire grave, chaleureux, l'accompagne.

Seth, froid et distant, est sublime.

Seth, rieur, est… renversant.

– C'est rare de vous entendre rire.

Aussitôt, M. Bite replace son masque de glace sur son visage.

Voilà, on y est. Il va me licencier.

Il embrasse son fils sur le sommet de son crâne, fait virevolter sa fille un instant dans ses bras avant de l'embrasser à son tour, puis il se retire, sans un mot de plus.

Quoi, c'est tout ? Pourquoi se comporte-t-il comme si de rien n'était ? Il ne peut pas me laisser dans l'expectative, j'ai besoin de savoir ce qu'il me réserve.

L'épisode de la douche me revient en mémoire. Impossible pour moi d'occulter ce moment. À côté, mon ex a une bite de Hobbit. Non que celle de Seth soit gigantesque, néanmoins, elle m'a paru bien épaisse et longue, proportionnelle à son physique. En même temps, ça aurait été un peu décevant qu'il possède un corps à se damner et une toute petite, même si je sais que ce n'est pas la taille qui compte.

Je l'interpelle avant qu'il ne franchisse la porte :

– Monsieur Manning, attendez !

Maintenant que j'ai l'image de son sexe en tête, mes yeux

dévient là où la bienséance me l'interdit.

Ne regarde pas son entrejambe. Surtout, ne regarde pas son entrejambe.

Merde, j'ai regardé !

Mes cils papillonnent, tandis que je tourne le cou dans tous les sens, incapable de fixer mon attention sur autre chose que son…

Aaaaah !

J'ai encore regardé !

Je me fustige d'une claque mentale. À constater l'expression d'étonnement de mon patron, elle n'était pas si mentale que ça.

– Qu'est-ce que vous voulez ? Et qu'est-ce qui vous arrive encore ?

C'est dingue, il arrive à insuffler dans sa voix un mélange de mépris, de résignation, de colère et même de pitié. Waouh !

De toute façon, les dés sont pipés depuis le début. Dès notre première rencontre, il m'a prise pour une folle à lier à qui il manque une case.

Ça m'énerve ces jugements hâtifs ! Je suis tout à fait normale.

Seulement, parfois, je fais des trucs débiles, nuance.

Comme tout le monde, non ? Que celui qui ne s'est pas retrouvé un jour dans une situation gênante me jette la première pierre !

On déconne tous un jour ou l'autre.

Bon, peut-être moi plus souvent que les autres, je l'accorde.

Mais ce n'est pas une raison pour me dévisager avec cet air de dégoût, comme si j'étais un insecte nuisible qu'il crèverait d'envie d'écrabouiller sous sa chaussure.

Sous son regard acéré, je me dégonfle :

– Je… Rien. Je voulais juste vous souhaiter une bonne journée.

Seth pousse un long soupir, secoue la tête et s'en va, me laissant seule avec mes interrogations.

8

Seth

Enfermé dans mon bureau depuis plus de deux heures, je tente de mettre mes idées au clair.

Le constat est alarmant : je suis en train de devenir fou. Je perds la boule.

Complètement.

J'en suis venu à confondre rêve et réalité, incapable de distinguer mes fantasmes de la vraie vie. Tout se mélange, putain.

Ai-je imaginé Ava me reluquant sous la douche ? Était-ce encore un de mes délires tordus ? Évidemment. Comment puis-je douter du contraire ?

Ava est folle, mais pas à ce point. Je la vois mal débarquer pendant que je me savonne pour s'extasier devant ma « belle érection ». C'est impossible. Je veux dire, qui ferait ça ? J'ai du mal à croire que… Non, c'était une hallucination. Et pourtant… Rha, cette fille va me rendre cinglé ! Je ne sais pas, je ne sais plus…

C'est comme hier, à la piscine. Le film qui s'est joué dans ma tête a failli me faire perdre l'esprit. Un instant, le feu de la colère brûlait en moi, le suivant celui d'un désir irrépressible. Je n'avais plus qu'une envie : décaler ce petit bout de tissu rouge pour m'enfoncer en elle. L'image était si criante, si vivace que j'ai dû m'enfuir comme un pleutre, désarmé face aux pulsions qui m'assaillaient.

Si Ava n'était pas si douée avec les enfants, je l'aurais virée depuis longtemps. Ce n'est pas professionnel, je le concède, néanmoins, je ne supporte plus de vivre ainsi. Je ne dors quasiment plus. Dès que je ferme les paupières, elle apparaît. La plupart du temps, nue et prête pour moi. Alors je m'imagine la prendre, la posséder de toutes les manières possibles. Et au matin, j'ai ce goût d'amertume dans la bouche.

De culpabilité envers Jessie.

De dégoût envers moi.

De colère envers Ava.

De déception aussi…

Parce que ce n'est que chimérique et que mon corps réclame plus. À chaque jour qui passe, ma libido, que je croyais enterrée à jamais, s'accroît de façon exponentielle. Avant son arrivée, je me masturbais une fois toutes les deux semaines, et encore, c'était plus un geste mécanique qu'autre chose. Depuis ce soir maudit où j'ai aperçu ses seins ronds, ses cuisses blanches, ses hanches aguicheuses, ses tétons aussi roses que ses lèvres charnues, je suis contraint de me branler plusieurs fois par jour. Et même ainsi, je ne suis pas repu. Ma frustration s'accentue. Telle une gangrène, elle me broie, me bouffe de l'intérieur.

Je la hais !

Comment ai-je pu tomber sous le charme d'une fille aussi grotesque ?

C'est purement sexuel. Une foutue attirance sexuelle, rien de plus.

Il me faut tenir le temps des vacances. À la rentrée, Margot sera à l'école, je pourrai mettre Gaby dans une crèche et ainsi me débarrasser d'Ava. Dans moins de deux semaines, je serai libéré. Dix petits jours et mon calvaire prendra fin. Cette attirance sera définitivement oubliée.

D'ici là, je dois éviter Ava au maximum. Facile à dire, moins à concrétiser. La maison a beau être grande, elle ne l'est pas assez pour nous deux réunis. J'ai l'impression qu'elle est partout. Sa chambre est située près de la salle de musculation, ce qui m'oblige à passer devant chaque fois que je m'y rends. À croire qu'Helen l'a installée là-bas exprès. Parmi toutes les chambres qu'il y a dans la villa, il a fallu qu'elle choisisse celle-ci ! Je pourrais la contraindre d'emménager dans une autre, mais à quoi bon. Elle sera toujours là, à rôder. Avec ses grands yeux innocents qui cachent cette étincelle de rébellion qui me rend fou ; je la décèle derrière ses airs candides, cette flamme d'insolence, d'impétuosité… Ça me donne envie de punir ma gouvernante, de rougir son cul blanc, de râper mes dents contre sa peau délicate et de la mordre suffisamment fort pour lui tirer un gémissement.

Ne se rend-elle pas compte que cette fièvre qui l'anime embrase mes sens ?

Putain d'Ava !

Même quand je suis éveillé, elle obnubile mes pensées, me plonge de plus en plus profondément dans mes névroses érotiques.

Les paupières closes, je me masse les tempes puis frotte ma mâchoire couverte d'un début de barbe.

Il faut que cela cesse !

J'ai beau tenter de ressusciter cette indifférence que je ressentais pour elle, voire la répulsion lorsque je l'ai rencontrée dans l'ascenseur, rien n'y fait. Ce temps est révolu.

Boire. Voilà mon unique option. Mon échappatoire.

Avant je buvais pour noyer mon chagrin, maintenant je picole aussi pour enterrer ma libido.

Merveilleux…

Greg a peut-être raison de dire que je finirai seul et alcoolique. C'est parti pour, en tout cas.

Je me rencogne dans mon fauteuil, les yeux fixés sur mon verre plein.

Arriverai-je à le boire en une gorgée ?

Le whisky aussitôt avalé, un feu salvateur tapisse ma trachée. J'aime cette sensation.

Au bout de quelques shots, l'alcool cesse de me brûler l'œsophage, signe qu'il est temps d'arrêter. Je ne tiens pas à ce que mes enfants découvrent leur père ivre mort. Toujours sauver les apparences… Même si je ne trompe plus personne. Il est difficile de cacher un tel vice quand celui-ci prend de l'ampleur. Je ne m'estime pas alcoolique. Pas encore, du moins. Mais je suis sur une pente glissante.

Je chancelle en me redressant de mon siège et respire à fond pour vaincre le tournis qui m'engourdit, puis je sors de ma tanière.

La nuit tombée et le silence de la maison m'indiquent qu'il est tard. Je m'ébouriffe les cheveux tout en titubant, sans trop savoir où aller. Je n'ai pas envie de me coucher, le sport est inenvisageable dans mon état. Peut-être que manger me fera du bien.

Tandis que j'engloutis un sandwich au poulet, celle qui occupe bien trop souvent mes pensées se plante devant moi, mal à l'aise.

– Je suis venue prendre un petit truc à grignoter… s'excuse-t-elle.

– Pourquoi vous ne dormez pas ?

Mon ton est agressif… Pour changer.

Elle hausse les épaules.

– Il n'est que vingt et une heures, je n'ai pas pour habitude de dormir si tôt.

– Les enfants sont couchés ?

– Margot s'est endormie pendant l'histoire du soir, oui. Gabriel dort depuis un petit moment déjà. (Elle soupire.) Il se réveillera sûrement aux aurores.

Je sens la chaleur de son corps lorsqu'elle passe derrière moi pour se saisir d'un bol et le remplir de céréales. Elle porte encore ses vêtements de l'après-midi. Un débardeur bleu à fines bretelles et une jupe rouge, assez courte et évasée, qui met en valeur ses jambes d'albâtre. Aussitôt mon esprit s'échauffe. Mes mains me démangent de venir caresser sa peau crémeuse, de vérifier si elle est également veloutée.

C'est alors que je perds le contrôle.

En une seconde, je pousse Ava, l'oblige à reculer jusqu'au mur et l'emprisonne de mon corps, les paumes plaquées de chaque côté de sa tête.

Elle émet un petit cri, les traits figés par la surprise.

Je me penche vers elle et enfouis mon nez dans sa longue

chevelure brune. Je hume son odeur. Un parfum fruité que je ne remets pas.

– Fruit des bois ?

– Cerise, rectifie-t-elle dans un filet de voix. Qu'est-ce que vous faites ? Vous avez bu ?

L'alcool me délie la langue. Je lui réponds de manière bien plus familière qu'à l'accoutumée :

– Possible, oui. J'ai deux trois questions à te poser. (Je chuchote près de son oreille.) M'as-tu reluqué sous la douche, ce matin ?

Elle hoquette.

Je redresse la tête pour la dévisager. Je désire voir son expression, comprendre ce que racontent ses grands yeux écarquillés.

– Ou… oui.

Je n'ai donc pas rêvé.

À moins que ce soit maintenant que tu rêves, me lance une petite voix.

Si c'est le cas, autant en profiter.

– M'as-tu complimenté sur mon érection ?

Elle déglutit, les yeux baissés. Ses pommettes rosissent ; à l'instar d'un feu ardent, la rougeur se diffuse rapidement sur ses joues, son cou, son décolleté.

Elle est tellement bandante.

– Je suis désolée. Je suis sincèrement désolée, je ne sais pas ce qui m'a pris.

– Pourquoi ? Pourquoi es-tu venue ?

– Vous m'aviez vue nue, je voulais vous rendre la pareille. Je… j'ai dépassé les bornes, je suis désolée.

Je m'en fiche de ses excuses, ce n'est pas ce qui m'intéresse.

– Le spectacle t'a plu ?

– Co… comment ?

– Tu as aimé me voir nu et excité ?

– Ce n'est pas ce que vous croyez… commence-t-elle, paniquée. Je ne suis pas une voyeuse.

Je gronde :

– Réponds à ma question ! As-tu aimé ?

– Je… Oui, avoue-t-elle, honteuse.

Ses joues sont maintenant cramoisies. Et je ne rêve que d'une chose : répandre cette rougeur sur son cul.

Ma bouche est si proche de la sienne que nos souffles se mêlent. Elle humecte machinalement ses lèvres en regardant les miennes. Son buste se soulève au rythme de sa respiration saccadée.

Je n'ai connu que peu de femmes dans ma vie. Doux euphémisme, puisque je n'ai eu que Jessie. Cependant, certaines choses sont instinctives. Sans être maître en la matière, je décèle une attirance réciproque chez Ava.

Fébrile, j'entreprends de poser mes mains sur elle. D'abord, je caresse sa joue chauffée par l'embarras, et surveille sa réaction. Ses iris brillants me fixent avec intensité. Elle attend mon prochain geste, réceptive à mes avances. Alors, j'encercle son cou gracile, juste un instant, sans exercer de pression, puis je descends sur son décolleté jusqu'à frôler ses mamelons. Sa peau est aussi douce et soyeuse que je le pensais.

Ma paume à plat sur sa poitrine, je sens son pouls affolé.

– Ton cœur bat vite. De peur ou d'excitation ?

– Les deux… souffle-t-elle sans me quitter des yeux.

Ma respiration est anarchique sous l'effort que je dois fournir pour ne pas la baiser sur-le-champ.

Le regard inquisiteur, à l'affût du moindre de ses frémissements, je pince l'un de ses tétons dressés à travers le coton de son débardeur.

Je gémis, au bord de l'agonie :

– Dis-moi d'arrêter…

C'est une torture. Mon cœur est lacéré, mon esprit scindé en deux. Je la désire comme un fou, tout en refusant de céder à la tentation.

Je la veux, mais je ne le veux pas.

Si elle repoussait mes sollicitations, tout serait tellement plus simple.

Mon autre main glisse à l'intérieur de sa cuisse, sous sa jupe, et remonte dangereusement vers sa culotte. Du bout des doigts, j'en effleure la couture.

Je retiens mon souffle.
– Dis-moi d'arrêter, bordel!
Elle halète.
Dans son regard, je lis un tiraillement familier: elle est en proie au doute.
Veut-elle réellement que je continue?
– Papa, j'ai fait un cauchemar.
Le murmure de Margot est aussi violent qu'un cataclysme. Je me décolle d'Ava pour me planquer à l'autre bout de la cuisine.
J'aimerais prendre ma fille dans mes bras, la consoler, seulement je suis tétanisé.
Ce n'était pas un rêve. Cela s'est réellement produit.
J'ai failli coucher avec ma gouvernante…
Face à ma soudaine inertie, Ava s'agenouille devant elle.
– Oh, ma chérie! s'écrie-t-elle d'un ton étranglé, un sourire forcé aux lèvres. Ce n'est pas grave, viens, je vais te border et te raconter une autre histoire.
– Avec une princesse?
– Avec une belle princesse, confirme-t-elle.
Elle prend la main de Margot et quitte la pièce, non sans m'avoir lancé une œillade. J'aperçois dans ses iris le reflet de mes émotions contradictoires: frustration et soulagement.

***

Une éternité après son départ, je sors de ma transe. Je ne saurais dire combien de temps je suis resté prostré, les yeux perdus dans le vide. Lorsque je me décide à bouger, les aiguilles de l'horloge murale indiquent vingt-deux heures treize.
Je prends une grande inspiration et m'empare de mon téléphone pour envoyer un message à Greg sur WhatsApp. Vu l'heure, je préfère écrire plutôt qu'appeler.

Seth_ Si tu es réveillé,
passe à la villa. Je t'attends.

Un check bleu apparaît aussitôt, signe qu'il a lu mon message.

Greg_C'est grave ?

Seth_ Pas dans le sens où tu l'entends.

Seth_ Viens, je t'expliquerai tout.

Greg_OK. J'arrive.
Mais tu m'en dois une.

Trente-cinq minutes plus tard, j'ouvre la porte à mon beau-frère qui peine à masquer son inquiétude. Je le comprends, je ne suis pas du genre à quémander de l'aide, au contraire. Il se doute donc qu'il s'est produit un événement important.

– T'as une sale mine, attaque-t-il d'emblée.

– Merci.

– Non, mais je veux dire, pire que d'habitude.

Je soupire. Il m'emboîte le pas jusqu'à mon bureau où je l'invite à s'asseoir puis lui propose un verre.

– Une bière, si tu as, plutôt.

Je sors deux canettes du minifrigo, lui en lance une, qu'il réceptionne sans difficulté.

– Alors, tu vas m'expliquer ce qui se passe ou je dois te tirer les vers du nez ?

Les rides qui creusent son front sont le signe qu'il s'impatiente.

– Je crois que j'ai perdu l'esprit.

En entendant la fêlure de ma voix, il relève la tête. Aussitôt, son regard se voile d'un sentiment que je ne connais que trop bien : de la pitié. Lui dirait de la compassion… Ce qui est identique, simple question de sémantique. Cependant, je n'en prends pas ombrage. Moi aussi, je me fais pitié ce soir.

– Elle m'obsède…

Cet aveu me terrifie.

Il expire tout l'air de ses poumons, comme s'il portait une charge qui lui comprimait la poitrine.

– Je sais. J'aimerais tellement que tu acceptes la réalité et que…

Identifiant sa méprise, je le coupe :

– Je ne parle pas de Jessie.

L'incompréhension se lit sur son visage.

– Ava. Elle m'obsède.

– Qu… qui ?

– Ava. La nounou que tu m'as refilée dans les pattes.

– Mais, elle t'obsède comment ? De quelle façon ?

– Sexuellement.

– Oh, bordel ! (Il porte la main à son cœur.) Faut que je m'assoie. Ah, bah non, je suis déjà assis. Merci mon Dieu d'avoir entendu ma prière. C'est une excellente nouvelle, mon frère !

– Non, ça ne l'est pas ! Ça n'a rien de réjouissant, putain !

D'un geste rageur, je balaie les papiers éparpillés sur le bureau.

Je me laisse choir lourdement sur mon siège et lui confesse d'une voix tremblante :

– Je l'ai agressée.

– Qu'est-ce que tu racontes ?

– La vérité. Je l'ai coincée dans la cuisine, et j'ai dépassé les limites. Je pensais que je délirais encore, que c'était un autre de mes fantasmes dépravés. (Je tire sur mes cheveux.) Enfin, non… Je savais que c'était réel. Je voulais juste croire le contraire parce que ça m'arrangeait.

– Tu lui as fait quoi exactement ? me questionne-t-il, toute trace d'amusement disparu.

Je ferme les yeux, la honte me submergeant.

– J'ai glissé ma main entre ses cuisses. Je lui ai aussi pincé un téton.

Greg se lève pour faire les cent pas.

– Je pige pas ! T'es pas un prédateur, bordel. (Il joint ses doigts devant sa bouche, essayant d'analyser mes paroles.)

Tu as eu un rapport non consenti, c'est ce que tu essaies de m'avouer ?

Mes yeux s'écarquillent.

– Non, bien sûr que non ! Mais comme je te l'ai dit, je l'ai un peu bousculée quand elle est rentrée dans la cuisine, puis après on a… dérapé. En vérité, elle semblait mener le même combat intérieur que moi, comme si elle aussi luttait contre son attirance, parce qu'elle savait qu'on faisait une connerie monumentale.

– Elle était consentante, oui ou non ? s'énerve-t-il.

– Oui, mais je suis son patron, Greg. Elle n'a peut-être pas osé me repousser.

– C'est d'Ava dont on parle, pas d'une petite fleur fragile. Tu aurais à l'heure qu'il est tes couilles en guise de luette si elle n'avait pas voulu que tu la touches. Elle m'a quasiment traité de « Tête-de-bite » lors de son entretien.

Il souffle.

– Je résume : vous étiez deux adultes consentants animés d'une même pulsion charnelle. Où est le mal ? Et ne va pas me rabâcher ton couplet « je suis son patron », parce qu'on s'en fout ! Tu ne seras ni le premier, ni le dernier qui se tape la nounou de ses enfants.

– Sauf que je ne veux pas. Jessie…

– Jessie, rien du tout ! Ne viens pas mêler ma sœur à ça, sinon je t'en colle une.

Je ricane.

– Comme si tu en étais capable.

Le sujet de Jessie a toujours été sensible entre lui et moi. Une divergence d'opinions qui ne va pas en s'arrangeant avec le temps.

– C'est toi, le problème. Uniquement toi, reprend-il, d'une voix lasse.

Il termine sa bière d'une traite, la pose sur le bureau avec plus de force que nécessaire.

– Puisque tu m'as fait venir ici, je vais te donner un conseil, que tu vas écouter pour une fois. OK ?

J'acquiesce, sans broncher.

– T'es resté trop longtemps les bourses pleines, mon pote. Tout ce sperme emmagasiné a fini par te monter au cerveau et a fait une purée de tes neurones, voilà ce que je pense. (Je roule des yeux.) Alors, s'il te plaît, arrête de te voiler la face par rapport à Ava. Si elle est consentante, tu la mets dans ton lit, tu la baises ou tu lui fais l'amour, peu importe, mais tu libères cette frustration qui te bouffe. Si la baiser une fois ne suffit pas ? Tu recommences ! Encore ! Encore ! Encore ! Encore ! Jusqu'à épurer ton corps et rendre à ton esprit toute sa clarté ! (De grands gestes accompagnent sa diatribe, lui conférant des airs de gourou démoniaque.) Et si par le plus grand des miracles, tu t'amouraches d'elle ? Putain, Seth, saisis ta chance ! Fonce ! Reconstruis ta vie et laisse le passé là où il doit être : enterré ! Je sais que tu es malheureux, mais tu n'es pas le seul à souffrir. Ton acharnement est en train de détruire tout ce qui t'entoure. Toi, le premier.

Il a raison sur un point : je dois enlever mes œillères en ce qui concerne Ava. Et il n'y a qu'une façon de résoudre ce problème, même si ça fera de moi un parfait connard.

9

Ava

Les lumières éteintes, allongée dans mon lit, le drap remonté jusqu'au cou, je guette le moindre son suspect, le moindre bruissement qui pourrait m'indiquer que Seth traîne encore dans les parages.

Mon pouls refuse de se calmer.

Qu'est-ce que j'ai dans le crâne ? Qu'est-ce qui ne tourne pas rond chez moi ? Est-ce qu'une partie secrète de mon cerveau a décidé d'organiser une journée « open conneries » ? Genre : roule-toi dans la fange, Ava, éclate-toi ! On nettoiera le merdier après, quand il sera trop tard.

Si Margot ne nous avait pas interrompus, que se serait-il passé ? Lui aurais-je demandé d'arrêter, comme il me suppliait de le faire ? J'aimerais asséner un oui franc à cette question, cependant, je suis loin d'être aussi catégorique.

Les images de cette entrevue défilent dans mon esprit.

Ses avances m'ont tellement prise au dépourvu que je n'ai pas compris ce qui se jouait. Je croyais vraiment, au départ, qu'il me plaquait contre le mur parce qu'il était si hors de lui qu'il ne pouvait plus contenir sa colère. Après tout, il a toujours été assez sanguin. Lorsqu'il m'a demandé si j'étais venue dans la salle de bains pour le mater, j'ai souhaité me désagréger en un milliard de morceaux tant je me suis sentie piteuse. Toute la journée, j'ai attendu que le couperet tombe. Jamais ne n'aurais imaginé que l'interlude de ce matin puisse éveiller en lui un intérêt soudain pour ma petite personne autre que celui de vouloir me critiquer. Pourtant, c'était bel et bien de la convoitise qui animait son regard aviné. Une passion dévorante, incontrôlable, ainsi qu'une souffrance tapie plus en profondeur.

Dans un premier temps, qu'il me désire avec tant d'ardeur m'a étonnée ; puis, je me suis envolée sur un petit nuage, pour rejoindre le pays Ava-n'apprend-jamais-de-ses-erreurs.

Non seulement j'étais flattée (et stupide) mais aussi émoustillée (et encore plus stupide).

Quand il a posé sa main sur ma joue, j'ai eu l'impression que mon cœur avait cessé de battre. Ce n'était qu'une caresse anodine, seulement lui et moi savions qu'elle signifiait bien plus. Ce geste scellait un accord tacite. J'aurais pu, j'aurais dû le stopper à ce moment-là. Cependant, noyée dans ma bêtise, j'étais curieuse. J'en voulais plus. Beaucoup plus.

La respiration lourde, je ferme les paupières. Ma main glisse dans ma culotte, tandis que je termine le film de la soirée.

Le sourire canaille, il fait tomber les bretelles de mon débardeur. Avec une lenteur étudiée, il libère mes seins, l'un après l'autre. Il les contemple un instant. Une moue admirative ourle ses lèvres pleines. Puis il s'agenouille, ses iris incandescents toujours plantés dans les miens. Ses grandes mains se faufilent sous ma jupe, la remontent jusqu'à ma taille pour dévoiler ma culotte de satin. Il est si proche de mon intimité que je perçois son souffle chaud à travers le tissu.

Je suis haletante. Mes doigts dessinent des petits cercles de plus en plus appuyés sur mon clitoris.

Que fait-il ensuite ?

Les images se bousculent. J'aimerais qu'il me lèche, sentir la chaleur de sa langue le long de ma fente… Qu'il s'introduise en moi dans un râle, mes jambes autour de son bassin… Qu'il me retourne, plaquée contre le mur, et me prenne plus fort encore… Que sa bouche fonde sur la mienne dans un besoin désespéré… Qu'il gronde mon nom sous l'effet de l'orgasme…

Un cri silencieux monte dans ma gorge quand la jouissance me fauche. Au dernier soubresaut de mon corps, je retire ma main et laisse échapper un petit rire nerveux.

J'en connais une qui va avoir du mal à regarder son boss dans les yeux demain.

***

– Plus vite tu auras avalé ton petit déjeuner, plus vite tu pourras jouer.

Je grimace en contemplant l'assiette pleine de Margot. Depuis une demi-heure, elle picore plus qu'elle ne mange. Gab, lui, s'émerveille devant la texture de la banane écrabouillée dans ses mains. Il ouvre et referme son petit poing, fasciné par son aspect gluant, en poussant des cris stridents.

– Je pourrais faire du trampoline ?

– Et si on allait à la plage, plutôt ? On est à côté de la mer, autant en profiter.

Je tourne la tête vers la porte vitrée. Le ciel est couvert, sans être annonciateur de pluie.

– On pourrait faire des châteaux de sable, et tout. Et je suis sûre que ton frère adorerait aussi. Hein, Gab ?

Je me penche vers sa chaise haute et embrasse son duvet noir, pendant qu'il scande une litanie de « na », traduisible en un oui enthousiaste.

– Ça te plairait ?

– Papa n'aime pas la plage, bougonne Margot.

Ça m'aurait étonnée…

Avec un clin d'œil complice, je déclare :

– Bah, on ne l'invitera pas, na !

– On n'a pas le droit d'y aller.

– Tu n'as pas le droit d'aller où, ma grenouille ? intervient son père.

Merde…

Je déglutis. Mon visage me chauffe, alors je me détourne. Je ne suis pas prête à l'affronter de si bonne heure. Pas avant au moins trois cafés… Ou trois jours, ou trois décennies, le temps de digérer les événements derniers.

– On peut aller à la plage avec Ava ?

– Hors de question ! Tu sais bien, Margot. On a tout ce qu'il faut ici, pas besoin de sortir de la propriété pour s'amuser.

– Ça fait du bien de pouvoir changer d'air parfois, de voir du monde, de se sociabi…

…*liser.*

Je n'ose finir ma phrase devant les éclairs qui me pulvérisent sur place.

OK, l'attraction d'hier soir n'est plus d'actualité, on en revient au bon vieux regard qui tue.

Formidable.

Un pas en avant, dix en arrière.

– Ne vous mêlez pas de ce qui ne vous concerne pas ! explose-t-il.

Mes joues me brûlent non plus de gêne, mais d'indignation. Exaspérée par sa crétinerie, je fulmine à mon tour :

– Les enfants me concernent. C'est ce pour quoi vous m'avez embauchée, je vous rappelle !

– Plus maintenant.

– Comment ça, plus maintenant ?

– Margot, sois gentille, va au salon. On ira faire de la balançoire tous les deux après.

Il attend que sa fille quitte la pièce avant de poursuivre :

– Je comptais vous l'annoncer avec plus de tact, mais c'est peut-être mieux ainsi.

Il sort un papier de sa poche et me le tend.

– Le mois complet, plus des indemnités généreuses. La somme devrait vous satisfaire.

– Comment ça ? Vous me virez ?

– À effet immédiat, oui. Si vous n'avez personne pour vous héberger, vous pourrez toujours prendre un hôtel. Le montant du chèque devrait suffire à couvrir les frais.

Je balbutie, sous le choc :

– Mon frère a un appartement… Il pourra sûrement…

– Parfait, dans ce cas. En partant, indiquez l'adresse de votre frère à Lenny, il y déposera vos affaires plus tard.

Conversation close pour monsieur qui se prépare un expresso, sans plus me prêter d'attention.

Je répète dans un état second :

– Vous me virez ?

– Il me semble avoir été clair. Avez-vous des problèmes auditifs ? Oui, Ava, vous êtes virée.

– Mais… je peux dire au revoir aux enfants, au moins ? Et à Helen, Antonio et…

– Je ne préfère pas, ça risque de compliquer inutilement les choses.

Je souffle, au bord des larmes :

– C'est à cause d'hier soir ? Ou d'hier matin ?

Il se tourne, me jauge un instant, puis pousse un long soupir.

– Au revoir, Ava.

Je hoquette, la gorge nouée, tandis qu'il prend Gabriel dans ses bras et sort de la cuisine sans même un regard.

Je me lève tel un automate, me dirige vers l'entrée d'un pas chancelant en essayant de garder le peu de dignité qu'il n'a pas encore piétiné, mais échoue lamentablement et éclate en sanglots avant même d'avoir franchi la porte.

Un vieux chiffon aurait eu droit à plus d'égards que moi. Pour lui, je ne suis qu'un détritus à jeter aux ordures quand bon lui semble.

Presque deux mois qu'il annihile en un claquement de doigts.

– Eh, Ava, tu vas bien ? m'interroge Lenny, la mine soucieuse, devant mon visage dévasté.

Je fonds en larmes dans ses bras, incapable de jouer la comédie.

Lenny doit avoir vers les 40 ans. Bon vivant, agréable, gentil, serviable… Tout ce que M. Connard-de-Manning n'est pas.

Entre deux sanglots, je lui raconte brièvement mon licenciement soudain et lui indique l'adresse de mon frère pour qu'il puisse me faire parvenir mes affaires. Puis je le supplie de dire au revoir aux enfants et à Helen de ma part. Je ne veux pas qu'ils pensent que je me suis enfuie comme une voleuse.

– Tu peux compter sur moi, Ava. Pour tout. Et si tu as le

moindre souci, n'importe quand, à n'importe quelle heure du jour ou de la nuit, mon numéro est toujours disponible. Alors, n'hésite pas à l'utiliser. D'ailleurs, tu veux que je te raccompagne quelque part ? Je t'emmène chez ton frère ?

– Merci, c'est gentil, mais j'ai ma voiture. Je vais… J'vais aller me balader un peu sur la plage, j'ai besoin d'air pur.

– D'accord. (Il me sourit, chagriné.) Je suis désolé pour ce qui t'arrive. J'espère que tu rebondiras vite.

– T'inquiète, il m'en faut plus pour m'abattre.

Je lui rends son sourire. Le mien est crispé et pue le gros mensonge. Il n'est pas dupe, mais acquiesce par gentillesse.

Un dernier salut de la main et je m'installe derrière le volant. Le reflet que me renvoie le rétroviseur est digne d'un film d'épouvante. Le visage exsangue, les traits déformés par la tristesse, les yeux rouges et bouffis : le retour du mort-vivant.

Je souffle pour essayer de me ressaisir.

« Je suis un arbre dont les branches centenaires me protègent… »

Je lui foutrais bien ces branches où je pense, à mon psy ! Je suis censée répéter cette phrase dès qu'un élément me perturbe, afin de mieux canaliser mon anxiété. D'aussi loin que je me souvienne, j'ai toujours été suivie par un psychologue. Petite, j'étais sujette aux terreurs nocturnes ; adolescente, ce sont les crises d'angoisse qui ont pris le relais. Dorénavant, je parviens à gérer mon stress sans trop me rendre malade, ou presque – mes intestins font encore de la résistance.

Je n'avais jamais eu l'occasion de me balader sur la plage de Lighthouse Point Park, ni même de flâner dans les rues de New Haven. Je ne descendais en ville que pour une raison précise, toujours en rapport avec Margot et Gabriel.

Je ferme les yeux. Penser à eux me comprime la trachée.

Une main dans la poche arrière de mon short rouge, l'autre tenant mes sandales, je marche sans but réel, les pieds enfoncés dans le sable épais et moelleux. Le paysage est plutôt joli, avec son phare blanc et sa nature sauvage, cependant, je n'arrive pas à l'apprécier. Rien ne m'est familier. Dire que nous sommes seulement à une petite centaine de kilomètres de New York ! J'ai pourtant l'impression d'être à l'autre bout du monde. Bientôt, tout ceci sera loin derrière moi. Je vais retrouver mes amies que je n'ai pas revues depuis un mois et demi, ainsi que mon frère et sa copine, je vais retrouver la jetée de Coney Island et l'ambiance animée de Brooklyn, je vais retrouver ma ville verticale et ses lumières. Voilà, il faut positiver…

J'inspire profondément et laisse l'embrun marin me remplir les poumons. Le ciel est relativement encombré, mais l'humidité rend la chaleur étouffante. Il y a fort à parier que d'ici le début de soirée, le temps vire à l'orage, comme souvent dans la région.

Au moins, cette fois, la météo est en adéquation avec mon humeur maussade.

Sur le chemin du retour, j'hésite entre appeler mes parents, mon frère, Cherryl, Lana, Chad… ou personne. Finalement, j'opte pour la dernière solution. Je n'ai pas la force de révéler cette information par téléphone.

Les surprises, c'est chouette. Ne leur gâchons pas ce plaisir.

Dès que je franchis la porte de l'appartement de mon frère, je me jette dans ses bras. Néanmoins, je ne pleure pas.

Je suis encore sous le coup du choc.

Ce qui est étrange, parce que toute la journée d'hier, j'étais persuadée que Seth allait me virer. Je m'y attendais.

Puis, il y a eu *ça*… Ce moment que je ne m'explique pas.

Pourquoi ai-je pensé que ce *ça* changerait tout ? Qu'il amorçait le début de quelque chose ? Pas forcément un lien amoureux, mais j'ai cru que notre relation avait évolué et que nous nous étions d'une certaine manière rapprochés.

Pathétique.

Avant même que je termine mon histoire, Ben me propose de m'héberger. Bien que je sois son aînée d'un an, mon frère a toujours pris soin de moi. Je ne dirais pas que c'est le plus mature de nous deux, loin de là, cependant, c'est incontestablement lui qui s'en sort le mieux. Il me bat sur tous les plans. Que ce soit au niveau de la réussite scolaire, professionnelle ou sentimentale…

Non, ne pars pas dans cette direction, Ava ! C'est mauvais, très mauvais pour ton moral déjà peu glorieux.

D'une oreille distraite, j'écoute ses vociférations à l'encontre de mon ancien boss. Comme il est plutôt de nature calme et réservée, le jargon qu'il emploie pour exprimer son ressentiment me ferait rire si je n'étais pas si malheureuse.

– C'est qu'une petite bite !

Je soupire.

– Même pas… Il en a une gro…

Je voudrais ravaler ma réplique, mais c'est trop tard. Les yeux de mon frère se rétrécissent, tandis que je me dandine sur le fauteuil, mal à l'aise.

Diversion, vite !

– Alice est encore au travail ? Oh, c'est une photo de vous deux que je vois sur le buffet ? Vous êtes magnifiques ! Et puis cet appartement, Ben… Super ! Vraiment… Et décoré avec goût. J'adore ce vieux fauteuil, par exemple. Il a beaucoup de… cachet ? Tu l'as chiné dans une brocante ou tu l'as trouvé…

– Dans la rue, près d'une poubelle.

Ah…

J'espère que ce qui me chatouille la fesse depuis tout à l'heure n'est pas une de ces immondes blattes…

– Tu recycles ! C'est chouette pour la planète.

Je me lève d'un bond, incapable de rester plus longtemps assise sur cette horreur.

– Tu me fais visiter ? Je ne me souviens plus bien des lieux. La dernière fois que je suis venue, tu emménageais et il y avait des cartons partout. Ça a beaucoup changé depuis. Par exemple, ce fauteuil n'y était pas. Oh, et puis cette lampe, là, c'est nouveau aussi. Ça transforme la pièce, on dirait qu'elle est plus…

– Ava ! grommelle-t-il, mettant ainsi un terme à ma diarrhée verbale. Revenons à ce M.Manning.

Flûte, il n'a pas oublié.

– Tu m'expliques, reprend-il, la mine grave et résolue.

– Ce n'est pas ce que tu crois.

– Ah bon ? Ça a pourtant comme un air de déjà-vu.

– Je n'ai pas couché avec lui ! Je l'ai surpris sous la douche, sans le faire exprès ! Et ça s'arrête là. Mon licenciement n'a rien à voir. Il m'a virée parce qu'il n'a jamais pu me blairer, c'est tout.

Je ne mens pas, je déforme juste quelque peu la vérité. Il y a des choses que Ben ne comprendrait pas, comme mon désir de rendre la pareille à mon boss qui m'avait aperçue nue. C'est de réconfort dont j'ai besoin, pas d'un sermon.

L'arrivée d'Alice suspend momentanément notre discussion. Je pousse un petit couinement soulagé. Benjamin la met au parfum et aussitôt, elle vient me serrer dans ses bras, m'informant d'une voix douce que je suis la bienvenue chez eux et que je peux demeurer autant que nécessaire.

J'observe un instant mes hôtes. Une boule se forme au creux de mon ventre.

Il est le jouet et elle la notice Kinder.

Ils se complètent, s'accordent comme les deux faces d'une même pièce. Et moi, je suis l'intruse, le grain de sable entre les doigts de pied qui vient déranger cet équilibre parfait.

Les voir ensemble, unis, heureux, élaborant des projets d'avenir, me renvoie à mon échec personnel.

Je n'ai rien de ce à quoi j'aspire. Ni petit ami, ni enfant, ni travail, pas même de logement et encore moins d'indépendance.

Ma respiration s'accélère. Mon cœur bat à tout rompre, il me faut plus d'air. Je halète, tandis que ma poitrine se comprime sous le manque d'oxygène.

– Je suis un arbre… Je suis un arbre dont les branches centenaires me protègent.

J'essaie de ne pas me laisser emporter par la vague de panique qui m'engloutit.

Tout est dans ta tête, Ava. Tu peux te contrôler.

– Pourquoi ta sœur se prend pour un arbre ? s'inquiète Alice.

– Oh, c'est une technique pour gérer son stress, répond mon frère, habitué à m'entendre prononcer cette phrase ridicule.

– Ça va aller, me rassure-t-elle en tirant une chaise pour que je m'y assoie. Respire à fond.

– Je suis un arbre…

– Si tu veux… Même si je pense qu'un cactus aux épines acérées serait plus efficace pour te protéger et embrocher tous ces…

– Ma chérie, à mon avis, on devrait plutôt lui faire passer un message positif et apaisant, pas la pousser à créer un bain de sang, précise Ben en souriant.

Il s'accroupit ensuite devant moi.

– Tu es forte, Ava. Quand un obstacle traverse ton chemin, tu l'affrontes, tu le pulvérises et tu poursuis ta route, plus déterminée que jamais. Ça, c'est la Ava que je connais. Ne laisse pas cet idiot te faire douter de tes capacités.

L'image que mon frère a de moi me touche, bien qu'elle soit totalement erronée. La majorité des problèmes que j'ai dû affronter, je les ai engendrés par mes mauvais choix. Alors cela ne fait pas de moi quelqu'un de courageux, mais de stupide.

Manning a peut-être raison en fin de compte.

Mon manque de discernement m'a été fatal, et voilà le résultat. Retour à la case départ.

Exit la femme indépendante. Désolée, Rachel.

Quoique, elle aussi a eu son lot d'échecs. Elle a su rebondir à chaque fois. Je suivrai donc son exemple, mais pas dans l'immédiat. Chaque chose en son temps. Aujourd'hui, j'ai besoin de me faire dorloter comme un bon gros bébé.

Je décrète que les prochains jours seront réservés aux larmes, à l'auto-apitoiement, ainsi qu'à un nombre conséquent de margaritas.

Ma crise de panique enterrée, j'appelle les filles pour débuter une séance buvons-un-verre-ou-deux-ou-dix-en-dénigrant-M.-Bite dont la définition vient d'être actualisée : blaireau, idiot, tocard, enfoiré.

10

Seth

Je devrais être en train de me frotter les mains, de soupirer de bien-être. Cependant, ce perfide petit pincement de culpabilité qui me vrille les côtes depuis tout à l'heure m'empêche de savourer cette paix pourtant méritée.

Je ne suis pas particulièrement fier de mes agissements ces derniers temps. Néanmoins, je ne regrette pas ma décision.

– Oh, Jessie, depuis quand suis-je devenu un tel connard ? Je me suis perdu, égaré, je ne me reconnais plus. J'ai causé du tort à tant de monde. Je t'ai causé du tort en bafouant nos vœux de mariage. J'ai été faible. Minable.

Ma photo préférée entre les mains, je soupire et trace du doigt les traits de son doux visage. C'est un cliché pris il y a plusieurs années, lorsqu'elle était enceinte de Margot. Elle sourit à l'objectif. Ses beaux yeux chocolat pétillent de bonheur tandis qu'elle désigne de l'index son ventre rond où l'on peut lire « *It's a girl* » sur son tee-shirt. Sa façon à elle de me révéler le sexe du bébé.

– Je ne peux pas rester longtemps, ce matin. Puisque je n'ai plus de gouvernante, je dois surveiller les enfants. Je vais m'arranger avec Helen pour qu'elle prenne le relais le temps que je trouve quelqu'un pour remplacer Ava. Je repasserai ce soir, OK ?

J'embrasse son front, comme à chaque fois, puis repose la photo sur la commode, où toute notre vie est immortalisée.

***

Je sermonne ma fille, tandis que je tends son biberon à Gabriel :

– Mange tes céréales, au lieu de jouer avec ta nourriture.

– Je joue pas, j'aime pas les Cheerios roses. Ava, elle me les enlève d'habitude. Elle est où ?

– Ils ont tous le même goût !

Je rajoute, afin d'éluder sa dernière question :

– Et puis, les princesses, c'est pas censé aimer le rose ?

Margot m'incendie d'une œillade courroucée.

– C'est sexuel de dire ça papa !

– Sexuel ?

– Hum, hum. C'est Ava qui m'a expliqué. Les garçons, des fois, ils veulent tout commander des filles.

– Sexiste ?

Nouveau regard assassin.

– C'est ce que j'ai dit ! J'ai plus faim, déclare-t-elle ensuite en repoussant son bol.

Au même moment, Gab hurle à pleins poumons, le visage rouge de colère.

Complètement dépassé, je demande à ma fille :

– Qu'est-ce qu'il a ? Qu'est-ce qu'il lui prend, à ton frère ?

– T'as chauffé son lait. Il aime pas le lait chaud.

– Tu ne pouvais pas me le dire avant ?!

La lèvre de Margot tremble.

– Elle est où, Ava ?

Je ferme les yeux pour tenter de me calmer.

– Excuse-moi, ma grenouille, j'aurais pas dû crier. Ce n'est pas de ta faute, c'est papa qui fait des bêtises.

– Elle est où AVA ?

– Elle est partie.

– Elle revient quand, alors ?

– Elle ne reviendra pas, chérie.

Ma fille éclate en sanglots.

Je me sens d'un coup comme la dernière des merdes. Je n'ai pas pensé aux liens qu'ils avaient pu tisser au fil des semaines.

– Et si j'allais chercher Helen ? Elle pourrait s'occuper de vous pendant les jours à venir. Ce serait génial, non ?

Margot opine, peu convaincue. De grosses larmes inondent ses petites joues rouges, tandis que Gabriel continue de s'époumoner à grands cris.

Au secours !

***

Quelle bonne idée qu'Helen se soit installée dans l'ancienne maison des gardiens ! Située à l'entrée de la propriété, la demeure possède toutefois une allée privative et est délimitée par une haie de rhododendrons qu'Antonio a plantés le printemps dernier. Je remarque également, en m'approchant, que la façade a été repeinte. Suis-je déjà venu la visiter depuis qu'Helen a pris ses quartiers ici ? J'ai bien peur que non.

Je frappe à la porte.

Aucune réponse.

Je colle mon oreille contre le battant, persuadé d'entendre un son étrange provenant de l'intérieur.

Oui, on dirait comme un grognement plaintif.

Merde ! Elle a dû tomber.

Peut-être a-t-elle glissé et ne peut plus se relever ? À son âge, c'est malheureusement fréquent, et ce ne serait pas la première fois la concernant.

– Helen ?

Le gémissement s'intensifie.

À tous les coups, elle s'est fait mal. J'espère qu'elle ne s'est pas cassé le coccyx !

J'actionne la poignée, heureusement la porte n'est pas verrouillée. Je déboule comme un fou dans le séjour, puis poursuis mon investigation jusqu'à la chambre d'où le bruit semble provenir. Mon cœur s'agite, paniqué à l'idée qu'elle puisse souffrir depuis des heures sans que personne lui ait porté secours.

C'est de ma faute. Entièrement de ma faute.

– Helen, tu vas…

Il me faut à peu près un quart de seconde pour comprendre ce qui se déroule dans la pièce.

Un quart de seconde de trop.

– Aaaaah, mon Dieu ! Mes yeux ! Mes yeux ! Mes yeux ! hurlé-je, en plaquant mes mains dessus, pour dissimuler le tableau cauchemardesque qui se joue devant moi.

– Monsieur Manning ! Que faites-vous ici ? Ce n'est pas une façon de rentrer chez les gens ! me réprimande Helen. Retournez-vous !

Ah, oui. Bonne idée.

Ne plus débarquer à l'improviste dans une chambre en est une autre.

Plus jamais !

Je vais devoir me laver les rétines à l'eau de Javel pour dissoudre l'image de celle que je considère comme ma grand-mère, nue, en train de s'envoyer en l'air avec Antonio, tout aussi nu…

Non, non… N'y pense pas.

Raide comme un piquet, je rebrousse chemin et réussis à prononcer :

– Je t'attends dehors.

Quelques minutes plus tard, une robe de chambre sur le dos, Helen sort à son tour. Il y a une régularité chez cette femme que j'apprécie par-dessus tout : son calme légendaire. Elle n'élève jamais la voix (elle n'en a pas besoin pour se faire respecter), mais surtout ne se met jamais en colère.

Pourtant, à cet instant, ses iris couleur mousse m'incitent à baisser la tête, tel un gamin pris en faute.

– Vous piétinez mes fleurs, gronde-t-elle.

J'esquisse un pas sur ma droite pour me décaler vers l'allée en gravier.

– Pardon. (Je soupire.) J'ai à te parler. De… des enfants.

– Ça tombe bien, moi aussi ! m'informe-t-elle d'une voix sourde qui me fait frémir. Lenny m'a expliqué la situation. Pauvre petite Ava… Vous n'avez pas honte ?!

– Je ne sais pas ce qu'elle a été lui raconter, mais…

– Vous ne l'avez pas virée comme une malpropre, peut-être ?

Piqué au vif, je réplique, agacé :

– Certes, je l'ai licenciée, mais j'ai été généreux avec elle !

– En lui jetant un chèque au visage et en l'obligeant à partir sur-le-champ sans même l'autoriser à dire au revoir aux petits, c'est ce que vous appelez être généreux ? L'argent ne fait pas tout, mon p'tit, je pensais que vous, mieux que quiconque, le saviez.

Je grimace.

– J'ai peut-être manqué de tact…

– Vos parents, paix à leur âme, dit-elle en se signant, doivent se retourner dans leur tombe à l'heure qu'il est.

Ne pouvant détailler les raisons bien trop personnelles de cette décision, je me défends maladroitement.

– Elle ne convenait pas pour ce poste.

– Hmmph ! Balivernes ! Et comment allez-vous travailler sans personne pour garder les enfants, à présent ? Je croyais que vous aviez un voyage d'affaires en Europe la semaine prochaine.

Merdeeee !

Je l'avais oublié, celui-là.

– Je pensais que… Enfin, j'espérais que tu pourrais, le temps de…

– Ne comptez pas sur moi, mon p'tit ! me détrompe-t-elle d'un ton qui ne souffre d'aucune contestation. Vous n'avez plus qu'à assumer les conséquences de vos actes.

Sonné par sa rebuffade inattendue, je perds contenance.

Son regard s'adoucit. Sa main fripée vient se poser sur ma mâchoire mal rasée dans un geste tendre.

– Oh, Seth…

Un frisson me parcourt en entendant mon prénom dans sa bouche. C'est si rare qu'elle l'utilise. Mon père était très à cheval sur les convenances. Il tenait à ce que le personnel garde une réserve polie à notre égard et interdisait l'usage des prénoms. À son décès, j'ai tenté d'effacer cette étiquette désuète, mais Helen n'a rien voulu savoir. Trop habituée, sûrement, à employer cette forme de distanciation sociale.

– J'espère qu'un jour vous trouverez la paix, mon enfant. Pour votre âme comme pour votre cœur.

***

Encore sous le coup de la conversation avec Helen, je subis le reste de la journée, dans un état second.

Subir est le verbe adéquat.

J'aimerais dire que j'ai pris plaisir à m'occuper de Margot et Gabriel, mais ce serait inexact. J'ai trouvé cela harassant. Mes oreilles sifflent encore de tous les cris qu'elles ont endurés. Mon irascibilité est palpable. Je n'ai pas eu un moment à moi, pas même pour faire un peu de sport.

Ni pour boire, me souffle une voix railleuse.

Le pire a été pendant l'heure du déjeuner.

Ma fille, qui mangeait comme un ogre dans mon souvenir, a à peine avalé trois bouchées sans pleurer. Et la cuisine ressemblait à un champ de bataille avec Gabriel qui s'est essayé au lancer de petits pois. Bon, le positif, c'est que ça le faisait rire aux éclats.

L'entendre rire m'a remué jusqu'aux tripes. À la fois, j'étais gorgé d'amour et de tristesse.

J'aurais tellement aimé que Jessie soit là, à s'esclaffer avec lui. Elle aurait adoré ce moment. Sans elle à mes côtés, je ne suis que l'ombre de moi-même. Alors, j'ai grondé Gab. Son sourire s'est envolé, son rire a cessé, ses yeux ronds se sont remplis de larmes.

Et je m'en suis voulu à mort.

En temps normal, lorsque j'agis comme un con, ce qui arrive de plus en plus souvent, je m'enferme dans mon bureau. Après quelques verres, la culpabilité s'estompe généralement. Si ce n'est pas assez, je soulève des poids, je cours, je fais des abdos… Je m'entraîne jusqu'à vider mon esprit. Aujourd'hui, impossible de m'éclipser plus de quelques minutes.

Néanmoins, vers quinze heures, je m'octroie une pause. Gabriel dort dans son hamac et j'ai mis le Disney de *La Belle et la Bête* pour Margot.

À court d'idées pour me dépatouiller de cette galère, j'appelle mon beau-frère à la rescousse. Après tout, ce sont ses neveux, il peut bien s'en occuper un peu.

– Deux jours de suite que tu réclames de l'aide, ça

commence à devenir suspect, s'étonne-t-il dès qu'il pénètre dans la maison.

Par automatisme, je nous dirige vers le bureau.

– Et puis, je vais finir par te faire payer mon essence. Je n'habite pas à New Haven au cas où tu l'aurais oublié, mais à Bridgeport.

– C'est juste à côté, arrête tes simagrées.

– Plus de soixante kilomètres aller-retour, mine de rien.

– Je te paierai toute l'essence que tu veux, si tu gardes les enfants la semaine prochaine. Je dois me rendre en Allemagne pour signer deux contrats importants pour élargir nos points de vente. Ainsi, notre marque sera diffusée…

– Attends, attends, je ne pige pas. Pourquoi tu veux que je les garde ? Ce n'est pas le rôle d'Ava, ça, justement ?

– Je l'ai virée.

Greg se frappe le front de sa paume.

– Quelle espèce de crétin ! Nan mais t'es le roi des cons ou tu le fais exprès ?

– Tu sais parfaitement pourquoi je devais m'en séparer.

– Deux secondes…

Il inspire un grand coup, puis s'élance vers moi. Mon mouvement de recul instinctif n'est hélas pas suffisant pour éviter le poing qui s'abat sur ma joue.

– Oh, bordel ! Je t'ai eu… exulte-t-il, à la fois ahuri et impressionné.

– Mais t'es complètement malade ! Qu'est-ce qui te prend ?

– Il me prend que tu mérites qu'on te casse la gueule depuis longtemps ! Trou du cul qui n'en fait qu'à sa putain de tête !

Il s'assied sur le divan en cuir, à gauche de mon fauteuil.

– Ah, soupire-t-il, bienheureux, je boirais bien une petite mousse, à présent.

– Ouais, bah va la chercher toi-même. Et d'abord, pourquoi tu défends Ava ? Tu ne l'aimes même pas !

– Je n'ai jamais dit que je ne l'aimais pas.

– Tu la traitais d'idiote et…

– Rectification : *tu* la traitais d'idiote. Je n'ai fait que reprendre tes paroles, ça ne veut pas dire que je les pensais.

La seule chose que je t'ai suggérée, avec plus ou moins d'insistance, c'est de la mettre dans ton lit. Parce que c'est un beau brin de fille et je supposais qu'elle pourrait te faire du bien… Et pas que physiquement parlant. Mais bref, t'es trop con pour comprendre.

Je pousse un soupir las.

Ma pommette endolorie me lance. Je la masse, en vérifiant que ma mâchoire n'a rien de cassé. Il n'a pas frappé fort, cependant, ce n'est jamais agréable de recevoir un pain en pleine figure.

Quand ce cauchemar cessera-t-il ?

– Qu'est-ce que vous avez tous aujourd'hui ? D'abord Helen que je surprends à poil avec Antonio…

– Nooon ! T'as maté la vieille Helen pendant qu'elle s'envoyait en l'air ?

– Je ne l'ai pas matée ! Je ne suis pas un pervers. C'était involontaire. (Je frissonne.) J'ai confondu ses gémissements avec des geignements de douleur.

– Oh, putain ! Tu viens de faire ma journée, se marre-t-il sans retenue. Magnifique ! Je t'ai mis sur la tronche et j'apprends que ton ancienne gouvernante, presque centenaire, a une vie sexuelle plus remplie que la tienne. Oh, c'est beau, ça !

– Elle n'est pas centenaire, pour commencer. Elle a eu 69 ans en mars dernier.

– Elle, au moins, elle pratique le soixante-neuf… ou d'autres positions. Tu sais encore ce que c'est, toi ?

– Je t'emmerde !

Greg rit de plus belle. Je m'exaspère.

– Maintenant que tu t'es défoulé, je peux te confier les petits, la semaine prochaine ? Je vais me débrouiller pour les jours à venir, je n'ai pas trop le choix, Helen refuse de me donner un coup de main.

– Tu as demandé de l'aide à Helen et elle t'a dit non ? répète-t-il, abasourdi. Waouh… T'as vraiment dû la mettre en colère. C'est que tu la mates en pleine baise qui l'a foutue en rogne, tu crois ?

– Pour la dernière fois : je ne la matais pas !

– Ouais, ouais, c'est toujours ce qu'on dit.

– Tu m'énerves.

– Je sais. Mais tu as besoin de moi.

– Alors, je peux compter sur toi ?

– Tss. T'as vu la météo ? Une dépression arrive par le nord-est. Ils ont prévu de la pluie sur toute la côte pendant au moins une semaine.

– Tu sais, les gens normaux n'ont pas le caractère qui varie tel un baromètre selon la météo…

– Oui, ben les gens normaux ne picolent pas du matin au soir, non plus.

Je bougonne :

– Je n'en suis pas arrivé là !

– Pas encore, mais ça viendra. Nous le savons tous les deux. Et pour répondre à ta question, c'est non. Tu te démerdes, mon frère. Le plus simple est de t'excuser platement auprès de la miss, et de croiser les doigts pour qu'elle accepte de revenir sous les ordres d'un trouduc dans ton genre. C'est pas gagné, mais en y mettant les formes, tu arriveras peut-être à la convaincre. N'hésite pas à user de ses sentiments pour les gosses afin de l'amadouer.

– La reprendre n'est pas une option. Ce pour quoi je l'ai virée ne s'est pas envolé du jour au lendemain.

– Es-tu en train d'insinuer que tu es incapable de contrôler tes pulsions ?

Je me frotte les yeux, fatigué de tout ce bordel.

– Si, bien sûr. Mais pas sans effort…

– Bah voilà, tu as ta solution : fais un effort !

Considérant ce problème résolu, Greg sort du bureau pour saluer les enfants. Je le rattrape d'un pas vif.

– Oh, tiens… tu étais au courant que Margot n'aimait pas le rose, toi ?

– Bien sûr. Elle déteste le rose, parce qu'elle l'assimile à la Belle au bois dormant. Et tu sais comme moi ce qu'elle pense de cette princesse.

– Du fait qu'elle dorme tout le temps et qu'elle trouve ça nul, oui. Je n'avais pas tilté.

– Sa couleur préférée, c'est le jaune doré. (Il me lance un regard insistant.) C'est une chose que tu devrais connaître.

– Je sais. Ce n'est pas cette année qu'on me décernera la médaille du meilleur père.

– Il ne tient qu'à toi de changer ça. Tu étais un chouette papa. Avant.

L'intonation lourde de sens qu'il emploie sur le *avant* ne m'échappe pas.

– Depuis quelques semaines, elle adore aussi le rouge cerise, lance-t-il avec désinvolture.

Comme Ava…

Cette fille a marqué ma grenouille bien plus profondément que je ne le pensais.

Je soupire.

Un jour. Un malheureux jour, et me voilà qui songe à ramper aux pieds de cette maudite Ava.

Ce matin, j'étais pourtant confiant dans mon choix.

Sauf que j'avais omis ce satané voyage d'affaires. Et je n'avais pas envisagé qu'Helen m'éconduirait de la sorte.

La simple éventualité de m'excuser auprès d'Ava me fout hors de moi. Par réflexe, je serre les dents. Cette contraction réveille aussitôt le lancinement de ma mâchoire, rappel sans équivoque de ma situation actuelle.

Qu'on me pende haut et court si cette femme redevient ma gouvernante !

Il doit forcément y avoir une autre solution.

Et je la trouverai…

11

Ava

Pied droit, malheur. Pied gauche, bonheur.

Réjouis-toi, c'est le pied gauche !

J'en ai jusqu'à la cheville, ma chaussure est foutue, mais c'est le GAUCHE. Tout va bien !

Pas de crise d'hystérie en vue. Je gère. Cela arrive à tout le monde d'enfiler ses tennis et d'avoir en lieu et place de semelle un étron bien mou.

Je ne vais ni crier ni pleurer.

Tranquille.

Ce n'est pas un signe du destin. Non, ce n'est pas un signe du destin…

– Qu'est-ce qui t'arrive, Ava ? T'as buggé sur une fissure du mur ou bien ? me questionne mon frère quand il constate mon immobilité soudaine.

– Ton chat a déféqué dans ma pompe…

– Quoi ?

– Tu as bien entendu. Mon pied est embourbé dans sa merde. C'est chaud, collant et… Aaah, c'est dégoûtant !

Un haut-le-cœur me retourne l'estomac. Il y a de fortes probabilités pour que, d'une seconde à l'autre, je vomisse. Ainsi, mes baskets seront baptisées deux fois, intérieur et extérieur.

– Bah, retire ta chaussure ! T'attends quoi ?

Un miracle ?

La jambe pliée pour ne pas toucher le sol, et m'engluer plus profondément, je clopine vers Ben.

– C'est au-dessus de mes forces. Ça a imprégné ma chaussette…

– T'es vraiment une chochotte. Ce sont des excréments, pas une mine antipersonnel qui va t'exploser au visage si tu n'y prends pas garde. Comment tu faisais dans ton travail ? Tu ne changeais pas les couches sales de Gaston ?

– C'est Gabriel… Et il ne chiait pas dans mes pompes ! Donc, je n'étais pas amenée à mettre le pied dedans.

– Ouais, enfin… les pieds, les mains, c'est du pareil au même, si tu veux mon avis. Et de la merde reste de la merde, peu importe à qui elle appartient.

– En l'occurrence, celle-ci t'appartient, puisque Hagrid est ton chat. Alors débrouille-toi pour rendre à mon pied son honneur et sa fraîcheur.

– Comme si la chaleur moite de cette journée ne suffisait pas à me coller les bonbons au papier, il faut en plus que tu me les brises. Tu m'avais manqué, sœurette !

Il râle, cependant, il m'agrippe par la taille pour m'aider à me déplacer et me conduit vers la salle d'eau. La pièce est si exiguë que l'on peine à tenir à deux. Le côté pratique : tu peux uriner, te doucher et te laver les dents en même temps. C'est du trois en un.

Je retiens les larmes qui menacent de couler, tandis qu'il s'occupe de moi et me nettoie, à l'instar d'une gamine de 6 ans.

Indépendante ? Mon cul, oui.

Au moindre pépin, je redeviens cette petite fille incapable de gérer sa vie, apeurée de tout et peu sûre d'elle. Comment Ben peut-il s'imaginer que je *pulvérise* les obstacles qui se dressent devant moi ? Un caca de chat et me voilà prête à me rouler en boule dans mon lit, toute envie de faire les boutiques envolée.

Mis à part que je n'ai pas de lit.

Ni même de chambre…

Je jette un œil misérable vers le sofa sur lequel je dors depuis trois nuits. Je ne tiens pas à connaître son origine. Mon frangin excelle dans l'art de la récupération. Il adore les vieux meubles, ceux qui ont une « âme », comme il dit. D'ailleurs, il n'est pas rare que ces objets, chinés çà et là, possèdent en eux un trésor de vies insoupçonnées. Souvent grouillantes, voire rampantes.

Heureusement, ce n'est pas le cas de ce canapé. Non, lui, il est juste moche. Affublé d'un tissu orange à carreaux psychédéliques jaunes et noirs, tout droit sorti des années soixante-dix. Pourtant, Ben aurait les moyens d'avoir un beau salon s'il le souhaitait, mais tout mobilier qui n'a pas une histoire à raconter n'est pas digne de son intérêt. Acheter en magasin ? Un sacrilège impardonnable. Si je pensais qu'Alice modifierait un peu cette tendance, je me fourrais le doigt dans l'œil. Mon frère étant une personne très casanière et solitaire, sa rencontre avec Alice n'avait pu se faire, de mon point de vue, que sur un ces forums de jeux quelconques, ou sur un groupe Discord réservé aux fans de *Harry Potter*. En réalité, j'étais loin du compte. Ces tourtereaux se sont croisés près d'une poubelle… Ils lorgnaient la même lampe de chevet en forme de monstrueux hibou. Il aura suffi d'un regard pour être chacun ébloui. Mon frère m'a décrit la scène en m'expliquant que c'était comme si la lampe s'était d'un coup éclairée pour les illuminer. Un coup de foudre, un vrai de vrai. Deux semaines plus tard, ils emménageaient ensemble, leur affreuse lampe sous le bras.

– Où tu vas ? Je croyais que tu allais faire du shopping ? me questionne-t-il quand il constate que je me vautre sur son canapé, télécommande à la main.

Je hausse les épaules.

– Plus envie.

Un tambourinement sec secoue la porte.

Mon palpitant s'agite. Et si c'était Seth qui venait s'excuser ?

Cette idée me traverse qu'une microseconde, néanmoins, je me morigène d'y avoir songé. Seth ? N'importe quoi. Je n'ai même pas l'intention de le revoir un jour. Je ne veux plus jamais avoir affaire à lui. C'est déjà de l'histoire ancienne, j'ai tourné la page, refermé le livre et cadenassé son contenu.

Si mon cœur s'emballe ainsi, c'est simplement en réponse au bruit soudain.

Non, je ne me mens pas à moi-même. C'est la plus stricte vérité…

– Bonjour, petites gens, nous salue Cherryl d'une voix princière.

Mon estomac se tord… de déception ?

Je chasse aussitôt ce sentiment et me lève pour accueillir ma folasse de cousine.

– Bah, t'es pas prête ? s'étonne-t-elle. T'as zappé notre programme du jour ? Shopping, dîner, et… margarita à volonté !

– Je ne le sens plus trop.

– Houla ! Pas de ça avec moi, jeune fille. Bouge tes fesses. Allez, on se dépêche ! Lana et Chad nous attendent en bas et tu connais la patience de cette dernière. Si tu ne veux pas l'entendre pester tout le trajet, tu ferais mieux de te grouiller.

Avec un grognement vaincu, je finis par céder. Lutter contre Cherryl est une perte de temps. Elle est plus tenace qu'une teigne quand elle s'y met. Autant abdiquer de suite.

Trois heures plus tard, harassée d'avoir piétiné de boutique en boutique, je me sens étrangement ragaillardie, mon esprit est plus serein. Finalement, cette virée shopping m'a fait du bien. J'en ai presque oublié l'autre andouille de Manning.

Toutefois, les enfants me manquent. Terriblement.

Je me suis offert plusieurs petits hauts. J'ai misé sur le rouge, le noir et le bleu foncé. Avec ma carnation de peau, mes choix au niveau des couleurs sont assez limités. Impossible de porter du pastel, par exemple, cela affadirait encore plus mon teint de porcelaine. Néanmoins, j'ai craqué pour un magnifique dos nu doré ; dès que je l'ai vu, je n'ai pu m'empêcher de penser à Margot et mon cœur s'est aussitôt comprimé.

Ma jolie princesse Belle n'a pas dû comprendre mon départ précipité. M'en veut-elle ? Qu'est-ce que son père lui a raconté à mon sujet ? Et Gab, a-t-il remarqué que j'étais partie ? Ils sont si petits qu'ils m'oublieront vite…

J'aimerais moi aussi qu'on m'efface la mémoire, que je puisse zapper ces dernières semaines.

– Oh, pouilleuse, tu redescends sur terre, s'te plaît ! Ne me dis pas que tu pensais encore à l'autre trouduc ? m'interpelle Chad, dont les sourcils noirs à l'arc parfait se soulèvent en signe de réprobation.

– Non, non, je t'écoutais. Tu parlais de…

Vite, une diversion !

– Oh, j'ai laissé mes sacs à la boutique ! Mince !

– Ils sont dans ta main.

– Ah oui… Bon, on y va ou on reste à jacasser sur le trottoir ? Je ne sais pas vous, mais j'ai soif, moi.

Chad me lance un dernier regard méfiant, avant de glisser son bras sur ma taille.

– Si un jour cet enfoiré croise mon chemin, je lui ferai…

– Rien du tout. C'est un connard, bien sûr, mais mon licenciement était justifié. J'ai déconné, on va pas se mentir.

– Pourquoi ? Parce que tu l'as embrassé ? soupire Cherryl.

– On ne s'est pas embrassés.

– C'est vrai, au temps pour moi ! Parce que vous vous êtes un peu « tripotés » ? commente-t-elle en mimant des guillemets avec ses doigts.

Je ne peux m'empêcher de rectifier :

– Je ne l'ai pas touché, non plus.

Ce n'est pas l'envie qui me manquait, pourtant.

Elle secoue la tête, exaspérée.

– Alors, tu peux me dire quel est ton tort dans cette histoire ? C'est lui qui t'a pelotée ! OK, tu ne l'as pas repoussé. Et ? Ça mérite un licenciement ? N'essaie même pas de le défendre, Ava, sinon tu vas nous énerver.

– Je ne le défends pas. Je dis simplement que j'ai ma part de responsabilité. J'ai quand même été le reluquer sous la douche, je vous rappelle !

Nous soupirons à l'unisson.

– Lui aussi, dans un sens, puisqu'il t'a surprise nue, tente Chad, incertaine.

– À la différence que lui, ce n'était pas prémédité.

– Il n'a aucune preuve que, de ton côté, ça l'était ! avance Lana, jusqu'ici silencieuse. Donc, on ne va pas continuer à déblatérer là-dessus : il a abusé de son pouvoir, t'a virée comme une merde, parce que c'est un enfoiré. Le sujet est clos ! Maintenant, allons picoler.

– Amen ! approuvons-nous en chœur.

– La voix de la sagesse a parlé, renchérit Cherryl. Margarita, nous voilà !

– On peut aussi être solidaires en buvant des mojitos, boude Chad. Pourquoi on devrait toutes boire la même chose ?

– C'est la tradition, tu sais bien ! Tu n'as qu'à te faire larguer ou virer de ton boulot, et tu pourras choisir ton alcool. Là, c'est la soirée d'Ava, et Ava déteste le mojito.

– Il faut vraiment avoir des goûts de chiot…

– Chad ! gronde Lana.

– Je n'aime pas la menthe et le rhum me rend patraque… me justifié-je d'une voix geignarde, une envie soudaine de pleurer me nouant la gorge.

– Bah bravo ! souffle Cherryl. Tu vas la faire pleurer. T'es contente ?

– La margarita, c'est super bon ! rétropédale aussitôt Chad. Je kiffe la tequila, vraiment !

Elle resserre son étreinte autour de ma taille.

– Et j'aime bien ce petit goût de citron amer quand tu vomis, après. Mmmmh…

Je lui donne un coup de coude.

– Tss. C'est Lana, la reine du vomito, c'est plutôt elle qui devrait se plaindre dans ce cas, pas toi.

Nos soirées arrosées se terminent souvent de la même façon : Cherryl devient ingérable, elle crie, gesticule, rit fort et est prête à s'embrouiller avec toutes les filles qui la dévisagent mal ; Lana finit, en général, la tête dans une cuvette… Elle évacue un trop-plein de sagesse, selon elle ; Chad, étrangement, rentre ses griffes pour devenir un adorable chaton, tout mièvre. C'est assez marrant à voir… et flippant aussi ; quant à moi, j'ai l'alcool imprévisible : soit je suis joyeuse à l'extrême, soit on me ramasse à la petite cuillère. C'est quitte ou double, comme pour la tenue de mes cheveux. Néanmoins, avec l'habitude, je sais quelle boisson éviter pour ne pas tomber dans la déprime. Exit le rhum et la vodka. Je m'abstiens également de boire de la bière pour des raisons plus primaires que je ne citerai pas… Bref, on forme une belle équipe de *winneuses*. À l'instar des héroïnes de *Sex and the City*, nous sommes les stars de New York. Ou du moins de Brooklyn. Enfin, du quartier, quoi… Sauf qu'à la fin de la soirée, on est plus souvent bourrées que baisées, je dois le reconnaître. Il est rare qu'un spécimen masculin ait le droit de s'aventurer dans notre cercle sans se faire rembarrer illico presto…

Deux heures plus tard, après un dîner sur le pouce et nos achats déposés à la va-vite chez Lana, dont l'appartement est le plus proche de notre lieu de destination, le Uber nous arrête devant notre pub préféré. Ce dernier n'a pas d'enseigne. Les habitués le désignent par le nom du propriétaire, Dino Esposito, un Italien extravagant qui, malgré ses années passées aux USA, possède un accent à couper au couteau.

Nous nous sommes fixé une règle pour cette soirée : interdiction d'évoquer celui-dont-on-ne-doit-plus-parler sous peine d'ingurgiter un shot de tequila, en plus de nos margaritas.

Bientôt, la table est jonchée de verres à shot. À croire que M. Bite nous a jeté un sort !

Ou qu'on le fait exprès

– Rha, les filles ! Je viens de penser à lui… Ça compte, non ?

– Évidemment ! tonnent mes amies de concert.

Cherryl hèle le serveur. Lorsque celui-ci ne réagit pas assez rapidement, elle s'agace :

– Pssssst ! Eh, t'es sourd ou quoi ? Ma copine a eu des pensées impures, il faut vite la purger de ses péchés ! Un shot de tequila ! Presto ! Non, quatre ! (Elle me lance un signe de tête entendu.) On va t'accompagner, c'est plus prudent. Mets-en quatre autres, s'il te plaît, rajoute-t-elle en papillonnant des cils devant le regard placide du serveur.

Plus les minutes défilent, plus mon taux d'alcool augmente dangereusement. Je ne suis pas ivre, juste bien pompette, mais à ce rythme, ça ne saurait tarder.

– Oh, les meufs ! À droite, visez à droite ! Spécimen de catégorie plus, plus, plus… chuchote Chad, une excitation à peine contenue dans la voix. Je l'ai repéré la première, j'suis prem's !

Nos cous se tendent vers l'entrée du bar, engendrant une série de réactions en chaîne.

– Oh. La. Vache !

– Merde…

– Wooooow ! Wooow ! Wooow !

– D'où vient ce canon ?

– Merde…

– J'ai dit que j'étais prem's !

– Merde…

– Qu'est-ce que tu as à jurer ainsi ? me questionne distraitement Lana, les yeux toujours aimantés à l'apollon qui vient de pénétrer dans le pub.

– Je suis prem's ! répète Chad, à moitié hystérique. Je l'ai vu la première !

– Merde…

Des iris au bleu glacial rencontrent les miens.

– M. Bite…

– Ah, gage ! Gage ! Une autre tournée pour la demoiselle très vilaine, ce soir ! s'écrie Cherryl. Elle ne peut pas s'empêcher de fantasmer sur son connard d'ex-patron, si c'est pas pathétique…

– Chutt…

– Quoi ? C'est vrai, non ? Concentre-toi plutôt sur le canon qui te mange du regard.

– Naan, c'est le mien. Je l'ai vu en premier, rumine Chad en boucle.

– Oh, il s'approche ! Il vient vers nous ! exulte ma cousine.

– Merde, merde, merde…

– Ava, t'as une touche, ma belle ! me félicite Lana.

– Ouais, mais nan, j'étais prem's, quoi !

Je murmure, au bord de la syncope :

– Au secours… C'est Seth Manning. Mon patron. Mon ancien patron. M. Bite. Au secours…

– Où ça ? s'exclame Cherryl, que l'alcool rend longue à la détente.

Elle se tortille dans tous les sens. J'attrape son bras pour qu'elle cesse de gesticuler, tandis que je dessoûle à la vitesse de l'éclair.

Je me lève d'un bond avant que Seth ne puisse accéder à notre table.

– Bah, où tu vas ?

– Cherryl chérie, atterris ! marmonne Lana. C'est son patron devant nous. Le canon que tu vois là, c'est M. Bite.

– Je l'avais vu la première…

Chut ! Elles devraient parler plus fort encore.

Les yeux écarquillés, la main sur la bouche, ma cousine est en apnée. Alors que je parviens à la hauteur de Seth, elle choisit cet instant pour sortir de sa léthargie.

– C'est vous, M. Bite ! lance-t-elle, accusatrice, d'une voix haut perchée.

Aussitôt, je sens des billes d'azur me darder une œillade suspicieuse.

– M. quoi ? Comment m'a appelé votre amie ?

Je le saisis par la manche pour l'entraîner plus à l'écart.

– M. Manning. Elle vous a appelé M. Manning. Parce que c'est comme ça que vous vous appelez. M. Manniiiing.

– J'ai entendu Bite.

Je balaie l'air de ma main.

– Tss ! Vous avez confondu, ça arrive ! Bite, Manning, c'est pareil. (Je me racle la gorge.) Enfin, phonétiquement, Biiiii, maaaaa… Ça se ressemble… Un peu ?

Je me mords la lèvre afin de stopper le carnage.

Tais-toi, Ava, cela vaut mieux.

– Hum… nous en reparlerons plus tard, décrète-t-il, toujours aussi sceptique.

Ou pas. On n'est pas obligés, non plus.

– Bref. Je suis désolé de vous importuner à cette heure,

mais je dois m'entretenir avec vous. C'est important.

Si j'avais moins d'alcool dans le sang, je pourrais lui balancer une repartie de la mort qui tue et ainsi le remettre à sa place, comme il le mérite. Au lieu de ça, mes lèvres s'étirent en un rictus idiot, avant que je lui emboîte le pas, l'esprit embrouillé par un mélange :

D'excitation.

D'excitation.

Et encore d'excitation.

Mon ancien boss, imbu et méprisant, déboule à ma soirée antidéprime comme s'il était le bienvenu, et moi, je suis émoustillée.

Non, sans commentaires…

À l'évidence, la tequila m'a grillé quelques neurones et ôté tout discernement.

Pas grave, je ne suis pas obligée de l'apprécier pour coucher.

Avant de quitter le bar, je me tourne vers les filles, le sourire fier et les deux pouces levés bien haut. En retour, Cherryl mime un acte sexuel. (À moins que ce soit une locomotive ? Il faudra que je lui demande en rentrant.) Lana sourit bêtement et Chad, les larmes aux yeux, dessine des cœurs imaginaires de l'index.

Notre belle équipe de *winneuses*. C'est beau.

Mon sourire s'élargit.

Avec un peu de chance, cette soirée sera ma première BB (baisée bourrée), me mettant ainsi ex aequo avec Lana, seule autre membre du cercle à avoir réussi une BB. Pour le reste, c'est plutôt TBVTC (t'es bourrée, va te coucher).

Dernier regard ému vers ma bande de folles, et que la fête commence !

12

Seth

Ava trébuche. Je la retiens par la taille.

– Vous êtes ivre ?

– C'est à cause des talons, j'ai pas l'habitude.

Je baisse la tête vers ses pieds.

– Vous portez des chaussures plates.

– Eeeet ? Sachez, monsieur Manning, que les aspérités du trottoir sont dangereuses, même avec des chaussures plates. D'ailleurs, mon talon s'est pris dans l'une d'elles.

– Sauf que vous n'avez pas de talons.

Deux minutes en sa compagnie et j'ai déjà envie de repartir. Je souffle, les paupières fermées.

– Laissez tomber. Dites-moi juste que vous êtes en état pour une conversation ?

– Évidemment. (Elle sautille… Ou du moins, elle essaie.) Je suis grave émoustillée, je vais avoir une BB.

– Pardon ?!

Mais qu'est-ce qu'elle raconte ?

– Vous êtes enceinte ?

Ava pouffe dans sa main.

– Apparemment, vous aussi vous avez abusé de la bibine, rit-elle de plus belle.

– Vous venez de dire que vous alliez avoir un bébé. Arrêtez de me faire passer pour un sourd, mon ouïe est parfaite.

– Une BB. C'est un code, vous n'pouvez pas comprendre.

Je savais que c'était une mauvaise idée de la voir ce soir.

Si seulement j'avais trouvé une autre solution, n'importe laquelle, cela aurait été mieux.

J'ai espéré un miracle, une issue de secours jusqu'au dernier moment, puis j'ai dû me résigner. À moins de laisser mes enfants à une inconnue (ce qui est hors de question), je n'ai plus le choix : elle doit à tout prix reprendre son poste demain, aux aurores. Sans cela, mon voyage sera compromis. Or, ce sont des millions de dollars qui sont en jeu. Impossible d'annuler. Par dépit, j'ai lancé la géolocalisation de son téléphone – l'application était une clause obligatoire dans son contrat – et me voici.

Je m'étais imaginé tout un tas de scénarios concernant cette discussion, hormis celui où elle serait soûle. Comment vais-je la convaincre de revenir alors qu'elle n'est même pas capable de marcher droit ?

Une petite voix insidieuse m'incite à en profiter, elle sera plus malléable ainsi. C'est mesquin, mais j'ai presque envie de l'écouter. À situation désespérée, mesure désespérée.

– Vous avez un endroit tranquille où l'on peut parler ?

– On peut retourner au pub, si vous…

– Autre qu'un bar bondé. J'ai précisé *tranquille*. Ce qui signifie calme, sans bruit, sans personne autour.

– Rabat-joie.

Elle a marmonné, néanmoins, je l'ai très bien entendue. Je me frotte la nuque d'un geste irrité. C'est dingue ce qu'elle peut m'énerver.

Ses longs cils noirs ombrent ses pommettes tandis qu'elle fixe le sol. J'ai une envie irrépressible de tracer leurs contours du bout des doigts. Je lève la main par réflexe. Elle redresse la tête, son regard s'attarde sur ma main suspendue, avant de se planter dans le mien. Ma respiration se fige. Ses grands yeux bleus brillent sous la lumière du lampadaire et m'interrogent. Mon bras retombe le long de mon flanc.

Pourquoi faut-il qu'elle soit si belle ?

– On n'a qu'à aller chez mon frère. Il est à une soirée *Harry Potter* avec sa copine. Ils devraient rentrer tard. Oh, Lenny ! s'écrie-t-elle en apercevant mon chauffeur, adossé à la voiture garée en contrebas. Ça fait TROP plaisir de te voir.

Elle lui offre un sourire éblouissant et trottine jusqu'à lui pour le serrer dans ses bras.

Leur étreinte s'éternise.

Je fronce les sourcils. Depuis quand sont-ils si proches tous les deux ? Elle est obligée de sauter sur lui comme ça ? Il pourrait être son père !

– Un peu de tenue, mademoiselle Summer. Vous vous donnez en spectacle.

– Si vous êtes venu ici pour m'insulter ou m'humilier, vous pouvez repartir ! Je sais pertinemment ce que vous pensez de moi.

Sa voix gronde, gorgée de ressentiments.

– Ce n'est pas mon but. Montez, je vais vous déposer chez votre frère et on pourra discuter un peu.

Les bras croisés, elle me toise d'un air déterminé.

– Non.

– Montez, Ava.

– Non. Excusez-vous avant.

Elle a vraiment le don pour me faire perdre mon sang-froid. Cependant, ce serait contre-productif ; je ne dois pas oublier le but de ma visite.

Je soupire.

– Je suis désolé. Vous pouvez monter dans la voiture, s'il vous plaît ?

Elle hausse les épaules, un petit rictus au coin des lèvres.

– C'est un début.

Sur le trajet, Lenny et Ava papotent sans discontinuer. De façon inexpliquée, cela m'irrite prodigieusement. Fait-elle exprès de m'ignorer ?

Je toussote.

– C'est avec moi que vous êtes censée discuter.

– Votre chauffeur est plus intéressant, chuchote-t-elle avec un sourire goguenard.

L'alcool lui rend la langue bien pendue. Que j'aimerais la réduire au silence par un baiser. Je pose mon pouce et mon index sur mes paupières et appuie fort. Comment puis-je avoir ce genre d'idée ? Par un baiser ? N'importe quoi. C'est n'importe quoi.

Fait chier !

J'ai l'impression que ces quelques jours loin d'elle n'ont fait qu'accentuer mon désir.

Je ne suis pas un animal en rut ; peu importent mes pulsions, je me tiendrai à l'écart. Imaginer n'est pas céder. Que mon esprit divague autant qu'il veut, du moment que je reste maître de mes émotions.

– Vous êtes…

Ma mâchoire se contracte, tandis que je serre les poings pour tenter de me contenir.

– Oui ? minaude-t-elle innocemment.

– Rien.

Un grognement de frustration fait gonfler ma poitrine. Malgré cela, la tête tournée en direction de la fenêtre, je me rencogne dans mon siège sans rien ajouter.

À vrai dire, je n'ai aucune fichue idée de la manière dont je dois amorcer notre conversation. Deux heures plus tôt, cela me paraissait limpide et aisé : une petite excuse formulée du bout des lèvres, puis je lui demandais de revenir. Simple, concis et efficace. Depuis que je suis face à elle, je me rends compte que la tâche risque de se révéler plus ardue. Elle ne va pas me faciliter les choses, c'est certain. J'ai l'impression qu'elle jubile déjà, alors que je n'ai toujours rien énoncé. Du coin de l'œil, je l'aperçois qui croise et décroise ses jambes tout en me lançant un regard appuyé, que je qualifierais d'aguicheur. Son petit manège n'a pour but que de me déstabiliser. Je ne tomberai pas dans son piège. Le tissu de sa jupe remonte outrageusement à chacun de ses mouvements, de telle sorte qu'il laisse entrevoir ses cuisses laiteuses. Mes poings se contractent, par réflexe.

Heureusement, mon calvaire prend fin lorsque nous arrivons à destination. Après avoir gravi quatre étages sans ascenseur, Ava titube jusqu'à une porte en bois rouge. Adossé contre le mur d'en face, j'attends depuis plusieurs minutes déjà que mademoiselle trouve la clé qui correspond à la serrure. Elle s'échine, sans succès. D'un geste agacé, je lui arrache son trousseau.

– C'est quelle clé ?

Elle soupire, blasée, tandis qu'elle me lorgne comme si j'étais le dernier des crétins. Puis elle hausse les épaules.

– Si je savais précisément laquelle c'était, j'aurais réussi à déverrouiller la serrure depuis longtemps. Un peu de logique !

Ne pas s'énerver. Surtout ne pas s'énerver.

– Mais qu'est-ce que vous fabriquez avec toutes ces clés ? Il y en a pas loin d'une dizaine. Qui en a besoin d'autant ?

– Elles ont toutes leur utilité ! Sauf que, là, tout de suite, je m'en souviens plus bien. Bon, vous ouvrez la porte ou vous la prenez en photo ? Vous êtes encore plus long que moi. Et moi, au moins, j'ai l'excuse de l'alcool.

Je rumine, au bord de l'implosion :

– Aucune n'ouvre cette put… cette porte !

– Bizarre.

Elle se gratte le front, avant de partir dans un grand éclat de rire qui manque de la faire chavirer en arrière.

Je la regarde, médusé, sans mot dire.

Son fou rire maîtrisé, elle sort de son sac une petite clé solitaire qu'elle m'exhibe sous le nez tel un trophée.

– Je l'avais mise à part pour n'pas passer trois heures à la chercher parmi les autres.

Elle me fait un clin d'œil, fière d'elle.

– Malin, non ?

Je vais m'abstenir de répondre, il vaut mieux.

Sous l'invitation de Titanic, je pénètre dans l'appartement – non sans une certaine méfiance. Ava allume la lumière du séjour et je retiens de justesse un cri d'épouvante devant la monstruosité qui me dévisage d'un œil diabolique.

– C'est quoi cette hor… cette chose ?

– Oh, ça ? C'est la lampe hibou que mon frère a chinée dans une poubelle. Elle est moche, hein ?

Pour une fois, nous sommes d'accord.

– Je ne vais pas vous contredire.

J'observe brièvement les lieux. Waouh ! On se croirait dans une maison de l'horreur. Un amas de bric et de broc qui rend l'endroit suffocant. Des poupées de cire (vraiment affreuses), des Funko Pop, des statuettes étranges (le mot est faible) se disputent plusieurs étagères. Une collection impressionnante de figurines et de jouets miniatures bizarres trône également sur un buffet.

– C'est… original comme déco.

– Super laid, plutôt ! Vous pouvez le dire, vous savez. Y a que mon frère et sa copine pour apprécier le délire. Après, si ça leur plaît, qui suis-je pour les juger ?

Ses chaussures volent à travers la pièce, tandis qu'elle retire sa veste.

– Vous voulez qu'on se mette où ? (Elle regarde autour d'elle.) La place est assez restreinte. La salle de bains est riquiqui, c'est même pas la peine d'y songer, on risque de se péter une jambe. Hum… sinon y a le canapé ! Il est moche, mais il fait le taf. Faudra quand même faire attention, parce que les ressorts ont tendance à couiner pas mal quand on bouge trop.

– Mais qu'est-ce que vous baragouinez ? Peu importe où on s'assoit.

Pense-t-elle que notre conversation va finir en combat de boxe ? Je sais que nos rapports sont souvent tendus, mais pas à ce point. Il faut qu'elle se détende, la Ava, sinon cela risque d'être difficile de l'amadouer.

Ses yeux se plissent, tandis qu'elle me détaille avec concentration.

– Afin de dissiper tout malentendu… Vous êtes bien venu ici dans l'intention de…

Elle laisse sa phrase en suspens, avant de reprendre :

– De… (Elle fait tourner ses index l'un vers l'autre.) Vous voyez, quoi ?

Je hausse un sourcil interrogateur.

– Discuter ?

Ses joues rosissent tandis qu'elle bafouille en toute hâte :

– Discuter ! Bien sûr ! Voilà ! On est là pour discuter, pas pour autre chose. Donc, n'allez rien imaginer de tordu ! C'est compris ?

Elle est bien plus bourrée que je le pensais. Je ne pige rien à ce qu'elle raconte.

– Vous devriez peut-être boire un peu…

– Bonne idée ! me coupe-t-elle. Où Ben cache son alcool à votre avis ?

– Euh… je pensais surtout à de l'eau. Vu votre état, de l'eau fraîche vous fera le plus grand bien. Ça vous permettra de dessoûler un peu, histoire qu'on ait une conversation cohérente plus de deux secondes.

– Gnan, gnan, gnan… J'suis pas si ivre que ça.

Oh, et puis merde ! Qu'elle reste soûle ! Après tout, ça m'arrange.

– Bon, écoutez, il se fait tard, je ne vais pas tourner autour du pot. Votre licenciement a été un peu précipité. J'ai besoin que vous veniez garder les petits cette semaine. J'ai un déplacement en Europe que je ne peux pas reporter, donc si vous pouviez venir demain, vers les cinq heures trente, voire cinq heures, parce que je décolle tôt… Le mieux serait que vous dormiez sur place cette nuit, vu votre cuite, c'est plus prudent. Qu'en pensez-vous ?

Sans lui laisser le temps de rétorquer, j'enchaîne :

– Je vous laisse cinq-dix minutes pour préparer vos affaires et je vous attends dans la voiture, OK ?

– Oh, oh, oh… Temps mort ! J'ai dû mal entendre, hoquette-t-elle en s'approchant de moi.

Son parfum fruité me titille les narines et me déstabilise plus qu'il ne le devrait.

Je répète, d'un ton beaucoup moins confiant :

– Préparez vos affaires, vous réintégrez votre poste.

– Mon cerveau est peut-être anesthésié par la tequila, mais le vôtre est complètement ravagé par la connerie, ma parole. Vous êtes sérieux ?

Je soupire. Évidemment, ça ne pouvait pas être aussi simple.

– Quoi ? C'est pas vous qui pleuriez parce que vous aviez perdu votre travail et que vous n'aviez pas eu le temps de saluer les enfants avant de partir ? Je vous propose de les revoir, vous devriez être heureuse, non ?

– Ôtez-moi d'un doute... Vous avez toujours été un connard comme ça ?

Waouh ! La Ava bourrée ne mâche pas ses mots. Ça m'en coupe la chique un instant.

– Je ne suis juste pas doué avec les mots. Encore moins avec les excuses.

– Parce que vous vous êtes excusé, là ?

C'est mal barré. C'est très mal barré. Moi qui croyais pouvoir l'embrouiller ni vu ni connu avec ses deux grammes dans chaque poche, je me suis planté dans les grandes largeurs.

Je me frotte les yeux. La fatigue me tombe dessus comme une chape de plomb, mélange de stress et d'abattement.

– Vous pourriez m'aider un peu et essayer de lire entre les lignes. Je ne me suis pas excusé formellement, mais c'était sous-entendu.

Elle me dévisage, bouche bée, pendant un temps qui me paraît infini, avant de rire aux éclats.

– Nan mais vous êtes un vrai comique ! Oh, mon Dieu ! s'esclaffe-t-elle en s'étouffant à moitié.

Elle secoue la tête, choquée par mes propos.

– J'ai vraiment besoin d'un verre.

Elle quitte la pièce et, l'instant d'après, j'entends un ramdam de tous les diables : des casseroles qui s'entrechoquent, des portes de placard qui claquent. Elle est en train de retourner toute la cuisine !

– Hé, hé ! crie-t-elle, triomphante, en revenant dans le séjour avec une brique de jus d'orange dans une main et une bouteille de je ne sais quel alcool dans l'autre. Normalement, je n'aime pas le rhum, mais à la guerre comme à la guerre ! Avec un peu de jus d'orange, ça devrait passer.

Elle trifouille dans le buffet, la tête plongée dedans, puis sort un verre… Si on peut appeler ça un verre. Vu la taille, il ressemble plutôt à un vase.

Elle me jette une œillade mauvaise, tout en se servant généreusement en rhum.

Si elle boit tout ça, elle va finir sous la table, c'est certain.

– Je ne vous en propose pas, vous n'méritez pas ! siffle-t-elle dans ma direction, avant d'avaler une bonne rasade, qui lui vaut un haut-le-cœur. C'est vraiment pas top, le rhum.

Elle s'affale sur une des chaises à l'assise psychédélique qui entourent une table en faïence bleu, vert et jaune.

Les meubles de cet appartement me donnent le tournis tant tout est bigarré et dépareillé.

Je m'assois en face d'elle et, ne sachant pas comment m'y prendre, je déclare d'une voix solennelle :

– Écoutez, mademoiselle Summer, je crois qu'on est partis du mauvais pied tous les deux, mais pour le bien des enfants, je vous saurais gré de revoir votre position et de mettre de côté votre ressentiment. Il ne s'agit que d'une semaine, après tout.

– Parce que, en plus, vous ne voulez de moi que pour une semaine ? Genre le bouche-trou, quoi ? Vous manquez vraiment pas de culot !

Si je te garde près de moi plus longtemps, j'ai peur de ce qui pourrait arriver !

Pourquoi ne comprend-elle pas mon désarroi ? Je suis un connard, certes, mais j'ai mes raisons.

– Dire que je voulais coucher avec vous ce soir ! balance-t-elle sans préambule en tapant son front contre la table. Une BB, mon cul ! Vous êtes vraiment un bel enfoiré, un putain de…

Quoi ? Quoi ? Quoi ? Elle voulait coucher avec moi ce soir ?

Des mots sortent sans discontinuer de la bouche d'Ava telle une rafale de mitraillette, mais aucun son ne me parvient. Elle gesticule, m'insulte probablement de tous les noms, seulement je ne capte rien.

Mon cerveau a buggé.

Elle voulait coucher avec moi. Ce soir.

Quand elle parlait tout à l'heure des ressorts du canapé, est-ce parce qu'elle s'imaginait qu'on allait s'envoyer en l'air ?

Tous les deux ?

Elle et moi ?

Bordel !

Non, ne bande pas, Seth ! T'es plus un ado prépubère.

Tandis que je tente de reprendre le contrôle de mon corps et de chasser de mon esprit toute image intempestive d'elle allongée, nue, sur ce fichu canapé, un bruit derrière moi me sort de ma transe.

– Mais Ava, ça n'va pas la tête d'insulter ainsi ce pauvre homme ! s'exclame celui que j'identifie comme son frère.

Grand, mince, cheveux noirs et même grands yeux bleus que sa sœur – même si les siens n'ont pas la même intensité et ne me paraissent pas aussi lumineux cachés derrière ses fausses lunettes rondes. Il est accompagné d'une petite blonde, à l'air avenant, malgré son déguisement de… Hermione ? Et lui, j'imagine qu'il est en Harry Potter ?

– C'est le trou du cul qui m'a virée comme une malpropre. M. Mannnniiing.

– Quoi ? s'énerve aussitôt Potter en agitant sa baguette en plastique devant moi. Il a l'audace de venir t'importuner ici ?

Je me lève, prudent, et recule de quelques pas. Si le frère est aussi sanguin qu'Ava, je risque d'y laisser un membre ou deux. Allez savoir ce que cette sorcière a raconté à mon sujet.

Rha, les choses se compliquent !

Je m'explique avec une assurance que je n'ai pas :

– Ce n'est pas du tout ce que vous pensez. Je suis venu dans le but de m'excuser et de lui proposer de réintégrer son poste.

– Menteur ! Sale petit menteur. L'écoute pas, Ben. Déjà, il s'est pas excusé, clame-t-elle entre deux hoquets. Et il ne veut pas me réembaucher, il a seulement besoin d'une nounou pour la semaine parce que monsieur part à Paris.

– Faux. Vous déformez mes propos, sûrement à cause de tout l'alcool que vous avez ingurgité. J'ai dit que j'allais en Europe, pour commencer, je n'ai jamais précisé où. Quant à cette semaine de travail, elle peut très bien aboutir sur un nouveau contrat à durée indéterminée.

Ou pas…

Même pas en rêve, putain !

– En Europe, vous dites ? s'enquiert soudain son frère, avec une mine conspiratrice. J'imagine que vous êtes dans une situation délicate et qu'Ava vous retirerait une grande épine du pied si elle acceptait de garder vos enfants ?

Je réponds, sans même cacher ma méfiance :

– C'est… exact.

Son air calculateur ne m'inspire rien de bon. Qu'est-ce que mijote Harry Potter ?

– Ava, il faut qu'on discute, déclare-t-il ensuite à sa sœur en l'obligeant à se lever.

– Je ne sais pas ce que tu as en tête, mais c'est non. Toi et tes plans pourris, tu oublies.

Même elle sent l'entourloupe à plein nez. C'est mauvais tout ça.

– Chut ! Viens dans la chambre, on doit parler. C'est important.

Les minutes qui suivent me semblent interminables. Je n'ose plus m'asseoir et attends, dans un recoin de la pièce, de voir à quelle sauce je vais être mangé. De plus, avec le regard perçant d'Hermione figé sur moi, mon malaise ne fait que croître. J'ai l'impression qu'elle hésite entre me jeter un truc à la figure ou m'inviter à manger un encas.

– Je me demande si vous êtes un gentil ou un méchant comme le martèle Ava ? finit-elle par souffler, brisant ainsi le silence pesant.

Je lui avoue du bout des lèvres :

– Ni l'un ni l'autre, je suppose. Même si je comprends le point de vue d'Ava…

Je me suis comporté – et je me comporte encore – comme un salaud avec elle. Je le sais. Cependant, je n'y peux rien. J'ai peur de baisser ma garde, peur qu'elle m'attrape dans ses filets. La détester, la critiquer, mettre en exergue ses défauts ou être abject avec elle me permet de ne pas craquer. J'ai déjà du mal à résister aux pulsions charnelles qu'elle provoque en moi, si en plus j'en venais à la trouver gentille, marrante, pleine d'esprit ou que sais-je encore, des sentiments pourraient éclore… et ça, c'est inenvisageable.

Hermione s'apprête à répondre, quand une Ava boudeuse et un Harry Potter aux anges surgissent à nouveau.

Facile de deviner qui a eu gain de cause dans leur entrevue.

– Bonne nouvelle ! Votre problème est résolu, monsieur Manning. Ava est d'accord pour réintégrer son poste.

– D'accord, d'accord… Faut le dire vite, bougonne-t-elle.

– En contrepartie, il y a quelques petites conditions de rien du tout, ajoute-t-il, tout sourire.

Je suis tiraillé entre soulagement et crainte. « Quelques petites conditions. » Pourquoi cela sonne-t-il comme une menace ?

– C'est-à-dire ?

– Premièrement, vous devrez être gentil avec Ava.

Facile, ça, puisque je ne serai pas là !

– Évidemment, oui.

– Gentil, mon cul ! grogne l'intéressée en s'asseyant lourdement sur une des chaises.

– Deuxièmement, poursuit Potter sans tenir compte de l'intervention de sa sœur, vous devez vous excuser auprès d'elle pour votre comportement grossier.

S'excuser ? Bon, ça reste de l'ordre du raisonnable. Si cela me permet de me sortir de la panade, c'est peu cher payé.

Je pivote vers Titanic, dont les cheveux en bataille collent à son front moite. Elle cligne des yeux comme si elle luttait pour ne pas sombrer dans un profond sommeil.

– Mademoiselle Summer ? Je suis désolé de vous avoir blessée.

– Bien. Troisièmement…

Euh ! Il en a combien des requêtes, le Potter de pacotille ?

– … vous promettez de réembaucher Ava à salaire égal et pour la même durée que le contrat précédent.

– Comment ça, la même durée ? C'est pour une semaine, là. Pas pour…

– CDI ou rien. Ce n'est pas un point négociable.

J'étais sûr que ça puait les emmerdes ses *petites* conditions.

Rhaa !

Je pousse un cri de rage intérieur. Mon sang bout dans mes veines. J'ai envie de cogner dans un sac ou un mur afin de canaliser ma frustration.

Il est minuit passé, mon vol est dans quelques heures. J'ai l'impression d'être pris au piège. Si je refuse, je perds mon seulement des millions, mais les franchises ne pourront pas s'ouvrir, ce qui met en jeu de nombreux emplois.

Dépité, je bredouille :

– OKKK… OK.

Jamais un mot ne m'a semblé si difficile à prononcer.

– J'ai absolument besoin d'un verre, là.

– Tu as entendu, Ava ? Sers ton nouveau patron pour fêter ça.

Il n'y a rien à fêter, c'est un cauchemar, oui.

Tandis que j'avale cul sec ce liquide amer et que j'accueille avec bonheur cette brûlure familière qui tapisse ma gorge, un « Quatrièmement » m'oblige à dresser l'oreille.

– Par… pardon ? Quatrièmement ? Parce que c'est pas fini ?

– Oui, quatrièmement… Et là, on en vient à la partie délicate.

Je répète, hébété :

– La partie délicate ?

Achevez-moi, ça ira plus vite.

– Je pourrais avoir un autre verre, avant ?

– J'aimerais autant pas. Il vaut mieux que vous soyez sobre pour ce qui va suivre. (Il souffle, comme pour se donner du courage.) Cette conversation doit rester top secrète ! OK ?

J'acquiesce bêtement en me demandant dans quoi je viens de m'embarquer.

– Jusqu'où êtes-vous prêt à aller pour qu'Ava garde vos enfants cette semaine ?

Il veut que je fasse quoi, le Potter ?

Oh, bordel !

J'insiste, de plus en plus mal à l'aise :

– Vraiment, un verre ne serait pas de refus.

– Vous partez donc en Europe, c'est ça ?

J'attrape la bouteille sur la table et bois une rasade à même le goulot. Tant pis pour le savoir-vivre.

– Ce que je vais vous demander est… (sa voix baisse d'une tonalité) pas très légal.

Mes yeux s'écarquillent, tandis que j'encaisse la nouvelle.

En une phrase, il vient de tuer son personnage : Harry Potter est en réalité un mafieux. Il veut que je passe de la drogue sous le manteau. Il m'a pris pour une putain de mule, ce con !

Et voilà qu'il me lance un clin d'œil complice.

Pense-t-il que je suis leur nouveau pote dealer ? Mais non, bordel ! Je ne touche pas à cette merde, moi ! Ils sont complètement barges dans cette famille ! Des putains de dégénérés !

Sans le quitter du regard, je me dirige à reculons vers la porte d'entrée.

– Je crois que ça n'va pas être…

– Attendez, attendez ! panique le junkie. Alice, retiens-le !

Je rencontre aussitôt un obstacle et bute dans Hermione, qui me bloque le passage.

Je possède un certain sang-froid, néanmoins, celui-ci est mis à l'épreuve cette nuit. Si j'étais parano, je dirais qu'ils ont l'intention de me séquestrer. Sur le qui-vive, je ferme mes poings, disposé à en faire usage au premier geste suspect de Potter.

– Je voudrais vous montrer de quoi il s'agit, avant. Pour que vous puissiez décider en votre âme et conscience.

Mais c'est tout décidé, mec !

Il croit que si je vois sa came, je vais changer d'avis ?

Voldemort, déguisé en Potter, m'étreint par l'épaule pour me diriger vers le buffet. Mes phalanges craquent, prêtes à passer à l'action.

– Vous voyez ces petits objets ? me questionne-t-il en me montrant du doigt les jouets miniatures qui recouvrent son immonde meuble. Ce sont mes bébés.

Soit j'ai trop bu, soit j'ai pas assez bu…

Ses bébés ? Qu'est-ce que c'est encore ce délire ? Est-ce là-dedans qu'il fait transiter la drogue ?

– Ces objets de collection sont extrêmement rares et précieux aux États-Unis.

Objet de collection ? J'ai une mini-Schtroumpfette devant moi qui tient une fleur… En quoi c'est rare et précieux ?

– Et leur emballage l'est tout autant.

Il caresse une sorte d'œuf en plastique jaune qui m'est familier sans que j'arrive pour autant à l'identifier.

Je me frotte le menton, incapable de comprendre dans quelle dimension parallèle j'ai atterri.

– Cela s'appelle des Kinder Surprise, reprend-il, à fond dans son délire, sans se soucier de ma réaction. Vous connaissez ?

– Hein ? Quoi ?

– Vous avez déjà entendu parler des Kinder Surprise ?

Pourquoi il me parle de friandises, maintenant, ce débile ?

– Les œufs en chocolat avec un jouet dedans ? Oui, je connais. J'en achète parfois lors de mes voyages pour mes enfants.

– Vous en achetez ? hurle-t-il à pleins poumons.

Je viens de perdre un dixième d'audition ! Je me frotte l'oreille et le dévisage, peu amène.

Il est ravagé du ciboulot, le junkie Potter !

– Eh bien, oui. Ça m'arrive.

– Mais vous savez que c'est interdit d'en rapporter sur notre territoire ?

– Au pire, la douane les confisque si elle les trouve. Ce n'est pas très grave.

– Vous seriez OK pour m'en ramener, alors ? exulte-t-il sans même cacher son enthousiasme.

Euh…

– C'est *ça* la chose illégale dont vous parlez ?

Je suis tellement sonné que je peine à rassembler mes idées. Je viens de passer l'un des quarts d'heure les plus stressants de ma vie, tout ça pour des putains de chocolats. Je me retiens de lui balancer une insulte bien sentie.

Ava me paraît presque saine d'esprit en comparaison. Curieux de ne plus l'entendre depuis un moment, je me tourne vers elle pour l'observer. Le front collé à la table, les bras étendus de chaque côté de sa tête, elle fait d'étranges bruits de bouche.

Elle ronfle ?

– Mademoiselle Summer, vous dormez ?

Un imbroglio de sons s'échappe de ses lèvres entrouvertes.

Elle essuie sa bave d'un geste maladroit, puis répète :

– Et moi, je suis le dindon de la farce ? Moi aussi, je veux un cadeau.

– Un cadeau ?

– Ouais. Vous allez prendre des Kinder pour Ben. Et moi, alors ?

Je lui demande, étonné :

– Vous voulez aussi que je vous ramène des Kinder Surprise ?

– Tsss. Nan. Pas ça. Un truc plus typique de Paris.

– Je vais en Allemagne, en vérité, Ava. Pas en France.

– C'est pareiiiiil. Paris, c'est bien en Europe, non ? Donc : y a quoi de typique à Paris ?

– Je ne sais pas, puisque je vais en Allemagne…

Alors que je pense qu'elle s'est endormie, elle bondit de sa chaise.

– Du fromage ! s'exalte-t-elle. Du fromage de Paris !

Bien trop fatigué par cette discussion improbable, je ne la reprends pas, je ne réagis même pas à sa demande saugrenue et accepte le deal.

Dix minutes plus tard, après la promesse d'être un patron modèle, de réintégrer Ava à son poste de gouvernante, de ramener quatre boîtes d'œufs Kinder Surprise et du fromage (de Paris), nous sommes enfin parvenus à un accord.

Tandis que Lenny charge les dernières affaires d'Ava dans le coffre, mon regard est rivé sur cette dernière. Endormie, blottie contre la fenêtre, elle possède quelque chose d'attendrissant.

Je soupire.

Seul l'avenir me dira si j'ai eu raison de la réengager.

13

Ava

Ma tête… Aaah !

Quel est le con qui joue du marteau-piqueur dans mon crâne ? Arrêtez ce bruit, pitié !

– Chut !

– Je pars, Ava. Veuillez ne pas tarder à vous lever, les enfants seront bientôt réveillés.

– Hein ? J'ai pas d'enfants… Va te coucher, Ben. Tu me casses la tête.

Je m'engouffre sous la couette pour ne plus entendre les jérémiades de mon frère, néanmoins, ce dernier persiste à m'emmerder. Il jacasse, jacasse et jacasse encore.

Je grommelle, en essayant de décoller ma langue de mon palais :

– Rha, ferme-la avant que je te pende par les couilles et que je te fasse bouffer ton slip.

J'ai l'impression d'avoir avalé une famille de moufettes. Le moindre souffle qui s'échappe d'entre mes lèvres me met au bord de la syncope.

– Ramène-moi plutôt un bain de bouche avant que je m'asphyxie avec ma propre haleine.

– Mademoiselle Summer !

Je connais cette voix… Prétentieuse, hautaine, condescendante, irritante.

Mon buste se dresse tel un ressort.

– M. Bite ! M. Ma… Ma… nning ! Qu'est-ce que vous fichez ici ?

Paniquée, je jette un œil sous la couette : je ne suis pas

nue, ouf ! Je suis même tout habillée, mais cela ne m'explique pas ce que Manning glande chez moi.

Je fais craquer ma nuque vers la droite, puis vers la gauche. Dès que ma tête bouge, je peux entendre le glouglou de tout l'alcool qui imbibe mon cerveau. Ce n'est pas comme cela que je vais réussir à remettre mes idées en place.

– Puisque vous êtes réveillée, levez-vous, douchez-vous, prenez un cachet, évitez de vomir n'importe où et, surtout, surveillez votre langage ! Une vraie charretière depuis hier.

Il s'est cru à l'armée, lui, à me donner des ordres ainsi ? Il a oublié qu'il n'est plus mon patron ! Il n'a plus aucun droit sur moi ! Il…

Un flash de la soirée me revient.

Je ne suis pas chez Ben, mais de retour chez Manning. J'ai accepté de redevenir sa gouvernante, en contrepartie de… Que m'a-t-il promis en échange ?

Ah, oui !

Gentil, CDI, œufs Kinder pour mon frère et… fromage (?!) pour moi.

Pourquoi du fromage ?

Pourquoi je lui ai demandé du fromage ? Je n'aime même pas ça. Ça pue des pieds, c'est dégueu.

Je cache mon visage entre mes paumes.

N'importe quoi, Ava ! Pourquoi tu n'as pas exigé du Chanel ou du Dior ? Ça, au moins, c'est classe. Du fromage pour que je réintègre mon poste…

T'es une loseuse, ma fille !

Cependant, j'ai le sentiment qu'un détail m'échappe. Un truc de la plus haute importance et qui n'a pas encore cheminé jusqu'à mon cerveau endormi. La bouche ouverte, les yeux dans le vague, la concentration à son maximum – pour un lendemain de cuite –, je m'efforce de reconnecter mes neurones.

Gentil, CDI, Kinder, fromage. Gentil, CDI, Kinder, fromage.

Hormis le fromage, il y a quelque chose qui me chiffonne, mais quoi ?

Puis, ça fait tilt ! J'ai accepté de redevenir sa gouvernante ! Il est à nouveau mon patron…

Il. Est. À. Nouveau. Mon. Patron !

Je fais une fixette sur le fromage depuis tout à l'heure, alors que M. Bite est À NOUVEAU MON PATRON !

– À la semaine prochaine, me lance ce dernier, faisant fi de mon état mental.

Si ma tension n'était pas aux alentours des moins deux, je lui aurais sûrement couru après pour le prévenir que notre *arrangement*, il pouvait se le carrer où je pense, seulement je n'arrive même plus à prononcer le moindre mot. Un coup de massue ne m'aurait pas plus assommée.

Je l'observe, hébétée, refermer la porte derrière lui.

Note à moi-même : ne plus jamais boire !

Mon crâne est sur le point d'exploser, ma bouche sent le maquereau périmé, mes membres sont ankylosés, mon estomac joue des maracas. Et plus les détails de la soirée d'hier me reviennent en mémoire, plus ma nausée s'intensifie.

Je pousse un long soupir désespéré.

Je dois voir le bon côté des choses. Il y a forcément des bons côtés à tout ça.

Pour me donner du courage, j'énumère les avantages potentiels : j'ai retrouvé mon travail – c'est un super boulot, que j'aime et qui est bien payé – ; je vais revoir Gaby et Margot ; je n'ai plus à dormir sur un canapé douteux ; je n'ai plus besoin du soutien financier de mon frère – je vais pouvoir reprendre mon indépendance – ; M. Bite sera absent une semaine, ce qui signifie huit jours de tranquillité en perspective.

Huit jours… Je dois me raccrocher à ça ! Huit jours de paix sans sentir ses yeux bleus, glacials et accusateurs épier mes moindres faits et gestes. À cette idée, le poids qui comprime ma poitrine s'estompe un peu pour libérer un souffle saccadé, qui se transforme très vite en rire nerveux. La tête renversée vers l'arrière, je m'esclaffe au point de m'en péter les abdominaux. Je crois que je suis encore bourrée, parce que tout ceci est surréaliste. Improbable. Ça ne peut qu'être un *bad trip*, un délire de biture qui a mal tourné.

La chambre est plongée dans la pénombre, signe que le soleil ne s'est pas encore levé. C'était peut-être bel et bien un rêve et je viens seulement de me réveiller ? Si ça se trouve, je suis peinarde, allongée dans mon lit ?

Le sourire aux lèvres, je dresse les poings en l'air.

– Mais oui ! C'est ça ! Je suis allongée dans mon lit…

… que je n'ai pas.

Pendant une microseconde de bonheur, j'ai oublié ce détail.

– Eh merde ! Fait chier !

La déception est si grande que ma tête s'enfonce avec lourdeur dans l'oreiller, comme si tout le poids du monde venait de s'écraser sur mes tempes.

Pourquoi fait-il encore nuit noire alors ? Mes yeux sont-ils collés au point de ne plus distinguer la lumière du jour ? Quelle heure peut-il être ?

Ma main cherche à tâtons mon téléphone. Un bruit sourd brise le silence. Un truc est probablement tombé sur le plancher. Tant pis. Je poursuis mon inspection et finis par dénicher l'objet convoité caché sous une de mes fesses.

Je pousse un geignement plaintif lorsqu'une lumière agressive me brûle les rétines. À travers mes cils englués, je tente de déchiffrer l'heure.

Cinq heures trois…

Quoi ?

Mais… je me suis couchée il y a même pas… (J'essaie de compter sur mes doigts avant de décider d'abandonner.) Tout ce que je sais, c'est que…

Non, ça non plus je sais pas…

Malgré tout, je suis presque certaine que j'étais encore le nez dans un verre d'alcool jusqu'à récemment. Tu m'étonnes que je n'aie pas décuvé ! Qui le pourrait avec si peu de sommeil ?

Un nouveau coup foireux de l'autre enfoiré !

Décidément, il fait tout pour me contrarier.

Était-il obligé de me réveiller si tôt ? Bien sûr que non. Qu'avait-il de si urgent à faire pour s'éclipser aux aurores ? Rien !

Ah, si… Il avait peut-être un avion à prendre.

Oui, bon, ce n'est pas une raison… Enfin, si, mais dans mon état actuel, je m'en contrefiche. C'est juste un sale con. Je suis sûre qu'il s'est réjoui de me tirer du lit à une heure si matinale.

– Crétin, va ! Abruti fini !

Je crie à travers la pièce pour déverser toute ma frustration. Lorsque j'estime avoir débité assez de grossièretés pour les dix années à venir, mon cerveau passe en mode off, comme s'il venait de disjoncter. Je fixe le plafond dans la plus grande inertie, incapable de me concentrer sur l'étape suivante.

Se laver, prendre un médicament, se lever, voir si les enfants dorment encore…

Ces informations flottent pêle-mêle dans mon esprit, sans jamais me percuter.

Prendre un médicament, se lever, se laver, voir si les enfants dorment encore… Se lever, prendre un médicament, se lever, se laver, se lever, voir si les enfants dorment encore.

Se lever semble être la première tâche à exécuter, cela inclut donc de bouger ses membres… À ce stade, un jeu de survie me paraît moins compliqué.

Je rassemble tout mon courage pour m'extirper du lit. Chaque mouvement équivaut à une victoire. Mes muscles ne sont pas vraiment douloureux, plutôt anesthésiés, à l'instar de leur commandant en chef qui refuse de réactiver le courant.

Je me traîne tel un mort-vivant vers la cuisine. Waouh ! J'avais oublié à quel point elle était belle et immense ! Sans exagération, je suis sûre qu'elle fait presque la taille de l'appartement de mon frère.

Munie de mes moins deux de tension, je tente de me bricoler un encas (ou du moins un truc qui se mange), afin de contenter mon estomac grognon, quand un couinement me sort de ma léthargie.

– Ava ?

Mon prénom, soufflé d'une petite voix agitée par l'incertitude et l'excitation, suffit pour que mon cœur explose de joie.

Je bondis, tous mes maux envolés.

– Margot ! Ma princesse !

Je la soulève dans mes bras, avant de réaliser que j'ai surestimé mes forces ; cet effort est sitôt accompagné d'une remontée acide non identifiée qui envahit ma bouche et manque de me faire vomir.

Je déglutis en masquant du mieux que je peux la grimace qui étire mes joues, puis souris de toutes mes dents, tandis que je la repose avec lourdeur.

– Papa nous a dit qu'il nous ramènerait une surprise de son voyage. C'est toi la surprise ? demande Margot en sautillant.

Hum… je doute qu'il parlait de moi.

– Je suis de retour, oui. Tu es contente ?

– Ouiiiii ! Mais… tu vas pas repartir, hein ? C'était pas gentil quand t'es partie. Papa criait beaucoup et j'étais triste de plus te voir.

– Je sais, ma chérie. C'était indépendant de ma volonté, je suis désolée. Vraiment, vraiment désolée.

Je n'ose lui promettre que cela n'arrivera plus, les relations avec son père sont bien trop instables pour lui assurer un retour définitif. Alors, en contrepartie, je la serre plus fort contre moi.

Lorsque Gabriel se réveille, nos retrouvailles sont tout aussi touchantes, quoique très brèves. Son regard s'illumine, il me gratifie d'un sourire à croquer, balbutie un charabia que lui seul comprend, puis dès lors qu'il aperçoit une banane dans la main de sa sœur qui se tient à mes côtés, son attention dérive vers l'objet de convoitise, me relayant au second plan. Détrônée par une banane, la dure réalité.

Malgré ma gueule de bois monumentale, la journée se déroule dans une ambiance apaisante et joviale. Nous brunchons sur le tard avec Helen et Antonio, qui se réjouissent de mon retour. Si seulement M. Bite pouvait en prendre de la graine…

Greg nous fait également l'honneur de sa visite. Je ne parviens toujours pas à cerner ce personnage. Il m'a paru réellement heureux de me revoir, à en juger par le câlin que j'ai reçu à son arrivée, toutefois, j'ai encore quelques réserves à son égard.

***

Doté de la régularité d'un métronome, Manning prend des nouvelles de ses enfants par appel vidéo, tous les soirs à dix-sept heures. Nos conversations se limitent à de courts échanges polis, néanmoins, j'ai le sentiment qu'il est moins froid, moins tendu. La tristesse dans ses beaux yeux bleus, à chaque fois qu'il leur parle, ne m'échappe pas également. Cela me secoue plus que je ne veux l'admettre. Comment peut-il être si con et si touchant en même temps ? Je sens bien qu'il est malheureux, qu'il aime profondément Margot et Gaby, mais qu'il ne sait plus comment faire pour apprécier tous ces petits moments de bonheur qu'ils lui apportent.

Lorsque je réalise le temps écoulé, la semaine est quasi terminée. En un clignement de cils. C'est fou comme les jours passent vite quand on est bien ! Je soupire, empreinte de nostalgie ; ce sont mes derniers moments de tranquillité. Je n'ai même pas fini de ranger mes affaires que Seth rentre demain.

Ô joie… Ô bonheur…

Je me pose sincèrement la question si cela vaut le coup de déballer tous mes cartons ? Entre mes vêtements, ma paperasse, mes albums, mes goodies, mes peluches et compagnie, plus tout mon matériel de couture (dont une machine à coudre et un mannequin de couture), la pièce risque d'être vite surchargée. La chambre que j'occupe dorénavant est plus petite que celle que j'avais auparavant. Elle est plus spartiate, que ce soit en termes de taille ou de décoration. Cependant, je ne vais pas m'en plaindre, c'est un choix délibéré. L'emplacement près de la salle de sport ne me convenait pas. Mon confort actuel réside dans le fait que je n'aurai plus Manning en train de rôder aux alentours. Cela mérite bien quelques sacrifices.

En réalité, j'ai peur que ranger mes affaires me porte la poisse. Par prudence, il vaut mieux attendre le retour de Seth. Il est capable de me virer comme une malpropre dès qu'il aura franchi le seuil de la maison.

Soudain, mon regard est aimanté par un coffret d'un bleu scintillant. Le *Wings Tour in Seoul*, un de mes concerts préférés de BTS. Aussitôt, une envie irrépressible de le revoir me saisit. Puisque M. Bite n'est pas là pour jouer les rabat-joie, c'est l'occasion rêvée d'animer un peu la villa. Un concert improvisé en milieu d'après-midi, il n'y a rien de tel pour recharger ses batteries, surtout que je n'ai plus osé chanter depuis l'épisode de l'ascenseur. Ma décision prise, je demande à Rosa, la cuisinière, de nous préparer du pop-corn, quelques amuse-gueules ainsi que des boissons fraîches, afin de parfaire notre séance de concert. À fond dans mon délire, j'explique à Margot que je vais lui présenter mon groupe de chanteurs favori et que pour cela, il faut une petite préparation. Un peu décontenancée par mon agitation, Margot attend sagement tandis que je fouille dans mes cartons. J'en sors mes deux Army bombs[1] ainsi que des drapeaux à l'effigie des membres (éléments indispensables lors d'un concert). J'actionne le Bluetooth des *lightsticks* et lui montre leur fonctionnement.

– C'est trop génial, s'extasie-t-elle devant la lumière qui clignote et change de couleur.

– Je trouve aussi.

Je n'ai pas encore lancé le DVD qu'elle est déjà sous le charme. Une future Army[2] !

– On le regarde que tous les trois ? s'étonne-t-elle quand elle me voit installer Gab dans sa chaise haute.

– Oui, pourquoi ? Tu pensais qu'il y aurait qui ?

– Bah, tous les autres. Helen, Antonio, Rosa, Lenny, énumère-t-elle.

1. Bâton lumineux officiel de BTS. Il est utilisé par les fans lors des concerts ou autres événements du groupe.

2. Nom du *fandom* (des fans) de BTS.

Elle me dévisage, l'incompréhension agrandissant ses magnifiques yeux de biche.

– Un concert, on doit pas être nombreux ?

Je retiens de justesse un juron tant ses propos sonnent juste.

– Mais oui ! Tu as parfaitement raison ! C'est ça ! On doit convier tout le monde à notre *concert party*. Franchement, Margot, t'es un génie !

Quelques minutes plus tard, nous sommes tous rassemblés dans le grand salon d'hiver. Tandis qu'Antonio installe le rétroprojecteur, je fais un bref topo de notre concert improvisé. Affirmer qu'ils sont enthousiastes serait exagéré : Rosa râle parce qu'elle doit préparer le repas du soir, Helen se plaint de son dos, Lenny n'est pas intéressé, mais, je cite, « veut bien faire un effort pour me faire plaisir ». Toujours aussi adorable cet homme. Quant à Antonio, je crois qu'il se demande encore ce qu'il fabrique ici. Pas grave ! Il m'en faut bien plus pour me décourager.

– Mais, on ne va rien comprendre s'ils parlent coréen, boude Rosa, la mine contrariée.

– Ne t'inquiète pas, la musique a ce pouvoir d'être un langage universel. Nul besoin de comprendre le coréen pour vibrer avec eux, pour ressentir des émotions ou tout simplement pour s'amuser. Et puis, il y aura des sous-titres pour leur discours.

Leurs bouches plissées prouvent qu'ils ne sont pas convaincus. Tant pis !

Je distribue les drapeaux en leur indiquant le nom du chanteur imprimé dessus. Nous sommes sept, ce qui fait un membre chacun. Je me réserve Jungkook… Parce qu'il y a des choses qui ne se partagent pas.

Je sursaute, horrifiée, en apercevant Gabriel mâchouiller son drapeau comme si c'était un anneau de dentition.

– S'il te plaît, Gab, ne mets pas Jimin dans ta bouche. Même s'il est mignon, il ne se mange pas.

– Oh, il est beau le mien ! s'exclame Rosa, toute contente. Comment il s'appelle déjà ?

– RM, c'est le leader du groupe.

– Le mien est bien plus beau, certifie Helen.

– Ça commence, chut ! tranche la voix de Margot, impatiente de les découvrir sur l'écran.

Ils semblent tous saisis par l'aura magnétique de BTS. Du moins, c'est ainsi que j'interprète leur silence.

Néanmoins, cet état de grâce ne dure pas et les commentaires repartent de plus belle. Comme la majorité d'entre eux sont positifs, j'occulte leurs bavardages et profite du spectacle.

– Tu es épatante, Ava. Tu sais même parler coréen ! siffle Helen, impressionnée, lorsqu'elle m'entend fredonner.

J'hésite à lui dire la vérité, à savoir que je répète phonétiquement, dans un pseudo-coréen, la plupart des paroles et qu'heureusement pour moi, ils ont dans leurs chansons des mots en anglais que je peux chanter à tue-tête. Cependant, je décide de me taire et souris crânement du compliment.

– Ils sont doués quand même, les petits, déclare Antonio en hochant la tête en rythme sur le son de « Save Me ». Ils ne se fatiguent jamais ?

– C'est vrai qu'ils sont endurants, confirme Helen. Et leurs chorégraphies sont recherchées.

En voilà une connaisseuse.

– Mouais, c'est pas mal. Mais bon, on n'comprend rien, tempère Lenny, toujours sceptique.

Je fais fi de ses remarques. Les goûts et les couleurs, comme on dit. Je m'éclate, c'est le principal. Margot est à fond dedans aussi, Helen et Antonio ont l'air d'apprécier, Rosa fait une fixette sur Kim TaeHyung (alias V) et se fiche du reste, quant à Gab, il a presque fini de grignoter mon pauvre Jimin.

Pour une initiation, c'est pas mal.

– Alors comme ça, on fait la fête et on ne m'invite pas ?

Je jure entre mes dents tandis que mon palpitant s'affole quand j'entends ce timbre grondant.

Nos têtes se tournent à l'unisson vers l'intrus.

Je peste à nouveau. Il m'a fait peur, ce con.

Greg s'introduit dans le salon en maître des lieux et, sous nos regards ébahis, s'assoit tranquillement sur un des fauteuils vides.

Seth a raison de râler parce qu'on rentre dans la villa comme dans un moulin. Si le culot avait un nom, il s'appellerait Greg.

– Oh, c'est BTS ?

Je bafouille, sous l'effet de la surprise.

– Qu… quoi ? Tu les connais ?

– Évidemment ! Je ne vis pas dans une grotte, renifle-t-il. Je n'irai pas jusqu'à dire que je les écoute tous les jours, mais je les aime bien, oui. Ils ont pas mal de bons sons, comme « Dope » ou « Spring Day », et j'adore le flow de J-Hope.

Waouh ! Cet homme est vraiment déroutant. Je résiste par je ne sais quel miracle à ma pulsion soudaine de lui faire un câlin. En trois ans que je suis Army, c'est la première fois que je rencontre dans mon entourage une personne qui s'intéresse à l'univers des garçons.

Quand retentit « Boy in Luv », Greg bondit de son siège.

– C'est une *masterpiece*, cette chanson ! hurle-t-il, tout excité, en faisant pouffer l'assemblée.

La présence de Greg change instantanément l'ambiance. Margot et Helen se lèvent à leur tour, munies de leur Army bomb, et l'agitent en rythme sur la musique. Je m'esclaffe, retire Gab de sa chaise haute pour qu'il puisse lui aussi s'amuser, et me joins à eux en tentant d'exécuter les pas de la choré. Après plusieurs minutes, Rosa, Lenny et Antonio finissent aussi par céder et gagnent notre piste de danse improvisée. C'est exactement ce que je souhaitais pour cet après-midi. Du rire, de la bonne humeur, de la joie. Merci, Greg, d'avoir détendu l'atmosphère.

– Quand le chat n'est pas là, les souris dansent, à ce que je vois. Qu'est-ce qui se passe ici ? formule une voix tout droit sortie de mes cauchemars.

Eh merde, la fête est finie…

14

Seth

Ce voyage d'affaires a été un vrai calvaire pour mille raisons, néanmoins, il a eu un effet bénéfique inattendu, il a agi sur moi tel un électrochoc. Cet éloignement forcé a été le déclic dont j'avais désespérément besoin. Je ne sais pas si cela va durer, mais j'ai l'impression d'avoir retrouvé une partie de l'ancien moi durant ce séjour. Ce manque de mes enfants, qui m'a déchiré la poitrine, m'a permis de réaliser que chaque petit moment passé avec eux est une chance infinie que je dois chérir et non gâcher par un comportement égoïste. La tristesse qui m'accable depuis un an et demi m'a en quelque sorte mis des œillères et empêché de voir l'essentiel. Être un bon père, ce n'est pas uniquement se préoccuper des choses matérielles, c'est aussi s'assurer de donner de l'amour et de son temps. Ils ont besoin de moi autant que j'ai besoin d'eux, je ne dois plus jamais l'oublier. Greg me l'a pourtant hurlé dans les oreilles pendant des mois sans que cela chemine jusqu'à mon cerveau. Même Ava a essayé de me le faire comprendre.

Alors, dès la fin des négociations et la signature du contrat, j'ai pris le premier vol que je trouvais à destination de New York. Ce n'est qu'un petit jour d'avance, toutefois, cela marque le début d'une nouvelle ère. Seth Manning est de retour. Je prie pour ne plus me perdre dans mes travers et mes mauvaises habitudes, je souhaite de toute mon âme que cette bonne résolution ne soit pas qu'un désir fugace lancé dans le vent, mais qu'elle perdure à jamais.

Je suis surexcité à l'idée de surprendre mes enfants par

mon arrivée anticipée. J'espère qu'ils seront aussi contents que moi de ces retrouvailles. Le long du trajet de l'aéroport à la maison, je me sens fébrile, impatient et également anxieux. À mesure que les kilomètres défilent et me rapprochent de chez moi, mon cœur cogne de plus en plus fort contre mes côtes.

Si je suis honnête avec moi-même, il n'y a pas que les enfants qui occupent mes pensées. Elle aussi est là, tapie dans un coin de ma tête, cette sorcière qui m'a envoûté. Cependant, avec une intensité moindre. Depuis mon introspection, j'ai l'impression qu'elle n'accapare plus autant mon esprit. Peut-être parce que j'ai enfin accepté l'idée qu'elle ne me laisse pas indifférent. Grâce à cela, j'ai repris le contrôle de mon corps et de mes stupides fantasmes d'adolescent. Je vais pouvoir arrêter de me comporter comme un connard avec elle. Du moins, je vais essayer de faire un effort, pour le bien de tous, mais surtout pour celui de mes amours.

Une fois devant l'entrée de la villa, je reste un instant à admirer sa façade. Un sentiment étrange m'envahit. Les lieux semblent déserts, toutefois, un battement sourd me parvient. Plus je me rapproche, plus le son s'intensifie. Qu'est-ce donc ? De la musique ?

Sans bruit, j'ouvre la porte et traverse le hall pour rejoindre la cuisine. Mais où sont tous les employés ? Rosa ne devrait-elle pas être en train de préparer le dîner à cette heure ? Et maintenant que j'y pense, Lenny n'était pas dans la cour non plus.

Guidé par la cacophonie, je m'engage en direction du salon d'hiver.

Le spectacle devant moi me laisse coi.

C'est quoi, ce délire ?

Les rideaux ont été tirés et les meubles poussés pour faire de la place, tandis que l'écran géant diffuse une vidéo de garçons survoltés qui sautent partout en chantant je ne sais quoi. Mes enfants, mon beau-frère, ainsi que TOUT mon personnel à plein temps sont en train de se dandiner de façon grotesque sur de la musique. Aucun d'eux n'a capté ma présence.

J'observe, abasourdi, Greg et Ava qui tentent de reproduire la chorégraphie en hurlant des « *fire* » et des « la la la la » comme si leur vie en dépendait.

Au secours ! Dans quel univers parallèle ai-je atterri ?

Mon premier réflexe est de m'énerver. Néanmoins, un regard sur mes enfants suffit à me calmer. Margot, qui tient la main de son petit frère, se trémousse en riant aux éclats, et Gab plie et tend ses genoux d'une manière adorable pour suivre le mouvement. Cette scène est tellement mignonne que des larmes me montent aux yeux. Je renifle et m'écrie pour reprendre contenance :

– Quand le chat n'est pas là, les souris dansent, à ce que je vois. Qu'est-ce qui se passe ici ?

Mon ton est plus mordant que je ne le voulais. Les mauvaises habitudes ont la dent dure !

Comme un seul homme, toutes les têtes dévient vers moi avec cette même expression de stupéfaction peinte sur leur visage. Je souris pour les rassurer. Malgré cela, leurs grimaces s'accentuent.

J'interpelle Lenny d'une voix badine :

– Tu m'avais caché que tu avais un tel déhanché.

OK, c'est pire. Maintenant, leurs yeux sont sur le point de sortir de leurs orbites. Alors je tente une nouvelle approche.

– Ma grenouille ! Tu danses trop bien. Waouh !

– Papa ! s'exclame-t-elle avec enthousiasme en venant encercler mes jambes.

Au moins une qui est contente de me voir !

– Gagaga, balbutie mon fils en me montrant du doigt puis en pointant l'écran.

– Oui, je vois ça, mon ange. Vous vous amusez bien, on dirait.

Je fixe l'assemblée devant moi. J'ai peur qu'Ava se fasse dessus tant elle est crispée.

– Monsieur Manning ! On faisait juste une petite pause, on allait reprendre nos activités… bégaie-t-elle, paniquée.

– Pourquoi ? Non, continuez. J'aime voir mes enfants heureux.

Je me baisse pour enlacer ma fille.

– Mais je suis jaloux, ma grenouille… Moi, je ne sais pas danser comme toi.

– Tu veux que je t'apprends ?

– « Que je t'apprenne. » Tu ferais ça pour ton vieux papa ? J'te préviens, je ne suis pas doué.

– Je sais, confirme-t-elle dans un rictus, mettant à mal mon ego.

Elle me tire par la manche afin que nous rejoignions les autres au centre de la pièce. Tous les regards sont braqués sur moi, c'est assez intimidant. Je cache mon malaise par une assurance factice que je sais efficace, et espère que cela suffise à les berner. Puis, dirigé par ma fille, j'entame quelques mouvements de danse.

Je crois qu'on vient de dépasser le stade de l'effarement. Il me serait poussé une deuxième tête qu'ils ne me dévisageraient pas avec autant d'incrédulité. Helen est la première à se ressaisir – après tout, elle m'a déjà connu ainsi, même si ça fait longtemps. Elle me donne un petit coup de coude en gloussant :

– Vous êtes rouillé, monsieur Manning. Ça manque d'entraînement tout ça.

– Ne sois pas mauvaise, Helen, intervient Greg. Moi je trouve qu'il a le même flow que Michael Jackson…

Je connais mon beau-frère, il n'est pas du genre à complimenter, plutôt du style à se moquer. J'attends donc la chute de sa blague, probablement vaseuse, comme lui.

– Aussi rigide qu'un mort.

Qu'est-ce que je disais ! Prévisible.

Il se gausse ensuite comme l'idiot qu'il est. Je secoue la tête et articule muettement un « connard » dans sa direction, ce qui le fait rire de plus belle.

– Eh, un peu de respect pour le *King of Pop* ! s'insurge Rosa, mi-amusée, mi-choquée par la boutade de Greg. Même mort, il y a plus de flow dans son petit orteil que dans tout le corps de Ma…

Elle étouffe son dernier mot face à mon sourcil arqué.

Je note qu'on s'indigne pour Michael Jackson, mais que personne ne prend ma défense. OK…

J'inspire et expire par la bouche pour détendre mes muscles raides. Je vais leur montrer à tous ce qu'est le flow des Manning.

– Oh, mon Dieu ! On dirait une poupée désarticulée, chuchote Ava à Lenny, alors que je pense enflammer la piste. Il va finir par se déboîter un os.

Je gronde, vexé :

– Mettez-vous d'accord. Je suis rigide ou désarticulé ?

– T'inquiète, papa. C'est pas trop, trop nul, tente de me rassurer ma fille.

– Juste un peu alors ?

Son nez se plisse.

– Je vais t'apprendre.

Des éclats de rire suivent sa déclaration qui se voulait prévenante. Ah, l'innocence des enfants…

– Ou bien je vais m'asseoir et je t'admire. C'est peut-être plus sage.

Mes paroles à peine prononcées, je les mets aussitôt en application en m'installant sur le grand sofa et les toise tel un roi devant ses sujets.

– Allez-y, tous ! Voyons voir si vous vous débrouillez mieux que moi.

***

Une heure plus tard, le calme est revenu dans la maison et chacun est parti vaquer à ses occupations. Je profite de ce moment pour câliner mes enfants, ils m'ont tant manqué. Non loin, je sens le regard inquisiteur d'Ava posé sur moi dès qu'elle estime ne plus être dans mon champ de vision. Elle erre dans le séjour sans but précis, sauf celui de m'épier. Je crois qu'elle ne s'est pas remise de mon arrivée imprévue ou de mon changement d'attitude. Oui, je sais aussi m'amuser, même si a priori je ne sais pas danser. S'imagine-t-elle à ce point que je suis un robot sans émotion ?

Je sors mon portefeuille de la poche intérieure de ma

veste et en prélève une petite photo d'identité. Je me dirige ensuite vers Ava et la lui tends. Elle fronce les sourcils d'un air interrogateur. Je lui explique :

– Puisque vous semblez fascinée par mon faciès, je vous la donne. C'est cadeau.

Je retiens un sourire devant sa mine horrifiée. Elle rougit jusqu'aux oreilles et bafouille un imbroglio de sons incompréhensibles. Je me mords la lèvre, en proie à un fou rire. La taquiner est, contre toute attente, assez divertissant.

– Oh ! En parlant de cadeau, je viens de me rappeler que je vous ai pris des petits souvenirs, comme convenu. Deux minutes, je vais chercher mon sac.

De retour dans le salon, je me sens anormalement gêné. Je frotte mes paumes moites contre mon pantalon. Au départ, je comptais réellement lui offrir du fromage pour lui montrer l'absurdité de sa requête. Puis, pour une raison qui m'échappe encore, j'ai changé d'avis. J'essaie de me convaincre que l'idée de trimballer du fromage puant dans ma valise est l'argument premier de mon retournement soudain, néanmoins, je ne m'explique pas pourquoi je ne me suis pas contenté de revenir les mains vides, cela m'aurait évité de me retrouver dans cette position inconfortable.

Afin de gagner du temps, je sors d'abord les cadeaux que j'ai ramenés pour les enfants. (Quelques habits et des friandises.) Puis j'extirpe les boules à neige chinées dans une petite échoppe près de mon hôtel. Elles sont ornées d'une inscription en allemand avec pour décor un monument quelconque ; je n'ai aucune idée de ce qui est représenté, mais en cadeau souvenir, cela m'a paru idéal. J'en ai donc acheté une dizaine. Prendra qui voudra.

Margot exulte à la vue de tous ces objets.

– Waouh ! C'est quoi tout ça ? s'extasie-t-elle devant les boules à neige. (Elle chipe un paquet de bonbons.) Je peux en manger maintenant ?

– Tu pourras prendre un bonbon après le dîner, mais pas tout de suite. Par contre, tu peux aller donner une boule à neige à Rosa si tu veux, elle sera sûrement contente.

– D'accord, sourit-elle en sautillant. Oh, j'vais chercher mes Avengers dans ma chambre aussi ! Tu voudras jouer avec moi ?

– Avec plaisir, ma grenouille.

Lorsqu'elle quitte la pièce, je reporte mon attention sur Ava. Elle se gratte le front, d'un air préoccupé.

– Vous avez pensé aux Kinder Suprise ? finit-elle par me questionner. J'ai peur que mon frère ne s'en remette pas si jamais vous…

– Pas d'inquiétude. C'est la première chose que j'ai achetée. Ils sont dans ma valise. En revanche, je vous les donnerai plus tard.

– OK, merci. Et…

Elle ouvre la bouche, hésite, referme la bouche.

Son manège dure ainsi plusieurs secondes. Je pourrais y mettre un terme en intervenant, mais me taire est plus distrayant. Elle fait une nouvelle tentative :

– Et… concernant… Euh… vous savez… Enfin, à part les Kinder, vous avez pris autre chose ?

– Comme ? Du fromage de Paris ?

– Eh bien, j'avais beaucoup bu ce jour-là et, en réalité, je ne…

– Ne me dites pas que vous ne voulez plus de fromage ? Je suis allé spécialement en France pour…

– Nooon ! Vous n'avez pas fait ça ? me coupe-t-elle, affolée, en déglutissant bruyamment.

Je lève les yeux au ciel.

– Vous êtes trop crédule. Évidemment que je n'ai pas fait ça.

– Oh ! Donc vous ne m'avez pas rapporté de…

– Non.

À sa moue, je ne sais pas si elle est soulagée ou déçue.

– OK. Très bien, c'est parfait. Pour tout avouer, je n'aime pas le fromage, rit-elle nerveusement. En plus, ça sent mauvais. Et puis, ce n'est pas comme si j'avais besoin que vous me rapportiez quoi que ce soit.

– Je n'ai jamais dit que je ne vous avais rien acheté.

– Oh ?

Elle peine à masquer son expression ravie. Cela devrait me réjouir, toutefois, c'est le contraire qui se produit. Je suis encore plus nerveux. J'ai peur qu'elle se méprenne sur mes intentions. J'aurais dû me contenter d'une boule à neige pour elle aussi. Après tout, ce n'est pas comme si je l'appréciais ou quoi que ce soit d'autre. Nous ne sommes même pas amis, tout juste si l'on se supporte. Alors pourquoi lui ai-je pris un cadeau si intime ?

N'abuse pas, crétin. Ce n'est pas une demande en mariage, non plus ! Il n'y a aucun sous-entendu derrière.

Je bougonne, mal à l'aise :

– Je vous préviens, n'allez pas vous imaginer je ne sais quoi ! Je l'ai pris sans arrière-pensée.

– Euh, OK, d'accord… bredouille-t-elle devant mon ton renfrogné.

Je soupire. Puis j'extrais de la poche avant de mon pantalon ce fichu petit boîtier qui me colle des sueurs depuis tout à l'heure. Avec le plus de détachement possible, je le dépose sur la table devant elle.

– C'est juste une babiole.

À la vue de l'écrin noir et doré, ses grands yeux bleus s'écarquillent. J'aimerais savoir ce qui lui traverse l'esprit à cet instant. Si je discerne sur son visage les émotions primaires qui la saisissent telles que la surprise, la joie, accompagnées aussi d'un soupçon de stress, je voudrais toutefois connaître ses réflexions profondes. La semaine dernière, elle m'a confessé vouloir coucher avec moi… Et moi, je ne trouve rien de mieux à faire que de lui offrir un bijou. C'est tellement insensé de ma part. Ou comment rendre nos échanges encore plus alambiqués.

Je me foutrais des baffes, tiens !

Pourquoi n'ai-je pas songé aux répercussions qui pourraient en résulter ? Lorsque je l'ai vu exposé en vitrine, j'ai immédiatement pensé à elle et je l'ai acheté sur un coup de tête.

Il ne manquerait plus qu'elle s'invente une quelconque

relation entre nous. Certes, j'éprouve une attirance physique, mais ça s'arrête là. De plus, depuis mon voyage, j'ai repris l'ascendant sur mon corps et mes délires lubriques. Je tiens à ce que cela reste ainsi.

Dans le but d'éviter tout amalgame, j'insiste :

– Voyez-le comme un présent afin d'enterrer la hache de guerre, rien de plus. Que ce soit clair : je n'ai aucun désir charnel pour vous. Donc ôtez-vous de la tête cette histoire de BB, parce que ça n'arrivera jamais.

Bien que je n'aie pas compris la signification précise de son *BB* de l'autre soir, il est évident que cela est en lien avec le sexe.

En réaction à mes paroles, Ava s'étouffe. Littéralement. Elle tousse avec tant de violence que des larmes perlent au bord de ses cils.

Je m'empare d'une bouteille d'eau et en verse un peu de son contenu dans un verre que je lui propose. Le visage maintenant mouillé de larmes, elle s'en saisit et boit une gorgée en gémissant doucement.

J'attends, imperturbable, que sa crise se termine. Beaucoup moins patiente que moi, Ava s'échine à vouloir s'exprimer alors qu'elle peut à peine respirer.

– Qu'est… ce… qu'est-ce que… vous… racontez ? parvient-elle à prononcer non sans difficulté.

Deux choix sont envisageables. Soit je lui présente les faits de façon édulcorée afin d'atténuer l'embarras qu'elle ne manquera pas de ressentir, soit je perce l'abcès et j'y vais franco.

– Je parle de notre dernière entrevue. Vous ne vous en souvenez probablement pas, mais…

– Je me souviens de tout, me contredit-elle, à bout de souffle. Vous avez promis de m'embaucher en CDI, d'être gentil et de prendre des œufs Kinder pour mon frère. Je me souviens même du fromage, n'essayez pas de me la faire à l'envers. J'ai une excellente mémoire ! En toute circonstance.

– Très bien. Alors vous n'avez pas omis le passage où vous vouliez qu'on s'envoie en l'air.

Ava s'étouffe à nouveau. J'ai peur qu'elle vomisse sur le tapis si elle continue.

– C'est quoi, votre problème à avaler de travers, ainsi ?

– Com… Comme… Comment ça ? Jamais…

Je vois clairement le moment où le souvenir jaillit dans son esprit. Son visage cramoisi par l'effort d'expectoration vient subitement de perdre toutes ses couleurs.

Les traits figés, elle ne tousse plus, ne parle plus, ne bouge plus… Je suis à deux doigts de me demander si elle respire encore.

Je m'apprête à la questionner lorsqu'elle s'anime dans un sursaut. Elle court en direction du couloir, rebrousse chemin pour s'emparer du boîtier qu'elle n'a toujours pas eu l'occasion d'ouvrir, puis repart en trombe en poussant de petits cris aigus.

Je me racle la gorge. Bon, j'aurais peut-être dû y aller un peu plus en douceur.

15

Ava

Allongée sur mon lit, la tête recouverte par ma couette, je hurle la bouche collée contre mon oreiller.

Stupide, stupide, stupide! Je suis stupide!

Bientôt, dans tous les dictionnaires, le premier synonyme du mot stupide sera: Ava Summer, la fille la plus pathétique de la galaxie.

M'enterrer dans le jardin ne suffira pas à estomper ma honte. Comment peut-on se ridiculiser autant devant une seule et même personne? Pourquoi l'univers s'obstine à me faire passer pour la reine des idiotes auprès de Manning?

Le show dans l'ascenseur, le chien que j'ai confondu avec un poney, l'épisode de la douche… Ajoutez à cela qu'il m'a déjà vue nue et bourrée. Et maintenant ça. Pitié, non.

Qu'est-ce qui m'a pris de lui raconter une telle connerie?

Et son attitude à lui, on en parle? « Je n'ai aucun désir charnel pour vous. »

Pauvre type, moi non plus!

Puis c'est bon, quoi, je ne suis pas si repoussante que ça. Je ne suis pas Shrek, non plus! Et ce n'est pas comme si je lui avais suggéré une gigantesque partouze sodomite. Quelle drama queen, vraiment!

Alors son affliction exagérée, il se la garde.

Et son cadeau aussi.

Je n'en veux plus.

Je me relève et, avec le peu de dignité qu'il me reste, je jette la petite boîte noire dans la corbeille placée sous le bureau.

Ce geste m'insuffle le courage nécessaire pour expliquer ma façon de penser à ce goujat et lui balancer ses quatre vérités.

Plus déterminée que jamais, je défroisse mes vêtements et, dans un mouvement brusque, je replace mes mèches rebelles derrière mes oreilles avant de m'élancer vers le séjour.

M. Bite est toujours assis. Ses chevilles sont croisées et les deux premiers boutons de sa chemise noire sont défaits. Il tient son fils sur ses genoux et lui caresse doucement les cheveux, tandis que d'un œil pétillant et rempli d'amour, il contemple Margot qui s'amuse avec ses Avengers.

Sale enfoiré ! Pourquoi faut-il qu'il soit si beau et qu'il m'émeuve autant ?

Un père qui admire ses enfants avec tendresse, il n'y a rien de plus normal, arrête de te pâmer pour un rien, ma vieille.

Je le pulvérise de mon plus méchant regard.

– Vous !

– Ça y est, vous avez récupéré ? Il y a des médicaments pour la gorge si vous voulez dans la boîte à pharmacie. Vous avez tellement toussé qu'elle doit être tout irritée, non ?

À quoi joue-t-il maintenant ? C'est quoi ce couplet de fausse compassion ?

M. Bite hostile, toujours d'humeur morose et soupe au lait, je peux gérer, je suis habituée. Mais celui qui est face à moi est différent, imprévisible. Tantôt taquin, voire enjoué, tantôt vipère et abrupt. C'est bien trop flippant. Sous peu, je risque de finir internée dans un asile. Dire que cela ne fait que quelques heures qu'il est de retour. Au secours !

Je m'éclaircis la voix.

– Comme vous teniez à clarifier les choses, à mon tour de dissiper tout malentendu entre nous. L'autre soir, quand vous êtes venu me chercher, j'étais sous l'influence de l'alcool…

J'observe brièvement Margot. Toujours absorbée par ses jouets, elle ne nous prête aucune attention.

– Raison pour laquelle j'ai débité beaucoup d'âneries. Par exemple, je vous ai demandé du fromage alors que…

– Vous n'aimez pas et que ça sent mauvais, termine-t-il à ma place. J'avais bien saisi tout à l'heure.

– OK. Bah vous, c'est pareil.

Son cou se dresse tel un ressort.

– Qu'est-ce que je dois comprendre par là ? Que vous ne m'aimez pas et que je sens mauvais, moi aussi ?

– Tout à fait.

– Pardon ?

– Hein ?

Tétanisée, j'exécute en urgence un replay accéléré des derniers instants de notre conversation.

– Papa sent pas mauvais ! s'immisce Margot comme pour enfoncer le clou.

– Évidemment ! Je blaguais. C'était juste pour vous avertir que c'était l'heure du bain. Allez, go, tout le monde va se laver ! Et ton papa aussi, je suis sûre qu'il rêve d'une bonne douche après son long vol. N'est-ce pas, monsieur Manning ?

Ses billes bleues semblables à deux fentes me dévisagent d'un air peu amène.

Je me rapproche à pas de loup, m'empare de Gaby et m'écarte en vitesse en couinant :

– Puisque nous avons mis les points sur les « i », je vais maintenant… procéder au bain de Gabriel.

– Procéder au bain… marmonne-t-il tout bas en ricanant. Elle s'est crue dans un show télévisé ?

Je fais abstraction de son commentaire sarcastique – si j'ai envie de procéder, je procède ! –, et interpelle Margot :

– Tu es la suivante, va préparer ton pyjama, s'il te plaît.

***

Au moment du coucher, je me sens harassée par cette journée. Emmitouflée dans mes draps, je fixe les ombres au plafond que dessine la veilleuse. Mon petit cœur a subi trop d'émotions. Entre le concert improvisé, Greg en fan de BTS, puis l'arrivée surprise de M. Bite et sa prestation de danse… C'était… Waouh ! Je glousse en me remémorant la scène. Danser n'est pas le terme approprié. Il gesticulait son grand corps comme s'il luttait contre un vent puissant et qu'une lave de feu lui léchait les pieds. C'était ridiculement grotesque et en même temps adorable. C'est la première fois que je le voyais ainsi. Il avait l'air… heureux ? Il souriait, ses yeux brillaient d'excitation. Il était d'une beauté foudroyante, malgré son déhanché douteux. Il serait facile d'apprécier cette nouvelle facette de lui. Toutefois, son caractère versatile n'est jamais loin. Je n'ai toujours pas digéré son comportement lorsqu'il m'a donné son fichu cadeau. Pourquoi me prendre quelque chose si c'était pour être aussi désagréable ensuite ? Je ne lui ai pas mis de couteau sous la gorge, il n'avait qu'à rien m'offrir si cela l'embêtait tant. Comme si j'allais m'emballer et me jeter sur lui en ouvrant sa putain de boîte. Il se croit si irrésistible ?

En tout cas, son message est on ne peut plus limpide : rien ne se passera entre nous.

Mes pieds frappent le matelas à plusieurs reprises, tandis que je pousse un cri de rage.

Je suis en colère. Et vexée comme un pou.

Je suis d'autant plus énervée parce que ça ne devrait logiquement pas m'affecter. Je devrais m'en foutre de ce qu'il pense ou non de moi.

Je devrais…

– Enfoiré ! T'as vite oublié que c'est TOI qui m'as sauté dessus dans la cuisine avant de me virer comme une malpropre. TOI, PAS MOI ! Même pas capable d'assumer ses actes…

C'est vraiment le roi pour détourner la réalité à son avantage.

***

Le lendemain, mon animosité se dissipe au fur et à mesure que les heures défilent. Je n'ai jamais été une grande rancunière – pour preuve, j'ai accepté de revenir malgré sa muflerie –, et je dois admettre que M. Bite déploie de réels efforts aujourd'hui pour racheter son indélicatesse d'hier. Premièrement, il m'a saluée ce matin. Cela peut paraître anodin, mais de sa part, cela relève déjà de l'exploit. Spécialement quand son bonjour est accompagné d'un sourire ! Pas un rictus. Non, non… Il m'a gratifiée d'un vrai sourire, de celui qui t'envoie un millier de papillons dans le ventre. Je déteste l'avouer, mais, bordel…

Aaaah, qu'est-ce qu'il était beau !

Sur le coup, j'ai même cru à un mirage ou à une sorte d'apparition divine avec ce sentiment d'être touchée par la grâce lorsque mes yeux se sont posés sur lui. Oui, cet enfoiré est aussi beau que ça…

Je secoue la tête pour chasser son image de mon esprit ; je n'ai nullement besoin qu'il soit parasité par ce genre de vision.

Bien entendu, je ne vais pas changer mon fusil d'épaule sous prétexte que mon patron vient d'apprendre à sourire et qu'il possède un magnétisme à faire tomber les culottes. Superficielle, oui, mais il y a des limites.

En revanche, ses petites attentions risquent de me transformer en carpette si je n'y prends pas garde. Je ne veux pas finir en tapis de sol qu'il pourra user et piétiner à sa guise. Il ne s'est pas gêné pour me marcher dessus une fois, alors la méfiance est de rigueur. Je ne dois pas faillir ou m'attendrir. Le bonbon mentholé pour les maux de gorge mis en évidence sur le comptoir de la cuisine était une sollicitude appréciable, cependant, il en faudra plus pour m'amadouer. Pareil pour le jus d'orange qu'il a pressé de ses petites mains puis qu'il a disposé devant moi, au petit déjeuner. C'était... gentil. Flippant, mais gentil.

Mais après tout, c'est un des points non négociables qui ont acté mon retour. Il le met seulement en application. Un moment d'adaptation me sera peut-être nécessaire, car ce nouveau Manning est perturbant.

De plus, il a aussi réussi à me culpabiliser. Maintenant, je me sens mal d'avoir jeté son cadeau. Il a pensé à moi, il a pris le temps de le choisir… et je ne sais même pas ce qu'il contient. J'aurais au moins pu ouvrir la boîte avant. Babiole ou pas, il ne méritait pas que je balance son présent comme un vieux déchet.

Ah, c'est horrible cette sensation ! Ma conscience me tiraille, je suis incapable de réfléchir à autre chose qu'à cet écrin qui attend qu'une âme charitable vienne le sauver de son destin funeste. Limite si je n'entends pas son cri de désespoir : « Ava, sors-moi de là ! »

– J'arrive, j'arrive ! T'as gagné !

Seth, qui a posé un congé de deux jours afin de récupérer du décalage horaire, lève un sourcil interrogateur.

– Je ne vous ai pas parlé… commence-t-il, perplexe.

– Bah, moi non plus !

Il ne moufte pas, malgré ses narines dilatées et son air renfrogné.

C'est ça, mon beau, prends sur toi.

Je lance une œillade amusée vers Gaby qui s'échine depuis tout à l'heure à vouloir porter le chat, alors que celui-ci fait presque deux fois sa taille. Il grommelle je ne sais quoi, puis, lorsqu'il constate sa défaite, se rabat sur Gibbs qui dort paisiblement sur son coussin près de la baie vitrée. Mon sourire s'agrandit face à son visage rougi par l'effort et son petit soupir de déception devant ce nouvel échec.

Margot, quant à elle, dessine tranquillement, allongée par terre, des crayons en tous genres dispersés autour d'elle. Profitant de ce moment d'accalmie, je préviens leur père :

– Je dois m'absenter un instant.

– Vous partez ? s'étonne-t-il. Où ça ? Lenny peut vous emme…

– Je n'ai pas besoin de chauffeur pour aller jusqu'à ma chambre. J'en ai pour deux secondes, j'ai oublié un truc.

M. Bite souffle un peu plus fort. Je retiens de justesse un rire.

Une fois dans ma chambre, je me rue vers la poubelle pour secourir mon malheureux…

Merde ! La corbeille est vide !

– Il est où ?

J'exécute un tour complet dans l'espoir de l'apercevoir rangé quelque part.

Rien. Il n'y a rien.

– Gentil petit boîtier, t'es passé où ?

Je fouille sur le bureau, puis en dessous. Rien. J'en fais de même avec la table de chevet. Rien. Je tâtonne sur mon lit, défais mes draps. Rien. À plat ventre, je scrute sous les meubles. Rien.

– Mais bordel, t'es où ? S'te plaît, ne sois pas vexé et reviens voir maman, d'accord ?

Paniquer est contre-productif, je dois rester pragmatique. Il n'a pas pu disparaître tout seul. Avant de sortir de ma chambre, ce matin, je suis sûre de l'avoir vu, agonisant dans la corbeille pleine.

Pleine...

C'est ça !

Je m'élance comme si j'avais le diable aux fesses à travers les couloirs de la villa, puis stoppe ma course affolée lorsque je croise Ann, l'une des agents d'entretien embauchée à quart-temps.

– À tout hasard, tu saurais qui a vidé la petite poubelle qui est dans ma chambre ?

– Ah oui, c'est moi. Pourquoi ?

– Mais pourquoi t'as fait ça ? Je vous ai dit un nombre incalculable de fois que je préférais m'occuper de ma chambre toute seule.

– Je sais, je sais. Je me suis contentée de vider la corbeille, puisqu'elle était remplie de mouchoirs usagés. Je n'ai rien touché d'autre, j'te promets.

Je me mords la lèvre pour cadenasser le flot d'injures qui menace de s'échapper.

– Il y avait un écrin à bijoux dedans, tu l'as vu ?

– Hum... non, j'ai pas souvenir. Mais qu'est-ce qu'il ferait dans une poubelle ?

Je perds patience.

– Le problème n'est pas là ! Elle est où, ma boîte maintenant ? Tu as jeté où, le contenu de la corbeille ?

– Euh… dans celle de la cuisine.

Tandis que je fuse vers le lieu indiqué, je l'entends s'exclamer au loin :

– Mais à cette heure, Rosa a déjà dû sortir les poubelles.

Pourquoi cette maison est-elle si grande ? À bout de souffle, je parviens enfin à destination. Rosa, affairée au déjeuner, me salue distraitement.

– Tu as faim, ma mignonne ?

– Non, merci. Pitié, dis-moi que tu n'as pas encore sorti les poubelles ?

– Non, je n'ai pas eu le temps. J'allais le faire justement.

J'adresse une prière muette à qui voudra l'entendre.

Merci, merci, merci.

Elle se dirige vers la réserve et pousse un petit couinement surpris.

– Oh, Antonio a dû les sortir pour moi. Comme c'est gentil.

Accablée, je prends mon visage entre mes mains sans plus retenir mes gémissements plaintifs.

– Non, non, non. C'est affreux.

– Qu'est-ce qui se passe, ma chérie ? s'inquiète Rosa qui m'enlace en me tapotant la tête affectueusement, façon petit chien.

Trop honteuse pour avouer mon méfait, je déforme quelque peu la vérité :

– Sans le faire exprès, hier soir, j'ai jeté quelque chose à la poubelle et je m'en suis rendu compte que maintenant.

– Qu'est-ce que c'était ?

Je sursaute au son de cette voix. Non, pas lui !

D'un bond, je virevolte et… tombe nez à nez avec M. Bite.

À un moment, il faudrait que le destin cesse de s'acharner sur moi. On est plus de sept milliards sur terre, ce ne doit pas être si compliqué de cibler quelqu'un d'autre !

En réponse, je l'interroge à mon tour :

– Qu'est-ce que vous faites là ?

– Vos deux secondes étaient interminables, je suis donc parti voir si vous ne vous étiez pas égarée en chemin. Alors, vous avez perdu quoi ? Je peux peut-être vous aider. Si on s'y met à plusieurs, on aura plus de chance de le retrouver.

– Rien. C'est rien.

– Si, dites-nous, insiste Rosa. M. Manning a raison, on peut vous aider.

– C'était… (Je me racle la gorge.) Avec la fatigue d'hier, j'ai malencontreusement jeté le cadeau que M. Manning m'a offert dans la corbeille. Je l'ai confondu avec un mouchoir sale…

Ma dernière phrase est définitivement de trop. Un jour, je devrai apprendre à réfléchir avant de parler.

Piteuse, je baisse les yeux au sol. Je n'ose affronter le regard de Seth. Celui-ci ne prononce aucun mot. Son silence me met mal à l'aise ; je lui lance une œillade à la dérobée. Le visage fermé, il fixe un point imaginaire, puis finit par déclarer :

– Les éboueurs ne sont peut-être pas encore passés. Allons vérifier les conteneurs.

– Bonne idée ! approuve Rosa. Dépêchons-nous.

Vingt minutes plus tard et une odeur nauséabonde qui me colle à la peau, je tiens enfin ce satané écrin dans mes mains, avec cette impression de serrer une grenade dégoupillée.

Après avoir remercié Rosa et Seth, je m'éclipse dans ma chambre pour me changer. Une fois ma douche effectuée, j'observe le boîtier. Je n'ai toujours pas découvert son contenu. J'en meurs d'envie, néanmoins, un sentiment qui peut s'apparenter à de l'appréhension me retient. C'est une babiole, M. Bite l'a réaffirmé bien fort tout à l'heure, au cas où j'aurais oublié. Alors pourquoi je réagis comme si j'allais ouvrir la boîte de Pandore ? Quelle poule mouillée je suis parfois.

Je m'ébroue et décide d'arrêter de me comporter en chiffe molle. Tandis que je saisis l'objet maudit, « Attack on Bangtan », la sonnerie de mon téléphone, suspend mon mouvement.

– Salut la moche, dis-je à Chad en décrochant.

– Eh, pouilleuse ! Ça t'écorcherait de donner de tes nouvelles ? attaque-t-elle d'emblée. Une semaine que t'es chez ton Biteman et c'est silence radio de ta part. C'est pas cool, hein ! Nous, on veut des ragots, du potin croustillant.

– Il est rentré hier, je n'ai pas beaucoup de choses à… En fait, si, j'ai plein de choses à raconter ! Figure-toi que Greg…

– C'est qui celui-là ? me coupe-t-elle.

Je râle :

– Le beau-frère de M. Bite ! Suis, un peu ! Et ne m'interromps plus, sinon on en a pour des plombes et j'ai pas le temps. Bref, figure-toi que Greg est un Army !

– Un fan de BTS ?

– Ouiiii !

– J'imagine que, du coup, il est remonté dans ton estime ? ricane-t-elle.

Je ris à mon tour.

– Mais grave ! Je suis à deux doigts de l'épouser. Et attends, c'est pas fini !

Je bafouille, tant les mots se bousculent dans l'excitation.

– Figure-toi que…

– Je n'arrête pas de me figurer, se moque-t-elle en m'interrompant une nouvelle fois.

– Garce ! (J'insiste, d'un ton plus fort.) *Figure-toi* que M. Bite a dansé sur les chansons de BTS ! Enfin, danser est un grand mot.

– Quoi, quoi, quoi ? répète-t-elle, sidérée. Il était bourré ?

Je m'esclaffe.

– Même pas ! Il rentrait tout juste de son voyage d'affaires. T'aurais dû voir ça, sa prestation était à mourir de rire. Cet homme est beau comme un dieu, mais totalement dépourvu de sens du rythme. On aurait dit une otarie dans un show de claquettes. Et encore, c'est méchant pour l'otarie.

– Et t'as pas filmé, je suppose ? déplore Chad.

– Ça aurait été malvenu.

– Dommage. (Elle renifle.) Sinon, tu as du croustillant-croustillant ? Un truc qui implique des membres nus qui s'entremêlent, des peaux transpirantes qui se frottent l'une à l'autre.

– Du cul, quoi ?

– Voilà ! La dernière fois qu'on t'a vue, t'étais bien partie pour une BB, mais comme tu n'as pas donné signe de vie depuis…

– Pourquoi tu remues le couteau dans la plaie ? C'est moche de ta part.

– Pourquoi ? Pourquoi ? Il s'est passé quoi ? s'enflamme-t-elle aussitôt, oscillant entre rire et consternation. Il t'a mis un râteau ?

– Un coup de pelle, plutôt. Mais on en discutera plus en détail quand on sera réunies avec les filles, après on pourra l'archiver dans le dossier le-jour-dont-on-ne-doit-pas-reparler.

– Il commence à y avoir beaucoup de jours-dont-on-ne-doit-pas-reparler…

Je gémis pour toute réponse. Puis j'avise l'écrin devant moi.

– Ah, j'ai oublié de te dire aussi. Il m'a offert un cadeau.

– Qui ? M. Bite ?

– Ouais. Qu'il a ramené de son voyage.

– Oh ! C'est quoi ?

– Je n'sais pas. J'ai pas encore regardé, mais c'est dans un coffret à bijoux.

– Mais qu'est-ce que tu fous, bordel ! Ouvre-le, vite ! Dépêche-toi !

– OK, OK.

– Non, attends ! Mets la visio avant, je veux voir ça, moi aussi, s'te plaît.

Je clique sur le bouton de la caméra.

– Tourne l'objectif dans l'autre sens, pouilleuse. C'est pas ta tête qui m'intéresse, grogne-t-elle.

Je lève les yeux au ciel, mais m'exécute.

– C'est bon là ?

– Parfait. Allez, vas-y, ouvre la boîte ! s'impatiente-t-elle.

– C'est une babiole, selon M. Bite. Alors t'emballe pas.

– Au pire, tu pourras garder l'écrin si le reste est moche, il est canon !

Mes mains tremblent lorsque je soulève le couvercle. Il s'agit d'un pendentif composé de cinq cœurs rouges qui forment une fleur légèrement incurvée, avec en son centre un zircon monté sur une chaîne en maille fine.

– Euh… c'est pas du toc, ton truc ! affirme Chad de son œil d'experte.

– Mais si. C'est pas de l'or. Tu ne vois peut-être pas bien, mais la chaîne et les ornements sont rosés.

– Parce que c'est de l'or rose, souffle-t-elle. C'est quoi la petite carte à côté ?

– C'est écrit « Certificat d'authenticité, joaillerie Chopard ». Tu connais ?

– Deux secondes, je vérifie.

Je l'observe tapoter je ne sais quoi sur son téléphone. Je l'entends jurer, tandis que ses yeux s'agrandissent de stupéfaction.

– Or rose, diamant et cornaline rouge, rien que ça ! C'est pas de la camelote, ton pendentif, il coûte un bras !

Je reste un instant muette, ne sachant comment interpréter cette information. Cependant, je parviens à rationaliser :

– Nous n'avons peut-être pas la même signification du mot « babiole ». N'oublie pas qu'il est plein aux as. Alors un bijou à cinq cents dollars, pour lui, c'est du pipi de chat.

– Ouais, enfin, tu peux rajouter un zéro au prix. On est plus vers les cinq mille.

– Ah… Quand même… Effectivement. Waouh !

Mon cœur fait des sauts de cabri tandis que j'encaisse la nouvelle.

– Ce qui prouve encore une fois que nous n'appartenons pas au même monde.

– C'est clair, confirme mon amie.

Nous soupirons à l'unisson.

– Cherryl a peut-être eu une excellente idée, en fin de compte, reprend-elle après s'être perdue dans ses pensées.

– Comment ça ?

– Ah, c'est vrai… T'es pas au courant.

Elle grimace, ce qui ne présage rien de bon.

– Accouche !

– Cherryl nous a toutes inscrites sur un site de rencontres, débite-t-elle à toute vitesse.

Je pouffe, peu surprise par cette révélation.

– Elle vous a inscrites sur un site de rencontres ? Ça ne m'étonne pas d'elle.

– Elle NOUS a inscrites, rectifie Chad. NOUS, comme NOUS QUATRE.

– Moi aussi ?

– T'écoutes ce que je dis ou t'es dure d'oreille, aujourd'hui ? Oui, toi aussi. NOUS QUATRE.

Je chouine, alarmée :

– Mais pourquoi moi ? J'ai rien demandé.

– Nous non plus. Ça se saurait si ta cousine nous informait de ses plans avant d'agir. Donc, prépare-toi psychologiquement, tu vas bientôt avoir plein de *dates*.

– Hors de question. J'ai assez à faire avec mon patron. Je n'vais pas me farcir d'autres trous du cul.

– C'est ce qu'on verra. Je t'envoie tes identifiants en DM. Allez, je file, ma pouilleuse. (Elle m'embrasse virtuellement.) Je t'aime. Bye !

Elle raccroche aussitôt, laissant mon « salut » résonner dans le vide.

Je rassemble ma tignasse d'un côté de mon épaule pour éviter qu'elle ne se prenne dans le fermoir et glisse la chaîne autour de mon cou, puis je m'avance vers le miroir qui jouxte le bureau. Le pendentif est encore plus magnifique porté, le rouge tranche sur ma peau laiteuse. Fascinée, je le touche de la pulpe du doigt.

– C'est de toute beauté.

D'un coup submergée par un trop-plein d'émotions, je me laisse tomber comme une masse sur mon lit. J'aimerais une journée tranquille pour changer, car depuis hier, j'ai la sensation d'être sur des montagnes russes. On m'a inscrite sur un site de rencontres, j'ai dû fouiller toutes les poubelles de la villa, je me retrouve avec un bijou qui pourrait facilement payer six mois de loyer et, pire que tout, je vais devoir remercier M. Bite !

Je ne suis pas prête pour ça.

16

Seth

Ne plus se comporter comme un connard de première a quelque chose de reposant. Je suis plus détendu et mon humeur s'en ressent. S'il y a encore de gros nuages gris qui assombrissent mon ciel, j'aperçois de plus en plus d'éclaircies qui viennent illuminer mes journées, voire de jolis rayons de soleil qui réchauffent mon cœur meurtri. Bien souvent, cela est dû aux rires de mes enfants, à leurs sourires ou tout simplement à leur présence à mes côtés. Cependant, *elle* aussi est en partie responsable de mon nouvel état d'esprit. Si nous ne sommes toujours pas les meilleurs amis du monde – loin de là –, notre relation a pris un tournant bien plus cordial.

Je suppose que mon changement d'attitude a adouci pour beaucoup nos rapports. Il s'est écoulé plusieurs semaines depuis mon séjour en Europe et l'histoire du cadeau-jeté-par-inadvertance-à-la-poubelle. Je n'ai jamais gobé cette excuse. C'est tellement évident qu'elle l'a balancé exprès, sûrement par contrariété ou par vengeance. L'important, c'est qu'elle a regretté son geste au point de grimper dans la benne jusqu'à nager parmi les détritus pour le retrouver.

J'esquisse un sourire à ce souvenir. Cette scène était plutôt épique. Et comique – même si, sur le moment, je me suis gardé de rire.

Bien que mon intention ne dissimulait aucune arrière-pensée sordide, offrir un bijou à une tierce personne reflète une proximité ou une intimité certaine entre les parties concernées. J'étais inquiet qu'elle puisse mal interpréter mon geste et lui donner une signification erronée, telle qu'un désir d'une idylle entre nous, ou alors qu'elle m'étiquette en tant que patron prédateur qui réclame, par le biais de présents, des compensations en nature. Heureusement, mes doutes se sont révélés infondés. Je l'ai compris très vite. Mis à part une légère gêne au départ, elle est restée fidèle à elle-même. Elle n'en a pas fait des caisses non plus, comme je le craignais, et, à vrai dire, même si le bijou orne depuis son cou gracile, elle ne m'a jamais remercié de vive voix. Elle a griffonné un merci sur un papier plié en forme d'avion qu'elle a fait voler jusqu'à moi, puis elle a détalé aussi vite qu'une fusée. C'est bête, mais j'ai trouvé ça trop mignon. D'ailleurs, j'ai conservé son origami digne d'un cours élémentaire ; il est rangé dans le tiroir de mon bureau.

– Monsieur Manning, je vous ressers ? s'impatiente Rosa, sa cuillère suspendue dans les airs.

– Hum ? Ah, oui. Merci.

– Vous êtes dans la lune, dites-moi, aujourd'hui !

– C'est vrai, ça, renchérit Greg. T'es complètement ailleurs. À qui tu pensais avec ce petit sourire en coin ?

– À personne. Et je ne souriais pas.

– Oh, si ! Tu souriais !

– Rappelle-moi ce que tu fiches ici, déjà ? T'as pas un chez-toi ? J'ai l'impression que t'es sans arrêt fourré à la maison depuis quelque temps.

– Tu m'as invité à manger, répond-il fièrement en avalant une bouchée de lasagnes, une des spécialités de notre cuisinière.

Je m'en souviens parfaitement, toutefois, je ne juge pas nécessaire de l'en informer. Puisque Greg était seul ce week-end et que la météo est au beau fixe, je lui ai proposé de se joindre à nous pour le déjeuner du dimanche, à condition qu'il accepte un petit combat de boxe. Cela fait des semaines que je n'ai pas été à la salle m'entraîner, et j'ai besoin d'exercice.

De mauvaise foi, je réponds innocemment :

– J'ai fait ça, moi ?

– Eh ouais… À croire que tu ne peux plus te passer de moi !

Ava lâche un petit gloussement, qu'elle tente de masquer en simulant une toux. Ces deux-là ensemble sont insupportables ! Depuis qu'ils se sont découvert des points communs, ils s'entendent comme larrons en foire, et je suis bien trop souvent le sujet de leurs moqueries.

– Donne le bon exemple à ta nièce et ne parle pas la bouche pleine ! Ça me fera des vacances, en plus.

– Rabat-joie… prononcent en chœur les deux complices du jour.

Je les torpille d'une œillade mauvaise.

Leur connivence m'agace. Fortement.

Si je me suis rapproché d'Ava, il y a, néanmoins, une barrière qui freine notre relation. Au départ, je pensais que cela découlait de notre rapport patron/employée, cependant, j'en suis de moins en moins convaincu. La distance que nous érigeons mutuellement l'un envers l'autre me semble bien plus complexe qu'un statut social. Cette question mériterait d'être creusée plus en profondeur, mais je préfère l'éluder dès qu'elle effleure mon esprit. Il n'y a rien de plus terrifiant que les émotions humaines ; une fois que tu leur donnes le champ libre, elles envahissent ton être, ton corps, tes pensées, jusqu'à marquer ton âme sans aucune possibilité de retour en arrière. Alors, comme à chaque fois que cela se produit et qu'une petite voix me harcèle pour disséquer mes sentiments envers Ava, je la muselle aussitôt. Je suis bien plus tranquille ainsi et en paix avec moi-même.

J'écoute d'une oreille distraite la conversation entre Ava et Greg sur leur passion pour un groupe de chanteurs coréens, dont le nom m'échappe à chaque fois. Si je n'y mets pas un terme de suite, on en a encore pour des heures, alors je gronde :

– Bon, Greg ! Quand tu auras fini de draguer ma gouvernante, on pourra peut-être commencer ce combat de boxe ? Parce qu'à la base, c'est pour cela que tu es venu, j'te rappelle.

Leur discussion cesse aussitôt pour faire place à un silence interloqué.

– T'as mis quoi dans tes lasagnes, Rosa ? Il est tout bizarre, notre Seth, aujourd'hui. Il nous la jouait rêveur romantique, tout à l'heure, et maintenant il nous sort le mode… jaloux ? À mon avis, ce n'est pas l'idée du siècle de boxer avec toi, tu sembles tendu, frère.

– Ne raconte pas n'importe quoi, s'te plaît ! Et puis, jaloux de quoi ?

Les sourcils de Greg se froncent, affichant sa suspicion soudaine.

– Bonne question…

– Les enfants ! Si on allait jouer un peu dehors puisque la météo est agréable ? suggère Ava d'une voix précipitée, en soulevant Gaby de sa chaise.

– On peut faire de la balançoire ? s'enthousiasme ma grenouille.

– Tout ce que tu veux ! Allons-y vite, avant que le temps ne tourne à l'orage.

Nous la regardons s'éclipser telle une voleuse prise en faute. C'est vraiment le truc d'Ava, ça. « Fuite » devrait être son deuxième prénom. Courageuse, mais pas téméraire.

– Arrête de maltraiter ton personnel, Seth. Je croyais que tu avais dépassé ce stade ?

– Mais j'ai rien fait !

– Tu l'as mise mal à l'aise à grogner comme un ours possessif.

Je grogne, comme pour lui donner raison, puis soupire :

– T'en as pas marre de déblatérer des âneries ? D'ailleurs, pourquoi tu prends toujours sa défense ? Y a un truc entre vous dont je ne suis pas au courant ?

– À mon tour de disparaître, murmure Rosa en marchant à reculons vers la réserve.

La tête penchée, Greg m'étudie avec soin. Son éternel et irritant petit sourire belliqueux est suspendu à ses lèvres, comme s'il détenait des réponses que lui seul connaissait.

– Je sais qu'on avait programmé de boxer tous les deux,

mais j'le sens plus trop, d'un coup. J'ai la légère impression que tu n'aspires qu'à me mettre sur la tronche et ça me branche moyen, tu vois. On ferait mieux de se rabattre sur une activité moins dangereuse… Par exemple, s'boire une petite bière ? T'es partant ?

Il n'a pas tout à fait tort. Pour une raison obscure, j'ai envie de me défouler sur lui.

– On en reste au plan initial. Tu ne vas pas te comporter en poltron, si ?

– Euh… bah si, carrément, confirme-t-il sans se soucier le moins du monde de passer pour un lâche. Nan, mais Seth, t'as vu ta carrure aussi ? À ce niveau, je dirais plutôt que je fais preuve de bon sens.

Je rumine.

– Va pour la bière.

***

Ma canette finie, je me sens un peu plus apaisé. Lorsque Greg m'en propose une seconde, je refuse d'un signe de tête.

– Waouh ! Ton voyage en Europe t'a vraiment transformé, dis-moi ! Depuis quand tu résistes à l'appel de l'alcool ?

Je hausse les épaules.

– Je préfère être sobre pour m'occuper des enfants. (Je laisse l'alcool pour mes nuits d'insomnie.) On devrait peut-être les rejoindre, non ? Ça fait un moment qu'ils sont dehors.

– En parlant de rejoindre les petits… il se passe quoi avec Ava ?

– Comment ça ? C'est quoi le rapport avec les enfants ?

– Hum… y en a pas. Je voulais juste lancer le sujet, sourit-il, tout content.

– Il ne se passe rien avec Ava. Fin de la conversation.

Je frappe dans mes mains.

– On y va ?

Tandis que je me redresse, Greg tire sur mon bras pour me rasseoir.

– Sois pas pressé comme ça.

Je me pince les lèvres avant de souffler :

– J'insiste, mais un petit tour sur le ring nous ferait le plus grand bien ! Après deux trois coups, on serait plus sereins.

Il éclate de rire.

– J'en doute pas. Tu meurs tellement d'envie de m'en mettre une que ça transpire par tous tes pores. La question est : pourquoi ? Qu'ai-je fait pour mériter toute cette agressivité ? C'est en lien avec Ava ?

– Pas du tout ! Pourquoi tu la ramènes toujours sur le tapis ? C'est toi qui as un comportement louche avec elle. Elle te plaît ? Tu veux te la faire ? Tu sors avec elle ?

– Et si je réponds par l'affirmative ?

Mes mains se crispent en poings serrés.

Ne pas le frapper. Ne pas le frapper. Ne pas le frapper.

Je siffle, au bord de l'implosion :

– Ne joue pas avec elle ! Qu'est-ce que tu vas foutre avec Ava ?

– C'est un joli petit lot, elle est gentille, marrante, sans prise de tête, pleine d'esp…

– Je sais tout ça ! Sauf que t'es incapable d'entretenir une relation sérieuse plus d'un mois avec une femme. Tu dépéris si tu ne butines pas de fleur en fleur, comme le gros bourdon pervers que tu es.

– Je te signale que la pollinisation est essentielle à la biodiversité de notre planète ! Sans cela, notre écosystème viendrait à s'éteindre. Mon rôle est prépondérant, conclut-il, pince-sans-rire.

– C'est ma gouvernante dont il s'agit ! Il y aura des conséquences… Tu ne peux pas juste…

Mon cœur cogne avec tant de puissance contre mes côtes que ma poitrine se soulève comme lors d'un effort. Je tente de réguler ma respiration afin de calmer mon palpitant, sans grand succès, cependant.

– Qu'est-ce qui te gêne réellement ? Que je m'amuse avec elle ou qu'elle puisse devenir ma petite amie ? Sois honnête, t'es jaloux ?

– Putain, ça n'a rien à voir !

Je hurle à m'en péter les cordes vocales, comme si cela donnait plus de véracité à mes mots.

– Alors pourquoi tu t'emportes autant ? Hein ?

Le sourire de Greg s'élargit. Il sait qu'il a touché un point sensible.

Ma colère retombe comme un soufflé, tandis que je grimace, vaincu :

– T'es vraiment un trou du cul.

Sa bouche s'étire maintenant jusqu'aux oreilles.

– Et toi une petite bite, incapable d'assumer ton *crush*.

– Il n'y a aucune ambiguïté entre Ava et mo…

– … dit celui qui se paluche dix fois par jour en pensant à elle. Oui, oui, oui…

– C'est faux. Je ne fantasme plus du tout sur elle.

– C'est évident. Ta relation avec elle est on ne peut plus platonique et sans aucune arrière-pensée. Tu n'éprouves rien pour elle et tu n'es pas du tout jaloux.

– Tu vois, finalement, on arrive aux mêmes conclusions.

– Tout à fait ! On devrait avoir plus souvent ce genre de conversation à bâtons rompus où on laisse éclater la vérité… sans se voiler la face, sans tabou, sans mensonge. C'est libérateur, tu ne trouves pas ?

Je ricane à son sarcasme.

– Je t'ai assez titillé pour la journée, déclare-t-il ensuite en me tapotant l'épaule. Allons rejoindre ma future femme.

Je le mets en garde :

– Je n'ai pas besoin de gants pour t'en foutre une.

– Je sais.

– Arrête de jouer avec ta vie, alors.

– Désolé.

Il me lance un regard contrit qui dure un quart de seconde avant d'afficher à nouveau un sourire goguenard horripilant.

Greg est un peu comme mon troisième enfant, sauf que celui-ci n'était pas désiré et que je songe de plus en plus à le noyer dans un quelconque étang.

***

Bien qu'ayant effectué le tour de la propriété, Ava et les petits sont introuvables. Fatigué de tournicoter bêtement, je décide de rebrousser chemin. Il est évident qu'ils ne sont plus dehors.

En pénétrant dans le salon d'hiver, je tombe sur un tableau inattendu. Telle Morphée, Ava est assoupie sur le canapé. Gaby et Margot, endormis également, sont tous deux recroquevillés au niveau de ses pieds ainsi que Looki, notre chat. Je reste un instant attendri par la scène, puis décide d'endosser le rôle d'Iris et de la réveiller.

La confusion qui se lit dans ses beaux yeux bleus lorsqu'elle ouvre les paupières me tire un petit rire, vite interrompu par son regard de tueuse.

– Vous ! me menace-t-elle dans une colère sourde en levant un doigt accusateur.

Je n'ai aucune idée de ce qui la chiffonne, mais Ava est remontée comme un coucou.

– Vous ! répète-t-elle, dans un grognement flippant.

Bon, apparemment, je suis l'objet de son énervement. Pour changer…

Cependant, je n'ai pas souvenir de mériter son courroux. Du moins, pas cette fois-ci.

– Vous semblez contrariée. Que se passe-t-il ?

– Vous ! martèle-t-elle en boucle.

Traîner avec Greg déteint sur ma personnalité et me rend aussi railleur que lui. Au lieu d'apaiser la tension naissante, je la provoque, facétieux :

– Moi, quoi ? Soyez un peu plus prolixe, Ava. Vous pouvez y arriver !

Ses narines se dilatent, prêtes à cracher de la fumée.

– Vous m'avez réveillée ! aboie-t-elle en faisant voler une nuée de postillons vers mon visage.

Je recule dans un mouvement de dégoût et m'essuie du revers de la main.

– Le partage de salive, ce n'est pas ainsi que je le conçois.

– Vous m'avez réveillée ! continue-t-elle dans son délire psychotique.

Bien qu'elle chuchote, sa voix d'outre-tombe possède quelque chose d'effrayant.

Les cheveux hirsutes, les yeux exorbités et hagards, les traits tordus par la fureur, elle n'est pas sans me rappeler quelqu'un.

– Effectivement.

– Vous… vous m'avez réveillée !

– Oui, Ava. On a établi ce fait. Je vous ai réveillée.

– Pourquoi ? rugit-elle comme si j'avais commis le pire des crimes.

Oh, putain ! L'Exorciste !

Elle ressemble à la gamine de *L'Exorciste* !

Je me garde de lui confier cette révélation, aussi troublante que comique, et réponds prudemment :

– Parce que vous dormiez, que nous sommes en pleine journée et, je ne sais pas, ça m'a paru la meilleure chose à faire…

Elle se redresse avec délicatesse pour ne pas perturber la sieste des enfants, puis me bouscule d'un coup d'épaule avant de quitter la pièce sans un mot.

Je reste immobile, figé par la stupéfaction.

Il vient de se passer quoi, là ? J'ai forcément loupé un détail qui pourrait justifier cette réaction excessive à mon égard.

J'ai beau me creuser la tête, rien ne me vient à l'esprit. Son attitude est exagérée. Elle est peut-être mignonne, gentille, rafraîchissante, etc., mais elle est quand même bien atteinte.

Je me frotte le menton, en plein dilemme. Je la suis pour lui demander une explication ou je laisse tomber ?

J'observe un instant mes enfants et dispose quelques coussins afin d'anticiper tout risque de chute. Margot n'est pas du genre à avoir le sommeil agité, mais sait-on jamais ; mieux vaut prévenir que guérir. Une fois rassuré, je m'engage à la poursuite de ma gouvernante lunatique.

Quand je parviens devant la porte entrebâillée de sa chambre, une voix féminine, autre que celle d'Ava, résonne dans la pièce. J'en déduis qu'elle est en ligne et que son téléphone est sur haut-parleur. Je m'éloigne sans attendre pour ne pas entraver son intimité. Toutefois, un nom – le mien – prononcé d'un timbre fielleux, m'oblige à revenir sur mes pas.

Intrigué, je tends l'oreille.

– J'ai pas compris. Il a fait quoi ton patron pour t'énerver autant ?

Bonne question ! Moi aussi, j'aimerais savoir…

– Cet idiot m'a réveillée.

On dirait un vieux disque rayé. « Il m'a réveillée, il m'a réveillée. »

– Oui, bah ce n'est pas dramatique, non plus ! tempère son interlocutrice.

Enfin un peu de bon sens !

– Mais tu n'comprends pas ! râle Ava. C'est la première fois que je rêvais de Jungkook ! Il a tout gâché, ce crétin.

Doucement sur les petits noms. Ton patron t'entend, car ton patron… t'espionne.

Ce n'est pas dans mon caractère de me rabaisser à ce genre de pratique, je décide donc d'arrêter là cette intrusion dans sa vie privée.

– C'était un rêve érotique ? pépie son amie, d'un coup survoltée.

J'allais vraiment partir, sauf que cette nouvelle donnée attise ma curiosité. Je me flagellerai plus tard, pour le moment, je choisis de me concentrer pour ne pas perdre une miette de leur conversation.

– Ouiiiiii… se lamente-t-elle dans un gémissement. On en était aux préliminaires.

Mes dents se resserrent tel un étau, faisant craquer ma mâchoire, tandis que les veines de mes avant-bras se dilatent au point de vouloir transpercer ma peau.

Un grognement d'ours roule dans ma gorge, je le ravale aussitôt.

– Waw, waw, waw ! C'est chaud, ça ! Donne-moi un peu plus de détails.

Barre-toi, Seth. Maintenant.

J'amorce un demi-tour lorsque Ava reprend la parole :

– Il a surgi de nulle part pour se poster face à moi. On était dans la rue, mais il y avait un hôtel non loin de là. Bref. Il a planté ses yeux dans les miens… Bordel, tu ne peux pas savoir à quel point c'était intense ! Et son regard ! T'aurais dû voir le regard de Jungkook ! couine Ava, au bord de l'hystérie.

C'est qui ce mec, d'abord ? Une connaissance à elle, un ex, son *crush* ? John Cook… Ce nom ne m'est pas familier.

– Nan, mais Cherryl, un brasier n'est rien de plus qu'un pétard mouillé à côté. Lui, c'est un feu ardent, une putain de bombe atomique ! poursuit-elle, béate.

Cherryl, en revanche, je connais. Si je ne me trompe pas, il s'agit de sa cousine dévergondée qui me criait « M. Bite » au bar, l'autre fois.

– Et après ? l'encourage-t-elle.

– Il m'a demandé l'heure ! exulte Ava, toujours en pleine extase.

– Hein ?

Ava répète :

– Il m'a demandé l'heure !

– OK, mais après ? C'est ce qui s'est passé ensuite qui m'intéresse, s'impatiente sa cousine.

– Bah après, l'autre enfoiré m'a réveillée ! D'où ma frustration ! On allait conclure, putain de merde !

– Comment ça ? s'enquiert Cherryl, qui partage ma perplexité. Il t'a demandé l'heure et… c'est tout ?

– Bah oui ! Puisque l'autre…

– Oui, oui ! la coupe-t-elle. J'ai bien saisi la partie où « l'autre enfoiré t'a réveillée ». (Elle renifle.) Mais, juste un truc qui me… Ils sont où exactement les préliminaires là-dedans ? J'ai l'impression d'avoir manqué un passage.

Moi aussi, Cherryl. Moi aussi.

– Il m'a demandé l'heure… Il faut que je te fasse un dessin ? s'agace Ava.

Sincèrement, moi, je ne suis pas contre, parce que je suis largué, là.

– Et ? l'interroge son amie, autant perdue que moi.

– ET ! s'emporte ma gouvernante, encore sous le coup de la frustration. C'était un code, c'est évident ! Tu sais très bien comment c'est… On te demande l'heure et la minute d'après, tu te retrouves dans une chambre d'hôtel à chevaucher un bel étalon.

Cherryl s'étouffe de rire.

– Mais d'où on fait ça ? Qui fait ça ? rigole-t-elle plus fort. Toi, tu couches avec un mec simplement parce qu'il te demande l'heure ? Rassure-moi, un inconnu ne t'a jamais demandé l'heure, hein ?

– Je ne parle pas d'un inconnu ou d'un mec lambda, je te parle de JUNGKOOK, là. Puis, t'étais pas dans mon rêve, alors tu n'peux pas comprendre. C'est évident qu'on allait finir tout nus, nos corps enlacés. (Elle pousse un long soupir.) Mais Seth a ruiné notre nuit torride.

– T'as sûrement manqué le plus bel orgasme de ta vie…

– Aaaah ! se désole Ava, dépitée. Je ne vais jamais m'en remettre. J'ai fait un rêve sexuel avorté avec Jungkook.

– Sexuel, ce n'est pas le terme que j'aurais employé pour le définir, mais si ça te fait plaisir.

– Première fois avec une idole, en plus, geint-elle de plus belle.

– Hum… mais, tu as déjà rêvé de célébrités, il me semble ?

– Non.

– Si.

– Non.

– Si, si. Rappelle-toi, tu lui roulais des pelles sur un banc public et il avait la main dans ta culotte alors qu'il y avait des enfants autour de vous. Ça, en revanche, c'était bel et bien un rêve érotique. Tordu, mais érotique…

– Tais-toi, la moche.

– C'était avec qui déjà ?

– Ta gueule, j'ai dit. Je vais raccrocher si t'es méchante.

– Rha ! Ça m'agace, je m'en souviens plus !

– Ce cauchemar est dans le dossier le-jour-dont-on-ne-doit-pas-reparler, je te signale ! Donc pourquoi on en parle ?

– Aaaaaah ! Je sais ! Corden, James Corden ! s'exclame Cherryl, hilare et indifférente aux menaces de sa cousine.

– Je te déteste. T'es aussi nulle que mon patron.

– Moi aussi, je t'aim…

– Tu fais quoi ? Tu épies ta gouvernante ? susurre une voix à mon oreille.

J'exécute un saut de ballerine asthmatique qui m'enlève en un instant toute virilité. Le cœur au bord des lèvres, la main à plat sur ma poitrine, je me tourne vers Greg qui vient de me surprendre dans une situation compromettante.

Qu'est-ce qu'il fout encore là, lui ?

Je le tire par la manche de sa chemise pour l'éloigner de la chambre.

– T'es pas encore parti ? Je pensais que t'étais rentré chez toi.

– Comme tu peux le constater, non. Je suis toujours là.

Son regard s'illumine d'une lueur malicieuse.

– Alors, comme ça, tu reluques Ava en cachette ? Petit coquin ! Elle était à poil ?

– Mais non ! Et je n'étais pas en train de la mater.

– Bien sûr. Tu as vu de la lumière, tu t'es donc arrêté, le nez collé à sa porte, dans l'unique but de vérifier que tout allait bien. J'aurais fait pareil.

– Non, toi, tu es un pervers.

– Je crois qu'on peut se serrer la main dans ce cas. Bienvenue au club, frangin !

– Je ne la matais pas. J'étais juste…

Ne souhaitant pas expliquer la raison de ma présence, je laisse ma phrase en suspens.

– Oui ?

– Connard.

Greg se gondole, plié en deux.

– Ose dire après ça que t'as pas des vues sur elle.

Mon silence éloquent rajoute à son divertissement.

– Je suis si ému, déclare-t-il en essuyant une larme.

Cet idiot rit tellement qu'il en pleure.

Tandis qu'il continue de se gausser à mes dépens, je

m'empare de mon Smartphone et tape « John Cook » dans le moteur de recherche. J'aime connaître mes adversaires. Non que je le perçoive comme un concurrent. Je m'en fous. Simple curiosité… Rien de plus.

Mis à part un John Cook né en 1830, je fais chou blanc.

– Tu connais John Cook, toi ?

Je feins la nonchalance, mais Greg n'est pas dupe.

– C'est qui, lui ? Le prince charmant d'Ava ?

Il ne croit pas si bien dire.

– C'est une célébrité dont j'ai vaguement entendu parler par Ava, un jour, mais je ne me remets pas sa tête.

– Une célébrité ? John Cook…

Greg claque sa langue contre son palais, signe de réflexion intense chez lui.

– Jungkook ! s'écrie-t-il.

– C'est ça ! Tu connais ?

– Désolé de t'annoncer que tu ne fais pas le poids contre lui malgré ta belle gueule. C'est son chouchou, un membre de BTS.

– Les chanteurs coréens ?

Il trifouille à son tour sur son téléphone et me montre l'écran.

– C'est lui, là.

– Rien d'extraordinaire. Il est pas mal, mais ressemble à un ado imberbe aux cheveux roses.

– Je te conseille de ne jamais prononcer ces mots devant Ava, au risque de finir émasculé.

Je fais défiler les photos.

– Celui-ci, par contre, il dégage un charisme de fou !

– C'est le même, idiot ! Sur celle-là, il n'a pas la même coiffure, c'est tout.

Ah, oui ! Je n'avais pas fait gaffe ! Bon… OK, il est beau.

Si le style d'Ava penche vers de jolis yeux noirs en amande et des cheveux colorés, je suis d'emblée hors course. Ce constat me déplaît, et je m'agace de ressentir cela.

Merde.

Les paupières closes, je me masse la nuque.

Mon beau-frère, qui vient de remarquer mes traits tirés, m'interroge :

– Soit t'as pas chié depuis des jours, soit t'es en train de te transformer en Hulk. Mais à ta tête, je suis sûr que rien de bon n'en sortira. Qu'est-ce qui t'arrive ?

– Rien.

Je lutte contre cette vague d'agitation qui me submerge. Aussi puissante qu'un tsunami, elle persiste à mettre à nu une vérité déplaisante.

– Accouche, vieux. C'est pas bien de se retenir.

– Y a rien.

– Seth…

D'un coup, j'explose :

– Tu veux savoir ? Tu veux vraiment savoir ? T'avais raison, je suis putain de jaloux, voilà ! Jaloux de ce merdeux de John… Jungkook, jaloux de tous les mecs qui ont l'attention d'Ava quand moi je n'ai que des regards dédaigneux. Putain, je suis même jaloux de toi ! Ça me gonfle de te voir graviter autour d'elle comme si elle était un putain de pot de miel. C'est mon miel, va butiner ailleurs, trouduc !

Je termine ma diatribe à bout de souffle.

– *OH, MY GOSH* ! s'écrie-t-il d'une voix perçante. *OH, MY GOSH* ! C'est formidable !

– Arrête ton cinéma !

– Je suis sincère. C'est formidable.

– C'est une catastrophe, oui.

Une catastrophe que je n'ai plus la force d'éviter, même si je sais qu'elle finira par nous briser…

17

Ava

Mes journées se sont allégées dès que Margot a repris le chemin de l'école élémentaire, ce qui fait que j'ai bien plus de temps pour moi. Les premiers jours, je m'ennuyais sévère à errer seule dans cette grande demeure, surtout pendant les siestes de Gabriel. S'il se réveille à l'aube, en journée, il est du genre marmotte. Il n'est pas rare qu'il roupille presque trois heures. Au départ, durant cette latence, je farnientais en matant des épisodes de *Friends* ou en regardant des *Run*[1] de BTS. Cependant, depuis une quinzaine de jours, j'ai pris la décision de mettre à profit ce temps libre pour quelque chose de plus productif. J'ai ressorti ma machine à coudre et je me suis lancée dans un nouveau défi : créer des vêtements pour enfants. L'idée m'a indirectement été suggérée par Margot. Un jour où elle est rentrée dans ma chambre, ses yeux se sont posés, fascinés, sur la machine. Je lui ai expliqué son fonctionnement, et elle m'a suppliée de lui confectionner une robe de la princesse Belle. Nous avons sélectionné ensemble le tissu, un taffetas de soie doré. Le plus compliqué a été de trouver un compromis concernant le modèle, afin qu'il ne fasse pas trop « déguisement » et qu'elle puisse le porter sans occasion particulière. Notre choix s'est fixé sur une robe en cloche courte, chic mais sans fioritures. Le rendu a été au-delà de mes espérances et les éloges reçus m'ont incitée à continuer dans ce sens. Margot

1. Émission de variétés sur BTS, où les membres de ce groupe réalisent toutes sortes de jeux et de défis rigolos.

a tellement fait fureur dans son école que des mamans ont pris commande pour d'autres modèles.

Et, plus inimaginable encore, Seth est devenu mon premier fan. C'est lui qui m'a le plus encouragée, ne lésinant pas sur les compliments. Avec, toutefois, la condition que je ne quitte jamais mon poste, même lorsque mon succès serait international. Le fait qu'il croie en moi à ce point m'a permis de prendre de l'assurance. Depuis lors, je suis dans un état second, comme si je flottais sur un petit nuage. Je me sens enfin estimée, épanouie.

Néanmoins, il y a une énorme ombre au tableau : Seth Manning lui-même.

Car le revers de la médaille est que je suis une idiote, incapable de séparer travail, amitié et amour. Moi qui m'étais juré d'apprendre de mes erreurs, je me suis malheureusement entichée de mon patron…

J'essaie de me rassurer en me rabâchant que ce n'est qu'un béguin transitoire, dû à cette version inédite de Seth.2 qui sublime sa beauté au-delà de l'imaginable et le pare d'une aura envoûtante qui le rend irrésistible. Malgré tout, je dois lutter sans cesse avec ces sentiments qui m'envahissent en sa présence. Et cela m'est de plus en plus difficile à gérer.

Aujourd'hui plus encore, je vais devoir rester sur mes gardes. Je suis au niveau d'alerte maximum.

J'avais prévu depuis longtemps de m'organiser une petite randonnée au West Rock Ridge State Park, connu pour son incroyable vue panoramique de la côte, afin de changer un peu du décor perpétuel de la maison. Avec un bel anticyclone sur la région toute cette fin de semaine et un congé exceptionnel de trois jours, j'ai trouvé le moment propice pour planifier cette sortie. Seth, de son côté, avait opté pour un samedi cocooning avec les enfants… Bref, tout était pour le mieux.

Puis il a fallu que Greg mette son grain de sel ! Sans son intervention, je ne serais pas au bord de l'apoplexie à l'heure qu'il est.

Tôt ce matin, monsieur a décidé de kidnapper les enfants pour la journée parce qu'il était, je cite, « d'humeur à s'occuper de ses neveux ». Ce genre de fantaisie est assez récurrent chez lui et cela lui prend aussi subitement qu'une grosse commission. En soi, cette initiative n'est pas dérangeante, sauf qu'il a fallu qu'il prononce ensuite une phrase terrible :

« Mais j'y pense, Seth ! Puisque tu es maintenant libre, tu pourrais accompagner Ava ? C'est bien plus fun une randonnée à deux qu'en solo. En plus, tu connais bien le parc, tu lui feras office de guide. »

À ces mots, alors que j'étais en plein concours de grimaces avec Gaby qui finissait de petit-déjeuner, j'ai redressé la tête pour le dévisager sans cacher mon ahurissement. J'allais lui rétorquer que ce n'était pas du tout la peine, quand Seth m'a coupée avec un « Pourquoi pas, oui ! » qui m'a laissée sans voix.

C'était tellement inattendu comme réponse ! Et lorsque j'ai repris mes esprits, l'affaire était conclue, emballée, pesée. J'aurais dû m'interposer, cependant, l'enthousiasme sincère de Seth a absorbé en une fraction de seconde toute envie de rébellion pour ne laisser qu'un bête soupir énamouré.

Maintenant, je suis en apnée. Rien que la pensée d'être en tête à tête avec lui me procure des vertiges. Mon cœur, ce traître, exécute des cabrioles tandis que mon cerveau est bien plus mitigé – signe que je n'ai pas (encore) perdu tout discernement. Néanmoins, je le sais et je le sens, cette clairvoyance qui me retient de tout acte stupide est sur le point de se faire la malle. D'ailleurs, il y a quelques minutes de ça, alors qu'il sortait de la douche avec ses boucles mouillées et indisciplinées qui lui tombaient sur les yeux, j'étais à deux doigts de me mettre à genoux en le conjurant de me prendre sur-le-champ… Et j'exagère à peine ! Parfois, je me fais peur. Très peur.

Le désert sentimental qu'est ma vie depuis ma rupture avec Couilles-molles doit sûrement jouer sur ma santé mentale. Si je n'agis pas au plus vite pour remédier à la situation, je crains le pire.

– Vous êtes prête, Ava ? m'interpelle Seth, me tirant brutalement de mes rêveries.

Je sursaute, un juron au bord des lèvres, avant de lancer un regard circulaire autour de moi. Nos sacs sont prêts. Le panier de garnitures préparées par Rosa est prêt, tout semble OK. Sauf moi. Je ne suis pas PRÊTE !

S'il vous plaît, quiconque entend ma prière, faites que je ne me ridiculise pas devant Seth. Faites que je me comporte en une adulte sensée et raisonnable, faites que mon cœur résiste à cette déferlante de charisme qu'il va devoir affronter, faites que mes sentiments ne m'explosent pas à la figure.

– Ça va ? Vous paraissez tendue, s'inquiète mon patron qui me scrute avec bien trop d'insistance.

Si tu arrêtais de me détailler ainsi, j'irais bien mieux. Je lutte pour garder ma dignité, là !

– Bien sûr ! Je suis super contente de pouvoir visiter ce parc, j'en ai beaucoup entendu parler.

Je tente de paraître désinvolte, cependant, ma voix pincée révèle ma nervosité.

Il penche la tête sur le côté, ce qui lui donne un air bien trop adorable, puis dégaine un sourire en coin qui m'arrache un couinement que je masque aussitôt par un raclement de gorge.

OK, il annonce la couleur : il a décidé de m'achever.

Merde !

– Allons-y dans ce cas, déclare-t-il en saisissant nos affaires.

Dehors, je le questionne lorsque je le vois se diriger vers sa Bugatti Chiron, une sportive aux lignes félines et racées, qu'il ne sort qu'en de rares occasions et dont Lenny m'a détaillé, dans un exposé complet, toutes les caractéristiques. Moteur, puissance, transmission, vitesse, suspensions, carrosserie… tout y est passé ! Je n'ai strictement rien retenu de son charabia, à part un prix exorbitant qui me sustenterait, moi et ma descendance, pour une vie entière.

– Lenny ne nous conduit pas ?

– Je n'en voyais pas la nécessité, non. Et puis, ça fait longtemps que je n'ai pas fait gronder le moteur de ce petit bijou.

Je sais que Seth a une fortune colossale, néanmoins, il n'est pas du genre à en faire étalage et vit plutôt chichement. Le seul signe ostentatoire qu'il possède, hormis la villa héritée de ses parents, est cette sublime voiture.

Pourquoi mon débile de cœur s'excite-t-il ainsi ? Calme, on reste calme.

Je mets ma minicrise de tachycardie sur le compte de ce superbe bolide, aussi époustouflant qu'intimidant. Jamais je n'aurais espéré pouvoir un jour monter dedans.

Tandis que je prends place sur le siège, je prie pour la paix de mes intestins. Ces derniers ont flairé mon agitation et frétillent déjà à l'idée de foirer mon rencard.

Mon quoi ?! Non, non, non, ce n'est pas un rencard ! Même si ça y ressemble, CE N'EST PAS UN RENCARD ! Ne t'égare pas sur ce chemin, Ava !

J'inspire et expire lentement.

– Je suis un arbre dont les branches centenaires me protègent.

– Hum ? s'étonne Seth en grimpant à son tour dans la voiture.

Mal à l'aise, je tente de me détendre en amorçant la conversation.

– C'est un sacré engin que vous avez là !

Cette phrase, lancée innocemment, me ramène quelques mois plus tôt où, face à un autre type d'engin, j'avais totalement perdu pied.

À son sourire coquin, je me demande si lui aussi se souvient de ce moment.

Afin de ne pas dériver vers ce terrain dangereux, je poursuis, fière de lui montrer mes connaissances :

– Il n'y a pas à dire, les marques allemandes sont les meilleures.

– Hum… Sauf que Bugatti, c'est français.

Je plisse le nez. La France et l'Allemagne ne sont décidément pas mes amies.

– Allemagne, France, c'est pareil. C'est le même continent, on ne va pas chipoter.

Seth éclate de rire.

– Si tu veux.

Si sa réponse paraît anodine de prime abord, la familiarité employée ne l'est pas. Bien qu'il n'ait sûrement pas réalisé ce changement, l'effet sur moi est instantané. D'apparence, je semble inerte, mais à l'intérieur, tous mes organes s'élancent dans un pogo improvisé.

Concentré sur la route, Seth ne remarque pas mon émoi.

– Tu veux qu'on mette de la musique ?

Il a réitéré ! Où est passé le ton qu'il utilise habituellement ? Deux fois, en si peu de temps, ça ne peut pas être une erreur.

Ne sachant comment réagir, je reste un instant les yeux plongés dans le vide.

– Ava, tu veux qu'on mette de la musique ? répète-t-il en me tapotant le flanc.

Incertaine, je reprends timidement ses mots :

– Si tu veux.

Le sourire qu'il me renvoie est si éblouissant que je ne serais pas étonnée qu'il illumine à des kilomètres à la ronde.

OK, nous venons de franchir une nouvelle étape dans notre relation.

J'essuie mes mains moites sur mon jean et m'exhorte au calme.

Ce n'est toujours pas un rencard, ma vieille ! N'oublie pas sa réflexion « Je n'ai aucun désir charnel pour vous », un message limpide. Alors ne te fais surtout pas de films. CE N'EST PAS UN PUTAIN DE RENCARD ! Rentre-toi ça dans le crâne.

Tandis que je bataille avec moi-même pour garder la tête froide, la mélodie de « Born Singer »[2], l'une de mes chansons préférées, me ramène sur terre. Un hoquet interrompt le rap incisif de Suga lorsque je réalise ce qui se diffuse dans l'habitacle.

---

2. Oui, c'est encore du BTS, comme toutes les chansons citées dans ce livre :)) Si d'ici la fin de ce roman, vous ne devenez pas Army, je ne peux plus rien pour vous…

– Co… Com…

La confusion bloque mes mots et m'empêche de m'exprimer correctement.

Seth, ayant deviné l'objet de ma stupeur, rit face à ma mine éberluée.

– C'est Greg qui m'a préparé cette playlist, m'explique-t-il le plus naturellement du monde, comme si tout ceci était normal. Tu aimes ?

Je déglutis tandis qu'une volée de papillons secoue ma poitrine.

– Euh… oui. J'adore.

Je savais que ce rencard…

Non, que ce rendez-vous…

NON ! Que cette sortie s'annonçait ardue. Cependant, j'étais loin du compte.

***

Après presque trente minutes d'une tension insoutenable dont je suis la seule à subir les effets, nous voici enfin sur les lieux. L'aire de stationnement est située près du magnifique lac Wintergreen.

Alors que nous marchons le long de la rive, nos sacs sur le dos, mon souffle se coupe un instant devant la beauté du site. Le soleil qui plonge ses rayons dans le gris du lac habille celui-ci d'une nappe scintillante par endroits, tandis qu'à d'autres, il semble jouer à cache-cache avec l'ombre des feuillages et dessine sur sa surface des formes étranges et fascinantes.

– Prête à souffrir ? me taquine Seth en désignant du doigt le West Rock qui se dresse devant nous tel un monstre gigantesque.

Je croasse, plus très sûre de vouloir grimper jusqu'au sommet :

– Je ne le voyais pas si… imposant !

– Tu te dégonfles ?

– Du tout !

J'ai parlé d'un ton vif, piquée par ma fierté. Le sourcil

arqué, mon patron me dévisage avec un mélange de moquerie et de suspicion qui m'incite à compléter mon propos.

– Je crains toutefois que la descente ne se termine en roulé-boulé…

Seth s'esclaffe, d'un rire doux et plein de chaleur.

– Il y a seulement cinq kilomètres pour atteindre le sommet et le dénivelé est modéré. Il est facilement accessible, même pour les débutants.

– Oui, bien sûr. Cinq kilomètres, c'est rien ! dis-je, sarcastique. Ça n'en fait que dix, aller-retour…

Je fais craquer mes épaules dans un mouvement de rotation.

– Une formalité !

Je pousse un petit cri de guerre.

– Hou ! Je suis chaude, là ! On y va ? Avant que je ne retourne en courant vers la voiture… marmonné-je.

Il glousse plus fort, avant de saisir la manche de ma veste pour m'entraîner à sa suite.

– Allez, courage, soldat !

Un temps interminable plus tard, je suis au bout du bout de ma vie. Je jurerais que cela fait plus d'une heure que Seth m'affirme qu'on est « bientôt arrivés ». Sauf que le sentier continue, encore et toujours. Je suis tellement fatiguée que je ne parviens même plus à savourer le paysage. Mes pieds me font mal, mes mollets sont en feu. Je n'ai jamais autant marché depuis… Je n'ai jamais autant marché, tout court.

– Un dernier effort, on y est presque.

D'une œillade, je l'intime au silence.

– Si tu prononces encore une fois cette phrase, je vais vraiment commettre un meur…

– Je ne mens pas. On y est, regarde !

Je ravale ma morgue en examinant les alentours. Il a raison, nous y sommes enfin.

Harassée et sur le point de m'écrouler, je laisse échapper un mugissement plaintif.

– On dirait une vache sur le point de mettre bas, raille dans sa barbe mon enfoiré de boss, qui se gausse à mes dépens depuis le début de notre ascension.

Il a chuchoté, mais je l'ai très bien entendu ! Il a de la chance que je doive me concentrer pour respirer, sinon je lui aurais envoyé une pique bien sentie. Pour le moment, j'essaie juste de ne pas vomir sur mes baskets.

– Allez, maintenant la récompense. Viens voir ça ! m'encourage-t-il d'une poussée dans le dos.

Je traîne la patte, mais obtempère en bougonnant.

Très vite, cependant, mes protestations se tarissent. Le décor est si époustouflant qu'il se passe de tout commentaire. Perchés à plusieurs mètres de hauteur, on réalise la grandeur de la nature. Nous, humains, ne sommes que de misérables insectes en comparaison de l'immensité de ce qui nous entoure. Un paysage qui rend humbles et révérencieux. Selon l'orientation, nous distinguons la ville de New Haven ainsi que le détroit de Long Island. Vers l'est s'étend le lac Wintergreen, à l'ouest le lac Dawson ainsi qu'un autre lac dont j'ignore le nom.

Dans un silence quasi religieux, nous admirons cette vue imprenable sur notre environnement. Bien que subjuguée par ce cadre majestueux, j'ai une perception accrue de la présence de Seth à mes côtés. Nous nous tenons si près l'un de l'autre que nos épaules se frôlent. J'aimerais croire que la beauté qui s'étale devant mes yeux est la raison de mon trouble, toutefois, je ne suis pas aussi naïve.

– C'est magnifique !

En soufflant cette exclamation d'une voix nouée par l'émotion, je me remémore un passage d'un drama coréen où l'héroïne, émerveillée par un feu d'artifice, prononçait ces mots et le héros murmurait, en l'observant elle et non le ciel : « Magnifique, oui ! »

Cliché à mort, mais tellement mignon. Rha ! Je rêverais que mon M. Bite ait à cet instant la même réplique à la bouche !

Dans un espoir idiot, j'attends sa réaction. Seul le vent me répond en fouettant mon visage d'un air frais qui me procure un frisson.

J'insiste, désireuse d'être moi aussi l'espace d'une seconde l'héroïne d'un drama :

– C'est MAGNIFIQUE !

– Oui.

Fais un effort, bordel !

Je claque ma langue contre mon palais en signe de mécontentement et le foudroie d'une œillade peu amène.

Seth ne me prête aucune attention. Les yeux rivés au loin, il a l'air hors de ce monde, totalement déconnecté. Ainsi figé, les cheveux balayés par la brise et le regard fixe, il a la magnificence d'un dieu grec, énigmatique et envoûtant.

À quoi peut-il penser, la mine si concentrée ? Certainement pas à la personne qui rêve de se lover contre son flanc.

Je soupire, dépitée. Tant pis pour ma scène romantique…

– Vraiment magnifique ! s'exclame-t-il après coup en sortant de sa léthargie.

Pfff, c'est trop tard maintenant, trouduc !

– Ça va ? me questionne-t-il face à la grimace que je ne peux réprimer. Tu as faim ?

On va dire ça…

– Oui. Toute cette marche m'a ouvert l'appétit, pas toi ?

– On reste encore un peu, puis on redescend doucement pour trouver un coin sympa où manger. Ça te convient ?

– OK !

Au fil des minutes, ma nervosité se dissipe et me permet d'apprécier pleinement ce moment hors du temps. La compagnie de mon patron est en réalité beaucoup moins étrange que je le pensais. Si mon cœur continue ses embardées, je suis toutefois plus à l'aise. J'ai la sensation d'être avec un pote et non plus mon supérieur. Un pote sur lequel je *crushe* alors que celui-ci m'a *friendzonée* de manière très explicite. Tout moi…

Je suis douée pour pas mal de choses, comme la couture, m'occuper des enfants et… sûrement d'autres trucs qui ne me viennent pas à l'esprit dans l'immédiat. Mais je sais que je possède de nombreuses qualités. Cependant, s'il y en a une que je n'ai pas, c'est la capacité à garder la tête froide quand il s'agit de mes relations amoureuses. Dès que mes sentiments interviennent, je perds toute prudence. Mon premier béguin était un petit morveux qui n'a pas trouvé mieux que de m'humilier en baissant ma jupe devant toute la classe. C'était en cours élémentaire. S'en est suivi un défilé de crétins dont je me suis éprise, sans aucun discernement. Couilles-molles étant le dernier en date. Le seul garçon sympa, mignon et adorable dont je me suis entichée et qui ne rentrait pas dans la liste des connards était gay. Autant dire qu'en amour, je suis la reine des cruches. Je ne devrais donc pas être étonnée d'en pincer pour mon patron, c'est même plutôt logique lorsqu'on me connaît. J'évolue, je grandis, je mûris… excepté dans ce domaine.

Contre toute attente, la descente est un jeu d'enfant, si bien que je fais ma pipelette tout le long du chemin du retour. Depuis que Seth a instauré cette camaraderie entre nous, je me sens bien plus à l'aise pour communiquer. Le pauvre s'en mord probablement les doigts. Je dois le gaver avec mon bavardage intempestif. Lorsque je constate que je pépie non-stop, je m'excuse avec un petit rire gêné.

– Désolée… Je parle trop, hein ?

– Non, ça me plaît.

Je viens de lui conter toutes les péripéties de mon enfance jusqu'à aujourd'hui : mes anecdotes familiales, mes amis, mes réussites et échecs scolaires, mes amours avortés, mes jobs bien souvent désastreux. Il a même eu droit à un organigramme de mon arbre généalogique. Je ne vois pas comment cela pourrait l'intéresser.

– Tu possèdes une volonté et une persévérance incroyables, poursuit-il d'une voix admirative.

Je fronce les sourcils. Ce n'est pas le premier à me déclarer ça. Mon frère me l'a seriné maintes et maintes fois. Mais cela me surprend toujours que l'on puisse me percevoir ainsi. Moi, je le formulerais autrement : je suis une poisseuse qui commet mauvais choix sur mauvais choix. De plus, si j'ai effectivement su me relever après chaque embûche, cela n'a pas été sans difficulté. De nombreuses larmes ont coulé et de nombreuses tablettes de chocolat ont été englouties.

Je frotte mes mains l'une contre l'autre pour me donner de la constance.

– Bref ! À toi ? Que cache Seth Manning ?

Mon patron se prête au jeu sans sourciller. Ainsi, j'apprends qu'il est fils unique, que ses parents sont décédés à un mois d'intervalle, tous les deux de maladie. Qu'enfant, il était plutôt du genre intello, et même s'il était très populaire au lycée (essentiellement dû à sa fortune, selon lui), on le cataloguait, à tort, comme étant quelqu'un de froid et de snob alors qu'il était, et est toujours, introverti. Il m'explique ensuite la création de son entreprise, son expansion ainsi que les difficultés qu'il a dû surmonter avant de s'implanter sur le marché mondial, puis il termine par ce qui lui tient le plus à cœur : la naissance de ses enfants et l'amour infini qu'il leur porte.

Le seul point qu'il n'aborde pas : sa femme. Ou sa défunte femme ? Ou son ex-femme ? Elle est plus taboue encore que Voldemort ! Tout le monde évite sciemment ce sujet. Même Margot, du haut de ses 6 ans, refuse de parler de sa maman parce que « cela rend papa triste ». Pauvre chérie.

J'ai un milliard de questions qui me taraudent. Malgré cela, moi aussi je les tais. Peut-être se confiera-t-il lorsqu'il sera prêt. Je ne vais pas le brusquer dès notre premier rencard.

NON, PAS RENCARD !

Je roule des yeux, accablée par ma stupidité. Plus je le découvre, plus nous nous *rapprochons*, plus mon imagination s'égare dans un délire amoureux dont je suis l'unique instigatrice. J'analyse le moindre de ses gestes, la moindre réaction de sa part qui pourrait démontrer l'intérêt qu'il me témoigne… Avec, évidemment, cette fausse impression que notre attirance est réciproque. Bientôt, je ne pourrai plus distinguer mes divagations mentales de la réalité. « Prendre ses rêves pour la réalité », un proverbe qui me va à merveille.

En chemin, nous nous arrêtons sur une petite aire de pique-nique. Elle est abritée du regard des passants par de grands arbres et la vue sur le lac en contrebas nous plonge dans un décor féerique.

Intimité et romantisme, de quoi alimenter mon désordre émotionnel…

Au lieu de prendre place face à moi, Seth s'assoit sur mon banc. Aussitôt, la température grimpe de trente degrés. Je ne sais pas ce qu'il y a de pire : la chaleur de son corps près du mien, sentir l'effluve de son parfum ou être enveloppée par son aura magnétique qui m'oblige à prendre conscience de sa présence. Combien de temps vais-je pouvoir résister à ce supplice doux-amer ? Alors, pour ne pas sombrer, je suis de nouveau prise de diarrhée verbale. J'avale une bouchée de je ne sais quoi, je bavasse, j'avale une autre bouchée et reprends mon palabre, et ainsi de suite.

Lorsque la journée s'achève et que nous revenons à la voiture, je suis incapable de me souvenir ni de ce que j'ai mangé, ni de quoi j'ai parlé. Je suis comme anesthésiée. Ivre sans avoir bu.

Shootée, non pas à la coke, mais à Seth Manning, la drogue la plus puissante du monde !

C'est dans ce brouillard cotonneux que je prends conscience de ma situation.

Je suis fichue. Je suis complètement fichue !

Il ne me reste plus qu'une solution…

Et je frémis rien qu'à l'envisager.

18

Seth

Depuis notre escapade d'hier au West Rock, je suis comme un lion en cage. Je tourne en rond en soufflant, avec cette sensation pénible d'avoir loupé le coche.

Maintenant, je vais devoir me justifier auprès de mon beau-frère, qui sera là d'une minute à l'autre pour que je lui rende des comptes.

Je passe une main nerveuse dans mes cheveux.

Obligé, il va se foutre de ma gueule. Or, je ne suis pas d'humeur à supporter ses moqueries… Je suis rarement d'humeur à supporter ses moqueries. Je me sens déjà assez pitoyable comme ça.

– Seth ? Où tu te caches ?

Merde, le voilà !

Comme à son habitude, Greg pénètre chez moi sans s'être annoncé au préalable.

– Il faudra que tu m'expliques un jour comment tu passes la sécurité.

Sans être une forteresse, la villa est protégée par un immense portail en fer et de hauts murs délimitent toute la propriété. À moins d'être un ninja, sans clé magnétique, je ne vois pas comment il…

– Tu as une clé ?!

– Oh, oh, oh ! Pourquoi tant d'agressivité ? Ce n'est pas le sujet d'aujourd'hui. Ne nous dispersons pas et allons à l'essentiel : toi et Ava.

– Ne crois pas que tu vas t'en tirer à si bon compte ! Rends-moi…

– Et toi, n'essaie pas de noyer le poisson en digression puérile. J'espère pour toi que tu as plein de choses salaces à me raconter. Est-ce qu'enfin ton petit zizi est sorti de son caleçon en quête de contrées humides et chaudes ? A-t-il trouvé le chemin de la grotte d'A…

Je plaque une main sur sa bouche pour le museler, ce qui malheureusement ne le dissuade pas de poursuivre.

– À choins que tu aies fréféré son chi cul ?

Affolé, je scrute les alentours, inquiet que quelqu'un puisse surprendre cette conversation.

– Stop ! Pas un mot de plus ! T'es qu'un gros dégueulasse.

– C'est la nature, frangin. L'abstinence te rend plus prude qu'une pucelle.

– Non, t'es un pervers. Y a des enfants dans cette maison, je te rappelle. Puis même s'il s'était passé quelque chose, je n'irais jamais te rapporter ce genre de détails intimes. T'es pas net, toi !

– Donc, il ne s'est rien passé ! T'es vraiment une plaie ! J'espère au moins que tu l'as emballée.

Ses yeux se plissent à la recherche d'un signe qui le mettrait sur la voie.

– Rassure-moi, tu l'as bien embrassée ? Vos langues ont fait connaissance, hein ?

Je soupire.

– Bordel, Seth ! Tu déconnes ? Mais qu'est-ce que t'as foutu ? Je te l'ai servie sur un plateau d'argent, t'avais plus qu'à la serrer ! La musique, le cadre romantique, tout y était !

Je maugrée :

– Oui, bah parfois, tout ne se déroule pas comme prévu.

– Elle t'a repoussé ?

– Elle n'en a pas eu l'occasion. Je n'ai pas réussi à trouver le moment idéal pour…

– Tu t'es dégonflé ! conclut-il.

– On peut l'interpréter ainsi, mais c'est plus complexe que ça.

– T'es une poule mouillée, oui ! Tes enfants m'ont pris pour un cheval toute la journée d'hier, Margot me tapait les fesses avec un bâton pour que j'avance et Gab réclamait, à grands cris, des hennissements ! Tout ça pour quoi ? Hein ? J'en ai chopé des bleus aux genoux, bordel ! Et là, tu es en train de me dire que j'ai fait ça pour rien ? Où sont-ils d'ailleurs, ces morveux ?

– Ma grenouille apprend à cuisiner des tartes avec Rosa et mon petit monstre fait la sieste. Et non, tu n'as pas fait ça pour rien, puisque les enfants sont ravis d'avoir passé la journée avec leur tonton. Ils se sont éclatés.

– Oui, bah ils peuvent ! Mais je te rappelle qu'on avait un plan ! Et ce plan incluait un rapprochement entre toi et Ava.

– Mais on s'est rapprochés ! On a beaucoup discuté, c'était vraiment cool.

– « On a beaucoup discuté. C'était vraiment cool », me singe-t-il en grimaçant. T'as 12 ans ou bien ? Le rapprochement devait être PHYSIQUE !

– Il faut bien commencer par le commencement. C'est un début.

– T'es désespérant ! C'est pas toi qui m'avais certifié qu'elle en pinçait pour toi ? Tu t'es surestimé, mon pote, elle te calcule pas du tout.

– Je ne suis pas un pro de la drague, je le concède, mais je suis encore capable de distinguer lorsqu'une femme est intéressée ou pas. Elle me kiffe, c'est certain.

– Ah ouais ? Vous avez passé plus de trois heures en tête à tête. Pendant tout ce temps, t'as pas eu une seule opportunité ?

– Il faut croire…

– C'est bon, tu m'as gavé ! Je vais aller prendre la température du côté d'Ava, histoire de jauger si tu as complètement foiré ton rencard ou pas. Elle est où ?

– D'après Antonio, elle est partie rendre visite à Helen. Elle m'esquive depuis hier. Par contre, tu restes discret, hein ? Sois subtil, pour une fois.

Greg grogne son approbation et quitte la pièce en m'intimant de l'attendre.

Je profite de cette brève accalmie pour me remémorer les moments où j'ai vainement tenté un contact plus poussé.

Tout avait pourtant bien commencé. Comme lorsque je dois gérer un gros dossier, j'ai passé toute la soirée du vendredi à étudier mes notes à propos d'Ava. Greg m'avait briefé plus tôt dans la semaine sur ce qu'elle aimait, et nous avions convenu qu'il viendrait le jour J pour récupérer les petits afin de me laisser le champ libre. Ainsi, je savais qu'elle était archi fan de Rachel et plus généralement de *Friends*. Les sitcoms, je connais, je n'ai donc pas eu à me renseigner sur le sujet. Concernant BTS, en revanche, j'étais largué. J'ai consacré un bon moment à essayer de les identifier, à retenir les titres de leurs chansons, de leurs albums, etc. Je me suis limité à l'essentiel, car il y a tellement de choses sur eux que j'ai vite été perdu. J'ai maté des MV, des documentaires, des interviews… Même si c'était plutôt intéressant, c'était aussi harassant de devoir tout enregistrer en si peu de temps. Le long du trajet vers le parc, j'étais encore à réviser mentalement leurs noms : Kim Namjoon, Kim Seokjin, Min Yoongi, Jung Hoseok, Park Jimin, Kim Taehyung, Jeon Jungkook, BTS.

Lorsque j'ai lancé la playlist concoctée par Greg, je voulais lui montrer un peu l'étendue de mes connaissances, cependant, les mots sont restés coincés dans ma gorge. Je me sentais ridicule, tant c'était peu naturel. D'autant plus qu'Ava paraissait complètement hermétique, enfermée dans sa bulle.

Durant l'ascension du West Rock, l'ambiance, là non plus, n'était pas franchement au bavardage. J'étais plus soucieux qu'Ava ne fasse une syncope que de lancer la conversation. Elle a commencé à faiblir dès le deuxième kilomètre. Endurance : zéro pointé ! Je me demande si je ne devrais pas lui proposer quelques petits exercices de remise en forme. On pourrait s'organiser une séance de footing chaque dimanche matin autour de la propriété. Je vais creuser l'idée mais cela me paraît pas mal. Bref.

Quand nous sommes parvenus au sommet, la conjoncture me semblait enfin optimale. Le cadre était à couper le souffle. Nous nous tenions si près l'un de l'autre que tout mon corps vibrait. J'étais pressé de l'enlacer. Après quelques minutes de méditation pour définir la façon dont je devais m'y prendre, j'ai décidé de foncer sans plus réfléchir. C'était le moment ! Néanmoins, quand je me suis tourné vers elle pour entamer une approche, sa mine renfrognée a stoppé net mon élan.

Le retour, bien que très jovial, était dans le *mood* des confidences entre amis, et je me voyais mal interrompre notre échange (et notre marche) pour la surprendre d'un baiser. Cela aurait été malvenu et inapproprié.

Malgré tout, je n'étais pas inquiet, j'avais encore un atout dans ma manche. Dès qu'Ava m'a informé qu'elle avait l'intention d'aller au West Rock ce week-end, le projet de l'accompagner a germé dans mon esprit. Avec l'aide de Greg, nous avons fomenté tout un scénario et, mercredi dernier, j'ai pris mon après-midi spécialement pour faire le repérage des lieux. J'ai déniché un magnifique petit endroit, isolé de tout et bénéficiant d'une vue incroyable sur le lac Wintergreen. C'est ainsi que, l'air de rien, je lui ai proposé qu'on s'installe dans ce petit coin de paradis.

Ava était nerveuse, fébrile. Les joues rougies par la gêne, elle n'arrêtait pas de frotter ses mains ou de jouer avec ses cheveux. Toutefois, je la sentais aussi réceptive. Dès qu'elle pensait que je ne l'observais pas, je devinais ses yeux braqués sur moi. Elle me bouffait littéralement du regard. C'était tellement flagrant.

Alors, j'ai amorcé une approche et je me suis assis près d'elle, ma main posée sur le banc à quelques millimètres à peine de la sienne. Je n'avais qu'à tendre légèrement le pouce pour venir caresser sa peau laiteuse. Et c'est ce que j'allais faire. Tâter le terrain en lui saisissant d'abord la main. Sauf qu'une fois encore, rien ne s'est déroulé comme prévu. Dès lors où je me suis installé à ses côtés, l'atmosphère s'est soudain transformée : Ava est devenue quasi hystérique, comme si une mouche l'avait piquée. Une vraie pile électrique. Elle était si survoltée que je ne pouvais pas en placer une. D'ailleurs, elle s'en fichait, elle parlait sans discontinuer et de façon si décousue qu'il était impossible de saisir le sens de ses paroles. Son comportement était déroutant et je savais que j'en étais la cause. Ce que j'ignorais, en revanche, c'était si ce malaise était dû au fait qu'elle soit troublée, excitée par ma présence, ou vraiment incommodée. En envahissant son espace, j'ai engendré cette réaction imprévue, ce qui a aussitôt freiné toute initiative de ma part.

De retour à la voiture, j'étais dépité. Tellement déçu de ne pas être parvenu ne serait-ce qu'à lui prendre la main. J'ai même songé à me garer n'importe où lors du trajet pour l'embrasser, mais à peine étions-nous sortis du parking qu'Ava dormait comme une souche, brisant au passage mon dernier espoir.

En conclusion : les éléments étaient contre moi.

Après, tout n'est pas perdu ; je suis sûr que même son Jungkook, elle ne le regarde pas comme elle me regarde, moi.

Mon analyse terminée, je redresse la tête et croise le visage furibond de Greg qui, telle une apparition cauchemardesque, se tient immobile dans l'encadrement de la porte et me mitraille de ses petits yeux vicieux.

En deux enjambées, il se positionne face à moi, les poings sur la table.

Mon répit est fini, la tempête est de retour, et elle s'annonce plus violente que jamais.

– Bordel, mais qu'est-ce que t'as foutu, mon couillon ? braille-t-il comme un fou furieux.

Son souffle est court, ses traits sont déformés par la colère et sa respiration est chaotique.

Habitué à son comportement excessif de drama queen, je lui réponds platement :

– Je n'ai pas bougé d'ici…

– Avec Ava, hier ! Tu lui as fait quoi, connard ?

Mon cœur loupe un battement à son nom, néanmoins, je me ressaisis aussitôt.

– Rien. Tu sais bien que je ne lui ai rien fait, justement.

– Ah ouais ? Alors pourquoi elle vient d'annoncer à Helen qu'elle a accepté un rendez-vous avec un putain d'inconnu ? Vas-y, explique !

– QUOI ?

C'est un tel choc que j'en tombe presque de ma chaise. Mon sang pulse dans mes veines tandis que je déglutis, la bouche soudainement sèche.

– « Elle me kiffe, c'est certain. » Triple buse ! Elle te déteste, oui ! Tu l'as carrément poussée dans les bras d'un autre ! J'en reviens pas ! T'es un champion, vraiment ! raille-t-il, caustique, en m'applaudissant.

Abasourdi, je reste sans voix. Les coudes sur la table et la tête entre les mains, j'essaie d'encaisser la nouvelle. Je ne comprends rien. Je ne pige ABSOLUMENT plus rien. Certes, Ava avait un comportement étrange quand nous nous sommes posés pour manger, mais avant cela, on s'entendait bien. Il y avait un vrai feeling entre nous. Puis ses regards, je ne les ai pas inventés !

Quelque chose m'échappe.

Cette fille va me rendre dingue ! Pourquoi faut-il qu'elle soit aussi imprévisible ? Elle ne pourrait pas, juste une fois, agir comme je m'y attends ?

Les doigts crispés dans mes cheveux, je tire dessus sous l'effet de la frustration.

Lorsque je sors de mon mutisme, j'aboie d'une voix grondante :

– Où ? À quelle heure ? Avec qui ? Et quand ?

– Ce que je vais t'annoncer ne va pas te plaire.

– J'm'en fous ! Dis !

– La première chose qu'elle a faite en rentrant hier soir, c'est d'aller sur je ne sais quel site de rencontres où sa cousine l'a inscrite pour se dégoter un rencard.

– Putain !

– Je t'avais prévenu… Heureusement pour toi, j'ai réussi à lui tirer les vers du nez. Note ! Demain, quatorze heures au Pistachio Cafe, sur Whalley Avenue. Elle a déjà vu sa photo. C'est un étudiant en troisième cycle à Yale, un blondinet de deux ans son cadet. Il portera une veste noire et un sweat à capuche estampillé au nom de l'université. Ava mettra sa parka rouge, une jupe et son chemisier blanc avec la grosse fleur moche dessus. Son choix vestimentaire laisse à désirer, si tu veux mon avis. Elle aurait pu trouver mieux… Mais bon!

– Elle travaille demain. Si elle croit qu'elle peut s'absenter pour flirter avec un gamin boutonneux, elle se trompe lourdement.

– Non, elle est aussi de repos, me corrige Greg. Tu lui as donné un congé de trois jours, ce qui inclut le lundi.

Rha ! Oui, merde ! Fait chier !

Mes doigts se resserrent autour de mes cheveux.

– Alors, qu'est-ce que tu comptes faire maintenant, monsieur Elle-me-kiffe-c'est-certain ?

– Je ne sais p…

– Biiiip ! Mauvaise réponse ! Tu vas y aller, toi aussi, voilà ce que tu vas faire ! Tu vas y aller et la récupérer ! Parce qu'il est hors de question qu'un ado qui n'a même pas encore de poils au cul te vole ta meuf.

– Ava n'est pas ma meuf.

– Ça ne tient qu'à toi de modifier ce détail. Si tu es si sûr de toi quand tu affirmes qu'elle te kiffe, vas-y, bouge-toi le fion ! Parce que, après, il sera trop tard.

Greg est peut-être cru dans ses paroles, mais il a raison. Si je ne veux pas la perdre, je dois agir, et vite.

Demain, quatorze heures au Pistachio Cafe, sonnera le début ou la fin de notre relation.

***

Le lendemain, je suis sur le pied de guerre. Je n'ai pas fermé l'œil de la nuit, néanmoins, l'adrénaline qui court dans mes veines me permet de rester éveillé. L'envie de boire un verre d'alcool me démange, malgré cela je résiste ; la situation requiert toute ma lucidité.

Pour commencer, je dois libérer mon emploi du temps. Margot est à l'école jusqu'à quinze heures trente. En raison du repos d'Ava, j'ai moi aussi pris un congé pour la journée. Toutefois, avec ces derniers événements, j'ai besoin de disposer de quelques heures sans mon fils.

Je prie pour qu'Helen soit ma sauveuse. Si elle adore les enfants, avec la vieillesse, elle craint de ne plus être capable de les gérer correctement, surtout mon petit monstre qui court et crapahute partout, un vrai filou. C'est pourquoi, lorsque je l'appelle – dorénavant, je privilégie cette méthode plutôt que de passer à l'improviste – et lui explique brièvement la situation, je m'attends à un refus. Néanmoins, mon ancienne gouvernante accepte aussitôt, sans même réclamer plus d'éclaircissements. Je m'en étonne un instant, puis hausse les épaules. Qu'importe sa motivation, cela m'arrange. Avant de raccrocher, je lui précise que je le déposerai vers treize heures trente et lui promets d'être rapide afin de ne pas accaparer tout son après-midi. Si je vise large, en deux heures, ce sera réglé, quelle que soit l'issue.

Maintenant, il faut que j'établisse un mode opératoire. Je ne peux pas débouler à son rencard sans, au minimum, une esquisse de plan. Et c'est là que ça coince. Je n'ai aucune idée sur la façon dont je dois m'y prendre. Même Greg, à part m'ordonner de foncer là-bas, est resté abstrait sur la manière de procéder. « Vas-y ! » Je veux bien, oui, mais une fois sur place, je fais quoi ? J'interviens comme un gros lourdingue en m'imposant pendant son rencard ? Je jure de me trouver là « par pure coïncidence » et j'en profite pour m'inviter à leur table ? Je me mets dans la peau du grand frère protecteur, du petit ami bafoué, du patron soucieux ?

Cette histoire est un vrai casse-tête. Aucune de ces solutions ne me convient. Elles sont à l'opposé de ma personnalité. Jamais je ne pourrai m'afficher ainsi. Et mon but n'est pas de me mettre à dos Ava. Déjà qu'elle m'évite depuis notre randonnée. Ce matin encore, à peine était-elle levée qu'elle s'est enfuie de la maison en précisant qu'elle en aurait « pour la journée ». Son rendez-vous n'est qu'à quatorze heures. Que va-t-elle fabriquer dehors tout ce temps ? Non que cela me regarde, évidemment, mais ça m'agace. Je ne peux pas m'empêcher de divaguer en l'imaginant, folle d'excitation, se faire pomponner chez l'esthéticienne, le coiffeur, ou une autre connerie du genre.

Afin de m'occuper l'esprit et ne pas virer cinglé, je me consacre à Gaby. La pluie étant de retour, nous nous installons dans le salon. Après avoir joué à l'ogre mangeur de pieds, avoir chanté plus d'une dizaine de fois toutes les comptines de mon répertoire, puis avoir de nouveau endossé le rôle du dévoreur d'enfants dodus (jeu qu'il adore), je m'accorde une pause et regarde mon minimonstre assis à califourchon sur mon ventre, qui s'amuse à m'arracher les poils qui dépassent de ma chemise entrouverte. Je ne suis pas très velu, néanmoins, mon torse est légèrement parsemé au niveau des pectoraux. Dès qu'il chope un poil, il tire dessus de sa petite main potelée et éclate de rire lorsque je pousse un cri de douleur. Le vice.

– Tu fais mal à papa, là.

– Oui.

Nouveau couinement quand il m'agrippe les poils qui encerclent mon téton.

– Gabriel, arrête ! Ça fait mal !

– Oui, se bidonne-t-il en s'acharnant de plus belle sur ma pauvre pilosité.

Si un jour je souhaite m'épiler, je saurai à qui m'adresser.

– Et si on allait plutôt manger ? Il est presque midi, tu dois avoir faim.

– Mam mam mam, me confirme-t-il.

Je protège in extremis mes bijoux de son genou agressif tandis qu'il libère mon ventre pour trottiner en direction de la cuisine.

***

Le repas achevé, il ne me reste que quelques minutes avant de déposer Gabriel chez Helen, juste le temps de préparer ses affaires.

– Couche, change, doudou… On est bon, non ? On y va ?

Mon fils m'observe de ses grands yeux, d'un bleu quasi identique au mien, avant de se dandiner vers son coffre à jouets. Il en sort un tracteur qu'il fourre aussitôt dans le cabas ouvert, puis retourne s'emparer d'un nouvel objet, une balle cette fois-ci.

– Mon ange, le sac va déborder si tu continues.

Sans prêter attention à mes recommandations, Gaby poursuit son manège jusqu'à ne plus pouvoir insérer quoi que ce soit dans son barda sans que ce dernier explose.

Une fois le petit déposé chez Helen, un sentiment étrange m'envahit. Ce n'est pas de la jalousie (même si celle-ci m'étreint depuis hier sans discontinuer), mais quelque chose de tout aussi corrosif. Sans parvenir à le distinguer, ça me ronge, m'angoisse, m'attriste…

C'est alors que je réalise que je n'ai pas parlé à Jessie, aujourd'hui. Accaparé par le rencard d'Ava, j'en ai zappé mon rituel du matin : m'enfermer dans la chambre avec ma femme et lui raconter ma journée. Comment ai-je pu oublier ?

Alors que le portail de la propriété s'ouvre devant moi, je rebrousse chemin vers la villa. J'ai besoin de me confier avant de partir. Évidemment, elle connaît déjà mon affection pour Ava, elle sait aussi que je suis tiraillé par ce que je ressens, même si cela n'impacte en rien l'amour que j'éprouve pour elle. Bien que mon cœur soit maintenant moins meurtri par le vide que ma femme a laissé, la culpabilité prend le relais et gangrène petit à petit ce dernier. Mes émotions sont si confuses, si contradictoires que je me sens scindé, comme si on me coupait en deux ou que deux êtres, dotés de deux volontés opposées, cohabitaient en moi. J'ai souvent l'impression de devenir fou. Une partie de moi désire avancer, quand l'autre refuse obstinément de tourner la page. Une partie de moi cherche le bonheur quand l'autre m'accable de tous les maux. Même si certains éléments changent ou évoluent, le cercle vicieux dans lequel je suis emprisonné n'a jamais desserré son emprise. J'ai l'intuition qu'Ava sera ma porte de sortie ou celle qui m'y enfermera à jamais.

Un temps indéfini plus tard, l'esprit toujours embrouillé mais allégé d'un poids, je pars enfin retrouver Ava et son abruti d'étudiant. Un coup d'œil à l'horloge du tableau de bord m'indique qu'il est quatorze heures sept. Merde !

J'aimerais appuyer sur l'accélérateur, mais la pluie abondante me dissuade de toute imprudence. Je n'ai plus qu'à espérer ne pas arriver trop tard. Heureusement, le trajet ne dure que quelques minutes, il est quatorze heures vingt et une lorsque je me gare dans une petite ruelle non loin de l'enseigne.

Pressé par le temps, je pénètre dans le café sans plus me poser de questions. L'endroit est presque vide et j'ai immédiatement le dos d'Ava en visuel. Elle est juste à côté, assise à la seconde table, à gauche de l'entrée. Je lâche un soupir quand je constate qu'elle ne s'est pas retournée. La tête penchée sur ses genoux, elle n'a pas l'air de calculer son partenaire. Un sourire belliqueux étire mes joues, que je ravale aussi vite en réalisant que je suis toujours à découvert et à deux pas d'elle. Je me baisse dans un réflexe idiot, puis me fustige mentalement.

Arrête tes conneries, Seth, ce n'est pas parce que t'es accroupi qu'elle ne peut plus te voir. Tu n'as pas disparu comme par magie.

Au contraire, un mec de près d'un mètre quatre-vingt-dix, plié comme s'il allait déposer sa pêche dans l'entrée d'un café, c'est un tantinet suspect.

Je me redresse. Mon regard croise celui de son rencard qui me dévisage, intrigué par mon manège. Sous la froideur de mes iris, il finit par détourner la tête et j'en profite pour tirer la chaise face à moi et m'asseoir à la première table. Je saisis ensuite le menu que j'ouvre en grand devant mon visage, au cas où Ava aurait la mauvaise idée de se retourner.

Me voici donc à épier ma gouvernante sur ses heures de temps libre…

Pathétique !

Il ne vaut mieux pas que je me penche plus longuement sur l'éthique plus que discutable de mon attitude. Je me blâmerai bien assez tôt.

Puisque je suis ici, autant continuer. Sur cette décision, je tends l'oreille afin de capter leur conversation.

Je n'ai pas l'impression que ce rendez-vous soit une franche réussite ; peut-être que je me berce de fausses illusions, mais cela n'a pas l'air de matcher entre eux. Ava, habituellement joviale et sociable, se mure dans le silence tandis que le blondinet, aux joues rouges et parsemées de taches de rousseur, claque des bulles avec son chewing-gum, à l'instar d'un gosse de 6 ans. Quoique… Ma fille de cet âge possède plus de bonnes manières que ce jeune homme. Sans vouloir jouer les mauvaises langues, ce mec a une tête de crétin, de ceux qui s'imaginent être au-dessus de tout parce qu'ils étudient à Yale. Les années passent, mais certaines choses restent constantes ; dans ma promo, nombre de mes camarades étaient ainsi. Je les repère en un instant, maintenant. N'a-t-elle donc pas capté que c'est un abruti et qu'il ne vaut pas la peine qu'elle perde son temps pour lui ?

– Les photos sur les sites de rencontres sont vachement trompeuses, tu ne trouves pas ? souffle-t-il en claquant une nouvelle bulle.

Ma jolie gouvernante hausse les épaules.

– Ça dépend. La tienne est assez fidèle à…

– Oui, je suis quelqu'un d'honnête, moi, l'interrompt-il, sans aucune politesse. La tienne, en revanche…

Il grimace. J'ai une soudaine envie de lui en foutre une.

– T'avais mis combien de filtres pour réussir à ressembler à une bombasse dessus ?

Qu'est-ce que je disais !

Pour qui se prend-il ce connard ?

Ava relève la tête comme dans un ralenti.

Oh, que j'aimerais voir l'expression de son visage à cet instant ! Je suis sûr que ses immenses yeux bleus, si éloquents, doivent lui lancer des missiles qui intimideraient le plus robuste des gars.

Vas-y, ma puce, défonce-le !

– OK, OK… Ce que j'veux dire, c'est pas que t'es moche, bafouille-t-il, d'un coup mal à l'aise. C'est juste, tu parais différente. Tu comprends ? Plus… Enfin, moins… Tu vois quoi ?

– Pas vraiment, non.

Sa réponse glaciale me procure un pur frisson de bonheur. À cette allure, je n'aurai même pas besoin d'intervenir, sauf pour, éventuellement, balancer mon poing dans la gueule de ce petit fumier qui ose lui manquer de respect.

– OK, OK… On ferait mieux de changer de sujet. La musique, tu aimes la musique ?

– Comme tout le monde, j'imagine.

– OK, OK, c'est cool. T'aimes quel genre ? Rock, country, new wave, pop, indé, Rn…

– La pop.

– OK, OK… Moi aussi, c'est cool. Maroon 5, Taylor Swift, The Weeknd, Ariana Grande. Ouais, Ariana, j'la kiffe grave. Et toi ?

– Je ne pense pas que mon groupe préféré te soit familier.

– Je suis incollable sur plein de choses, se vante le débile. Comment il s'appelle ?

– Bangtan Sonyeondan…

– Ba… tan So…

Il se gratte la tête. Son air confus est à mourir de rire.

– Bangtan Sonyeondan, répète Ava en articulant comme si elle faisait face à un demeuré. Connu aussi sous le nom de BTS.

– BTS ? Ah, mais bien sûr ! Les tapettes chinoises, c'est ça ?

Un crétin homophobe et raciste… Elle a tiré le gros lot.

Je ne peux qu'imaginer la mine d'Ava. Cependant, à l'expression de son interlocuteur, elle doit faire peur à voir.

– OK, OK… J'blaguais. Fais pas cette tronche ! Mais c'est vrai qu'ils ressemblent à des filles, nan ?

– Et toi, tu ressembles à un cul, de ta bouche ne sort que de la merde ! Je suis sûre qu'à chaque fois que tu te mouches, on a l'impression que tu te torches, réplique Ava d'une voix d'outre-tombe.

L'Exorciste, le retour…

Je ris sous cape devant sa repartie.

Jeu, set et match. Elle t'a exterminé en une phrase, mec !

Tête-de-cul, qui vient de perdre toutes ses couleurs, me lance un regard inquisiteur. En réaction, Ava se tord le cou pour essayer de distinguer ce qui l'intrigue.

C'est le signal pour décamper. Sans plus attendre, je bondis vers l'entrée et déguerpis en vitesse hors du café. Si mon pronostic est bon, Ava devrait suivre dans la foulée.

La pluie battante m'oblige à me réfugier dans le renfoncement d'une échoppe. Je préfère m'assurer du départ d'Ava avant de rentrer.

Une minute. Deux minutes. Cinq minutes. Huit minutes… Merde, qu'est-ce qu'elle fout ? Alors que je m'apprête à retraverser la rue pour vérifier qu'elle va bien, cette dernière sort en trombe.

Ses jolis traits sont froissés par l'exaspération et la déception. Je lutte pour ne pas me précipiter vers elle et la protéger de mes bras. Les yeux fermés, elle renverse sa tête en arrière et accueille la pluie drue qui s'abat sur son visage comme si celle-ci avait le pouvoir de laver ses tourments.

Cette scène me bouleverse et me touche si fort que mes pieds me guident d'eux-mêmes vers elle. Toutefois, je m'immobilise au milieu de la chaussée quand ses prunelles s'accrochent aux miennes. Son regard est parcouru de tant d'émotions. J'y perçois de la surprise, du soulagement, de la détresse, de la frustration… de l'amour ?

Nous nous fixons sans qu'aucun de nous bouge ou prononce le moindre mot. Ce que nous vivons à cet instant est hors du temps. Non loin, le tonnerre gronde, la pluie redouble d'intensité, tandis que des rafales soulèvent les feuilles mortes qui s'envolent autour de nous. Pourtant, je jurerais que la Terre a cessé de tourner au moment où nos regards se sont aimantés.

Ava réagit la première. Elle amorce un pas, puis un autre, et encore un autre. J'en fais de même pour combler les derniers mètres qui nous séparent. À présent collé contre son corps trempé, mon palpitant est aussi déchaîné que les éléments. Je saisis son beau visage en coupe et, afin de ne pas la brusquer ou me méprendre sur ses intentions, j'attends un signe de sa part. Je lui laisse ainsi l'occasion de s'échapper.

En moi, la tempête fait rage également. Je suis écartelé

entre l'envie de l'embrasser et celle de lui crier de fuir le plus loin possible.

C'est alors qu'Ava tranche pour moi. Aussi légères qu'une plume, ses lèvres humides se posent sur les miennes, avant de s'écarter. Anxieuse, elle guette ma réaction. Il ne m'en faut pas plus pour prendre possession de sa bouche d'un baiser passionné. En une fraction de seconde, j'oublie tout. Mes hésitations, mes peurs. Toutes les tergiversations qui me secouaient plus tôt disparaissent au fur et à mesure que nos langues se découvrent, tâtonnent pour ensuite s'apprivoiser dans un ballet vieux comme le monde. C'est si bon, si exquis que c'est avec un grognement de frustration que je me résigne à quitter la douceur de sa bouche. Lorsque nos regards se croisent à nouveau, nous nous esclaffons sous l'effet de la nervosité. Nos rires résonnent dans la rue déserte avec cette impression d'être seuls au monde. J'attrape sa main, nous courons en direction de la voiture tandis que des éclairs colorent le ciel d'immenses zébrures de feu.

Je me sens galvanisé. Vivant. C'est à la fois euphorisant et terrifiant.

J'aimerais que ce moment dure à jamais, mais le temps, immuable, reprendra bientôt sa course…

19

Ava
Quelques heures plus tôt

– Je n'aime pas mon boss.

Avec une extrême minutie, j'enfile mes collants en priant pour qu'ils ne s'effilochent pas.

– Je n'aime pas mon boss.

J'exécute un saut en me contorsionnant de façon ridicule pour les ajuster. C'est quoi le délire avec les collants qui te remontent jusqu'aux seins, mais qui sont toujours trop petits au niveau de l'entrejambe ? On devrait mettre au pilori leur concepteur !

– Je ne suis pas du tout amoureuse de lui.

Je me plante devant le miroir et lâche mon plus gros soupir face à mon reflet. Je n'irai pas à la Fashion Week habillée ainsi, mais j'imagine que pour un premier rendez-vous, ça passe. Pour l'occasion, j'ai ressorti mon chemisier porte-bonheur. Bien qu'il commence à être usé, démodé et délavé, je ne pourrai jamais m'en séparer.

– Je ne ressens RIEN à son égard. Et je vais le prouver.

Je me claque les joues de petites tapes pour m'encourager.

– Tu peux le faire, Ava !

J'ai encore du mal à réaliser que j'ai accepté un *date* sur un coup de tête. Cependant, j'y étais contrainte. Dans la précipitation, c'est la seule issue de secours que j'ai trouvée pour éviter le raz de marée qu'a provoqué Seth en m'accompagnant au West Rock. Si je n'avais pas pris le taureau par les cornes et agis en conséquence, je serais, à l'heure actuelle, un joli tapis de sol, sans dignité, à prier pour ne pas être piétiné trop fort. Cette décision est donc la meilleure qui soit ! Ou du moins, la plus sage.

– Steeve, ne me déçois pas, mon chou ! Je compte sur toi !

Mon pauvre rencard a du boulot. Il ne le sait pas, mais mon avenir dépend de lui.

Sur sa photo, il n'était pas très beau, toutefois, le physique ne fait pas tout. Et puis, j'ai craqué pour ses taches de rousseur. Elles sont adorables.

– Un mec avec des taches de rousseur aussi mignonnes ne peut qu'être gentil, attentionné et marrant, non ?

C'est certain, je ne peux qu'être agréablement surprise en le rencontrant, envoûtée par son charme, sa prestance, son humour inégalable, sa bonne humeur…

– Mais oui, c'est évident, ce rendez-vous sera parfait !

Est-ce que je me parle à moi-même depuis tout à l'heure ? Tout à fait.

Je tente de réduire mon anxiété avec les moyens du bord. J'ai bien des cachets pour calmer mon stress, néanmoins, je préfère m'abstenir. Les médicaments m'ont toujours fait peur, alors je ne les prends qu'en cas d'ultime nécessité.

Une fois prête, je m'éclipse en catimini afin d'esquiver le responsable de tout ce foutoir. Et la chose n'est pas aisée ! Plus je le fuis, plus j'ai l'impression qu'il apparaît partout devant moi ; qu'importent les stratagèmes que j'utilise, mon M. Bite surgit là où je ne l'attends pas. C'est terriblement éprouvant pour mes nerfs.

Je passe toute la matinée dans un état second, à tourner et virer en voiture sans but précis. Je réinstalle également *Candy Crush* ; pas forcément la plus brillante des idées, mais pour s'occuper, ce jeu fait le job. Les minutes s'égrènent une à une, avec une lenteur déprimante. Malgré cela, le temps finit par s'écouler.

À treize heures quarante-cinq, je suis dans les starting-blocks. C'est-à-dire prête à dégobiller. Ou pire. Si je suis courbaturée demain, je saurai pourquoi.

Putains de maux de ventre !

Je pénètre à l'intérieur du Pistachio et jette un œil sur ce qui m'entoure. C'est la première fois que je mets les pieds ici. Cela ressemble à… un café. Mon analyse terminée – je n'ai pas la tête à admirer ou philosopher sur les lieux –, je retire ma parka trempée par la pluie et m'installe à une table non loin de l'entrée, afin que Steeve puisse me repérer facilement.

À quatorze heures dix, mon rencard n'est toujours pas là. Je prends mon mal en patience. Il n'y a rien de dramatique, quelques minutes de retard, ce n'est pas la mer à boire. Loin de moi l'idée de le juger pour si peu.

À quatorze heures treize, Steeve fait son apparition. Tel le messie, il vient me délivrer de mes pensées impures envers un certain patron exaspérant. Le sourire aux lèvres, il s'assoit face à moi. Il n'est définitivement pas très beau, mais il a… du charme ?

– T'es là depuis longtemps ? me questionne-t-il en guise de bonjour.

– Non, je viens aussi d'arriver.

– OK, OK. Tant mieux. Avec ton chemisier à la Bree Van de Kamp, j'ai cru que t'étais le genre à te pointer trois heures à l'avance lors d'un rendez-vous. Tu sais, les filles un peu coincées, ricane-t-il, fier de sa vanne.

Je cligne des paupières.

Bon… Son humour n'est pas exactement ce à quoi je m'attendais, mais lui aussi est sûrement nerveux à cause du rencard. L'anxiété rend parfois les gens bêtes, alors je ne vais pas le cataloguer pour si peu.

Allez, Ava, essaie de sourire. Fais un effort.

– Ha, ha, ha ! Oui, c'est un vieux chemisier porte-bo…

– T'es du genre tranquille, quoi, intervient-il. Tu t'en fiches de t'habiller comme un sac, c'est cool.

Il est quand même un brin perturbant. Je ne sais pas s'il me complimente ou s'il m'insulte ? Les deux, j'ai l'impression.

Il sort un paquet neuf de chewing-gums de la poche de son sweat, l'ouvre, en fourre deux dans sa bouche, puis le remet à sa place initiale. Heureusement pour moi, je n'aime pas ça, parce qu'il ne m'en propose pas. Le stress lui fait oublier les bonnes manières. Pas grave, je ne vais pas le critiquer pour si peu.

Le serveur prend notre commande et Steeve m'informe qu'on paye séparément. Pas de souci pour moi. Je préfère, même.

Il s'embarque ensuite dans un monologue sur Yale et les niaiseries qu'il y accomplit. J'ai vraiment envie de l'écouter, mais dès qu'une phrase capte mon attention, je grince des dents. Je lutte pour lui laisser une chance, sauf qu'il ne me rend pas la chose aisée. Il ne faut pas se mentir : ce n'est pas la truite la plus oxygénée de la rivière. Je suis tombée sur l'idiot du village. C'est bien ma veine ! Insipide, débile, odieux, moqueur… Bref, aussi irritant que du poil à gratter.

Je saisis mon téléphone et le pose discrètement sur mes genoux. Est-ce que je viens de lancer une partie de *Candy Crush* pendant son interminable tirade ? C'est possible.

Pourquoi faut-il que je tombe sur un crétin fini ? Maintenant, même ses taches de rousseur me paraissent laides. En plus, mes oreilles saignent à l'entendre mâchouiller son chewing-gum. Ce n'est pas comme ça que je vais oublier Seth. Au contraire, il me rappelle à quel point personne ne lui arrive à la cheville. Et je ne parle pas que de son physique. Malgré son bâton dans le fondement, mon M. Bite est droit, loyal, intelligent, attentionné, brillant. Respecté et respectable. Humble sans abus de fausse modestie. Il n'est peut-être pas parfait, mais c'est celui qui fait battre mon cœur. C'est le seul qui fait battre mon cœur.

Putain de merde !

C'est le seul qui fait battre mon cœur !

Est-ce que ça signifie que j'aime mon boss ?

Mes mains tremblent. Je ne sais pas si je suis prête à accepter cette vérité et à y faire face. Concentre-toi sur *Candy Crush*, c'est mieux.

Tandis qu'un match de rugby se joue dans ma poitrine, mon rencard continue de jacasser.

– Les photos sur les sites de rencontres sont vachement trompeuses, tu ne trouves pas ?

Encore une question débile. Je ne prends même pas la peine de lever la tête et réponds d'un haussement d'épaules :

– Ça dépend. La tienne est assez fidèle à…

– Oui, je suis quelqu'un d'honnête, moi ! La tienne, en revanche… T'avais mis combien de filtres pour réussir à ressembler à une bombasse dessus ?

Il insinue quoi, ce merdeux ?

Avec lenteur, mes yeux remontent vers son visage et s'arriment aux siens. Au jeu du regard, je suis imbattable. Aussitôt, il se dandine sur sa chaise, gêné, puis bafouille je ne sais quoi.

Rha ! Ce débile m'a distraite ! C'est malin, à cause de lui, je viens de perdre ma partie. Et je n'ai plus de vie. Au secours !

Je soupire, dépitée. Cela signifie que je suis obligée d'écouter ses imbécillités. Ah, d'ailleurs, je crois qu'il me parle.

– La musique, tu aimes la musique ?

Trop fatiguée pour faire des efforts, je réponds d'une voix lasse :

– Comme tout le monde, j'imagine.

– OK, OK, c'est cool. T'aimes quel genre ? Rock, country, new wave, pop, indé, Rn…

Je le coupe avant qu'il me sorte tous les genres musicaux. Je suis assez soûlée comme ça.

– La pop.

– OK, OK… Moi aussi, c'est cool. Maroon 5, Taylor Swift, The Weeknd, Ariana Grande. Ouais, Ariana, j'la kiffe grave, s'extasie-t-il. Et toi ?

– Je ne pense pas que mon groupe préféré te soit familier.

Un trou du cul comme lui ne voit sûrement pas plus loin que le bout de son nez, alors un groupe coréen, aucune chance qu'il ne connaisse.

– Je suis incollable sur plein de choses, me contredit-il avec aplomb. Comment il s'appelle ?

Son assurance m'agace. Je décide d'utiliser le nom complet de BTS et non leurs initiales.

– Bangtan Sonyeondan…
– Ba… tan So…
DANS TA FACE ! Tu vois, tu ne sais pas tout, connard !
Puisque plus tôt il m'a endormie avec ses histoires de beuverie et de sororité, je vais prendre ma revanche et lui détailler le parcours complet de BTS, de ses débuts jusqu'à maintenant. Au moins, ça, c'est intéressant ! Cependant, tandis que je m'apprête à expliquer la signification de Bangtan, ce crétin intervient :
– BTS ? Ah, mais bien sûr ! Les tapettes chinoises, c'est ça ?
Ava, rappelle-toi que c'est mal de taper les gens. Même les gens cons. Retiens-toi !
C'est étrange, je supporte plutôt bien la critique quand elle me concerne, mais dès lors qu'elle touche à ce qui m'est cher, je me transforme en furie. Steeve, qui a compris sa bévue, tente de rétropédaler. Néanmoins, cet inconscient trouve le moyen de s'enfoncer encore plus en les dénigrant davantage.
Ils ressemblent à des filles ?
Mais il ne s'est pas vu, cet abruti ! Une tête de cul dans toute sa splendeur, à débiter que de la merde.
À partir de cet instant, je perds tout sang-froid. Entre la pression accumulée ces dernières heures, ajoutée aux émotions que je bride depuis des jours, j'étais déjà à fleur de peau. Son comportement grossier agit tel un catalyseur et je pète littéralement les plombs.
Mes mots sortent sans que je puisse les contrôler. Une rafale d'insultes, de noms d'oiseaux. Je suis incapable de m'arrêter et m'entends prononcer des injures qui feraient rougir le plus grand des charretiers.
Lorsque je reprends enfin mon souffle, après de longues minutes, tout le café est en suspens. Le personnel, les quelques clients et Tête-de-cul me dévisagent avec effarement. Les taches de rousseur de ce connard ont carrément disparu sous sa pâleur.
Mon cœur martèle mes côtes. Je ravale mes larmes qui menacent de couler ; je ne suis pas triste, mais en colère. Si folle de rage que tous mes membres tremblent.

Je dois partir d'ici.

Je sors en vitesse du café, sans même penser à régler ma consommation. Tête-de-cul n'aura qu'à payer. Une piètre consolation en comparaison de l'état dans lequel il m'a plongée.

Surprise par l'intensité de la pluie diluvienne, je m'arrête au milieu du trottoir. En temps normal, mon premier réflexe serait de m'abriter, mais pas aujourd'hui. Les bras écartés, la tête inclinée vers l'arrière, j'accueille cette pluie salvatrice. Chaque goutte qui tombe sur mon visage a un effet cathartique et chasse un peu de mon emportement. J'entrouvre les lèvres pour rincer ma bouche de toutes les souillures qu'elle vient de scander.

Revigorée, je m'apprête à poursuivre mon chemin lorsque je suis victime d'une hallucination.

Seth est devant moi.

Ses cheveux mouillés dessinent des bouclettes sauvages qui collent à son front et lui confèrent un air mystérieux. Une vision tout droit sortie de mes fantasmes.

Il est magnifiquement beau.

Sublimement sexy.

Divinement hot.

Si c'est un mirage, je souhaite qu'il ne disparaisse jamais.

Rêve ou réalité, je m'en fiche. La raison de sa présence aussi. Ce qui m'importe, c'est lui et les sentiments que j'éprouve.

« Le seul moyen de se délivrer d'une tentation, c'est d'y céder. »[1]

Mes résolutions envolées, mon instinct prend les commandes.

L'air se bloque dans mes poumons quand son corps ferme vient se plaquer contre le mien. Avec délicatesse, Seth encadre mon visage de ses mains, tandis que ses iris insondables guettent ma réaction. Dans l'expectative, il ne parle pas, ne bouge pas. Respirer ne m'a jamais paru aussi secondaire et superficiel qu'à cet instant. Sentir la caresse

1. Citation issue du roman *Le Portrait de Dorian Gray*, d'Oscar Wilde.

de sa bouche contre la mienne, en revanche, m'est vital. Mon oxygène réside entre ses lèvres. L'attente me tue. Ne pouvant plus me contenir, je me dresse sur la pointe des pieds et capture son souffle d'un timide baiser.

Est-ce que je viens d'embrasser mon boss ? J'en ai l'impression. Au moment où je m'apprête à remettre toute ma vie en question pour cet acte inconsidéré, Seth s'empare de ma bouche. Aussitôt, toute pensée me déserte. Il ne me reste plus que lui, cet instant, aussi inespéré que précieux. Ses lèvres ont un goût de paradis et d'enfer. Un feu ardent allié à la douceur d'un bonbon au cœur fondant. Sucré, tendre et à la fois sauvage, enfiévré. Une association improbable qui me fait oublier jusqu'à mon nom.

À regret, nos bouches se séparent. Ma tête me tourne, enivrée par son baiser. L'état de béatitude dans lequel je suis est le trip le plus magique qui soit.

Je plaaaaaneee !

Je m'esclaffe, à la fois shootée et exaltée. Seth se joint à mon hilarité. C'est totalement délirant, invraisemblable..

Nous sommes en plein milieu de la rue, trempés par un véritable déluge. Le ciel est si sombre et les nuages sont si bas qu'ils donnent une sensation de fin du monde. Et nous rions aux éclats, serrés l'un contre l'autre.

L'apocalypse n'a jamais été aussi merveilleuse.

Les éclairs sont comme des feux d'artifice, le tonnerre des tambours enjoués, la pluie une cascade rafraîchissante, la route un havre de paix.

Seth lie mes doigts aux siens et m'entraîne vers une ruelle qui s'avère être un cul-de-sac. Alors que je m'interroge sur la raison de cette destination, il répond à ma requête muette.

– Ma voiture est garée juste là.

Effectivement, à quelques pas de nous, je distingue son auto. Ce n'est pas la Bugatti, mais le grand SUV que Lenny conduit habituellement.

– Lenny est…

– Je suis venu seul, me précise-t-il avant même que je termine ma phrase

Une tonne de questions se bousculent dans mon esprit, cependant, elles disparaissent en une fraction de seconde, lorsque mon regard est happé par l'appétence bestiale que je lis dans ses prunelles enflammées.

– Ava…

Mon prénom est susurré comme une supplique.

Au lieu de nous réfugier au plus vite dans la voiture, nous restons figés l'un face à l'autre, avant que nos bouches affamées se scellent dans le plus torride de tous les baisers de l'humanité. Je m'adosse contre la carrosserie pour soutenir mes jambes flageolantes. Je suis coincée entre la portière passager et mon patron. Mon corps bouillonne, alors que dehors la température dégringole. Encore un paradoxe. D'extérieur, je tremble – un glaçon serait moins gelé –, tandis qu'à l'intérieur, je suis aussi brûlante qu'un volcan. Mes doigts frigorifiés se faufilent sous les vêtements de Seth, à la recherche de la chaleur de sa peau. Il gémit dans un frisson quand j'effleure son épiderme, cependant, son baiser se fait plus vorace. L'effet de sa langue contre la mienne est si délicieusement savoureux que je sais déjà qu'il me sera dorénavant impossible de m'en passer. C'est le genre de drogue qui te rend accro dès la première prise. Chaque caresse s'imprime dans ma chair et marque mon âme. C'est la sensation la plus merveilleuse et la plus effrayante que j'aie jamais connue.

Mon entrejambe pulse, avide de combler ce vide accablant. J'aimerais qu'on ne fasse plus qu'un. Les paumes à plat sur son dos, je le griffe de mes ongles et l'oblige à se rapprocher plus près. Ses mains parcourent mes cuisses avec de plus en plus d'insistance. J'enroule l'une d'elles autour de sa taille pour l'inciter à remonter plus haut. Je veux qu'il me touche, là. J'ai besoin qu'il me touche, là.

Un coup de tonnerre, aussi impressionnant qu'une explosion, nous contraint à freiner nos pulsions.

– On ferait mieux de s'abriter, murmure mon patron en me décalant légèrement afin d'ouvrir la portière.

Sa voix est rocailleuse, gorgée de concupiscence.

Il prend place sur le siège et m'incite à m'asseoir sur ses genoux. En deux temps trois mouvements, nous nous débarrassons de nos manteaux détrempés. J'essore mes cheveux en les rassemblant sur le côté et Seth en profite pour prendre d'assaut ma gorge offerte. Sa langue court sur ma peau et recueille les gouttelettes qui y dévalent.

Je souffle son nom, haletante.

En quelques minutes à peine, les vitres se couvrent d'une couche de buée qui nous isole un peu plus de notre environnement. Si un passant inconscient se risque à sortir par ce temps, cette protection naturelle nous mettra à l'abri de tout regard. Rassurée, j'omets délibérément la bienséance, la morale ou toute autre valeur qui pourrait parasiter mon esprit, et je me soumets volontiers aux mains expertes de mon amant. Sa langue me tourmente sans relâche, tandis que de ses doigts habiles, il me délivre des entraves de mon chemisier mouillé.

– J'ai tellement envie de toi que ça me rend fou, avoue-t-il dans un râle torturé, en saisissant ma nuque d'une poigne douce, mais ferme.

Avec une gravité soudaine, ses iris se verrouillent aux miens.

– Si je continue, je vais avoir du mal à m'arrêter.

Je souris face à sa mise en garde.

– Alors ne t'arrête pas.

– Ava... gronde-t-il avant de se jeter sur ma bouche.

Mon bassin s'anime, pris d'un besoin primitif. Cependant, ces putains de collants trop petits constituent un obstacle agaçant. Au même moment, Seth, en parfaite symbiose avec mon état d'esprit, tire sur les mailles qui entourent la couture de l'entrejambe d'un geste féroce et déterminé. Celles-ci se déchirent dans un craquement sonore et j'observe, éberluée, le gros trou qui s'est formé.

– Bien mieux, grogne-t-il, satisfait, pendant que ses doigts élargissent un peu plus l'ouverture pour s'insinuer vers l'épicentre de mon désir.

Il écarte la dernière barrière qui préserve mon intimité.

Ses prunelles sont toujours soudées aux miennes, épiant ma réaction. Il sourit, manifestement satisfait de l'effet qu'il provoque, avant de baisser les yeux vers l'objet de sa convoitise. Ma poitrine se soulève alors que la puissance des battements de mon cœur rend mon souffle erratique. Ainsi exposée, je me sens dévergondée et, putain, j'aime ça !

Son index et son majeur se posent avec délicatesse entre mes replis humides, glissent le long de ma fente pour s'imprégner de mon excitation, puis tracent de petits cercles sur mon clitoris gonflé. Son regard papillonne entre mon visage et ses phalanges qui me taquinent sans répit. Il poursuit cette divine torture quelques instants puis, lorsqu'il estime m'avoir suffisamment titillée, ses doigts me pénètrent enfin. Il entreprend ensuite un va-et-vient d'une lenteur insoutenable. Mes hanches se balancent, désireuses de recevoir plus. Je gémis bruyamment. Mon corps se cambre pendant que j'accélère la cadence, insatiable. Je suis carrément en train de baiser sa main.

– Bordel, Ava…

De sa main libre, il baisse les bonnets de mon soutien-gorge pour dévoiler mes tétons durcis. Sa langue s'enroule aussitôt autour de l'un d'eux, qu'il suçote et mordille à tour de rôle, avant de réserver le même traitement à son jumeau. Je me tortille comme une sauvageonne, emportée par une vague de plaisir indicible.

– Seth, je te veux en moi… Pitié, Seth…

Je flatte le renflement distinct qui tend l'étoffe de son pantalon et dézippe sa fermeture Éclair pour libérer son sexe de son carcan. Mes doigts viennent aussitôt l'encercler et glissent sur toute sa longueur, de la base jusqu'à son gland. Seth gémit en retour. Je suis tiraillée. Je voudrais prolonger ce contact, le voir perdre le contrôle tandis que je le branle, seulement le vide au creux de mon ventre exige d'être comblé au plus vite.

Je pousse un râle dépité.

– Je voudrais te sentir frémir sous mes gestes, te caresser encore et encore, mais j'ai besoin de te sentir en moi, maintenant.

Un sourire malicieux étire les lèvres de mon patron.

– Impatiente ?

– T'as pas idée !

Il rit de mon empressement. Cependant, son expression se rembrunit la seconde suivante.

– Attends, attends, m'arrête-t-il dans un soupir, alors que je dirige son membre entre mes cuisses. Je n'ai pas de capote…

Merde ! La capote ! Comment ai-je pu oublier ?

Je réfléchis aussi vite que mon esprit embrumé me le permet.

Une capote, une capote… Où vais-je trouver une capote ?

Ce n'est pas comme si j'avais une vie sexuelle trépidante au point de trimballer des préservatifs sur moi. Soudain, l'image d'un petit paquet bleu m'apparaît telle une illumination.

J'attrape mon sac, négligemment abandonné sous nos vestes, et le fouille avec la ferveur d'un désespéré. Si mes souvenirs sont bons, Lana y a dissimulé en toute innocence un préservatif en prévision d'une éventuelle BB, lors de notre dernière beuverie. Puisque cette soirée a été un échec cuisant, la capote devrait encore y être.

Lorsque, enfin, je tombe dessus, j'ai l'impression d'avoir découvert le Saint-Graal. Avec fierté, j'exhibe le sachet.

– Nous sommes sauvés !

Loin de l'état d'excitation dans lequel je suis, Seth se renfrogne un peu plus.

Bah, cache ta joie surtout…

Incertaine, je m'enquiers d'une voix déçue :

– Tu ne veux plus ?

Une ride de contrariété se creuse entre ses sourcils. Ses torpilles bleues me sondent, implacables.

Il s'empare du préservatif, l'ouvre et le déroule sans attendre sur son sexe bandé.

– Je veux te faire jouir si fort que plus aucun mec ne trouvera grâce à tes yeux, chuchote-t-il avec une possessivité qui m'électrise. Voilà cè que je veux.

C'est donc ça… Il est jaloux ?

Je ravale un sourire triomphant sous son regard perçant.

– Si on craque, il n'y aura pas de retour en arrière possible, plus rien ne sera comme avant. J'espère que tu en es consciente ?

– On philosophera après, si t'es d'accord. Là, j'ai juste besoin…

– De ma queue en toi ? complète-t-il.

– Putain, oui !

Les bla-bla terminés, il s'introduit en moi, centimètre par centimètre. Je soupire de contentement. Cela fait si longtemps que je n'ai pas eu de rapport que j'apprécie qu'il ne s'enfonce pas comme un forcené et me laisse le temps de m'accommoder à sa largeur.

Un râle animal s'échappe de ses lèvres entrouvertes.

À califourchon sur lui, j'ondule lascivement pour m'habituer à cette nouvelle sensation, tandis que nos langues entament une danse langoureuse. C'est beau, tendre. Et en même temps si passionné. Si ses doigts tout à l'heure étaient un doux supplice, sa queue me comble d'une façon si parfaite, si absolue, qu'elle me tire des larmes qui perlent au coin de mes cils.

Très vite, mon rythme s'intensifie. Je me frotte à lui de manière impudique, grisée par la volonté de jouir. Seth étouffe mes gémissements en m'embrassant avec une ardeur qui me coupe le souffle. La communion de nos corps résonne dans l'habitacle ; ces claquements hautement érotiques remplissent l'atmosphère d'une enveloppe de luxure. Mon amant me cajole de tant d'attentions que les premières vagues de la jouissance ne tardent pas à se faire sentir. Je m'arc-boute sous cette tension qui ploie en moi. Et quand enfin elle explose, j'ai l'impression de me désagréger. Je me délite sous la force dévastatrice de mon orgasme. Après quelques coups de reins supplémentaires, Seth pousse un rugissement rauque. Nous sommes tous les deux engloutis sous une lame de plaisir, où nos cœurs et nos âmes s'unissent pour ne former qu'un, indivisible. Un frisson remonte le long de mon échine face à la véracité de cette révélation.

Quand l'euphorie redescend, je m'attends à ce qu'une gêne s'installe, comme c'est souvent le cas dans ce genre de situation. Toutefois, celle-ci n'arrive pas. Avant de prendre place côté conducteur, Seth dépose un baiser, aussi léger qu'une plume, sur le bout de mon nez. Il agit avec une telle simplicité que cela m'apaise immédiatement.

– Tu es garée où ? s'inquiète-t-il en replaçant d'un geste tendre une mèche rebelle derrière mon oreille.

– Au carrefour, en contrebas du café.

– Si tu veux, je te dépose juste devant ta voiture pour t'éviter une nouvelle saucée, puis on se suit, OK ?

J'acquiesce, ravie de sa sollicitude.

En même temps que nous nous rhabillons, je détaille les alentours d'un regard circulaire. La couche de buée est maintenant si épaisse qu'elle ressemble à du givre. Je glousse en apercevant la forme d'une main sur la vitre passager. Cela me rappelle la scène de Jack et Rose dans *Titanic*. Mon sourire s'accentue devant cette mignonnerie (*Titanic* nous suit, c'est un signe). Cependant, il s'efface dès que je me remémore la suite du film. J'espère qu'à l'instar de ce couple, nous n'aurons pas une fin tragique.

Je grommelle :

– Putain d'iceberg qui gâche tout…

– Hein ? s'étonne Seth.

Je secoue la tête pour lui signifier que je parle à moi-même. Il n'insiste pas, conscient que je délire.

– Prête ? me lance-t-il ensuite en démarrant le moteur.

Je souris pour toute réponse. Un sourire extatique et inébranlable.

Si je croise un iceberg, ça va chier !

20

Seth

Mon cœur est sur le point d'exploser ; il cogne avec tant de force que mes oreilles bourdonnent comme si j'avais la tête immergée sous des trombes d'eau. Je dois battre des cils à plusieurs reprises et m'ébrouer pour me concentrer sur la route et suivre Ava, qui roule bien trop vite sur l'asphalte mouillé.

Est-elle si pressée de rentrer à la villa ?

J'hésite à l'appeler pour lui enjoindre de ralentir, cependant, cela pourrait être contre-productif, la distraire et engendrer un accident.

Je décide donc d'enclencher mes warnings. Elle avise son rétroviseur et freine aussitôt. Enfin ! Dès que la route le permet, elle se gare sur le bas-côté, puis me rejoint au petit trot pendant que je stationne à mon tour.

– Qu'est-ce qui se passe ? commence-t-elle en ouvrant ma portière. Le SUV est en panne ?

Sa voix semble lointaine, noyée parmi le chahut des battements anarchiques de mon cœur. Je ferme un instant les paupières pour tenter de dissiper les points noirs qui obstruent inexorablement ma vision. Je ne vais pas faire un malaise, tout de même ? Quel crétin fait un malaise après l'amour ?

– Ça va ? Tu es tout pâle.

Comment lui expliquer que je me sens tellement grisé, enivré, vivant, que je suis sur le point de m'évanouir ? C'est comme si, après des années passées dans l'ombre, un soleil éblouissant irradiait mon être et ranimait mon âme mourante d'un feu ardent. Mon corps, bien qu'avide de lumière, n'était pas préparé à un si grand bouleversement. Je me sens ridicule de lui confier cela.

– Une légère hypoglycémie, j'imagine.

– Je dois avoir une barre chocolatée dans ma boîte à gants, je vais la chercher !

Je l'attrape par la manche de sa parka pour l'empêcher de partir.

– J'ai bien mieux que le chocolat, dis-je en l'attirant sur mes genoux.

Elle pousse un petit jappement surpris, avant de nouer ses mains sur ma nuque. Je plonge ma tête dans son cou et hume le parfum cerise de ses cheveux. C'est réel. Tout ceci est bien réel. Ava est dans mes bras. Assise sur mes cuisses. Elle embrasse tendrement ma repousse de barbe le long de ma mâchoire et me sourit comme si c'était le plus beau jour de sa vie. Je la serre un peu plus fort contre moi. Je voudrais ne plus la lâcher, que ce moment dure pour l'éternité. Que ce sentiment qui m'agite, qui me rend fébrile, heureux, s'ancre dans chacune de mes cellules afin de ne jamais se disperser.

Mais je sais. Je sais que ce n'est qu'un répit. C'est peut-être aussi une des raisons de mon vertige. La peur. Vicieuse, pernicieuse, obsédante. La peur d'aimer, d'avancer, d'oublier, de tout perdre. La peur de la peur.

Je ne veux pas rentrer à la villa, dans ces murs qui m'emprisonnent dans le passé. Je ne suis pas prêt à affronter l'effet boomerang qui ne tardera pas à me faucher de plein fouet.

– On peut rester encore ainsi un instant ?

Mon ton implorant n'échappe pas à Ava qui redresse la tête tel un suricate aux aguets.

– Tu es tout bizarre, Seth. Tu regrettes déjà, c'est ça ?

Mes lèvres capturent les siennes pour l'empêcher de prononcer plus de bêtises. Un grondement de plaisir que je ne peux taire gonfle ma poitrine ; la douceur de sa bouche est la plus délicieuse des sucreries. Lorsque nos langues s'enroulent et se frottent l'une à l'autre, mes maux s'évaporent, mon corps revit.

Je comprends alors que plus rien ne sera comme avant. Ma vie sans Ava m'est dorénavant impensable. Ma vie avec Ava est… floue. Un vide que je dois combler, une page blanche que je dois écrire. Et pour cela, j'ai une décision à prendre, et vite.

Je quitte sa bouche à regret.

– Je veux juste profiter au maximum de toi avant de rentrer. Tu sais, avec les enfants, je ne pense pas qu'il soit de bon ton d'afficher notre relation. Du moins, pour le moment. Allons-y pas à pas, d'accord ?

– Bien sûr, oui.

C'est vrai que nous exhiber d'entrée de jeu devant les petits me semble inapproprié, toutefois, ce n'est pas ce qui me dérange le plus. Il est inconcevable pour moi que quoi que ce soit se déroule entre nous sous ce toit. Mon dérapage dans la cuisine était déjà de trop. Sauf que je ne peux pas lui avouer. Pas maintenant. Bientôt. Dès que j'aurai mis de l'ordre dans mes pensées et trouvé les mots justes pour aborder le sujet.

– On fait comment du coup ? s'enquiert-elle. Comme si de rien n'était ?

– Hum… ça me paraît une bonne idée, oui. À la maison, contentons-nous d'une relation professionnelle. Et dès que nous sommes dehors, comme maintenant, profitons !

Le regard confus puis triste d'Ava m'arrache une grimace. Elle acquiesce malgré tout sans rechigner. Cependant, je ne suis pas assez stupide au point de croire qu'elle accepte ma proposition de gaieté de cœur. Proposition qui reflétait plutôt un ordre sans appel.

Du pouce, je lisse le pli de contrariété qui s'est formé entre ses sourcils. Je m'en veux de la décevoir, d'être la source de sa peine. Alors je redouble de tendresse pour effacer sa déception. J'insuffle dans mon regard, dans le moindre de mes gestes, tout l'amour, tout le bonheur que je ressens en sa compagnie. Et ça marche. Elle se détend jusqu'à en oublier où nous sommes. Ses mains s'aventurent vers mon entrejambe. L'une d'elles s'arrête sur le haut de ma cuisse, effleurant mes testicules, tandis que l'autre, plus audacieuse, caresse mon érection par-dessus le coton de mon pantalon.

– Ava…

Un klaxon nous ramène brutalement à la réalité. Nous sommes à découvert, sur une route fréquentée. Il ne manquerait plus que la police nous coffre pour attentat à la pudeur.

– Oups, je crois que je me suis un peu emballée. Mais c'est de ta faute aussi, se justifie Ava avec une moue adorable. Comment je suis censée résister devant tant de sexytude ?

– Je suis sexy, moi ?

– Tu rigoles ? Le mot a été inventé pour toi.

– Même quand je danse ?

Ava ouvre la bouche, la referme avant de se mordre la lèvre.

– C'est une question piège ?

Je m'esclaffe devant son expression gênée avant de commenter, pince-sans-rire :

– Je te taquine. Je sais que je suis un roi dans ce domaine, le flow coule dans mes veines. Et ça, sans même prendre un seul cours de danse.

Elle hoche la tête avec conviction.

– On le devine aisément, ça, par contre.

Elle sourit. D'un sourire à croquer. Et mon cœur se dilate de bonheur. J'ai l'impression d'être soûl sans avoir bu, ivre d'allégresse. J'avais oublié cette sensation indescriptible qui me donne le tournis.

– Tu as repris des couleurs, remarque la cause de mon émoi. Tu vas mieux ?

– Avec toi, toujours.

– On y va ? me questionne-t-elle ensuite en s'extirpant de l'habitacle.

Je grogne. Je n'ai aucune envie de bouger. Néanmoins, j'ai promis à Helen que je serais rapide alors j'opine dans un soupir vaincu.

Lorsque j'aperçois les hauts murs de l'enceinte de la propriété qui se dessinent à quelques mètres devant nous, j'enclenche à nouveau mes warnings et arrête le moteur. J'abuse, oui. Toutefois, c'est plus fort que moi ; j'ai encore besoin de ma dose d'Ava. Maintenant qu'elle a ravivé la flamme en moi et que j'ai goûté ses baisers sucrés, je suis accro. Savoir que je ne pourrai pas la toucher, la caresser ou lui montrer la moindre démonstration d'affection une fois les grilles franchies me met au supplice. Je voudrais qu'il en soit autrement. Mais c'est impossible.

Afin qu'Ava ne s'agace pas, je lui offre un sourire contrit qui, j'espère, l'attendrira. Puis, avant même qu'elle ait eu le temps de détacher sa ceinture, j'ouvre sa portière et me penche vers elle.

– Désolé. J'ai une urgence.

D'étonnement, ses lèvres s'entrouvrent. J'en profite pour y glisser ma langue à la conquête de la sienne avec l'impression que je ne serai jamais repu. Ava me rend aussitôt mon étreinte, aussi avide que moi. Je souris contre sa bouche.

– Parfait. Maintenant, c'est parfait.

Mon regard s'arrime dans ses grands yeux bleus, tandis que je prononce avec gravité :

– Cherche avec moi toutes les excuses possibles pour qu'on puisse s'échapper quelques heures demain et tous les jours suivants, parce que je n'en ai pas fini avec toi. Jamais.

Je ponctue ma déclaration de doux baisers sur l'arête de sa mâchoire, l'arrondi de son nez, le haut de sa pommette. Je m'écouterais, je la mangerais toute crue. Cependant, je freine mes pulsions et, après un dernier baiser sur ses lèvres humides et chaudes, je retourne vers mon véhicule.

De retour à la maison, l'ambiance n'est pas aussi étrange et maussade que je l'imaginais. Je m'attendais presque à ce que la foudre s'abatte sur moi ou que le ciel me tombe sur la tête avec la puissance d'un ouragan. Toutefois, c'est le minois de Gabriel qui m'accueille, et ce dernier exulte en m'apercevant.

Rasséréné, je lâche un soupir. Tout va bien se passer.

Aucun démon ne m'attend au détour d'un couloir, aucune pensée néfaste ne ternit cette magnifique journée. Je n'ai pas lieu de m'angoisser, tout va bien. Je vais bien.

La soirée confirme ce sentiment. Si Ava et moi mettons en application mes recommandations – à savoir, se limiter à un rapport platonique lorsque nous nous tenons dans la villa –, nous rôdons tout de même l'un près de l'autre. Si je suis dans le salon, Ava ne tarde jamais à me rejoindre, si elle doit se rendre à la cuisine, j'ai moi aussi une fringale inopinée qui m'oblige à la suivre. Évidemment, ce n'est que pure coïncidence ! Nous nous dédions également quelques œillades langoureuses, sans jamais toutefois franchir la ligne fixée.

Vivement que je puisse à nouveau la serrer dans mes bras !

J'ai déjà informé Greg par téléphone. Ravi de la nouvelle, il s'est naturellement proposé pour garder les petits, au besoin. Je ne me suis pas fait prier ! Demain, tonton Greg jouera les nounous pour Gaby. Après, ce n'était pas sans condition. Cet enfoiré me met la pression pour que j'agisse. Je le comprends, je serais pareil à sa place. Quoique, non. J'aurais été plus radical et me serais déjà botté le cul depuis longtemps. Greg, sous ses airs de pervers grincheux et sans gêne, possède une grande empathie. C'est peut-être le gars le plus patient et conciliant que je connaisse. C'est un enfoiré, mais un putain d'enfoiré gentil. C'est simple, je ne sais pas où je serais sans lui.

Une fois les enfants couchés, la tentation se fait plus forte. Assis tous les deux sur le grand sofa, je peine à suivre la série qu'Ava vient de lancer. En plus, c'est en coréen sous-titré anglais. Comme si j'avais la tête à lire des sous-titres ! Il me semble que c'est l'histoire d'une femme à la force phénoménale et d'un homme d'affaires fortuné. Ça a l'air marrant si j'en crois les gloussements d'Ava. J'aimerais pouvoir la faire glousser autrement. Avec ma langue, par exemple. Qu'elle se dandine de plaisir tandis que je me repais de son corps.

Je soupire de frustration.

– Tu n'aimes pas ?

Je t'aime, toi.

J'écarquille les yeux, inquiet d'avoir pu parler à voix haute. Heureusement, ce n'est pas le cas. Il ne manquerait plus que je lui balance un « je t'aime » alors qu'on vient à peine de se mettre ensemble. Nous ne sommes même pas un couple officiel. Hormis Greg, personne n'est au courant de notre relation naissante. Et c'est très bien ainsi pour le moment. Si je suis sûr de mes sentiments pour elle, ça n'en reste pas moins un bordel innommable dans mon esprit.

Deux heures plus tard, je suis au bord de l'implosion. Si un jour, je souhaite me reconvertir, j'ai trouvé ma voie en tant que scénariste de porno. Je ne me savais pas si imaginatif ! L'excitation à son comble, je suis sur le point de craquer et de sauter sauvagement sur ma gouvernante. Emmitouflée dans son plaid et concentrée sur l'écran, elle ne me calcule pas du tout. J'amorce une approche discrète. Mes doigts se faufilent sous la couverture à la recherche de la douceur de sa peau nue. Aucune réaction. Pas même un frémissement. Je lève un sourcil incrédule, déçu par l'absence d'effet que je suscite. Je me penche jusqu'à ce que mon visage soit l'unique chose qu'elle puisse distinguer.

Ou pas. Ava dort à poings fermés…

Mes doigts se perdent dans ses cheveux soyeux. Je pouffe tandis qu'un léger ronflement se fait entendre. Pourquoi je trouve ça mignon ?

Je reste encore un instant à l'admirer avant de la porter jusqu'à sa chambre. Elle baragouine je ne sais quoi, mais se rendort aussitôt que sa tête touche le matelas.

À mon tour, je me glisse dans mon lit vide, impatient d'être à demain et de pouvoir jouir de ma… petite amie. Ce mot sonne étrangement à mes oreilles. Comme s'il était tronqué ou inexact. Je voudrais m'épancher sur cette impression, toutefois, le sommeil m'emporte.

***

– Ma grenouille, s'il te plaît, descends de cette voiture ! C'est dangereux !

Horrifié, j'observe Margot appuyer sur l'accélérateur, alors que son petit frère est en plein sur son trajet. Elle se tient debout à la place conducteur. Seule une touffe brune de ses cheveux est visible, sa tête dépassant à peine du volant.

Mais que fait-elle, bon sang ?

J'essaie d'avancer, cependant, mes jambes refusent d'obtempérer. Je suis figé, incapable de lever mon pied.

Je hurle en direction de mon fils.

– Éloigne-toi, chéri ! Gaby, écoute papa et viens par ici !

Margot ricane. Un rire diabolique qui fait froid dans le dos. Est-elle possédée comme la petite fille dans *L'Exorciste* ?

– Ne t'inquiète pas, papa ! Ce n'est pas lui que je vais écraser, mais toi ! me provoque-t-elle, un sourire sardonique aux lèvres.

Elle dévie sa trajectoire dans un mouvement brusque, faisant crisser les pneus. Les phares m'éblouissent un instant et je me protège de mon bras.

– Margot ! Ça suffit, maintenant ! dis-je de mon ton le plus autoritaire tandis que la peur s'immisce dans mes veines plus vite que le plus virulent des poisons.

– À trois, je t'écrase ! me prévient-elle. Un… Deux…

Soudain, une douleur inimaginable me déchire le thorax ; je suis allongé sur l'asphalte, une des roues du SUV me broie le torse. Mes côtes se disloquent une à une sous la pression.

Mon cœur. J'ai si mal au cœur. Je ne peux plus respirer. Je mugis dans un souffle douloureux :

– Pour… pourquoi ?

Dans un élan désespéré, mes yeux virevoltent à la recherche d'une aide. Ava apparaît dans mon champ de vision, suivie de Greg, Jessie, mes parents, Gaby, Margot, Helen, Antonio, Rosa, Lenny. Toutes les personnes qui me sont chères m'entourent. Et toutes sourient. D'un sourire perfide et machiavélique.

– S'il vous plaît, aidez-moi… Je… je ne veux pas mourir.

– Et pourquoi pas ? s'exaspère mon père. Quelle différence ça ferait ?

Ma mère s'accroupit et caresse d'un geste tendre mon visage ensanglanté. Elle étale ensuite de son index le liquide carmin pour dessiner je ne sais quel motif sur mon front.

Je murmure d'une voix brisée :

– Maman, aide-moi, je t'en supplie. J'ai mal au cœur.

– Je sais, mon fils. Ça fait mal, hein ?

Elle se relève, puis se détourne sans même un dernier regard. Comme un seul homme, les autres lui emboîtent le pas. J'ai beau m'égosiller, les implorer de revenir, personne ne me prête attention.

Je me réveille dans un cri muet. J'essaie de me redresser, mais j'en suis incapable. Ma poitrine est comprimée. Je tente de réguler ma respiration. Ce n'était qu'un cauchemar. Rien de plus. Tout va bien, ton cœur va bien.

Alors pourquoi ai-je si mal ? Mal à en crever.

Je me contorsionne et après quelques tentatives ratées, je réussis à me lever. Mes draps sont trempés par la sueur. Tout le haut de mon buste est douloureux et j'ai l'impression que ma tête va exploser.

Je me traîne jusqu'à la cuisine pour étancher ma soif, mais l'eau ne m'est d'aucun secours. Alors, d'un pas las, je me dirige vers ma réserve d'alcool située dans mon bureau.

Je bois pour ne plus souffrir, je veux juste que cette torture prenne fin.

Je bois pour vider mon esprit. Je me fiche de savoir ce que signifie ce cauchemar, je veux seulement oublier.

Je bois pour espérer aller mieux. Une utopie, même à mes yeux.

Je bois, encore et encore.

21

Ava

Mon réveil est en demi-teinte. Je devrais être sur mon petit nuage de bonheur, néanmoins, celui-ci est noirci par ma nuit agitée. Pour je ne sais quelle raison, j'ai été tirée du sommeil vers trois heures du matin. C'était comme un pressentiment, je devais impérativement me lever. Et c'est là que j'ai découvert Seth, inerte, assis par terre et la tête penchée vers le sol. J'ai paniqué en supposant qu'il s'était évanoui. D'autant plus qu'un peu plus tôt, en voiture, il avait montré des signes de faiblesse. Cependant, en me rapprochant, l'odeur âcre et caractéristique de l'alcool m'a piqué les narines. Il était ivre mort. Au point qu'il peinait à me reconnaître. Il divaguait totalement et ses paroles étaient incompréhensibles. Son air dévasté, lorsqu'il a levé ses yeux tristes et gonflés par les larmes qu'il avait dû verser, a été pire qu'un coup de poignard en plein cœur. C'est évident qu'il regrette ce qui s'est passé hier. Toutefois, quand nos regards se sont croisés ce matin, mis à part sa mine fatiguée, toute trace de mélancolie avait disparu. Ses iris brillaient d'excitation et son sourire était si chaleureux que je ne serais pas étonnée qu'il soit en partie responsable du réchauffement climatique. Du coup, je ne sais plus trop sur quel pied danser.

Dois-je lui parler de cette nuit ? Est-ce en rapport avec notre nouvelle relation ? Est-ce à cause de sa femme ? J'ai l'impression qu'il n'arrive pas à faire son deuil ou à l'oublier. Peut-être culpabilise-t-il d'être avec moi ? Même si je ne veux pas remuer le couteau dans la plaie, je devrais aussi aborder ce sujet. Je suis en droit d'être dans la confidence.

Je m'apprête à le questionner, ne sachant pas par où commencer. Néanmoins, je referme la bouche avant même d'avoir émis le moindre son, coupée dans mon élan par la notification de mon téléphone. Oui, il m'en faut peu pour me distraire. Excuse minable pour retarder l'échéance et une vérité que je ne suis pas sûre de vouloir entendre.

C'est un message de Seth. Ce dernier me dévisage tandis qu'une fièvre à peine contenue fait chatoyer ses iris d'une flamme dansante.

[J'ai réservé une chambre au
Graduate NH. C'est un hôtel
fréquenté par de nombreux
touristes, ça nous permettra
de nous fondre dans la foule
des badauds de passage.
J'ai juste une petite course
rapide à faire et dès que
Greg franchit la porte,
je te kidnappe pour les heures
à venir.]

Les bips s'enchaînent, m'indiquant l'arrivée de plusieurs SMS.

[Pour information : ce que je
compte te faire ne requiert
aucun vêtement.]

[Ne mets pas de culotte.]

[J'ai hâte !]

Waw ! Mon boss est chaud bouillant ! Apparemment, il ne regrette pas… Ou alors, il a une drôle de façon de le montrer. Je suis presque à me demander si je n'ai pas rêvé les événements de cette nuit. Tandis que je cogite, la mine concentrée, de nouveaux messages me parviennent.

[Tu ne veux pas ?
T'es contrariée ?]

[Oublie mes derniers
commentaires.]

[Je plaisantais.]

[Pardonne-moi, j'étais trop
empressé. Désolé.]

Je laisse échapper un petit rire. Il est trognon quand il doute de ses capacités de séduction. Je suis surprise qu'un homme avec autant de prestance, de charisme, de beauté, de tout, puisse craindre quoi que ce soit.

Je pianote à mon tour :

[Je porterai une jupe.
Sans collant et… sans culotte.]

[Je compte sur toi pour
me réchauffer !]

Je rajoute un milliard de smileys afin de dissiper tous ses doutes.

***

Tandis que je me tiens devant la grande arche de l'entrée, prête à partir en escapade romantico-érotique, l'air glacial fouette mes jambes. Je grimace tout en émettant quelques réserves sur la perspicacité de cette idée. J'ai beau être émoustillée à la pensée de notre petit interlude, en attendant, je me caille les miches. Littéralement. J'aurais dû songer à mettre une jupe longue au lieu de chercher à l'aguicher avec mon mini kilt rouge et bleu. Certes, c'est joli, et quand on sait ce qu'il y a en dessous – à savoir, rien –, cela rend les choses encore plus intéressantes. Toutefois, par ce temps, ce n'est vraiment pas idéal.

– Tu veux ma mort, c'est ça ? gronde mon M. Bite dont les pupilles dilatées, aussi noires et impénétrables qu'un étang sans fond, confèrent à son regard des allures de prédateur imprévisible et sauvage.

Je frissonne. En raison du vent… ou de la promesse que ses yeux me transmettent.

– Tu n'as pas de manteau ? continue-t-il. Je m'en voudrais que tu attrapes froid.

Un manteau, quelle bonne idée ! Je savais que hormis ma culotte, il y avait un truc qui clochait. Un détail que j'avais omis. Le manteau ! J'en ai un long qui sera parfait pour couvrir mes gambettes.

– Je reviens !

Quelques minutes plus tard, nous sommes sur le chemin de l'hôtel. Ce dernier est situé non loin du campus et la circulation est assez dense. Pour patienter, alors que nous sommes coincés dans un énième embouteillage, je déboutonne mon imper afin de dévoiler un peu de ma peau nue.

La réaction de Seth est instantanée. Il pousse un juron tandis que la Bugatti fait une légère embardée.

– Ava… grogne-t-il. Mon self-control est à peu près de l'ordre de moins cent, je fais des efforts titanesques pour ne pas te sauter dessus depuis le réveil.

Il se racle la gorge et rectifie :

– En vérité, je me retiens depuis hier. Je ne peux stationner nulle part, il n'y a pas de rue de déserte et… (Il hésite, en proie à un dilemme.) Eh merde !

Sa main se pose sur le haut de mon genou tandis qu'il fixe la route avec une fausse concentration hilarante. Lorsqu'elle remonte avec lenteur pour se glisser sous ma jupe, je ne ris plus. Mon épiderme s'embrase sous son passage, à l'instar d'un fer chauffé à blanc. J'étouffe un gémissement et entrouvre les cuisses pour lui faciliter l'accès.

– Ava ! Écarte-les encore plus.

Sa voix rocailleuse et autoritaire m'envoie une nuée de

papillons dans le bas-ventre qui m'oblige à obtempérer sur-le-champ. Le rouge me monte aux joues.

Après une brève réflexion, le regard toujours aimanté sur la route, Seth effleure de la pulpe de son pouce mon clitoris. Je retiens mon souffle. Ce microcontact vient d'aspirer tout l'oxygène de l'habitacle. Je déglutis et ferme les yeux dans l'espoir de capturer cette divine sensation et de la faire durer le plus longtemps possible, mais celle-ci se consume déjà. J'ai besoin de plus.

– S'il te plaît, dis-je dans une supplique…

J'ouvre indécemment mes jambes, toute pudeur envolée.

– S'il te plaît…

Un rictus plisse le coin de sa bouche. Je distingue une petite cicatrice sur le bord de sa lèvre supérieure. Elle est à peine décelable, si bien que je ne l'avais pas notée auparavant. Une fine ligne d'un centimètre tout au plus. J'avais déjà relevé qu'il en avait une en forme de croissant juste en dessous de son sourcil droit. Je me demande si, comme moi, ses cicatrices proviennent de chutes à vélo. Toutes celles que j'ai aux genoux sont dues à cet engin de malheur. Pédaler, c'est facile. Freiner, en revanche, c'est bien plus périlleux. Surtout lors d'une descente.

Ma réflexion cesse dès que mon boss revient à la charge, avec cette fois-ci plus d'insistance. Toute pensée m'abandonne, il ne reste plus que ce pouce magique qui me distille un plaisir infini. Je lâche un gémissement sonore qui m'aurait fait rougir de honte si je n'étais pas déjà en feu. Enhardi par ma réaction, l'un de ses doigts me pénètre tandis que l'autre poursuit ses petits mouvements concentriques sur ma chair frémissante.

Ma main agrippe son avant-bras, mes ongles se plantent dans sa peau à travers le coton de sa chemise noire. Je m'accroche à lui pour l'arrêter ou l'inciter à continuer, je ne saurais dire. Des véhicules nous encerclent de toute part. Les gens attirés par la beauté de la voiture lancent des regards curieux dans notre direction. Vont-ils surprendre ce que nous faisons ?

– Seth… Il y a du mond…

Son doigt vient de toucher un point sensible. Je perds le fil de mes pensées, incapable de poursuivre son cheminement. Je veux juste qu'il continue cette divine caresse.

– Tu as raison, ce n'est pas judicieux, on peut nous voir, consent Seth en quittant enfin la route des yeux pour les descendre vers mon entrejambe où sa main s'exerce toujours. Il soupire, puis se retire d'un air résigné.

Mais non ! REVIENS ! Tu fais quoi ? ai-je envie de hurler.

Je souffle dans un feulement :

– Je me retiens de te frapper, sache-le ! On ne commence pas quelque chose sans le terminer, sinon on s'abstient !

Je suis à peu près certaine que ma tête est en adéquation avec mon timbre funèbre. La frustration me rend un brin tendue.

Une expression choquée se dessine sur les traits de Seth, vite remplacée toutefois par une lueur amusée qui irise ses billes azurées.

– Oh, j'ai bien l'intention de finir ce que j'ai commencé, ne t'inquiète pas. Ceci n'est qu'une mise en bouche pour patienter.

Je frémis devant son regard plein de sous-entendus.

– Mais j'ai l'impression que la patience, ce n'est pas ton fort. (Un sourire canaille ourle ses jolies lèvres.) Dommage pour toi, ce n'est que le début.

***

Quelques minutes plus tard, nous sommes enfin arrivés à destination. Je suis une boule d'excitation. Je ne désire qu'une chose : récupérer la carte de la chambre au plus vite et laisser cours à notre imagination débridée. Toutefois, mon patron n'est pas de cet avis, il a un tout autre programme. Monsieur veut m'apprendre « les bienfaits de la patience », titiller ma résistance afin de faire « monter la tension ».

– Ma tension est plus élevée que n'importe quel pylône électrique ! Je dois frôler les cinq cent mille volts… Une surchauffe peut survenir à tout moment, c'est dangereux, monsieur Manning.

– Je prends le risque. Il y a une exposition d'un peintre contemporain, ça te dit d'aller jeter un œil ?

– Non.

Mon ton est ferme et sans appel.

– OK. L'expo est par là, allons-y, conclut-il, hermétique à mon refus.

Il passe une main sur ma taille et nous dirige, d'un pas guilleret, à l'opposé des ascenseurs qui mènent aux chambres.

Je chuchote, mécontente :

– Je te rappelle que je suis nue sous ma jupe… Jupe qui m'arrive à peine à mi-cuisses. Tu joues à quoi, là ? Et pourquoi pas aller déjeuner tant que tu y es ?

– Déjeuner ? Excellente idée. Nous irons bruncher après notre visite.

– Seth !

Sa bouche vient se plaquer contre mon oreille. Son souffle chaud me chatouille, je frissonne tandis que ma peau se couvre de chair de poule.

– J'ai envie de toi comme un fou, tu n'imagines pas à quel point, me susurre-t-il en me mordillant le lobe. Savoir que tu es nue sous cette jupe, mouillée et prête pour moi, je dois faire preuve de tout mon sang-froid à chaque instant. Mais je veux tester mes limites. Et les tiennes. C'est un défi amusant.

À la manière dont mon cœur malmène mes côtes, je ne suis pas certaine qu'il trouve cela *amusant*. Mon entrejambe, lui non plus, n'est pas de cet avis.

Je le mets en garde :

– Trente minutes max, et on monte. Sinon, c'est à tes risques et périls.

Certains ont une sensibilité pour l'art, ce n'est hélas pas mon cas. Bien souvent, là où les gens y décèlent les fêlures de l'artiste, sa patte définissable et la maîtrise de son pinceau, je n'y perçois qu'un délire abstrait réalisé par une personne sous psychotropes. Un groupe près de moi s'extasie devant une toile monochrome noire avec juste une chiure blanche en son centre.

Je murmure pour que seul Seth m'entende :

– Je ne veux pas paraître imbue ou quoi que ce soit, mais j'aurais pu le peindre, ce machin-là. J'en ai déjà dessiné un du même genre quand j'avais 5 ans.

Il glousse à ma remarque. Je n'ai pas l'impression qu'il soit très réceptif à ce tableau, lui non plus.

– Je vais aux toilettes, je reviens.

– OK, ne te perds pas en chemin.

Je m'éclipse en levant les yeux au ciel. Comme si j'allais me perdre dans un hôtel.

Quinze minutes plus tard, je maudis mon boss. Il m'a porté la poisse, c'est évident ! Cet hôtel est en réalité un labyrinthe. Pourquoi faut-il qu'il possède plusieurs salles de réception et de conférences ? La plupart sont vides, ce qui signifie que l'exposition, à moins d'avoir disparu comme par magie, ne se trouve pas là.

Des bruits sur ma gauche attirent mon attention. Plusieurs hommes sortent d'une pièce en parlant fort. Je ne reconnais pas l'endroit, mais je n'ai jamais été très observatrice.

C'est décidé, dorénavant, on fera selon mes plans ! Dès que je chope Seth, je le séquestre dans la chambre. Terminées les bêtises ! On ira bruncher après le sexe, et non avant !

– Ava ?

Je m'arrête, en proie au doute. On m'a appelée ?

– Ava Summer, c'est bien toi ?

Pas d'erreur possible, on me parle. Je penche la tête sur le côté et me retourne au ralenti, prise d'un mauvais pressentiment. Je connais cette voix grave à la Sylvester Stallone. Cherryl s'en est moquée bien trop souvent. Elle me surnommait même Adrienne pendant un moment, en référence au film *Rocky*.

– J'ai eu du mal à te reconnaître dans cet accoutrement. Tu te la joues écolière, maintenant ?

Warren, aka Gros-connard, mon ex-petit-ami qui confond

pine et turbine, me darde une de ses œillades vicieuses dont il a le secret et qui salit tout ton être en un instant. Un frisson de dégoût fait trembler mes membres. Je regrette de ne pas avoir remis mon manteau en sortant des toilettes et de le tenir sous le bras.

– Tu fais quoi dans les parages ? (Il fronce les sourcils.) Tu es là pour le séminaire, toi aussi ?

Je remarque alors l'affiche collée sur la porte derrière lui : « 26e conférence de dentisterie et de santé bucco-dentaire. »

Il me lance un regard incrédule et éclate de rire.

– Ne me dis pas que tu es venue jusqu'ici en espérant alpaguer un dentiste ?

Les deux amis ou collègues qui l'accompagnent ricanent bêtement. Je grimace, la gorge nouée, tandis que Couilles-molles secoue la tête d'un air affecté.

– Tu m'as suivi, c'est ça ? Merde, faut tourner la page, ma grande. C'est pathétique.

Comment peut-il croire un seul instant que je l'ai suivi jusqu'ici ?

Sale con !

Je refuse d'user ma salive pour répondre à ses provocations. Mes poings, en revanche… Peut-être que si je n'avais pas été aussi tendue, mon corps ne prendrait pas l'ascendant sur mon esprit. Avant que je puisse réaliser ce que je m'apprête à faire, mes jambes parcourent la distance qui nous sépare. Droite comme un I, je le dévisage sans mot dire puis arme mon poing pour qu'il atterrisse pile dans sa tronche de cake. Lui péter les dents, c'est tout ce qu'il mérite. Néanmoins, mon élan est bloqué par une main qui se referme avec délicatesse mais fermeté sur mon poignet.

– Ava, non.

Seth attire mon bras vers lui pour l'éloigner de l'autre débile, puis m'enlace sans préavis.

– Je savais que tu allais te perdre, sourit-il.

Ses yeux me sondent pour juger si tout va bien ; les siens, malgré son apparente décontraction, sont tempétueux. La conversation ne lui a pas échappé.

– J'ai peur de comprendre, intervient Warren. Tu es son escor…

– Je suis sa gou…

– Elle est ma petite amie. Cela pose-t-il un problème ? nous coupe Seth.

Son expression s'adoucit un instant tandis qu'il replace une mèche de mes cheveux derrière mon oreille d'un geste tendre.

– Ne t'éloigne plus de moi, s'il te plaît. T'es tellement belle que tous les crétins du coin vont tenter leur chance. (Il tend sa paume bien en vue de Gros-connard.) Tu sais, après quatorze ans de boxe, ça me démange de montrer mes compétences et je ne voudrais pas finir au poste de police.

Sa menace est à peine voilée. Son poing est létal et il est prêt à s'en servir.

C'est bête, mais cela me procure une sensation de bien-être. Si je suis habituée à me défendre par moi-même, sans l'intervention d'un tiers, c'est agréable de se sentir protégée. Surtout quand ton sauveur se nomme Seth Manning et qu'il affirme haut et fort que tu es sa petite amie.

À les voir tous les deux côte à côte, je réalise qu'ils ne jouent pas dans la même catégorie. Warren est un beau garçon, il le sait. Grand, mince, les cheveux châtain clair et les yeux noisette, presque dorés. Toutefois, il ne dégage aucune prestance, surtout face à Seth qui le rend d'une banalité confondante. C'est comme essayer de comparer un ULM et un avion de chasse. Certes, tous les deux sont motorisés et volent dans les airs, néanmoins, l'un balade grand-mère par un dimanche après-midi ensoleillé tandis que l'autre fait rêver des nations entières.

– On y va ? suggère mon petit ami en embrassant ma tempe.

J'acquiesce, un grand sourire aux lèvres. Sans un regard en arrière, nous nous dirigeons vers le hall. Mon avenir est devant moi, non derrière, et celui-ci semble radieux.

Sans même nous concerter, nous pénétrons dans le premier ascenseur disponible. L'ambiance devient aussitôt chargée d'électricité. Contenir mon excitation me demande un effort presque surhumain.

Nous ne sommes pas seuls. Nous ne sommes pas seuls. Tu ne peux pas te jeter sur lui, Ava ! Retiens-toi !

Je maudis le couple âgé qui est monté en même temps que nous. C'est une torture de ne pas pouvoir me ruer sur la bouche de Seth comme me l'ordonne chaque fibre de mon être.

Sa main se resserre sur la mienne, tandis que je ravale une injure. Le volcan bouillonnant que je perçois dans ses prunelles m'indique que lui aussi lutte contre ses pulsions.

Nous nous tenons sagement côte à côte et seuls nos doigts se touchent. Pourtant, l'air est lourd, saturé d'une chape de luxure. C'est si fort, si puissant que tout mon corps frissonne. Lorsque nous parvenons enfin à notre étage, je halète, à bout de souffle. Mes jambes flageolent sous l'impatience ; je n'ai jamais été aussi fébrile de ma vie. Mon boss paraît tout aussi troublé. Ses mains tremblent alors qu'il essaie d'ouvrir la porte de notre chambre.

– Bordel ! Pourquoi la carte ne marche pas ? s'énerve-t-il d'une voix vibrante.

– C'est ta carte bancaire, Seth…

J'étouffe un rire.

Il profère un juron, sort la clé magnétique, et à peine le mécanisme déverrouillé, je suis soulevée dans les airs. Je pousse un couinement surpris avant que mes jambes viennent encercler sa taille. Sans le barrage d'une culotte ou d'un collant gênant, ses mains s'emparent avec facilité de mes fesses nues et les pétrissent sans retenue. Il me plaque contre le mur de l'entrée et, comme je le rêvais quelques instants plus tôt, ma bouche s'écrase sur la sienne. Ce baiser n'a rien de doux. Il est vorace, ardent, brûlant, fougueux, exalté, il est porteur de nos désirs et de nos frustrations. Nos gestes sont empressés, avides, empreints de maladresse, mais efficaces. Surtout ceux de Seth. Je réalise qu'il ne lui a pas fallu plus de quelques secondes pour me déshabiller. Seul vestige de mes vêtements, ma jupe, qu'il ne peut retirer sans me reposer à terre. Or, cela ne semble pas faire partie de ses projets. J'écarte les pans de sa chemise qui tombe sur le sol et caresse son torse musclé.

– J'aimerais prendre mon temps, mais tu me rends fou, murmure-t-il d'un timbre rauque. Après… Après, promis, j'explorerai jusqu'à la moindre parcelle de ton corps, je te goûterai et te ferai jouir de ma langue. Bordel, oui, faisons ça ! gronde-t-il tandis que son bassin se frotte contre le mien. Mais pour l'instant…

– Baise-moi.

J'ondule en gémissant mon consentement, ravie que nous soyons sur la même longueur d'onde. Qui a dit que les préliminaires devaient être en entrée ? En dessert, cela me paraît encore plus appétissant. D'abord sa queue, ensuite sa langue.

En deux enjambées, alors que nos bouches sont scellées, Seth nous conduit vers le lit. Nous tombons en travers du matelas, néanmoins, dans notre chute, il prend soin de ne pas m'écraser. Dressé sur ses coudes, il me dévisage avec une gravité qui me donne envie de me tortiller, en proie à une gêne naissante. Ses yeux parcourent mon corps nu avec convoitise. Puis, comme s'il sortait d'une transe, il s'ébroue et se relève pour chercher sa veste tombée dans l'entrée. Il revient d'une démarche féline, tenant un paquet entier de préservatifs dans une main, tandis que de l'autre, il dézippe la braguette de son jean. Je me demande un instant si sa course de ce matin n'était pas pour acheter des capotes. Un rictus étire le coin de mes lèvres à cette possibilité. Quand je reporte mon attention sur Seth, je constate que ses chaussures et ses chaussettes ont disparu à un moment ou un autre, sans que je l'aie remarqué. D'un geste assuré, il se débarrasse de son pantalon et se plante devant moi, seulement muni d'un caleçon noir d'une grande marque. Son érection visible tire le coton et ne demande qu'à être délivrée.

Je déglutis. La prestance de cet homme est folle. Il respire le sexe, transpire de sensualité et vibre de promesses inavouables. D'un regard, il absorbe tout l'oxygène de la pièce et me laisse pantelante. Je comprends alors que je suis foutue. Je suis complètement et irrémédiablement éprise de mon boss. C'en est si flippant que mon palpitant s'emballe et ma poitrine se comprime. Je voulais, j'espérais garder la maîtrise de mes sentiments, afin de ne pas perdre tout contrôle. Toutefois, mon cœur, ce traître, en a décidé autrement.

– Tu sembles anxieuse, constate-t-il en s'allongeant près de moi.

Avec tendresse, il lisse mes traits du bout de son pouce. Le haut de mes sourcils, l'arête de mon nez, le contour de ma mâchoire.

– Je ne ferai jamais rien que tu ne désires pas, me rassure-t-il, en se méprenant sur la raison de mon tourment.

Je souris et réitère :

– Baise-moi, Seth.

Sans être d'une nature trop pudique, je ressens habituellement un léger malaise lorsque je suis nue devant un homme. Cependant, en sa présence, je dévoile une nouvelle facette de ma personnalité. Au lieu de chercher à me couvrir d'un drap, mes genoux se plient et s'ouvrent avec indécence, exposant la partie la plus secrète de mon intimité. La réaction de Seth est immédiate. Sa pomme d'Adam tressaute, tandis qu'il prend une grande inspiration. Ses doigts se dirigent vers ma toison pubienne puis écartent mes replis avant que l'un d'eux s'insère en moi. Toutefois, il n'y reste pas longtemps. Ce n'est pas le programme convenu. Il soulève un instant son bassin pour se délester du dernier bout de tissu qui couvrait son anatomie. Ma bouche s'assèche devant sa virilité. Avec une certaine fébrilité, je tends la main pour venir caresser son sexe. Certes, les préliminaires sont pour le dessert, mais rien ne nous empêche de prendre quelques discrètes bouchées avant.

– Tu veux le mettre ? suggère-t-il en agitant le sachet du préservatif.

Il ouvre l'emballage de ses dents, en faisant attention toutefois à ne pas déchirer la capote.

Je me sens nerveuse, tandis que je pince avec délicatesse le réservoir et déroule le caoutchouc sur la longueur de son sexe.

Il prend position au-dessus de moi et, sans me quitter des yeux, s'introduit centimètre par centimètre. Puis il entame un va-et-vient, lent et profond. Ses mouvements sont à l'image de la passion qui embrase ses iris. C'est la première fois qu'on me contemple avec autant d'intensité ; je voudrais me dérober en fermant les paupières, mais je suis hypnotisée. Plus encore que nos hanches qui s'animent dans une même danse, c'est cette incroyable connexion qui est sur le point de me faire chavirer. C'est beau, puissant, troublant. D'un érotisme inimaginable. Plus rien au monde n'existe, juste nous deux, nos regards se soudant, nos corps s'aimant, nos âmes se liant. Nos coups de reins s'accélèrent dans une synchronisation parfaite, nous sommes en totale symbiose. Lorsque sa main s'immisce entre nos bassins pour titiller mon clitoris, ma jouissance explose aussitôt, comme s'il venait d'appuyer sur un détonateur. Je ne peux retenir mon cri de plaisir. Quelques instants après, Seth pousse un râle en se déversant à son tour dans un soubresaut.

Il m'embrasse le bout du nez et propose qu'on se douche avant de passer à la suite. En gentleman, il me laisse disposer de la salle de bains en premier. Un peu plus tard, nous sommes propres tous les deux et fin prêts pour le dessert. Je veux prendre mon temps cette fois-ci. Découvrir son corps, apprendre à le caresser et lui apprendre ce que moi j'aime. Et c'est ce que nous faisons toute l'heure suivante. Nos peaux s'apprivoisent, nos langues explorent, nos mains tâtonnent.

Vers les quatorze heures, repus de sexe, mais le ventre vide, nous décidons de commander un repas. Aucun de nous n'a le courage de descendre au restaurant. Le room service de l'hôtel fera l'affaire.

Une fois mon estomac rempli, je soupire de contentement en paressant dans les bras de Seth. Nous sommes toujours au lit, complètement nus, et cette situation me semble naturelle. Je ne ressens aucune gêne, même si mon cœur est en tachycardie depuis ce matin. Être avec Seth est facile, j'ai l'impression d'avoir enfin trouvé ma place à ses côtés. Toutefois, un sentiment perturbant tiraille mon esprit, comme si tout cela n'était qu'une façade. C'est étrange, je n'arrive pas à m'en expliquer la raison. Peut-être ai-je simplement peur que tout ceci soit trop beau pour être vrai ?

– À quoi tu penses ? me questionne mon boss.

Je caresse le haut de sa clavicule de mon index.

– D'où viennent ces cicatrices ?

Il y en a près d'une dizaine. Elles sont petites, d'un ton plus clair que sa peau. Certaines sont en forme d'étoile, d'autres de lune ou encore ne sont juste que de minuscules lignes. La plus grosse d'entre elles ne doit pas dépasser un centimètre. C'est comme s'il était tombé sur des gravillons pointus.

– De simples égratignures dues à des bris de verre. C'est donc ça qui te rend si rêveuse depuis tout à l'heure ?

Je lui renvoie un sourire énigmatique. Puis, sur ma lancée, je décide d'aborder le sujet qui parasite trop souvent mes pensées.

– Sinon, euh… (Je me racle la gorge.) Il faudrait peut-être que l'on discute de… de ta femme.

Je finis ma phrase dans un souffle à peine audible, néanmoins, à ses muscles qui se contractent, je sais qu'il m'a parfaitement entendue. Tout son corps se fige en un instant et je regrette ma curiosité.

Il demeure silencieux un long moment et lorsqu'il répond enfin, son ton a perdu toute trace de légèreté.

– Un autre jour, Ava. Cela fait même pas une journée que nous sommes ensemble et tu me mets déjà la pression ?

– Non, pas du tout. Ce n'était pas mon intention.

Seth se lève et commence à se rhabiller.

– Il est temps qu'on y aille, m'informe-t-il. Margot ne va pas tarder à rentrer de l'école.

J'ai presque envie de pleurer devant son soudain changement d'humeur. J'acquiesce malgré tout dans un timide sourire, afin de faire bonne figure. Je ne vais pas m'effondrer pour si peu.

Lorsque son regard croise le mien, je ne sais pas ce qu'il y décèle, mais son attitude change instantanément. Il se penche vers moi.

– Je ne supporte pas de voir cette petite mine contrariée plisser les traits de ton beau visage et de savoir que j'en suis le responsable, soupire-t-il en caressant ma joue. S'il te plaît, ne m'en veux pas. La dernière chose que je souhaite, c'est de te faire du mal. Pardonne-moi si je t'ai blessée.

Mon cœur s'apaise aussitôt. Il faut que j'arrête de m'emballer. Le pauvre s'excuse alors qu'il n'a rien fait. Il a le droit de se braquer s'il pense que mes questions sont trop intrusives ou précipitées. Je dois me détendre et patienter, je suis sûre que quand il sera prêt, il parlera.

– Ne t'inquiète pas, je suis simplement triste parce qu'on doit partir. J'aurais aimé pouvoir profiter encore un peu de toi.

Et je ne mens pas. Je suis réellement dégoûtée qu'on doive déjà retourner à la villa.

– Oh! s'exclame-t-il, sans cacher sa surprise.

Ses iris s'illuminent en un éclair tandis qu'il ne peut dissimuler sa joie.

– Moi aussi, je regrette que le temps soit passé si rapidement! m'avoue-t-il avec une moue adorable. Mais je te promets qu'on reviendra vite. Pourquoi pas demain?

– J'ai un patron intransigeant, je ne sais pas si ce sera possible.

Il s'esclaffe, et je me joins à lui tout en me préparant.

Sur le parking de l'hôtel, Seth me lance la clé de la voiture. Confuse, je le dévisage sans comprendre.

– Bah quoi? J'ai conduit à l'aller, tu conduis au retour. À moins que tu ne veuilles pas… rit-il en avançant la main pour la récupérer.

Je plaque la clé contre mon cœur. Donner, c'est donner, reprendre, c'est voler.

– Juste pour être claire, tu es au courant que si je casse

ta voiture, je n'ai que deux cents dollars sur mon compte en banque et non deux cent mille ? Je ne pourrai jamais te rembourser.

Il vaut mieux le prévenir, on ne sait jamais.

– Alors essaie de ne pas la casser, glousse-t-il. Oh… Et on est plus vers les deux millions de dollars.

Oh, bordel ! Je commence à paniquer et me demander si c'est une bonne idée, lorsque soudain j'aperçois Couilles-molles qui nous observe d'un œil mauvais à quelques mètres de nous. Seth suit mon regard et me lance un sourire de connivence. Avait-il remarqué mon ex ?

– Montre-lui qui est la cheffe ! m'encourage-t-il d'un doux baiser.

Toutes mes craintes dissipées, je le remercie d'un hochement de tête, tandis qu'un rictus conquérant s'épanouit sur mes lèvres. Je déverrouille les portières et me glisse à la place conducteur devant l'air abasourdi de Gros-connard. Ses yeux lui sortent presque des orbites, c'en est hilarant. Je n'oublie pas de lui adresser un doigt d'honneur lorsque la Bugatti arrive à sa hauteur, puis accélère dans un vrombissement délectable. Cette journée est magique.

22

Seth

Ces derniers jours, j'ai l'impression d'être tombé dans une faille spatio-temporelle qui me replonge dans mon adolescence. Alors qu'à la maison, Ava et moi gardons nos distances comme convenu, dès que nous quittons l'enceinte de la villa, notre idylle prend vie. C'est ainsi que, depuis plus d'une semaine, je rejoins ma petite amie pour des rendez-vous secrets. Greg est le seul à être dans la confidence. Il faut dire que sans sa contribution, je ne serais peut-être pas en ce moment même en train de serrer Ava dans mes bras après une séance de sexe aussi torride que sportive.

Helen se doute également de quelque chose. Elle accepte avec un empressement un peu trop suspect de garder les petits pendant nos sorties et ce, qu'importent nos excuses bidon. Et puis ses sourires entendus, à peine dissimulés, qu'elle lance à Antonio, Lenny et Rosa, dès que je requiers son aide, sont flagrants.

En réalité, hormis mes enfants, je me demande qui n'est pas au courant de notre relation ?

– Tu as prétexté quel motif cette fois pour t'éclipser ? m'interroge Ava, qui roule sur le flanc, faisant ainsi glisser le drap qui la couvre, pour s'emparer du menu. T'as pas un creux ? Je grignoterais bien un truc.

Allongée sur le ventre, elle détaille la carte du room service en gémissant d'envie. Je retiens un grognement. Moi aussi, j'ai la dalle. Je suis insatiable de son corps. Dès que j'aperçois ses courbes, j'ai une fringale de tous les diables. Mais je suppose que ce n'est pas de ce genre d'encas dont elle parle. Dommage. Mes doigts paressent sur ses fesses nues avec le désir de plus en plus ardent de s'immiscer entre ses cuisses.

D'une tape, elle m'exhorte au calme lorsque ces derniers s'aventurent vers son sillon tentateur.

– Seth, concentre-toi ! me gronde-t-elle.

La mine boudeuse, je masse ma main meurtrie.

– Je suis censé être à une réunion de travail. Et te concernant, j'ai dit à Rosa que tu avais un rendez-vous chez ton psy et que tu en aurais pour plusieurs heures.

– Chez mon psy ? T'as pas trouvé mieux ? râle-t-elle.

– C'est la meilleure excuse, au contraire. C'est crédible. Tous ont entendu ton mantra bizarre où tu te prends pour un arbre. Et du coup, personne n'ose plus poser de questions.

Les yeux plissés, elle me fusille du regard.

– Ne te moque pas, je t'ai déjà expliqué le but de cette phrase.

– Oui, oui, c'est pour éviter que ton cul se prenne pour une centrale nucléaire.

J'éclate de rire devant son air choqué.

Ava m'a confié être sujette à un SII, syndrome de l'intestin irritable. C'est d'ailleurs ce qui l'avait incitée à chanter dans l'ascenseur, lors de notre première rencontre. Elle essayait de calmer une crise. Aussi bien, elle m'aurait explosé les narines et non les tympans ; je l'ai échappé belle, finalement.

– Espèce de… Espèce de petit enfoiré !

Elle me balance un oreiller que j'esquive d'un mouvement de tête.

Je glousse plus fort.

– Salopard ! continue-t-elle en se saisissant d'un second projectile.

D'une roulade, je m'écarte de sa trajectoire tandis qu'un nouvel oreiller fuse à travers la pièce. Je m'écroule, plié par l'hilarité.

– Hmmpf ! J'aime seulement mettre des paillettes dans la vie des gens ! affirme-t-elle, d'un ton affecté et le menton fier.

Un rire tonitruant secoue tous mes membres.

– Des paillettes, hein ?

– Parfaitement !

Dos à moi, je la plaque contre mon torse nu et l'encercle de mes bras. Vexée, elle tente d'échapper à mon étreinte. Je resserre ma prise, les mains jointes sur son ventre, et parsème son cou de baisers pour l'amadouer.

– Des paillettes explosives ?

Je mordille et suçote la peau tendre derrière son lobe.

– Elles sont magiques, pas explosives ! rectifie-t-elle, revêche. Regarde, toi, par exemple, avant t'étais tout grognon avec un perpétuel balai dans le fondement et maintenant, tu souris, tu ris.

– Ah ? Et donc, c'est grâce à…

– Moi et mes paillettes, me confirme-t-elle, butée.

Je lui susurre d'une voix badine :

– Je comprends mieux… T'es une fée, en fait. D'ailleurs, dorénavant, tu seras ma petite fée aux paillettes.

Je presse mes lèvres contre sa tempe.

– Je t'aime.

Oh, non ! Cette fois-ci, je l'ai prononcé à voix haute !

Face à cet aveu aussi spontané qu'inattendu, je me crispe jusqu'à la pointe de mes orteils. La respiration d'Ava se bloque dans ses poumons. Elle inspire vivement, s'apprête à répliquer, cependant, je lui coupe l'herbe sous le pied et déblatère, sous l'effet de la panique, un imbroglio de mots.

– Faim. On a faim. T'as faim, j'ai faim. On mange ? Room service ? OK ?

Un instant hésitante, Ava réagit avec perplexité.

– Euh… OK…

Lorsqu'elle constate que mon malaise ne s'est pas dissipé et que je continue à bafouiller, elle me délivre aussitôt de l'embarras par une boutade de son cru.

– Du calme, chéri. Respire. Le premier je t'aime, c'est toujours gênant. Mais une fois que c'est sorti, on se sent bien mieux. Maintenant, on va tranquillement manger, histoire de se remettre de nos émotions.

Sa simplicité absorbe les dernières fractions de tension.

Après tout, elle a raison. Je n'ai pas à être troublé par mes sentiments. Même si cette déclaration m'a échappé et que je ne comptais pas l'annoncer si tôt, elle n'en est pas moins véridique. Être avec elle m'est aussi naturel et évident que respirer.

D'une main, je saisis son visage pour le tourner dans ma direction et rive mon regard au sien. Je proclame ensuite d'un ton solennel :

– Je ne mettrai plus jamais en doute le pouvoir de tes paillettes.

– C'est puissant, j'te l'avais dit ! glousse-t-elle, fière d'elle, en me volant un doux baiser. Des *chicken wings*, ça te tente ?

J'acquiesce d'un hochement et m'extirpe des draps.

– Je vais prendre une douche rapide, en attendant.

– OK.

Alors que j'ouvre la porte de la salle de bains, Ava m'interpelle :

– Oh… Eh ! Seth ? Je t'aime aussi.

Elle me sourit, et mon cœur chavire.

***

Les jours défilent. Chaque moment en sa compagnie est teinté de rires, de bonne humeur, de confidences, d'amour et de sexe. Mon existence monochrome et terne s'est transformée en journées faites d'arcs-en-ciel de couleurs éclatantes. J'ai encore du mal à réaliser que tout ceci est vrai, tant cela me paraît irréel. Je chéris le moindre instant comme un cadeau inestimable. Cependant, malgré mon bonheur, j'ai une putain de boule au ventre qui refuse de s'en aller. Elle surgit la nuit tombée, lorsque les lumières sont éteintes et que je suis seul dans mon lit, livré à mes pensées. Parfois, je parviens à chasser cette noirceur qui envahit mon âme, mais le plus souvent, celle-ci m'engloutit sans que je puisse lutter. Je ne sais pas combien de temps je vais pouvoir tenir ainsi. J'ai l'impression d'être scindé en deux. Je dois agir et faire un choix. Un choix qui me brisera, quelle que soit ma décision. Je ne suis pas prêt pour ça. Le serai-je seulement un jour ?

Je me retourne sur le dos avant de soupirer, la gorge nouée. Les yeux perdus dans l'obscurité de ma chambre, je retiens les larmes qui menacent de couler.

Comment puis-je être aussi comblé en journée et aussi triste le soir venu ?

Dors, Seth. Pitié, dors.

Je dois juste fermer les paupières et dormir.

Demain, je serai heureux. Demain, j'aimerai. Demain, je vivrai.

***

– Ava… Pourquoi M. Bite ? Explique-moi d'où ça vient.

Troisième fois que je lui pose la question et qu'elle détourne la conversation ou feint de ne pas m'entendre. Plus elle esquive, plus cela m'intrigue. Je ne suis pas près de lâcher le morceau.

– Ava !

Elle est allongée sur le ventre en travers du matelas, uniquement vêtue d'un tee-shirt (mon tee-shirt) et d'une culotte. Ses pieds sont relevés et battent la mesure au rythme de la musique qui défile sur l'écran de la télé et sa tête dodeline comme si elle était en transe.

– Hein ? Tu veux que je mette le son plus fort ? J'adooore cette chanson. « Danger », elle s'appelle. Tu aimes ?

– Tant pis pour toi.

Alors que je suis debout près du lit, je tire sur ses jambes d'un geste sec pour la ramener vers moi. Une fois son cul à ma portée, ma main s'abat dessus. Le claquement résonne dans la pièce dans un bruit sourd.

De façon inopinée, nous avons instauré notre lieu de résidence coquin au Graduate NH, l'hôtel où nous avons croisé l'ex d'Ava la première fois que nous sommes venus. Ce type transpire la condescendance et le peu que j'ai aperçu de lui a suffi pour comprendre qu'il était aussi sournois qu'un pet silencieux après un repas copieux. Le genre de gars qui ne mérite pas un dixième de mon attention. Et encore moins celle de ma fée.

– Eh! s'insurge cette dernière, qui m'accorde enfin de l'attention.

– Réponds. À. Ma. Question!

Chaque mot martelé est accompagné d'une frappe. Très vite, ses fesses blanches se colorent d'une jolie teinte rosée. Je grogne d'approbation devant cette vue magnifique.

– Je ne sais pas de quoi tu parles, couine-t-elle, innocente.

– M. Bite…

– C'est qui? Un pote à toi?

Je roule des yeux. Elle est fatigante, parfois.

– Ava…

– Seth…

– J'ai les moyens de te tirer les vers du nez, tu sais.

Puisqu'elle me cherche, elle va me trouver.

Je l'empoigne par la taille pour soulever ses hanches. Ava lâche un glapissement surpris. Elle se dandine comme une anguille dans le but de s'échapper. Elle n'a aucune chance de se dégager de ma prise, alors je la laisse se trémousser et apprécie le spectacle de son cul qui remue.

– Ma fée, t'es bandante!

– Gros cochon, libère-moi! exige-t-elle d'une voix qui pourrait être convaincante si elle ne se cambrait pas outrageusement, prête à me recevoir.

Je ricane.

– Ta bouche dit une chose et ton corps en dit une autre, chérie. T'as aucune crédibilité.

– Je suis faible, que veux-tu… N'empêche, ce n'est pas comme ça que tu vas me faire parler, glousse-t-elle. À part des cris de plaisir, tu ne soutireras rien de moi de cette manière.

– C'est ce que tu crois.

Je sais qu'elle s'attend à ce que je m'enfonce en elle, cependant, j'ai d'autres projets.

Je descends sa culotte sur ses cuisses laiteuses, puis écarte ses lobes pour que ma langue puisse se frayer un chemin. Elle glisse entre ses replis et en réponse, ma fée gémit bruyamment.

– Bordel, soupire-t-elle, tandis que je la taquine avec plus d'insistance, allant et venant le long de sa fente, tourmentant sans relâche l'épicentre de son désir.

Quand je la sens aux portes de l'extase, je me redresse, essuie ma bouche luisante de son excitation, puis je patiente, les bras croisés.

Aussitôt, Ava me lance une œillade outrée.

– Wow ! Tu fous quoi ?

– Explique-moi le M. Bite.

– Mais c'est pas le moment, là ! On verra ça après. Continue ! Continue ce que tu étais en train de faire !

– C'est le moment propice, au contraire.

– J'étais sur le point de jouir ! s'écrie-t-elle, indignée. J'y étais presque. Encore un petit peu. Un coup de langue vite fait et je décolle, c'est sûr.

Ses lèvres s'abaissent en signe de déception, tandis qu'elle me conjure de poursuivre d'un regard suppliant.

Un sourire insolent barre mon visage.

– Je t'écoute…

– Cela s'appelle du chantage, monsieur Manning ! Du chantage couplé à de la torture ! C'est moche, très moche…

Du bout de mon majeur, j'effleure son clitoris en dessinant de petits cercles. La réaction d'Ava est immédiate : elle lâche un long gémissement, mélange de plaisir et de frustration, tandis que son corps s'arc-boute, à la recherche d'un contact plus poussé. Je retire ma main, testant ainsi sa résistance qui ne tarde pas à céder.

– C'est un surnom que je t'ai donné à notre première rencontre ! capitule-t-elle, non sans me foudroyer de ses iris pleins de colère. Bite pour : beau, imbuvable, ténébreux, exaspérant ! Maintenant, LÈCHE-MOI, BORDEL !

Je m'esclaffe devant son éclat. La privation d'orgasme la rend un brin agressive et despote. J'adore.

Je me tapote l'index du menton.

– Hum… certains qualificatifs conviendraient mieux.

– Tout à fait d'accord. C'est pourquoi, après réflexion, tu as été rebaptisé blaireau, idiot, tocard, enfoiré, m'assène-t-elle avec un rictus équivoque.

Estomaqué, je reste un instant sans voix. Cette fille a le don pour me couper la chique.

– Waouh ! C'est violent.

Devant mon expression morose, elle pouffe, sans pitié.

– Pour le contexte, tu venais de me virer, me rappelle-t-elle. C'était justifié.

Je grimace à ce souvenir.

– J'avoue. Mais bon, il y a prescription dorénavant… Je mérite des adjectifs plus honorables.

– Au hasard… Buté, immature, tyrannique, égocentrique ?

– J'imaginais plus brillant, intelligent, talentueux, éblouissant. Ou beau, irrésistible, torride, envoûtant. Les attributs ne manquent pas pour désigner mes innombrables qualités.

– Torride, torride… il faut le dire vite ! Mon clitoris n'est absolument pas de cet avis. Troufion, tricheur, TRAÎTRE sont des termes bien plus appropriés !

Un rire gonfle ma poitrine.

– Je le sens tendu, ce petit clitoris. Et si je m'occupais de lui comme il se doit, afin qu'il constate à quel point je suis torride ?

– T'attends quoi ? Une invitation ? Allez, allez ! Si tu te débrouilles bien, tu passeras même au rang de tout-puissant.

– Vendu ! (Je me jette sur ma fée qui rit aux éclats.) Goooo !

***

Une sueur froide paralyse mes membres. Je suis tétanisé. Mon épiderme est parcouru de chair de poule, malgré la transpiration qui perle sur mon front et mouille les cheveux de ma nuque. Je prends une grande inspiration, cependant, l'air ne chemine pas jusqu'à mes poumons. Je suffoque.

Un poids invisible pèse sur mon thorax et me comprime la trachée. Je ne peux plus respirer !

J'vais crever, putain.

Par un effort titanesque, je parviens à me redresser. À bout de souffle, j'essaie de calmer mon pouls détraqué.

C'est une hallucination. Une simple hallucination.

Je détaille mon environnement. Je suis dans ma chambre, assis sur mon lit. J'allume la lampe de chevet pour mieux distinguer ce qui m'entoure.

Mes poumons et ma gorge sont en feu, une douleur sourde me vrille la poitrine. La main sur le cœur, je masse mon pectoral pour tenter de soulager ce pincement acéré. Lorsque celui-ci se dissipe un peu, je me lève et enfile mon peignoir.

Tel un automate, je me dirige vers mon bureau, puis vers la desserte où une bouteille de whisky m'attend. Un verre. Deux verres. Cinq verres. Doucement, je me détends. L'alcool apaise mes maux, endort mes peurs. Je sais que ce n'est pas la solution, que le retour de bâton sera violent, pour ne pas dire dévastateur. Toutefois, à cet instant, je m'en fiche. Pour survivre à mes nuits cauchemardesques, j'en ai besoin.

Quelques heures plus tard, totalement ivre, je retourne vers ma chambre et m'effondre sur mon lit comme une masse.

***

– Je persiste : c'est une mauvaise idée ! pigne ma fée, au bord de la syncope.

– On n'a même pas commencé que tu es déjà livide, ça promet.

– Tu vois ! Il vaut mieux remettre ça à un autre jour, quand je serai moins patraque. D'ici deux ou trois jou… sem… moi… années ! Hum, oui… Dans deux trois ans, ça me semble bien. J'ai besoin d'une préparation mentale avant.

Je secoue la tête. Ma petite fée, toujours dans l'abus.

– Ava, c'est seulement un footing de quelques kilomètres, on ne part pas escalader l'Everest.

– Aaah ! s'écrie-t-elle en se bouchant les oreilles. Les mots « footing », « quelques » et « kilomètres » dans la même phrase, c'est terrifiant. Rien que le mot « footing » me met en tachycardie. En plus, t'as emmené Gibbs avec nous.

– Il a besoin d'exercice.

– J'ai peur des chiens, tu te souviens ?

Je lui saisis la main et plonge mon regard dans le sien.

– Je n'ai pas oublié. C'est aussi une des raisons pour lesquelles je l'ai emmené. Il est temps de vaincre cette phobie. S'il y a bien une personne qui peut surmonter ses peurs, c'est toi. Je suis convaincu que tu en es capable.

– Euh… tu me surestimes, là.

– Fais-moi confiance.

J'accompagne ma phrase d'un clin d'œil.

– Ou pas.

Je ne vais pas me lancer dans un débat avec elle. C'est son but de gagner du temps pour espérer échapper à notre séance d'entraînement. Je ne rentrerai pas dans son jeu.

– La minute bavardage est officiellement terminée. Prête ?

– Évidemment que non !

– Super ! Allons-y.

Gibbs en laisse, j'entame un petit trot. Rien d'excessif pour qu'Ava puisse me suivre aisément. Cette dernière, mécontente, chouine sans amorcer le moindre pas.

– Tu préfères que Gibbs t'aide à avancer ?

Ses yeux azur s'arrondissent comme des billes.

– Tu me menaces, là ?

– Tout de suite les grands mots. Je t'encourage, plutôt. Vois-le comme une façon de t'inciter à te dépasser.

– Le culot ! C'est donc la réelle raison de sa présence. Je comprends mieux…

Je masque mon rictus devant son air outragé.

– Je t'assure que non. Mais si on peut faire d'une pierre deux coups, autant en profiter, non ? Ainsi tu es motivée à courir et tu sympathises avec Gibbs en même temps.

– T'as séché tous tes cours de psycho à la fac, hein ?

– J'en ai jamais eu.

– Ceci explique donc cela. Pour le bien de l'humanité, ne pense jamais à te reconvertir dans le secteur de la psychologie. C'est mort ! Ça se voit que tu n'as jamais été confronté à une phobie.

– Tu te trompes, ma fée. Je sais parfaitement ce que c'est, au contraire.

– Quoi ? Genre, t'as une phobie, toi ? s'étonne-t-elle, incrédule. N'importe quoi.

– Je t'assure.

– Laquelle ? s'enquiert-elle, toujours suspicieuse.

– Tu n'as pas besoin de savoir, Miss Curieuse.

Les lèvres pincées et les sourcils plissés, elle m'observe avec intensité.

– Je n'arrive pas à définir si tu pipotes ou non.

– Je ne mens pas. Seulement, on s'est tellement moqué de moi plus jeune que c'en est devenu un complexe. Je n'aime pas en parler.

– Trop tard ! s'exclame-t-elle avec une pointe de sadisme dans la voix. Tu veux que je coure, non ?

Mon expression se fige.

– Serait-ce du chantage, mademoiselle Summer ?

– J'ai eu un bon professeur… argue-t-elle, crâneuse. Je ne fais que mettre en pratique ses leçons.

– À cette allure, l'élève va rapidement dépasser le maître. Tu apprends vite !

– Merci ! minaude-t-elle, toute contente.

Je racle ma langue sur mes dents en secouant la tête.

– Je t'aurais bien donné une autre leçon. (Je scrute les alentours. Nous sommes dans le quartier résidentiel, non loin de la villa.) Dommage qu'on soit autant à découvert.

Ava me dépasse, puis sautille à reculons en nous désignant du doigt.

– Allez, mon grand ! Je cours, tu parles. Marché conclu ? Et éloigne Gibbs de ma trajectoire, s'il te plaît. On fraternisera plus tard, lui et moi. Chaque chose en son temps.

En réponse, mon chien balaie le sol de sa queue et tire sur la laisse avec plus de force pour que j'avance.

Je cède.

– OK… T'as gagné ! Mais on court d'abord au moins deux kilomètres.

– Deux ? Sale traître !

Elle marmonne, mais je l'entends distinctement.

Quelques minutes plus tard, c'est une Ava harassée qui tente de mettre un pied devant l'autre. Son endurance frôle le zéro pointé. Pour la distraire, je lui narre mon petit secret honteux. Honteux parce qu'une bande d'abrutis m'a tellement charrié, en m'assurant que j'étais une mauviette, que j'ai fini par m'ancrer ce cliché débile dans la tête. Même si, avec l'âge, j'ai compris que les hommes aussi peuvent être sujets aux phobies sans que cela entrave leur virilité, j'ai toujours cette crainte du jugement. Comment un gaillard comme moi peut-il être si trouillard à l'idée de mettre un orteil dans l'eau ? Et ma peur est tellement profonde que la possibilité qu'un de mes enfants ou de mes proches puisse se baigner dans la mer me file la nausée.

– Il t'est arrivé un incident pendant ton enfance qui t'a trauma ? m'interroge ma fée sans une once de moquerie.

– Rien de tout ça. Je trouve ça juste flippant. Surtout quand on songe qu'on ne connaît que cinq pour cent des mers et des océans ! Comment veux-tu être serein ? C'est de l'inconscience. Puis sans compter toute la faune marine bizarroïde qui y grouille, il y a les vagues, les courants… Les algues. En vérité, qu'est-ce qu'il y a de chouette là-dedans ? En plus, l'eau est salée, bien souvent sale et polluée. Non, vraiment…

Je m'ébroue, tandis qu'un frisson me parcourt.

– Hum… tu n'as pas tort, oui. Même si je kiffe cette sensation de liberté qui t'envahit lorsque tu nages dans cette immensité, je n'aime pas forcément aller là où je n'ai pas pied, encore moins si le fond n'est pas visible. J'ai toujours l'angoisse qu'une bête non identifiée me chope par la jambe pour m'entraîner vers les abysses et me dévorer toute c…

– Stop, stop ! (Je réprime un nouveau frisson.) J'ai bien visualisé la scène, pas la peine de rentrer dans les détails.

– Oh, je pensais à un truc. (Elle penche sa tête sur le côté.) C'est pour ça que tu t'es emporté le jour où j'ai voulu aller à la plage avec les enfants ?

Je réfléchis un instant. Je n'ai pas souvenir de cette querelle. Nous en avons eu tellement, il faut dire.

– Je ne m'en souviens plus, mais c'est possible.

– Moi qui pensais que ça avait un rapport avec ta fem… (Elle se crispe d'un coup, avant de frapper dans ses mains.) Oh, ce n'est pas la villa que j'aperçois là-bas ? Notre calvaire est terminé ! Youpi !

La culpabilité m'étreint. Je suis un gros connard ! Cependant, c'est plus fort que moi. Dès qu'Ava me questionne sur Jessie, je la rembarre aussitôt. Si bien qu'elle s'autocensure automatiquement quand elle aborde le sujet par inadvertance.

Faire l'autruche est ma grande spécialité en ce moment. Faire comme si tout allait bien également. Alors qu'aucun de nous n'est dupe… Je suis certain qu'elle perçoit elle aussi le mur qui se dresse devant nous. Un mur qui est entièrement de mon fait, j'en suis conscient.

J'attrape son bras et la plaque contre mon torse pour l'enlacer, pris d'un besoin irrépressible d'affection.

– Si soudainement ? Qu'est-ce qui se passe ? sourit-elle.

– J'ai mal au cœur. Si mal.

J'ai murmuré d'une voix si peu audible que je doute qu'elle ait pu comprendre.

– Quoi ?

– Je t'aime, Ava. Je t'aime comme un fou.

Sa main caresse mon dos, tandis qu'elle soupire de contentement.

Je ferme les yeux et la serre plus fort dans mes bras.

Faisons semblant encore un instant. Faisons semblant que tout va bien.

23

Ava

Assise sur la banquette du restaurant où nous venons de déjeuner, je défais le premier bouton de mon jean en gémissant.

– J'ai trop mangé.

Je grogne, la main sur le ventre.

– Nan, tu crois ? s'exclame Chad, sarcastique. Tu t'es enfilé une triple portion à toi toute seule. Ils ne te nourrissent pas dans ta villa de luxe ?

Je soupire.

– Trop d'exercices physiques, j'ai besoin de compenser toute cette perte d'énergie.

– Pas la peine de te vanter de ta vie sexuelle accomplie. On a compris que tu t'envoies en l'air et pas nous, grimace Cherryl, faussement jalouse.

– C'était une allusion au sport.

– En chambre… Oui, on a compris !

Je m'esclaffe.

– Ne me fais pas rire, mon bide va exploser ! Je parle de vrai sport. Celui où tu transpires et où tu souffres jusqu'à en avoir la nausée. Et la seule satisfaction que tu peux en tirer, c'est quand tu réussis à ne pas t'évanouir ou à gerber sur tes pompes.

– Tu fais de la muscu ? me questionne Lana, mi-impressionnée, mi-sidérée.

– Pire… Du footing.

– Oh, bordel ! s'écrient mes amies en chœur.

À quelques jours des fêtes de Noël, les filles ont décidé

de m'organiser une petite visite surprise en venant jusqu'à New Haven. Cela peut paraître anodin, cependant, cette initiative relève de l'exploit : Brooklyn est leur maison, New York leur territoire, alors s'aventurer hors de la « civilisation » peut s'apparenter, pour ces citadines indécrottables, à un véritable acte de bravoure. Chad était d'ailleurs fascinée (et complètement affolée) d'apercevoir sur le trajet des vaches qui broutaient dans un champ. Puisque, hormis à travers un écran, la seule vache qu'elle ait vue à ce jour se résumait à une tranche de steak dans son assiette.

Je hoche la tête pour valider leur stupéfaction.

– Je sais, je sais. J'ai moi-même du mal à réaliser. Ava et footing dans la même phrase, c'est un non-sens total.

Les yeux arrondis, Lana observe les alentours en frissonnant.

– J'espère que ce n'est pas annonciateur de fin du monde… Quand on affirme qu'on peut tout faire par amour, en voici la preuve flagrante ! Waouh ! Tu dois l'aimer à la folie, ton M. Bite, murmure-t-elle d'une voix rêveuse.

– Oui.

Surprise par la timidité de mon oui, Cherryl siffle, interloquée.

– Quel enthousiasme !

Je répète d'un ton forcé que j'espère plus enjoué :

– Ouiiiii.

Trois têtes brunes me dévisagent simultanément, toute leur attention concentrée sur moi.

– Où est cet enfoiré qu'on le bute ? gronde aussitôt Chad, les poings serrés.

– Je prépare les sacs et la pelle… On l'enterre où ? plussoie Cherryl, déjà debout.

– Du calme, les psychopathes ! tempère Lana en tirant sur la manche de ma cousine pour qu'elle se rassoie. Il faut d'abord qu'on sache ce qui se passe.

De nouveau, leurs regards inquisiteurs convergent dans ma direction.

Je me défends, mal à l'aise.

– Y a rien. On a une vraie complicité, comme jamais auparavant je n'en ai connu.

Et je suis sincère. Malgré nos caractères opposés, nous nous entendons à merveille.

– Aarf ! C'est au pieu que ça coince, alors ! en déduit Chad, la bouche plissée.

– Non plus. C'est extra ! Là encore, on a une super alchimie. C'est parfait. Tout est parfait.

– Mais… m'incite Cherryl à poursuivre. Parce qu'il y a un putain de mais. C'est certain !

– C'est évident, oui… approuve Lana. En y repensant, son comportement est étrange depuis qu'on est arrivées. Ses sourires n'ont jamais atteint ses yeux. Elle a mangé comme dix pour éviter de parler ou de répondre à nos questions. Tu nous caches quoi ? m'interroge-t-elle, suspicieuse.

– Rien.

Je cligne des paupières pour chasser l'humidité soudaine qui contredit mon affirmation.

Je vais bien. Vraiment. Je n'ai jamais été aussi heureuse et épanouie qu'en ce moment. Sauf que les filles ont raison, il y a un putain de « MAIS ». Pourquoi faut-il qu'il y ait ce « mais » à la con ? Pourquoi faut-il qu'une ombre voile mon bonheur ?

– Ava ?

Je déglutis devant l'insistance de mes amies. Si je pleure, c'est foutu.

– Le truc, c'est qu'entre Seth et moi, c'est réellement génial…

– Mais ? me presse Chad.

– Mais… (Je ravale un sanglot.) Mais… il n'y a aucun avenir pour nous.

Prononcer ces mots me brise le cœur. Je prends une grande inspiration pour ne pas m'effondrer.

– Comment ça ? Pourquoi ? Tu ne te vois pas finir ta vie avec lui ? Il t'a fait quelque chose ? me questionne Cherryl, dans l'incompréhension la plus totale. La dernière fois qu'on s'est parlé, tu étais en pleine *love story*, à vivre d'amour et de sexe.

J'explique d'un timbre tremblant :

– Comme vous le savez, j'ai toujours été la reine pour me projeter dans mes relations. Même lorsqu'elles étaient foireuses et qu'un milliard de signaux m'alertaient du danger, je me visualisais la bague au doigt ou en mère de famille nombreuse. C'est dans ma nature d'extrapoler, je n'peux pas m'en empêcher.

Fébrile, je souffle pour me donner le courage de formuler mes pensées. Ma voix déraille, tandis que je confie mon trouble :

– Sauf que là, quand j'imagine notre futur, je ne vois que… que du vide.

J'essuie les premières larmes, traîtresses, qui menacent de couler.

– C'est à cause de sa femme ? devine Lana, perspicace.

Je confirme d'un signe du menton en reniflant.

Une litanie de « putain » s'ensuit.

En réalité, sa femme n'est qu'une partie du problème. Ou tout le problème, je ne sais pas. Cependant, d'autres choses me préoccupent dans l'immédiat. Comme le comportement de Seth, par exemple. Depuis notre première rencontre, je l'ai toujours senti enveloppé d'une aura de tristesse, si intense qu'elle en était presque palpable ; toutefois, lorsque nous nous sommes mis ensemble, j'ai cru qu'elle s'était enfin envolée.

J'avais tort…

Bien qu'il ait tenté de dissimuler sa mélancolie, je l'ai surpris plus d'une fois, en plein milieu de la nuit, qui pleurait à chaudes larmes. Il était si ivre qu'il titubait, se cognant sans cesse d'un mur à l'autre, et il était incapable de prononcer la moindre phrase cohérente. Bien sûr, le lendemain, il agissait comme si rien ne s'était passé. Et moi aussi…

Ma lâcheté m'a poussée à ignorer mes nombreux questionnements, par crainte de découvrir une vérité déplaisante. Je me suis persuadée que vivre dans le déni était la solution à notre bonheur, que tout se dissiperait en temps voulu et qu'il ne servait à rien de brusquer les choses.

J'avais tort…

Je hurle :

– Enfoiré d'iceberg ! Voilà ce que c'est quand on se prend pour Jack et Rose, il faut assumer les conséquences après ! C'est pas comme si on ignorait le dénouement en plus, hein ? Quelle idée pourrie on a eue de coucher dans sa voiture, vous pouvez me le dire ? Hein ? Hein ? « My Heart Will Go On », c'est ça, ouais ! J'aurais dû chanter du BTS à la place, je le savais.

– On fait quoi ? bredouille Lana, paniquée. Elle a court-circuité, non ?

– Carrément, assure Chad. Puis, c'est qui Jack et Rose, d'abord ?

– Je crois que ce sont les héros de *Titanic*, bafouille Lana, décontenancée. Mais je pige pas le rapport avec Seth et sa femme…

– Il nous l'a complètement cassée, ce connard ! souffle Cherryl. Ava, ma chérie, respire à fond et reconnecte tes neurones, s'il te plaît. On ne comprend rien à ce que tu racontes et c'est un brin perturbant, du coup.

Elle me frotte le dos pour me réconforter, avant de bondir à nouveau :

– Mais oui ! C'est un message codé pour qu'on noie son boss, évidemment ! Tu peux compter sur nous, ma chatte ! exulte-t-elle, sans masquer son excitation.

– Et après tu t'étonnes de ne pas avoir de mec… marmonne Lana à Cherryl. T'es flippante !

– Tu peux parler, réplique celle-ci en pouffant. C'est pas toi qui désirais attacher Couilles-molles à son fauteuil de dentiste pour lui scalper les testicules ? C'est bien plus vicieux, si tu veux mon avis.

– C'était justifié, riposte-t-elle aussitôt. En plus, j'avais suggéré de lui faire des anesthésies avant. Je ne suis pas aussi sadique que toi.

– Vous êtes aussi tordues l'une que l'autre, tranche Chad, pensant ainsi clore le débat.

Néanmoins, devant nos expressions entendues, elle précise :

– Nous sommes toutes cinglées, moi y compris.

Nous opinons à l'unisson.

Afin de dissiper tout malentendu, je clarifie :

– Nous n'allons tuer personne, rangez vos couteaux. Seth est quelqu'un de bien.

– Faut toujours qu'elle casse l'ambiance, bougonne Cherryl en me dardant une œillade maussade. Bon, explique-nous en détail la situation et on avisera d'un plan ensuite. Il est trop tôt pour exclure toute possibilité de…

– C'est non, la moche ! Pas de bain de sang.

Pour toute réponse, ma cousine grogne, mécontente.

– On va avoir du mal à se contenir s'il t'a vraiment fait un sale coup, prévient Chad. On te connaît, Ava, t'es pas du genre à te plaindre pour rien, encore moins à pleurer. Il s'est donc passé quelque chose de grave pour que tu ne puisses même plus te projeter dans votre relation.

– En apparence, notre liaison est topissime. Mais si tu grattes un peu la surface, tu y découvres un gouffre. J'ai de plus en plus l'impression de m'enfoncer dans un abîme sans fond. Et je ne sais pas comment faire pour le dépasser. J'ai essayé, un temps, de questionner Seth sur son ex, mais il se braquait aussitôt. Alors, j'ai laissé tomber, par faiblesse. Je ne veux pas gâcher notre entente et détruire ce qu'on a, c'est trop rare et précieux. Même si je suis presque certaine que sa femme est morte, elle hante ses pensées. Comment puis-je combattre un fantôme ? Je suis complètement perdue.

Je me masse le front afin d'apaiser un début de mal de crâne.

– Tu es sûre qu'elle est morte ? s'agite Lana. Et s'ils n'étaient que divorcés ou séparés ?

– Oh, putain ! jure Chad, épouvantée par l'hypothèse. Imagine, elle déboule un jour à l'improviste ? Il attend peut-être que ça, l'enfoiré ! Et toi, t'es son pis-aller. Un pauvre bouche-trou de m…

– Vous êtes formidables pour remonter le moral, les filles.

– Désolée… chuchote Chad, dans un rictus contrit. C'était trop cash ? (Elle acquiesce à sa question rhétorique.) Je voulais juste émettre cette éventualité. L'as-tu seulement envisagée ?

Je comprends leurs inquiétudes. Elles sont légitimes. Les filles ne connaissent pas personnellement Seth et ignorent sa vraie nature. S'il y a bien une chose dont je ne doute pas, c'est de sa sincérité. Et de sa loyauté. Je sais qu'il m'aime, tout comme je sais que ce n'est pas un homme volage. C'est impossible qu'il soit séparé, ou même divorcé, et qu'il se désespère du retour de sa femme. Jamais il ne se serait embarqué dans cette aventure avec moi, dans ce cas. C'est absurde.

– Non. Je penche pour un deuil qu'il ne parvient pas à surmonter. Nous nous sommes peut-être mis ensemble trop tôt ? Ou alors il n'est psychologiquement pas prêt à assumer cette nouvelle relation ? Raison pour laquelle j'ai souvent la sensation d'être son secret honteux.

– Comment ça ? s'enquiert Cherryl, les sourcils froncés.

– Par exemple, dehors, il est le plus prévenant et adorable des petits amis. Mais dès que nous franchissons l'enceinte de la villa, nos rapports changent du tout au tout et redeviennent professionnels. D'accord, il ne veut pas perturber les enfants, mais combien de temps cette supercherie va-t-elle durer ? Comment notre couple est censé s'épanouir si on ne peut pas s'afficher au grand jour ? C'est pour ça que je ne vois pas d'avenir pour nous. Les bases de notre relation sont aussi solides que des sables mouvants.

– Tu vas le quitter alors ? se renseigne Chad.

– C'est évident, rétorque Cherryl à ma place.

Je la contredis instantanément.

– Non ! Non, bien sûr que non !

Ma poitrine se comprime rien qu'à l'envisager. C'est trop radical comme solution. Trop douloureux. Insupportable.

Avec sa sagesse habituelle, Lana propose :

– Tu pourrais dans un premier temps l'obliger à jouer cartes sur table ? Il te doit une explication concernant sa femme, et même au sujet de votre futur. Vous devez mettre les points sur les « i », histoire de repartir sur des bases saines. Sans cela, que tu le veuilles ou non, j'ai peur que ton idylle ait une date d'expiration.

– Je suis d'accord ! acquiesce Chad d'un hochement de tête.

– Moi aussi ! conclut Cherryl. Ça finira par exploser, sinon. Et crois-moi, les dégâts n'en seront que plus dévastateurs. Donc, tu sais ce qu'il te reste à faire ? Prends ton courage à deux mains, ma chatte, et déballe tout ce que tu as sur le cœur !

***

Sur le chemin vers la villa, je ressasse notre conversation en boucle. Elles ont raison. Bien sûr qu'elles ont raison. Toutefois, c'est plus facile à dire qu'à faire. Mon interlude avec les filles me laisse un goût amer, malgré le plaisir que j'ai ressenti à être en leur compagnie. Elles ont appuyé là où ça fait mal pour mettre en exergue l'évidence : une discussion s'impose. Une discussion qui me file la nausée.

J'ai peur, si peur de le perdre.

D'autant plus qu'un autre point me contrarie. Je n'ai pas voulu l'évoquer tout à l'heure devant mes amies, sinon elles en auraient fait tout un fromage et se seraient lancées dans une vendetta. Or, si pour Gros-connard, alias Couilles-molles, j'étais plus que motivée pour procéder à une extraction testiculaire, et de préférence sans anesthésie, ce n'est pas le cas de Seth. Je ne souhaite pas que les filles aient une mauvaise image de lui. Il ne le mérite pas.

Cela s'est déroulé dimanche dernier. Au petit déjeuner, Margot, encore dans les vapes, m'a appelée maman. Un simple lapsus, qui n'avait absolument rien de méchant, au contraire. Néanmoins, la réaction de Seth a été un choc. Il s'est emporté, affirmant, catégorique, qu'elle avait déjà une mère et que ce n'était pas moi. Il s'est par la suite confondu en excuses pour son comportement grossier. Malgré cela, le mal était fait. Margot était en larmes et moi, renvoyée dans mes buts sans ménagement. Il était tellement navré de son indélicatesse que je n'ai pas mis longtemps à lui pardonner. Après tout, il n'a asséné que la vérité. Cependant, cela n'a fait qu'amplifier mon sentiment d'insécurité.

Depuis, j'ai une énorme boule au ventre, due à un mauvais pressentiment. Elle est si oppressante que j'ai parfois des difficultés à respirer. Voilà pourquoi mon état d'esprit aujourd'hui était si sombre.

J'ai peur, si peur de le perdre.

Une fois les grilles de la propriété franchies, mon anxiété grimpe encore de plusieurs étages, si c'est possible. La nourriture avalée un peu plus tôt hésite entre une remontée express ou une descente fulgurante. Je déglutis et serre les fesses par précaution.

Il me faut une éternité pour oser sortir de ma voiture. Une autre pour avancer jusqu'à l'entrée principale. Quand je suis devant la grande porte, mes membres refusent de m'obéir. Je m'immobilise, tétanisée, sans pouvoir l'ouvrir.

– Je suis un arbre dont les branches centenaires me protègent. Je suis un arbre dont les branches centenaires me protègent.

J'inspire et j'expire doucement par le nez, les yeux fermés, tout en répétant inlassablement mon mantra, jusqu'à visualiser un arbre gigantesque qu'aucune tempête ne peut décimer.

– Un arbre ne se chie pas dessus, Ava. Un peu de courage !

– Vous allez bien, mon p'tit ? m'apostrophe Helen, que je n'avais pas vue venir.

Je cache le tremblement de mes mains derrière mon dos, puis je lui souris. Du moins, j'étire mes lèvres.

– Bah alors, mon chou ! Ça n'a pas l'air d'aller ? Il n'y a rien qu'un bon gâteau maison ne peut vaincre, et figurez-vous que Rosa vient tout juste d'en préparer un. Et si on bavardait toutes les deux autour d'une part ?

Je suis à deux doigts d'accepter sa proposition, rien que pour retarder ma confrontation.

– C'est gentil, Helen, mais je dois m'entretenir avec Seth d'abord. Il est ici ?

Sa mine se froisse, creusant un peu plus ses rides en sillons profonds, tandis qu'elle soupire.

– Il est enfermé dans son bureau avec Greg.

Elle hésite un instant, avant de reprendre :

– Ce n'est peut-être pas le bon moment pour le déranger. Vu les éclats de voix, leur discussion est… houleuse.

Génial ! Il doit sûrement être de mauvaise humeur. Il serait plus prudent de reporter notre conversation à un jour plus propice.

Suis-je en train de me dégonfler ? Possiblement. Mais je lutte pour ne pas céder.

– Faites-moi signe si vous changez d'avis, me sollicite-t-elle, bienveillante, avant de poursuivre son chemin.

J'incline la tête et pénètre dans la villa.

Aussitôt, des sons indistincts me parviennent de l'aile réservée à Seth. Helen a raison, ça a l'air de chauffer. Je n'ai jamais enfreint la règle qui me défend d'accéder à ce périmètre. Cependant, aujourd'hui, poussée par la curiosité et lasse d'être sans cesse mise à l'écart, je brave cet interdit. Mon instinct me souffle que les réponses à mes questions résident entre ces murs. Mes intestins au supplice, je me faufile dans le couloir. Je suis étonnée d'y découvrir cinq portes. Deux à droite, deux autres à gauche et une qui clôt le long corridor. Sa chambre, son bureau et… le reste, je n'en ai aucune idée.

Un homme que je n'ai jamais vu auparavant sort d'une pièce, vêtu d'une blouse blanche. Effrayée par cette apparition imprévue, je bondis avant de me ressaisir. Il est tout jeune, à peine la vingtaine, et paraît aussi inoffensif qu'une peluche avec son petit air maladroit.

Interloquée, je chuchote :

– Euh… qui êtes-vous ?

– Oh… Andrew Green, je suis l'assistant-kiné, se présente-t-il, gêné, alors que ses joues se colorent d'un rose vif. Désolé, j'ai besoin d'aller aux W.-C.

Il se dandine pour appuyer son propos, puis décampe vers la porte adjacente.

Bon, maintenant, je sais au moins ce qui se cache derrière l'un de ces battants. Peut-on considérer cela comme une avancée ?

Je fronce les sourcils, perplexe, quand je me remémore ce qu'il vient de me confier.

Assistant-kiné ? Que fabrique un kiné dans cette…

– Que fiches-tu ici ?!

Mes pieds décollent du sol, tandis que je pousse un couinement apeuré.

La main sur le cœur et le palpitant affolé, je me retourne vers Seth qui vient de vociférer ces paroles. Il me toise avec tant de méchanceté que j'en frissonne. Jamais auparavant il ne m'avait jeté un tel regard, pourtant j'en ai subi mon lot à nos débuts, entre ses œillades tantôt hautaines, tantôt désapprobatrices, voire carrément accusatrices.

Je bafouille, incapable de trouver mes mots.

– Un garçon. Il est aux toilettes. C'est pour ça. Et y avait du bruit, aussi. Alors…

Je me gratte la tête, de plus en plus mal à l'aise. Je suis sur le point de fondre en larmes.

– Dégage d'ici ! T'as rien à foutre là ! me somme-t-il d'un timbre lugubre.

La nuit n'est pas encore tombée, malgré tout son haleine empeste déjà l'alcool. Je peux sentir les effluves alors qu'il se tient à plusieurs pas de moi.

– Ça ne va pas de lui parler sur ce ton ! me défend Greg, qui sort du bureau en fulminant.

À ses yeux brillants et son visage rubicond, lui aussi a bu. Et pas qu'un peu.

– Ne passe pas tes nerfs sur elle ! continue-t-il en bousculant Seth.

– Toi aussi, dégage ! Dégagez tous les deux de chez moi.

Je me racle la gorge.

– J'habite un peu ici…

– File dans ta chambre, dans ce cas !

– T'as cru que j'avais 4 ans pour me donner des ordres ainsi ? Ça ne va pas la tête ?!

– C'est pas le moment, Ava. Fais ce que je te dis.

– C'est carrément le moment, oui ! intervient Greg en me tirant par la main. Et pendant que tu es là, j'ai quelque chose à te montrer. T'es en droit de savoir !

Je ne comprends rien à ce qui se trame. Néanmoins, tous mes signaux d'alerte sont en éveil. Une odeur nauséabonde flotte dans l'air, comme un parfum de merde. De grosse merde. Qui risque de me tomber dessus sans que je puisse l'éviter.

Ma nausée s'intensifie.

– Les gars, je pige rien à ce qui se…

– Greg, ça suffit ! rugit le fils de Satan.

Quel genre de démon a pris possession du corps de Seth ? Son expression sinistre est terrifiante. Une sueur froide me court le long de l'échine.

À la place de Greg, je n'en mènerais pas large.

– Ta gueule ! rétorque ce dernier, apparemment suicidaire. J'ai été assez patient avec toi, et puisque tu rechignes à prendre tes responsabilités, je vais t'y forcer.

À cet instant, le petit assistant sort des toilettes, interrompant momentanément leur combat de coqs.

– Oh… désolé. Je ne fais que… Je… Désolé.

Penaud, il fixe le sol.

Une dame d'âge mûr apparaît dans l'encadrement où se tenait le jeune homme un peu plus tôt. Elle est accompagnée d'une femme d'une trentaine d'années. Toutes les deux sont également vêtues de blouses blanches.

– Nous avons fini les soins pour aujourd'hui, avertit la plus vieille d'une voix râpeuse. À demain, monsieur Manning.

Sans un mot de plus, elles se dirigent au bout du couloir, entraînant le petit jeune dans leur sillage. Je les observe se faufiler vers la cour extérieure, tandis que le battant se referme derrière eux.

Je me concentre derechef sur l'endroit qu'ils viennent de quitter.

Mon mauvais pressentiment s'accentue. À ce stade, ce n'est même plus un pressentiment. Je ne suis peut-être pas la fille la plus vive d'esprit, toutefois, je suis loin d'être débile.

Une zone interdite. Du personnel médical. Une pièce secrète.

Sa femme...

SA PUTAIN DE FEMME EST LÀ, DANS LA MAISON!

Peut-être alitée, handicapée? Et que fait monsieur pendant ce temps-là?

Chad avait raison...

Bordel, je vais gerber.

Devant ma pâleur soudaine, Greg me soutient par le bras.

– Entre, souffle-t-il en actionnant la poignée.

Je secoue la tête. C'est au-dessus de mes forces.

– Vas-y, m'encourage-t-il. Tu dois connaître la vérité.

Je me mords l'intérieur de la bouche afin de contenir mon tremblement. Par-dessus mon épaule, j'adresse une œillade à Seth, non pour requérir son approbation, mais pour mesurer sa réaction. Cependant, ce dernier est aussi inerte qu'un cadavre. Un mort-vivant, dont les yeux explosés sont dénués de toute émotion et dont les traits semblent figés dans une expression résignée.

Une larme dévale ma pommette.

Salaud!

J'avance d'un pas timide pour m'engager dans la pièce. Adossé contre le chambranle, Greg me pousse avec douceur, mais inflexibilité, ce qui m'oblige à entreprendre un second pas. Je me rattrape à sa manche, comme s'il était ma bouée de sauvetage.

– Tu ne rentres pas?

– Non. Je ne souhaite pas voir ma sœur ainsi et garder cette image d'elle.

Le doute n'est plus permis, il s'agit donc bien de la femme de Seth.

La scène qui se dévoile sous mes yeux me tire un glapissement. Des étagères entières de photos et de souvenirs de couple, plusieurs portants remplis d'affaires de femme, diverses machines médicales que l'on rencontre usuellement en milieu hospitalier, puis, au milieu de ces appareillages, un lit, où repose l'épouse de Seth.

Je ferme les yeux un instant, déchirée par ce spectacle. Malgré cela, le bip inlassable qui indique son rythme cardiaque me perfore les oreilles.

Mon déjeuner est maintenant au bord de mes lèvres.

– Je crois que je vais vomir. Elle est…

– Morte, me coupe Greg.

Elle est intubée, sûrement dans le coma, néanmoins, elle est bien vivante, en atteste le moniteur.

– Son cœur bat.

– Elle est morte, répète Greg, d'une voix brisée. Seth et Jessie ont eu un accident de voiture, il y a deux ans maintenant. Si Seth s'en est sorti avec quelques égratignures, le cas de ma sœur était bien plus grave. Le camion qui leur a coupé la priorité a percuté de plein fouet le côté passager. Et peu après son admission à l'hôpital, le diagnostic est tombé : ma sœur était en état de mort cérébrale. Toutefois, comme elle était enceinte, les médecins ont choisi de la garder sous intubation le temps de la grossesse. Le terme venu, ils devaient la débrancher. Seulement, mon beau-frère en a décidé autrement. Il l'a ramenée à la maison et…

Il s'arrête, pris par l'émotion.

– Putain, j'ai essayé d'être compréhensif ! Je sais à quel point il l'aimait, à quel point il était anéanti. Mais merde ! Ça ne peut pas durer éternellement ! J'aimerais moi aussi pouvoir faire mon deuil et enterrer ma sœur dignement. J'aimerais qu'elle repose en paix, bordel de merde ! C'est si dur à comprendre ? s'égosille-t-il en dévisageant Seth, qui semble à des années-lumière d'ici.

Un sanglot me noue la gorge.

Le bip incessant me vrille les tympans. C'est affreux, tellement glauque. Je plaque mes paumes sur mes oreilles pour échapper au bruit et ferme les yeux le plus fort possible, dans une tentative désespérée de fuir la réalité.

Greg saisit mes mains, qu'il emprisonne entre les siennes.

– Elle est vraiment morte, réitère-t-il. Je sais qu'on pourrait croire le contraire, mais elle n'est plus là, son âme a quitté son corps depuis longtemps. Son cœur bat seulement parce qu'elle est intubée. Dès qu'elle sera débranchée, il s'arrêtera. Je suis désolé, rajoute-t-il après un instant en me jetant un regard navré. D'une certaine façon, je t'ai utilisée. Je pensais qu'en vous mettant ensemble, Seth reprendrait ses esprits et tournerait définitivement la page. Mais ce connard… je ne sais pas ce qu'il a dans la tête. Il allait beaucoup mieux, on a tous remarqué la différence lorsque tu es entrée dans sa vie. Il était de nouveau vivant, souriant, heureux. Et puis, il a replongé, consumé par ses vieux démons.

Je suis incapable d'assimiler toutes ces informations. Mon cerveau refuse. La seule certitude que j'ai est que je dois déguerpir le plus vite possible.

– Je dois partir…

– Ava, me retient Greg. Attends…

– Il faut que je parte !

Je secoue la tête.

– Je ne suis pas de taille à affronter ça, désolée. Je ne peux pas assumer, c'est trop pour moi.

Je recule pour me dégager et m'éloigner. Mon cœur ne martèle même plus mes côtes, il est devenu aussi amorphe que moi. Je viens d'enclencher le système automatique, je suis en mode survie.

Je dois me préserver.

Seth ne cherche pas à me stopper. Des larmes strient ses joues, ses iris me renvoient une tristesse incommensurable, cependant, il se bute dans son mutisme.

Retiens-moi, connard ! Fais quelque chose ! Parle ! Ne me laisse pas partir comme ça, ne laisse pas notre relation finir ainsi !

Mes yeux le supplient. En vain.

L'iceberg nous a percutés de plein fouet.

Soit Seth coule en solitaire, soit je lui fais une place sur la planche, avec le risque probable qu'on se noie ensemble.

Pour l'instant, seule la distance nous sauvera.

24

Seth

Entre hier et ce matin, un rouleau compresseur m'a assurément piétiné. Bouger ne serait-ce qu'un orteil m'arrache un gémissement. Mon crâne lancine comme si j'avais passé la nuit la tête plaquée contre une enceinte vibrant à son volume maximum. On pourrait croire que la gueule de bois diminue à force de boire, mais non. C'est toujours une épreuve de se lever. Aujourd'hui d'autant plus, puisqu'une sensation bizarre m'enserre la poitrine.

Est-ce encore une séquelle d'un cauchemar ?

J'essaie de m'extirper du lit, sans succès. Même mes paupières refusent de se décoller, je les sens gonflées avec cette impression d'avoir pleuré des heures. Cependant, je n'en ai aucun souvenir.

En poussant un rugissement rauque, je roule sur le flanc dans une nouvelle tentative d'extraction. Un chuintement s'échappe de mes lèvres entrouvertes tandis que mon corps s'écrase par terre avec lourdeur. Je ne l'avais pas vue venir, celle-là !

À plat ventre, les yeux à moitié clos et la tête dodelinante, je grommelle en scrutant mon environnement :

– C'est quoi, ce bordel ?

Je ne suis pas dans mon lit, ni même dans ma chambre. Et au vu de la froideur du sol, je doute d'être dans la maison.

Je siffle plus fort :

– C'est quoi, ce bordel ?

Comme dirait Greg :

« T'as foutu quoi, mon couillon ? »

Après mille contorsions, je réussis enfin à m'asseoir.

Des cadavres de bières et de bouteilles diverses jonchent la table basse. Je secoue celles à ma portée pour vérifier qu'il ne reste pas un petit fond pour apaiser ma gorge asséchée, hélas, elles sont toutes vides. Le soleil est déjà assez haut dans le ciel, j'en déduis que le jour est levé depuis un petit moment.

Les enfants !

Où sont les enfants ?

Ce coup de pression m'apporte l'énergie nécessaire pour me redresser. Néanmoins, le contrôle de mes jambes est aléatoire. Je titube, les muscles tremblant sous l'effort que je dois fournir.

Je suis encore complètement bourré.

– Ava ? Ava ?

Vacillant, je traverse le jardin cahin-caha.

Qu'est-ce que j'ai fabriqué pour m'endormir dans le salon d'été, moi ?

Il faut vite que je réquisitionne l'un des agents d'entretien pour nettoyer ce désastre avant que mes enfants ne tombent dessus. Heureusement que les températures hivernales les dissuadent de jouer dehors, même lorsque le temps est ensoleillé comme aujourd'hui.

J'accède à la maison par le garde-manger, aménagé de façon à relier la cuisine extérieure et intérieure. En pénétrant dans cette dernière, je découvre avec stupeur un désordre innommable. Ann et Mia, deux chargées d'entretien de la villa, ainsi que Rosa, ma cuisinière, s'affairent à ramasser des débris éparpillés sur le carrelage. Y a-t-il eu un tremblement de terre durant mon sommeil ?

– Il se passe quoi ?

– Oh, faites attention, monsieur Manning, vous risquez de vous blesser ! Il y a du verre partout et vous êtes pieds nus, m'avertit Rosa.

J'avise lesdits pieds. L'un est couvert d'une chaussette grise, sale et trouée, l'autre est à l'air libre et noir de crasse. Je grimace, le nez plissé.

Le tambourinement qui fracasse mon crâne se déchaîne avec une telle violence qu'il entrave le bon fonctionnement de mon système neuronal. Pourtant, un truc déraille, c'est évident. Seulement, je n'arrive pas à l'identifier ni même à me concentrer plus de quelques secondes. Réfléchir est pour l'instant au-dessus de mes capacités.

Sans un mot de plus, je m'éclipse à la recherche d'Ava. Elle m'expliquera mieux que quiconque la situation. Et si j'ai déconné – ce que je soupçonne de plus en plus –, elle ne prendra pas de gants et me l'annoncera de but en blanc.

Je me pétrifie en pénétrant dans le séjour. Si un tremblement de terre a ravagé la cuisine, c'est un véritable tsunami qui a décimé le salon.

Margot ! Gabriel !

Saisi par la panique, je cours à présent en esquivant les murs du mieux que je peux – ce qui n'est pas aisé, car tout bouge autour de moi.

Je m'égosille en parcourant chaque pièce :

– Ava ? Margot ? Gabriel ? Vous êtes où ? AVAAA ?

Sans préambule, je débarque dans sa chambre. Vide.

– Ava ?

Plus confus que jamais, je retourne vers le séjour saccagé. Bordel, où est-elle ? Est-elle partie en promenade avec les petits ? Mais oui, c'est sûrement ça ! Elle a dû voir le boxon à son réveil et a préféré éloigner les enfants. Logique. Ma fée aux paillettes, toujours aussi avisée et futée. Cette pensée me décoche un sourire fugace qui se transforme rapidement en moue d'épouvante.

Sa chambre ! Sa chambre est…

Je rebrousse chemin à toute berzingue, manquant de déraper à plusieurs reprises.

La force invisible qui me comprimait le thorax un peu plus tôt s'étend dorénavant tel un poison pernicieux et se répand dans chaque parcelle de mon être. La douleur est insupportable. Mes jambes affaiblies ploient et je m'effondre à genoux, à l'entrée de la pièce. Je halète, pris de vertige.

Sa chambre est vide.

Vide de sa présence.

Vide de ses affaires.

Il ne reste rien. Le lieu a été entièrement débarrassé. L'armoire, les étagères… il n'y a plus aucune trace d'elle.

Mon esprit me refuse l'accès aux souvenirs de la nuit passée, cependant, je sais maintenant avec certitude qu'un événement dramatique est survenu. Et mon instinct me hurle que j'en suis l'unique responsable.

Un goût aigre envahit ma bouche, je me précipite en direction des toilettes. À peine ai-je atteint la cuvette que je me plie, le corps secoué par de violents spasmes. Je m'affaisse ensuite, adossé contre le mur.

Une illumination jaillit. Un verre pour guérir mes maux ! Juste une rasade suffira à me requinquer, j'en suis convaincu.

Je parviens par je ne sais quel miracle à me relever. Un coup d'œil dans le miroir m'informe que du vomi auréole ma chemise autrefois blanche ; cette constatation me laisse de marbre. Chaque chose en son temps, je dois d'abord me rincer le gosier pour m'éclaircir les idées. Juste un verre. Pas plus.

Je me traîne jusqu'à mon bureau sans savoir si je marche ou si je rampe. Tout est confus, un brouillard opaque obscurcit ma perception.

N'y a-t-il pas quelque chose de vital dont je dois me préoccuper dans l'immédiat ?

Dans l'incapacité de me le remémorer, mes épaules se soulèvent avec nonchalance.

Mon regard se noie un instant par la fenêtre. J'essaie de déterminer l'heure, j'évite le plus souvent de trop boire en journée. Sauver les apparences, toujours sauver les apparences. Ava et les enfants doivent être dans les parages, ce qui nécessite ma vigilance. Si ma fée me chope en train de picoler, je ne donne pas cher de ma peau.

Ava… Pourquoi mon cœur se déchire lorsque je songe à elle ?

Je n'ai jamais eu une gueule de bois aussi intense. C'est étrange, le fil de mes pensées m'échappe dès que j'ai la sensation de poser le doigt sur un élément important.

C'est alors que je me souviens : j'ai besoin d'un verre ! Soigner le mal par le mal. Juste un verre, et ça ira mieux.

Mes membres craquent lorsque je m'accroupis devant le minibar, à la recherche d'une canette bien fraîche.

– Ne me dis pas que tu vas encore boire ? T'en as pas assez fait comme ça ? éructe une voix bourrue que je ne connais que trop bien.

Déstabilisé par son entrée fracassante, je perds l'équilibre et finis les fesses par terre.

Je geins :

– Greg... Apprends à frapper avant de t'inviter chez les gens. C'est pas un moulin...

Je lâche un grognement las en me massant le front d'une main, et rajoute :

– Et puis, c'est juste une bière, pas de quoi s'affoler. J'en ai besoin si je ne veux pas que mon crâne explose.

– Ce dont tu as besoin, c'est de te faire soigner, triple andouille !

– Pourquoi tu m'agresses les tympans comme ça ? Je n'suis pas sourd, alors t'excite pas. T'as mangé du chien enragé ou bien ?

– Du chien enragé ? répète-t-il dans une envolée de postillons, confirmant ainsi mon hypothèse.

Je tente de stabiliser ma vue. Les veines de son cou sont sur le point d'éclater tant elles sont saillantes. Il est fâché, le beau-frère.

Je ricane.

– Tu vas te causer un anévrisme, si tu continues. Pense à ta tension. Zen, y a pas mort d'homme. Un verre, et je vais voir ma fée après.

J'acquiesce en souriant.

Pour une raison que j'ignore, la colère de Greg retombe comme un soufflé. Il se baisse à ma hauteur, puisque mon cul n'a toujours pas quitté le sol, afin que nos regards s'arriment l'un à l'autre.

La gravité que je perçois dans le sien me met mal à l'aise. De nouveau, mon cœur s'agite. La paume à plat dessus, je sens ses battements frénétiques, à croire qu'il comprend ce que mon cerveau occulte, délibérément ou non.

– Tu te souviens de quoi de la soirée d'hier ? s'enquiert-il d'un timbre si vibrant de pitié que j'en frémis.

– Je suis censé me souvenir de quelque chose en particulier ou tu veux un récapitulatif complet ? Je… Euh… (Je scrute ma chemise.) Je me suis vomi dessus. Ah non, ça, c'est tout à l'heure, je crois.

– OK. On va d'abord passer à la douche et… on avisera après, soupire-t-il, comme si tout le poids du monde venait de s'abattre sur ses épaules.

Afin de le dérider un peu, je l'asticote :

– Je suis bourré, je te l'accorde… Mais c'est pas une raison pour vouloir profiter de mon corps.

– Ce n'est pas le moment de plaisanter, déclare-t-il avec sérieux.

Je fronce les sourcils.

Quoi ? Il n'enchaîne même pas avec une petite vanne ? Mon beau-frère n'est pas d'humeur à la badinerie. Que lui arrive-t-il ?

– Depuis quand t'es si soupe au lait ? Ça ne va pas ? Tu veux en parler ?

– La douche ! s'agace-t-il. Ensuite, on discutera… (Il s'évente de la main.) Tu pues, c'est atroce !

Je lui désigne ma chemise souillée.

– C'est parce que j'ai reçu ma médaille d'or de…

– Du plus grand couillon, complète-t-il en retrouvant un peu de son sarcasme. Allez, lève-toi maintenant !

– Dis, tu sais où sont mes enfants ? Et Ava ?

– Après, Seth. On verra ça après, m'assure-t-il en m'entraînant vers la douche.

***

Mon téléphone sonne. Sans trop y prêter attention, j'appuie sur « Rejeter ».

Depuis combien de minutes suis-je assis sur ce fauteuil

à contempler le vide ? Greg est parti il y a un moment déjà, mais je ne saurais dire l'heure exacte. Le temps semble s'être arrêté tout en filant à toute vitesse. C'est une sensation inexplicable, et terriblement anxiogène. C'est comme s'il poursuivait sa course, mais sans moi. On m'a éjecté. Est-ce qu'au moins j'appartiens encore à ce monde ? Je commence à en douter. Un cœur qui bat ne prouve pas obligatoirement que tu es en vie, j'en sais quelque chose.

Ma femme n'est plus.

Ma petite amie m'a quitté.

Mes enfants m'ont été retirés.

Je balance le premier objet qui est à ma portée, tandis que les paroles de Greg résonnent en boucle dans mon crâne. La bouteille vide de whisky se pulvérise contre le mur face à moi dans un fracas de verre brisé.

« C'est pour ton bien. »

En quoi éloigner les petits de moi m'est-il bénéfique ?

Les médecins évaluent le degré de douleur sur une échelle de un à dix, mais quid de celle qui est non palpable, non quantifiable ? Quand elle te broie de l'intérieur jusqu'à annihiler la moindre particule de ton être, comment lutter ?

Je bats des cils pour chasser l'humidité qui continue sans cesse de s'accumuler. Une boule d'épines acérées obstrue ma gorge, je peine à déglutir. Le seul moyen d'apaiser cette torture insoutenable est de boire. À chaque goulée, les aiguilles qui tapissent ma trachée se rétractent un peu.

Parfois, j'aimerais dormir et ne plus me réveiller, juste pour mettre un terme définitif à ce cercle vicieux. Ainsi, je n'aurais plus à supporter ce calvaire. Cependant, je ne veux pas mourir ; c'est inenvisageable de laisser mes enfants derrière moi.

C'est d'ailleurs la raison principale pour laquelle Jessie est encore dans cette pièce.

Je sais que personne ne comprend ma décision. Qu'on me juge pour cet acte inconsidéré, qu'on m'accuse d'être égoïste et sans cœur envers mes proches, quand ce n'est pas pour affirmer que je suis totalement cinglé d'imaginer que Jessie puisse un jour se réveiller. Toutefois, je n'ai pas agi par stupidité, mais par désespoir.

À l'annonce du diagnostic de Jessie, mon univers s'est écroulé. Alors que ma famille se préparait à accueillir prochainement un quatrième membre, on m'a informé sans ménagement que l'avenir serait tout autre. Qu'un choix s'imposait pour la survie de Gabriel. Dorénavant, ma femme ne serait plus qu'un ventre, un vulgaire réceptacle. J'ai lutté chaque putain de jour pour ne pas sombrer, j'avais l'impression de devenir fou. Je voyais le corps de mon épouse s'arrondir, j'entendais son cœur battre, celui de notre fils aussi. Pourtant, l'un des deux était décédé. J'avais beau me le répéter, je n'arrivais pas à le concevoir. Vous ne pouvez pas entamer un deuil dans cette situation. Malgré vous, vous en venez à espérer un miracle.

« La science ne sait pas tout, peut-être que… »

Puis la réalité vous rattrape. Brutale, implacable, cruelle.

Dès la césarienne effectuée, on m'a signifié qu'ils allaient débrancher ma femme. À l'instar d'une couveuse obsolète qui n'a plus besoin d'être alimentée et doit être jetée au rebut, Jessie n'avait plus son utilité.

À ce moment-là, mon cerveau a comme court-circuité.

Nonobstant la réticence de mes beaux-parents et l'ahurissement du corps médical, j'ai pris l'entière responsabilité de la ramener à la maison. Dans un premier temps, Greg m'a soutenu dans ma démarche. J'avais besoin de temps pour accepter l'inévitable et lui pensait que ce ne serait qu'une question de jours, voire de semaines. Cependant, plus je retardais l'échéance, plus je m'embourbais dans un engrenage morbide qui me précipitait peu à peu vers un point de non-retour. Parler à Jessie, la regarder, la coiffer, m'occuper de ses soins basiques, lui raconter ma journée, bien sûr que c'est glauque. Aucune personne saine d'esprit ne se conduirait ainsi. Toutefois, c'est ce qui m'a permis de rester debout… pendant un certain temps. Irrémédiablement, je me sentais glisser, déraper toujours plus profondément. L'alcool est alors devenu mon échappatoire. J'ai engendré ma propre descente aux enfers…

Plus je désire m'en sortir, plus je m'enfonce, submergé par trop d'émotions contradictoires. J'aimerais être heureux, mais je n'y parviens pas. Une partie de moi, que je ne maîtrise pas, dresse un barrage infranchissable. Plus je m'échine à avancer, plus je coule, incapable de garder la tête hors de l'eau et entraîné dans une spirale autodestructrice.

Face à ce constat affligeant, je ricane. Puis je lève mon verre où ondule un fond de whisky.

– À la tienne, gros con !

Je me gargarise avec ce liquide amer avant de l'avaler en poussant un râle de contentement.

Mon téléphone vibre. Encore… Il sonne en continu depuis tout à l'heure.

Qui est-ce cette fois ? Greg ou Ava ?

Je renâcle, en grimaçant.

– Allez vous faire foutre !

Un bip m'indique l'arrivée d'un message. Sans l'ouvrir, je zieute la notification qui provient de mon ancienne gouvernante et ex-petite amie.

[Ça va ? Stp, réponds-moi.]

Toujours la même rengaine. Fait-elle un copié-collé de ses textos ?

– Si tu souhaites tant le savoir, il ne fallait pas m'abandonner dans ce cas !

Je sais que j'ai été horrible avec elle, Greg m'a narré en détail toute la soirée d'hier. Il m'a aussi expliqué qu'elle n'était pas « définitivement » partie, qu'elle avait simplement besoin de prendre un peu de recul et que vivre ici dans « ces conditions » était au-dessus de ses forces pour le moment.

Elle a raison. À sa place, j'aurais fui depuis longtemps un déchet tel que moi. Elle devrait me détester. Moi, je me déteste. Je hais ce que je suis devenu. La souffrance me rend fielleux, l'alcool aigri, la tristesse taciturne. Je suis la définition même d'une personne abjecte.

Je ne devrais donc pas la blâmer, pourtant je suis blessé.

C'est comme si elle avait malgré elle ajouté du sel sur une plaie déjà béante. Raison pour laquelle je filtre ses appels et ses messages. Encore une preuve de ma perfidie. Connard un jour, connard toujours.

Mon téléphone vibre à nouveau.

J'aboie en décrochant :

– Bordel, foutez-moi la paix !

– Ava s'inquiète pour toi. Pourquoi tu ne lui réponds pas ? s'exaspère mon beau-frère.

Je raille, mauvais :

– Pourquoi m'a-t-elle quitté alors ? Elle serait restée, elle verrait d'elle-même la magnifique épave que je suis.

– Oh, ne viens pas jouer le couplet du Calimero avec moi, ça ne marche pas ! Tu sais très bien pourquoi et tu n'as que ce que tu mérites. J'en ai plein le cul de tes conneries, Seth ! Maintenant, ça suffit : reprends-toi en main, couillon ! Fais-toi aider par un spécialiste au besoin, mais bouge-toi le fion !

– Si tu m'appelles pour une leçon de morale douteuse, je raccroche. Je ne suis pas d'humeur à écouter ton sermon.

– Je voulais te prévenir que j'avais déposé les petits à Springfield, chez mes parents. Ils séjourneront là-bas durant les vacances de Noël. Tu es d'ailleurs cordialement invité à passer les fêtes avec eux.

Non merci. Même Greg esquive sa mère dès qu'il le peut. Elle est du genre intrusive, sans gêne (pire que son fils) et adepte du commérage. Son fond est gentil, cependant, je ne suis pas en état de la supporter. J'imagine qu'elle est ravie d'accueillir ses petits-enfants. Depuis le début du mois de novembre et son nouveau statut de retraitée, elle me les réclamait à cor et à cri.

– Dis-moi plutôt comment ils vont ? Margot n'est pas trop déboussolée ? Et Gab ?

– T'inquiète pas pour eux ! Ils sont aux anges. Ils vont être chouchoutés et gâtés comme jamais.

Un sanglot secoue mon buste lorsque je pense à la distance qui nous sépare. Le Massachusetts n'est qu'à une centaine de kilomètres de New Haven, néanmoins, c'est une centaine de kilomètres de trop.

– Tu es sûr que c'était mieux pour eux qu'ils partent ?

– Tu aurais préféré qu'ils te voient ivre et fou de rage ? Au départ d'Ava, tu as mis à sac toute la maison.

Bien qu'aucun fragment de la soirée ne me revienne, Greg m'a certifié que j'étais le responsable du carnage dans la villa. J'ai renversé tout ce qui me passait sous la main : la vaisselle, les bibelots, les tableaux, rien n'a été épargné. J'ai été jusqu'à éventrer mon lit et le grand canapé du salon d'hiver.

Au premier objet lancé, Greg s'est emparé des enfants afin de protéger leur regard innocent de la déchéance de leur père. Étant lui-même alcoolisé, il a demandé à Lenny de les déposer tous les trois chez lui. Quand il est passé en fin de matinée, c'était pour récupérer sa voiture qu'il avait laissée dans la cour. Il ne s'attendait pas à rencontrer une loque crasseuse et amnésique.

– Non, tu as bien fait… finis-je par concéder, après réflexion. Ça me tue qu'ils soient loin de moi, mais merci. Merci d'avoir pris soin d'eux et merci de les avoir préservés d'un papa déplorable.

Il ne me contredit pas. Je suis minable, il le sait et moi aussi.

– Tant qu'on y est, parlons d'un autre sujet qui fâche. Jessie…

Je pousse un soupir blasé.

– Tous les jours le même refrain. T'en as pas marre ?

– Le départ précipité d'Ava n'est pas un avertissement suffisant pour toi ? Tu crois qu'elle acceptera de revenir en sachant que dans la chambre à côté de la tienne gît ta femme mor…

Une sorte de hoquet aigu interrompt sa phrase. Je me crispe, en proie à une appréhension soudaine.

– Pitié, Seth… me conjure-t-il dans un sanglot étouffé. Pitié, libère-la… Qu'elle repose enfin en paix.

Mon souffle se glace, mon cœur se pétrifie, le sang dans mes veines se cristallise.

Greg ne pleure jamais, Greg ne supplie jamais.

Sa souffrance fait écho à la mienne. Un cri d'animal blessé s'échappe de mes lèvres tandis que, désarmé, je prononce l'impensable :

– D'accord.

***

– Quand comptes-tu renouer avec Ava, exactement ? s'excite mon roquet d'ancien beau-frère.

Je grogne. Je n'ai jamais vu un mec aussi collant que lui. Il tient vraiment de sa mère !

– Appelle-la, bordel ! s'emporte-t-il.

– J'ai besoin de pisser. Pousse-toi de mon chemin.

– Seth !

Je défais les premiers boutons de mon pantalon.

– Dégage ou je te pisse dessus.

– T'es encore complètement bourré, c'est ça ?

Mon majeur lui répond.

– Il est à peine onze heures ! Regarde-toi, tu n'arrives même pas à mettre un pied devant l'autre sans trébucher. Et depuis quand tu ne t'es pas lavé ? Un putois sent moins fort !

Ma lèvre s'ourle d'un rictus sardonique tandis que je glisse ma main dans mon caleçon.

Greg jure.

– Range ta teub, connard ! C'est bon, va pisser… se résigne-t-il en s'écartant enfin de mon passage.

Je ricane. Les vibrations irritent mes cordes vocales abîmées et mon rire rauque se termine en toux sèche.

Lorsque je constate que cet idiot me suit dans le couloir, je maugrée :

– Tu comptes m'accompagner aux chiottes ?

– Jusqu'à la porte, ça ira. J'espère pour toi que tu arrives encore à la tenir tout seul… Même si je commence à en douter vu ton état d'ébriété.

– Rentre chez toi… Toujours à venir m'emmerder. Je t'ai rien demandé !

Son poing cogne mon biceps.

– Tout le monde s'inquiète pour toi ! persifle-t-il en m'emboîtant le pas malgré ma tentative d'accélération.

Je parviens à m'enfermer – seul – dans les toilettes. Toutefois, cela ne le dissuade pas de poursuivre sa diatribe à travers le battant.

– D'après Rosa, ça fait des jours que tu n'as rien mangé. Tu passes ton temps calfeutré dans ton bureau à boire. C'est ça ta vie maintenant ?

Ce n'est pas comme si, dorénavant, j'avais besoin de me cacher ; il n'y a plus aucune apparence à sauver.

J'ai réussi à tenir jusqu'aux fêtes. Nous avions convenu de débrancher Jessie quelques jours après, afin de ne pas graver une date funeste pendant cette période censée être joyeuse. C'est ainsi que Jessie Manning, née Jessie Sutton, a été déclarée morte ce 5 janvier. L'enterrement s'est déroulé dans l'intimité avec uniquement la famille et les proches. À la mémoire de ma femme, je n'ai pas bu ce jour-là. C'est aussi la dernière fois que j'ai vu mes enfants. La dernière image que j'ai de ma grenouille est celle d'une petite fille qui suffoquait, tant ses sanglots secouaient son corps frêle. Elle ne pleurait pas pour la disparition de sa maman – en vérité, elle était soulagée qu'elle soit enfin au paradis et non plus endormie comme la Belle au bois dormant –, mais pour moi… Parce que me voir ainsi, anéanti et accablé par le chagrin, la bouleversait.

Ses larmes se sont imprimées dans ma chair telles des gouttes acides qui ont érodé mon cœur et dévoré mon âme.

J'ai détruit ma famille.

Cette prise de conscience m'a insufflé le courage nécessaire pour protéger mes enfants de ma toxicité. À l'abri chez leurs grands-parents, ils peuvent maintenant s'épanouir en toute tranquillité. Loin de leur père nocif.

Le constat est identique pour Ava. Raison pour laquelle je ne l'ai pas recontactée.

Je sais qu'elle ne m'a pas abandonné. Ma fée n'avait aucune intention de me quitter. D'ailleurs, elle n'avait pas emporté toutes ses affaires, comme je le croyais au début.

Elles étaient seulement rangées dans des cartons qu'elle n'avait jamais eu l'occasion de déballer. Peut-être que son instinct lui soufflait que cela ne servirait à rien, que j'allais encore déconner et la renvoyer comme une malpropre chez son frère.

Faire du mal aux autres, c'est la seule chose dont je suis capable.

Sûrement me déteste-t-elle… J'espère qu'elle m'exècre de toute son âme ! Qu'elle me maudit et que son amour s'est transformé en haine. C'est tout ce que je mérite.

Lorsque je sors des toilettes, Greg me lance un regard suspicieux.

– Tu t'es nettoyé les mains, au moins ?

Avec un sourire vicieux, je les frotte contre son pull.

– Maintenant, oui. D'autres questions ?

– Un paquet, oui ! déclare-t-il sans se démonter devant mon comportement provocateur.

– Si c'est au sujet d'Ava, je t'arrête tout de suite : j'ai fait livrer le reste de ses affaires par Lenny, il y a quelques jours.

– Co… comment ? T'as fait quoi ? Mais pourquoi ?

– C'est mieux ainsi. Elle n'a pas à subir mes affres, je ne veux pas l'entraîner dans ma tourmente. Toute sa vie est devant elle. Qu'est-ce qu'elle irait foutre avec un déchet tel que moi ? Je ne lui apporterais rien de bon.

Le silence de Greg est plus parlant que mille mots. Lui-même pâtit de mon caractère versatile. Bien qu'il encaisse sans broncher, supporter mes états d'âme ne doit pas être une sinécure. Je suis un poids, un boulet à sa cheville. Ça aussi, j'en suis conscient.

– Je vais aller me doucher, manger et dormir un peu. Tu devrais rentrer, je t'appelle demain. (Je lui tapote l'omoplate et esquisse un pauvre sourire.) À passer tes journées ici, tu vas finir par faire faillite.

– Mon entreprise est une machine bien huilée et puis je supervise, même de loin. Et toi, aucun regret d'avoir vendu ta société ?

Cela faisait un moment que j'y songeais. Avant même

ma rencontre avec Ava, j'étais déjà en pourparlers pour la passation de pouvoir. Le rachat de mes parts n'a été qu'une formalité. Le cours de l'action a légèrement chuté le jour de l'annonce, avant de reprendre sa courbe initiale avec un petit pic de croissance en début de semaine, ce qui a rassuré les actionnaires. Cette décision est une charge en moins sur mes épaules, et l'argent amassé est une garantie supplémentaire pour le futur de mes enfants. Ils pourront vivre, eux et leur descendance, avec aisance jusqu'à la fin de leur vie. J'ai également ajouté Ava comme légataire à mon testament. Ainsi, l'avenir de tous les êtres qui me sont chers est dorénavant assuré.

Cette pensée me réconforte un peu. Une chaleur fugace réchauffe mon cœur pendant un instant ; je ferme les yeux pour tenter de m'accrocher le plus longtemps possible à cette sensation trop éphémère. Cependant, la réalité me rattrape…

Toujours.

– File, que j'aille me laver ! dis-je avec un semblant d'entrain.

– Parce que maintenant ton odeur corporelle te gêne ? À d'autres ! T'as juste trouvé l'excuse pour me virer.

Je n'essaie pas de nier. Il a raison, je m'en fous de sentir la mort… Ne le suis-je pas déjà de toute façon ?

– OK, je m'en vais, mais tu as intérêt à donner de tes nouvelles si tu ne souhaites pas que je revienne illico presto te botter les fesses.

Une fois Greg parti, je me réfugie dans mon bureau et me rue sur ma bouteille de scotch. Me doucher, quelle importance ? Sale et puant, cela reflète qui je suis vraiment. Plus de faux-semblants.

Je ne m'encombre pas de verre et bois directement au goulot. Malgré mes gorgées incessantes, l'amertume qui picote mon palais ne s'estompe pas. Au contraire, elle s'accroît de plus en plus, me laissant un goût aigre qui me retourne l'estomac. Même mon corps me trahit.

Je peste. À croire que plus rien ne peut apaiser les remous de mon âme. Tout est pourri, bon à jeter.

Une idée surgit dans mon esprit embrumé. Je déverrouille le tiroir gauche de mon bureau et fixe l'objet qu'il contient. Un Colt Python à long canon et crosse en bois, héritage de mon grand-père. C'est plus une arme de collection que de protection. Je m'en saisis et la soupèse ; elle est plus lourde que dans mon souvenir. J'ai l'impression qu'elle pèse une tonne. Je la pose devant moi, puis frotte mes paumes devenues moites sur mon pantalon avant de m'en emparer à nouveau.

Je vérifie le barillet. Trois cartouches pour six chambres.

Mon destin va-t-il se jouer à la roulette russe comme dans les films ?

Pile, je vis, face, je saute ?

J'applique le canon froid contre ma tempe en sueur, puis je ferme les paupières. Le Colt vacille dans ma main tremblante.

Un cri résonne soudain.

« SETH, NOOOOON ! »

25

Ava
Huit mois plus tard

– Je suis un arbre dont les branches centenaires me protègent.

– Ouais, bah le séquoia va finir par être en retard s'il ne presse pas le pas ! s'impatiente Cherryl dont l'expression exaspérée confirme sa frustration.

– Je ne peux pas marcher plus vite. C'est déjà un exploit que j'arrive à avancer avec ces échasses. Le sol bouge.

– Non, ce sont tes jambes qui sont branlantes… Pire que de la gelée ! Fais un effort, Ava, t'as pas plus de sept centimètres de talons !

– Gnagnagna… Le sol bouge, j'te dis !

Je jure quand ma cheville se tord pour la troisième fois en cinq minutes.

On aurait dû prendre un taxi. Je savais qu'il fallait prendre un taxi… Même pour quelques mètres. Quelle idée de faire le trajet à pied ! Malgré le vent frais, je transpire et mes orteils sont compressés comme des saucisses dans ces escarpins de malheur. À coup sûr, c'est le même concepteur que celui des collants ! C'est un complot, une conspiration contre la gent féminine !

– Et puis les humains ne sont pas faits pour avoir des extensions aux pieds ! C'est contre nature ! Une question d'apesanteur. On est déséquilibrés. Newton approuverait sûrement s'il était encore de ce monde.

Je me retiens de rire devant le soupir sans équivoque de ma cousine. Je sens qu'elle est à deux doigts de me balancer sur son dos tel un homme de Cro-Magnon. Ou de me faire un gros *fuck*. Après réflexion, le *fuck* est plus probable, elle n'a pas la force suffisante pour me soulever.

– Au lieu de déblatérer des conneries, concentre-toi ! Je ne te demande pas de gambader, juste de mettre un pied devant l'autre. Jambe droite, jambe gauche. Le b.a.-ba !

Quand je stresse, j'ai tendance à me chier dessus – au figuré, désormais, heureusement. Mais je fais ça tranquillement dans mon coin, je n'emmerde personne. Cherryl, c'est tout le contraire ! Elle devient pénible comme pas permis, un vrai despote.

– C'est moi qui devrais paniquer, pas toi ! Pourquoi tu flippes ? On est laaaaarge ! On a au moins… – je jette un œil à ma montre – ça d'avance.

D'accord, on est à la bourre. Mais en tant que reine de la journée, j'estime être dans mon droit.

– Tu es en retard à ta propre fête d'inauguration, tu te rends compte ? bougonne-t-elle en me tirant par le bras. Tu habites juste à côté de la boutique et t'es pas fichue d'être à l'heure ! Si ça, c'est pas un comble.

– Qui m'a obligée à porter des talons ? Qui a préféré s'y rendre à pied plutôt qu'en taxi comme je l'avais suggéré ? Qui, hein ? Quiii ?

Cherryl grimace, ce que j'interprète comme une victoire.

– Voilà ! Maintenant, arrête de me distraire, que je puisse coordonner mes pas.

Je m'encourage par des pensées positives.

Je vole, je suis aussi légère qu'une plume. Une danseuse étoile, l'incarnation même de la grâ…

– Merdeeeee !

Je trébuche vers l'avant et me rattrape in extremis en m'agrippant à Cherryl comme si ma vie en dépendait. Ce qui, en quelque sorte, est vrai.

Bon, pour la grâce, on repassera…

Je souffle, passablement agacée. Toutefois, mon sourire revient dès que j'aperçois juste après l'intersection la plus belle enseigne qui puisse exister : AvA SummeR, prêt-à-porter pour enfants.

– Comment ça déchire, mon nom en grand !

Je ne suis pas encore habituée à le voir affiché ainsi. Une vive émotion me traverse lorsque je réalise le chemin parcouru. Moi, Ava Summer, je suis l'heureuse propriétaire d'une boutique de vêtements ! Et pas n'importe quels vêtements : ce sont les miens, mes créations ! Et même si le local fait approximativement deux mètres carrés (ou presque), c'est déjà énorme. Jamais je n'aurais imaginé pouvoir accomplir ce genre de défi. Quand j'ai lancé ma boutique en ligne en début d'année, c'était dans le but de me changer les idées. J'avais besoin de m'aérer l'esprit, de me sortir Seth de la tête. Avec le soutien d'une poignée de mamans de l'école de Margot, j'avais déjà quelques commandes. Et celles-ci n'ont pas cessé de croître, à tel point que j'ai vite été débordée. Mais, ce qui m'a vraiment fait décoller, c'est quand une influenceuse new-yorkaise célèbre m'a réclamé une robe pour le cinquième anniversaire de sa fille. L'impact a été immédiat et les réservations de modèles ont afflué. Après, mon succès est relatif, je ne suis pas la nouvelle marque en vogue, je ne suis pas devenue millionnaire non plus. Néanmoins, je vis de mon travail. Et décemment, qui plus est. AvA SummeR est dans la place ! À l'instar de mon héroïne Rachel, j'ai réussi professionnellement alors que je n'aurais pas misé un dollar sur cette probabilité. Mon enseigne est située sur Bedford Avenue, l'artère principale de Williamsburg, mon nouveau quartier de résidence. C'est également la plus grande rue et l'une des plus hype de Brooklyn. Elle s'étend sur seize kilomètres et relie Greenpoint à Sheepshead Bay. Est-ce que je me la pète ? Carrément. Mais CARRÉMENT !

Je vole, je suis aussi légère qu'une…

– Bordel, Ava ! Tu t'es prise pour une ballerine ou bien ? rouspète Cherryl en m'évitant de justesse une nouvelle chute. Tu n'arrives même pas à tenir debout, alors pourquoi tu tentes des pirouettes ? T'es vraiment pas nette, parfois !

Ma bouche s'affaisse dans une moue de dépit.

– Rho, je me suis un peu emballée, c'est tout ! Rabat-joie…

– Oh ! Mais on n'a plus qu'à traverser et on y est ! exulte-t-elle, sa bonne humeur retrouvée quand elle lève les yeux vers la devanture.

Elle tapote ses pommettes.

– Je suis jolie ?

– On s'en fout que tu sois jolie ou non, c'est pas un défilé de mode.

– Il y aura des journalistes, non ?

– Un seul. Et c'est une femme.

– Et cette influenceuse qui aime montrer ses gros nichons sur Instragram sera présente aussi ? persiste-t-elle.

Je tempère :

– Oui, enfin on sera qu'en petit comité.

– Je dois être sous mon meilleur jour, conclut-elle, faisant fi de mes commentaires. Chad m'a affirmé que mon profil gauche était le plus beau, tu confirmes ? (Le menton dressé, elle prend la pose.) Alors ?

– La différence est frappante avec le droit ! Je n'avais jamais remarqué l'asymétrie de ton visage, mais maintenant que tu le dis, c'est flagrant !

– Comment ça, l'asymétrie ? s'exclame-t-elle, horrifiée, en se plaquant les mains sur les joues.

– Une véritable œuvre de Picasso. Du coup, tu comptes procéder comment ? Tu vas marcher en crabe et le cou dévié pour ne montrer que ton profil gauche ?

– Salope ! s'exclame-t-elle en comprenant que je la taquine. T'es vraiment une garce !

Je m'esclaffe sans retenue. Des passants me dévisagent avec curiosité ; je m'en moque et ris de plus belle. Aujourd'hui, c'est MA journée.

Je lui donne un petit coup de hanche qui manque de me déséquilibrer, puis entrelace nos bras pour que nous puissions traverser ensemble. Néanmoins, à peine descendue sur la chaussée, je me tétanise. Cherryl, qui n'avait pas anticipé cet arrêt brutal, tangue un instant avant de retrouver sa stabilité. Elle me darde une œillade de tueuse en série, et mes pauvres orteils, déjà compressés par ces saletés de chaussures, se recroquevillent un peu plus. Je plisse le nez pour paraître mignonne et ainsi espérer l'attendrir.

– Mince, tu t'es chié dessus ? me questionne-t-elle très sérieusement.

Effarée, je la toise, bouche bée.

– Quoi ? Mais non, bien sûr que non. Sache que depuis quelques années maintenant, j'ai une parfaite maîtrise de mon sphincter !

– Cool ! Mais pourquoi tu retrousses ton pif ainsi alors ? s'enquiert-elle en imitant ma tentative ratée d'*aegyo*[1].

Bon, pour le « mignonne », on repassera aussi…

Je ne comprends pas, quand Jungkook fait ça, il est trop craquant. Pourquoi sur ma tête, ça ne fonctionne pas ? La vie est injuste.

Je souffle.

– J'ai eu… une autre apparition.

Je n'ai pas besoin de préciser de quoi – ou plutôt de qui – je parle, ce n'est pas ma première hallucination.

Nos regards fouillent les environs avec attention.

– Je ne vois rien, soupire Cherryl d'une voix compatissante.

– Non, moi non plus. Encore un mirage…

Je ferme les yeux un instant. Qu'importe le temps qui passe, Seth m'obsède jour et nuit. Partout où je vais, je sens sa présence ; sa silhouette se dessine telle une ombre fantomatique avant de disparaître en un clignement de cils. J'avais escompté que ce sentiment de perte s'estomperait peu à peu, je me trompais… À l'instar d'un tatouage encré sur mon cœur, son empreinte est indélébile. Mon âme lui appartient de façon irrévocable. Lutter contre cette évidence serait futile. Nous étions destinés à nous aimer malgré ce que le sort nous réservait.

Je m'ébroue pour le chasser de mes pensées, la tristesse n'a pas sa place aujourd'hui. Rien ne pourra entraver ma bonne humeur.

– Je suis un arbre dont les branches centenaires me protègent.

– Allez, mon sapin de Noël, tu es prête ?

---

1. Terme coréen qui désigne le fait d'agir de manière mignonne et de s'exprimer de manière enfantine à l'âge adulte, que ce soit volontaire ou non.

Mon cœur bat la chamade. Ses pulsations sont si puissantes qu'elles font vibrer tout mon corps. Cependant, je n'ai jamais été aussi prête. Mon rêve de gamine se réalise enfin. À défaut d'être épanouie en amour, je me rattrape avec mon travail. J'aurais tellement aimé qu'il soit là… Je n'oublierai jamais son enthousiasme envers mes créations. C'était le premier à croire en moi. Sa confiance m'a permis de me dépasser, de prendre en assurance. Et si j'en suis là aujourd'hui, c'est en partie grâce à lui.

Cherryl me frotte l'omoplate.

– Tu penses encore à lui ?

– Pas du tout !

– Menteuse ! Tes pupilles se dilatent dès que tu rêvasses de ton M. Bite, tu ne peux tromper personne.

Je soupire.

– C'est juste… C'est juste qu'il me manque.

– Je sais.

Quand j'ai découvert le secret de Seth, j'ai eu l'impression que mon monde s'écroulait. Cependant, au fond de moi, j'ai toujours su que quelque chose clochait. Je sentais que Seth avait un problème. J'avais remarqué son agitation qu'il essayait tant bien que mal de masquer, je lisais le tourment dans ses magnifiques yeux, je percevais sous son after-shave les effluves de whisky après ses nuits d'ivresse, je voyais le tremblement de ses mains et les sueurs sur son front lorsque le manque d'alcool lui devenait insupportable. Si je ne suis pas responsable de son état, mon aveuglement volontaire ne l'a pas aidé. Au contraire. Je l'ai regardé s'enfoncer sans broncher ; je m'en voudrai toute ma vie pour ça. J'aurais dû réagir et ne pas faire l'autruche. Peut-être qu'aujourd'hui nous n'en serions pas là si tel avait été le cas…

Maintenant, je suis dans l'expectative, à espérer qu'un jour il me revienne. Il me l'a promis. Le 23 janvier pour être précise, date de notre dernier échange. Peu après que Lenny m'a rapporté de façon imprévue toutes mes affaires, j'ai reçu un coup de fil de Seth. L'appel le plus troublant et effrayant de mon existence. Son discours était haché, sa voix brisée, je ne distinguais presque rien, hormis la détresse dans laquelle il était plongé. C'était si violent que j'en tressaille encore rien que d'y repenser. J'ai compris instantanément que quelque chose de grave s'était passé. Et c'est à ce moment-là, d'un timbre déchiré et désespéré, qu'il m'a implorée de l'attendre. Il avait un combat à mener et il devait le faire seul. Il ne se sentait pas légitime à me demander cela, il n'arrêtait pas de se critiquer, de s'accabler de tous les maux de l'univers. La haine qu'il ressentait à son égard m'a secouée jusqu'au tréfonds de mon âme. Comment en était-il arrivé à se détester autant ? J'aurais aimé partager sa peine pour l'alléger un peu du poids de ses souffrances, du fardeau qui semblait l'engloutir, mais cette épreuve était une lutte intérieure, un duel contre lui-même. Sa démarche devait être personnelle et ma présence aurait pu entraver son bon déroulement. Il m'a juré qu'il reviendrait dès qu'il irait mieux – même si, selon lui, il ne me méritait pas. Il m'a crié son amour d'une manière si bouleversante et authentique que je n'ai pu que le croire.

Je n'ai jamais remis en cause ses paroles et j'ai patienté. Néanmoins, le temps qui s'écoule brise doucement mes certitudes. Parfois, le doute m'étreint ; il m'enserre la poitrine et paralyse mes membres. Et si ? Et si, à l'instar des feuilles d'automne balayées par le vent, ses sentiments s'étaient envolés ? Et s'il m'avait oubliée ?

Je n'ai de ses échos que par l'intermédiaire de Greg et Helen, et ceux-ci sont brefs et sporadiques – bien trop à mon goût. « C'est dur, il se bat, il s'accroche, il est en bonne voie, il va mieux », etc. Jamais de détails, malgré mes supplications : consigne de Seth. D'après eux, il m'expliquera de vive voix à son retour. OK, mais quand ?

– Il mériterait que je lui botte le cul, tiens ! Qui laisse les gens comme ça sans nouvelles pendant aussi longtemps ? Et puis j'ai usé toutes les piles de mon Rabbit, c'est un signe ! Il est temps qu'il rapplique !

– Ton Rabbit ? T'as adopté un lapin ?

Je roule des yeux. Elle va m'obliger à préciser ?

– Tu sais, le sextoy que tu m'as offert pour me réconforter de mon nouveau statut de célibataire intérimaire ? Bah, je préfère le nommer Rabbit, ça lui donne un côté plus chou.

– Ah, j'étais sûre qu'il te serait utile ! glousse-t-elle, ravie que son cadeau ait servi.

Je secoue la tête et pouffe à mon tour.

– Il fallait bien pallier ma frustration.

Elle extirpe son téléphone de son sac.

– À ton avis, nous avons mis combien de temps pour parcourir le pauvre petit kilomètre qui sépare la boutique de chez toi ? Indice : on aurait été plus rapides en sautillant à cloche-pied, à reculons et les yeux bandés…

Je renifle.

– On aurait surtout été plus rapides sans ces maudits escarpins !

– Hum… c'est pas faux, concède-t-elle dans un haussement d'épaules. Mais tu aurais été bien moins canon ! Tu devrais me remercier. Grâce à moi, tu vas être la reine de la soirée.

– Mais… je suis la reine de la soirée.

– C'est ce que je viens de dire, oui.

– Allez, la moche… (Je prends une longue inspiration et pousse le battant.) C'est parti !

À peine le pas de la porte franchi, une salve d'applaudissements retentit.

Un immense sourire barre mon visage. Voir mes proches me soutenir me réchauffe le cœur. Mes parents se sont spécialement déplacés depuis leur petite ville d'Addison dans le Vermont, localité ne dépassant pas les mille cinq cents habitants. Ce geste me touche car le rythme citadin, si différent de ce à quoi ils sont habitués, les perturbe beaucoup. Heureusement, mon frère les héberge. Il a déménagé il y a peu dans une jolie maison en banlieue avec Alice ; ce cadre est bien plus rassurant et apaisant pour mes parents que si j'avais dû les loger en plein cœur de Brooklyn. Mon frère aussi est présent. Il se tient à la droite de mon père, son bras entourant la taille de sa petite amie enceinte dans un geste protecteur.

Pour l'occasion, le futur papa a sorti le grand jeu : monsieur a revêtu un costume – ou du moins ce qui, à son échelle, s'apparente le plus à un costume. Il a troqué le bas de son jogging douteux contre un jean noir et l'un de ses tee-shirts difformes contre une chemise verte… à pois rouges. (Mais l'effort est là !) Un nœud papillon – rouge également – complète sa tenue. Ma jolie belle-sœur s'est aussi mise sur son trente-et-un : elle porte une magnifique robe rouge… à pois verts.

Ils sont assortis ! C'est… mignon. Je suppose…

Mon regard glisse ensuite sur mes *winneuses*, Chad et Lana. Elles sont renversantes de beauté. Avec son tailleur-pantalon noir et sa cravate du même ton, Chad possède une classe folle. Lana a opté pour une jupe crayon moulante et taille haute de couleur crème sur une blouse blanche. Simple et efficace. À ma gauche, Nina, l'instagrameuse aux trois millions de followers, m'intercepte en m'attirant vers elle. Elle m'encercle de ses bras dans un immense câlin, comme si nous étions amies depuis des années. Passé l'effet d'étonnement, je lui rends son étreinte. Elle est très tactile et sociable – un peu bizarre je dois l'admettre, mais vraiment gentille. Je suppose que la femme à ses côtés est la journaliste conviée pour couvrir l'événement.

– Abby Lewis du *Brooklyn Magazine*, se décline-t-elle avec un sourire amical.

Intimidée, je la salue poliment et la remercie de sa présence.

Tandis que ma mère sert les petits fours et que mon père se charge du champagne, deux invités surprises apparaissent dans mon champ de vision. Je pousse un couinement ravi. Greg et Helen ont le nez collé à la vitrine. Je m'excuse auprès de Nina et Abby, et pars les rejoindre afin de les exhorter à rentrer ; ils ne se font pas prier et acceptent volontiers. Par réflexe, mon cou se tend pour voir si une troisième personne ne leur emboîte pas le pas. Hélas, non…

Je ravale ma déception lorsque Helen me serre contre elle pour me féliciter.

– Oh, mon p'tit ! Je suis tellement fière, souffle-t-elle, émue.

Greg cogne son poing contre le mien.

– Tu as géré ça ! Bravo ! approuve-t-il avec entrain.

Puis d'une voix basse, il poursuit en lançant des œillades peu discrètes en direction de Nina qui se situe juste en face de nous :

– Ce sont des vrais, tu crois ? Naaaan, c'est sûrement des faux… Pas grave, je prends quand même !

– Elle est déjà en couple. Et elle a une fille de 5 ans.

– Aaaah ! C'est donc à sa fille qu'elle a piqué sa robe ! raille-t-il, facétieux.

Helen lui claque l'épaule d'une petite tape.

– Ne soyez pas moqueur, monsieur Sutton !

– J'oserais jamais ! Tu me connais !

Je glousse, amusée par leurs échanges. Néanmoins, je prends congé rapidement, la journaliste m'attend pour l'interview. L'article sera mis en ligne demain si tout va bien. C'est un magazine numérique centré sur les activités de Brooklyn, que ce soit la culture, l'art, le commerce, les loisirs, etc. Une publicité inespérée pour la petite créatrice en herbe que je suis.

– Pas de souci, mon p'tit. Ne t'occupe pas de nous et file.

– *My Gosh* ! C'est qui, elle ? s'écrie Greg en me rattrapant par la manche de mon chemisier, alors que je m'éloignais.

Je suis son regard pour comprendre de qui il parle, puis gronde :

– Mon amie, Chad. Ne t'approche pas d'elle. Elle mord !

Et je ne blague même pas. Je frissonne rien qu'à imaginer une rencontre Greg-Chad. Une guerre nucléaire serait moins explosive.

– Je viens d'avoir un coup de sexe ! déclare-t-il tout à trac, d'un ton admiratif qui me fait frémir. À un détail près, c'est comme un coup de cœur, sauf que mon amour est situé plus au sud. Waouh, c'est chaud ! Ça me donne envie de…

À mon tour, je le frappe sur l'épaule.

– PAS TOUCHE, j'ai dit !

Sur cet avertissement, je m'éclipse en direction d'Abby qui se promène entre les portants.

Quelques minutes plus tard, j'ai répondu à toutes ses questions avec la sensation d'avoir passé un examen oral. Je ne suis vraiment pas douée pour parler de moi, même lorsque cela concerne mes vêtements ou la boutique. D'où me vient l'inspiration ? (Mon cerveau est bien trop tordu pour que je le sache moi-même.) Pourquoi avoir choisi le nom AvA SummeR ? (Par manque d'inspiration, justement.) Quel est votre processus de création ? (Vous pouvez répéter la question ?) Etc. Évidemment, je me suis bien gardée de débiter ces vérités et j'ai brodé du mieux que j'ai pu pour ne pas paraître écervelée. Je pense m'en être pas trop mal sortie.

– Je peux prendre deux-trois clichés pour étayer l'article ? me demande-t-elle ensuite.

– Bien sûr ! Faites comme chez vous.

– On devrait poser ensemble devant la boutique, s'incruste Nina. Comme ça, je la posterai aussi sur mon Insta. T'en dis quoi ?

Je rétorque, aux anges :

– J'en dis carrément OUI !

De la pub gratuite ? Je ne peux pas rêver mieux !

Après une série de photos, Abby m'informe de son départ et Nina décide de l'accompagner. Alice et mes parents, fatigués respectivement par la grossesse et par le trajet, prennent également congé. Très vite, Helen et Greg suivent le mouvement – malgré les supplications de Greg qui rechigne à bouger.

– Vraiment, Helen, on pourrait rester un peu plus… Tu exagères ! C'est impoli de s'enfuir comme des voleurs, on devrait au moins aider à débarrasser. (Il avise la pièce d'un coup d'œil circulaire en s'attardant de manière appuyée sur mon amie.) Regarde, là, il y a des verres qui traînent sur le comptoir !

Chad l'observe, intriguée.

– Tu parles de ces trois pauvres coupes de champagne ? s'enquiert-elle avec perplexité. T'inquiète, mon chou, je pense qu'à nous quatre, on est en mesure de gérer !

– Elle m'a appelé « mon chou », j'ai pas rêvé ? murmure-t-il, troublé, avant de se ressaisir. Je sais, ma puce, mais c'est dans ma nature d'être prévenant. C'est mon hypersensibilité qui parle.

– T'es un hypersensible du pénis, c'est ça ? Parce que si tu crois que j'ai pas remarqué la façon dont tu me reluques depuis tout à l'heure, tu te plantes dans les grandes largeurs ! Y a carrément des positions du *Kamasutra* qui s'affichent sur tes pupilles quand tu poses les yeux sur moi.

– Naaaan ? s'exclame Greg, absolument pas gêné par la réflexion de Chad. Tu peux être plus précise quant aux positions, histoire de voir si on est raccord tous les deux.

Je m'approche de lui pour lui flanquer un vilain coup de coude qui le fait grogner. Il n'est pas possible ce mec !

– T'as oublié ma mise en garde ?

– J'y peux rien si on a un bon feeling, elle et moi ! se justifie-t-il.

J'arque un sourcil, incrédule.

– Rha, les jeunes d'aujourd'hui ne connaissent plus le romantisme, déplore Helen dans un soupir.

Elle applique une main dans le dos de Greg pour le pousser à avancer vers la sortie et le sermonne comme un enfant :

– Monsieur Sutton, vous avez proféré assez de bêtises comme ça, on y va !

Je retiens de justesse un éclat de rire. Chad, moins encline à le ménager, s'esclaffe en applaudissant.

***

Plus tard, assises à même le sol au milieu de la boutique, nous débattons, les filles et moi, sur l'actualité, les événements de la journée et tous les sujets de conversation qui nous traversent l'esprit, le tout en nous gavant de burgers et de bières. Une fin de soirée comme je les aime. Chad rumine en boucle son échauffourée avec Greg. Je ne peux pas lui en vouloir, ma première rencontre avec lui a été tout aussi mouvementée et je l'ai possiblement traité de tête-de-bite. C'est l'effet Greg.

Je tente de le défendre sous ses attaques répétées afin de nuancer son avis.

– Ce n'est pas un si mauvais bougre. Il faut apprendre à le connaître.

– C'est un obsédé.

Ce fait est indéniable. Un point pour elle.

– Exact ! Mais un obsédé attachant.

Devant la mine stupéfaite de mes amies, je bafouille :

– Dis comme ça, c'est bizarre, je le concède, mais je vous jure que c'est un chouette type. Il est gentil, drôle, serviable et…

– Permets-moi de mettre en doute ton appréciation. En matière d'hommes, ton jugement est pourri. Désolée, ma grande.

Je m'offusque.

– Et toi alors ? Tes relations amoureuses sont encore plus chaotiques que les miennes. Ton ex s'est barré avec ton collègue, je te rappelle.

– Et le tien est un nécrophile, contre-attaque-t-elle en me tirant la langue.

– Waaaaouh ! se gausse Cherryl, follement amusée par la situation. J'n'aurais pas été aussi loin !

– Saleté ! C'est même pas vrai ! Ne critique pas mon M. Bite ou je te fais bouffer ta canette !

– Tu admettras quand même que c'était lugubre, son histoire avec sa femme.

– Moi, je le comprends, intervient Lana. Mettez-vous deux secondes à sa place. Tu perds ton épouse dans un accident de voiture où tu conduisais, on te dit qu'on va la garder sous respirateur pendant quelques mois au lieu de directement la déclarer morte. Ça a de quoi perturber n'importe qui. Peut-être qu'en la débranchant, il a eu le sentiment de la tuer une seconde fois ? Franchement, je ne sais pas comment j'aurais réagi. C'est horrible ce qui lui est arrivé.

– Avec deux enfants en bas âge à s'occuper, compatit ma cousine.

– D'accord, nécrophile est peut-être exagéré, consent Chad, penaude.

Mes sourcils se relèvent tandis que je lui lance un regard entendu.

– Est complètement exagéré, c'est mieux?

J'acquiesce d'un signe du menton.

– Il n'empêche, embraye-t-elle, que c'est un menteur! Et ça, personne ne peut le contester. Il n'a pas été honnête avec toi, Ava. Ni sur sa femme, ni sur son état d'esprit. Et maintenant tu es là à te languir de lui... Rha, ça m'énerve! Je te l'ai déjà dit et je te le répète: il ne te mérite pas.

– Son comportement n'était pas délibéré. Je sais qu'un mensonge par omission reste un mensonge, mais il a des circonstances atténuantes. Je ne connais pas tous les détails, je peux seulement affirmer qu'il ne contrôlait plus rien. Il n'était sûrement plus capable de distinguer le bien du mal.

Mon amie soupire.

– C'est possible. C'est difficile de saisir les agissements d'une personne alcoolique et dépressive. Vraiment, je ne pige pas comment après tout ça tu veux encore de lui. J'aurais fui sans me retourner.

– Je ne vais pas le rejeter ou l'abandonner parce qu'il est malade.

– Il n'est pas malade, il est alcoolique, rectifie Cherryl.

– L'alcoolisme et la dépression sont des maladies, la contredit Chad, sûre d'elle. Qui peuvent être mortelles, qui plus est. J'en connais un rayon, crois-moi. Quand tu as un cancer ou autre, tout le monde éprouve de l'empathie à ton égard, mais dès qu'il s'agit de ce genre de maladie honteuse, plus personne n'est là pour toi. Moi la première. J'ai trop donné. C'est peut-être pour ça que je ne souhaite pas te voir vivre la même chose.

On a diagnostiqué une dépression sévère à la mère de Chad il y a près de quinze ans maintenant, suite à une addiction aux opiacés. Cela se caractérise chez elle par une apathie quasi permanente avec des crises passagères de violence verbale et physique envers elle-même ou plus souvent envers les autres qu'elle accuse d'être les maux de ses problèmes, une perception altérée de la réalité qui la plonge dans des délires psychotiques et une anorexie. Pendant des années, mon amie a tenté de la sortir de cette spirale infernale. Cependant, sa mère ne veut rien entendre, elle est dans un déni total et refuse tout traitement ou aide. Alors Chad a craqué. Pour préserver sa santé mentale, elle a préféré couper les ponts plutôt que de périr à petit feu auprès d'elle. On ne peut pas sauver quelqu'un contre sa volonté, il finira par rechuter et sombrer plus profondément encore.

Même si les choses sont complètement différentes avec Seth, je comprends sa réticence. Elle a seulement peur pour moi et l'exprime sans prendre de gants, comme à son habitude. Je l'admire pour ça et ne l'en aime que davantage.

– Donc s'il revient comme une fleur, genre demain, tu l'acceptes aussitôt ? m'interroge Lana.

– Bien sûr que non. Elle doit le faire mariner un peu ! soutient Cherryl, d'un ton docte.

– Il faudrait déjà qu'il revienne, siffle Chad.

Je réponds à Lana sans me préoccuper des remarques des filles :

– S'il réapparaît demain, je serai probablement tiraillée entre l'envie de me jeter à son cou et de l'embrasser et celle de le gifler et de l'insulter pour m'avoir laissée seule et sans nouvelles aussi longtemps. Peut-être un mixte des deux ?

– Bon, c'est pas pour casser le délire, mais il est déjà vingt-trois heures ! nous signale Cherryl en bâillant la bouche grande ouverte.

Je l'informe, en bâillant à mon tour :

– Tu as un morceau de salade coincé entre ta première et ta deuxième prémolaire gauche.

S'ensuit un bruit de succion rebutant lorsque Cherryl essaie de le déloger avec sa langue.

– J'l'ai eu ! nous avertit-elle, toute contente, tandis que nous finissons de ramasser nos détritus. On y va ?

J'avise mes pieds nus et les chaussures que je dois à nouveau enfiler. J'appréhende déjà le retour.

– Je te hais, Cherryl !

– Mais non, la nuit, c'est plus facile de marcher avec des talons.

– Ah bon ? Depuis quand ?

– Depuis que je l'ai dit. Puis, le bon côté des choses : dans le noir, on te ne verra pas si tu te casses la gueule, ton honneur sera sauf.

***

Après avoir tiré le rideau métallique et verrouillé la boutique, je salue les filles qui partent en Uber dans la direction opposée à la mienne.

Traîtresses ! Pourquoi rentrent-elles en voiture et pas moi ?

Parce que tu sais pertinemment qu'aucun taxi ne voudra te déposer pour un trajet si court, raison pour laquelle tu es venue à pied, me rappelle ma conscience.

Je pousse un soupir las et ébauche quelques pas incertains avant de m'arrêter net, en proie à une nouvelle vision.

Je ferme les paupières pour chasser cette hallucination obsédante.

– Je suis un arbre dont…

– Les branches centenaires me protègent, termine une voix grave et chaude qui a trop souvent hanté mes rêves ces derniers mois.

Mes yeux s'ouvrent et se noient dans l'océan de ses iris qui m'avaient tant manqué.

Je ne saute pas dans ses bras, je ne me rue pas sur sa bouche, je ne le gifle pas, je ne le maudis pas. Je suis paralysée, engloutie par l'intensité des émotions qui animent son regard.

Seth se tient devant moi, et ce n'est pas un mirage…

26

Seth
Quelques jours plus tôt

– Tu es au courant que la boutique d'Ava ouvre lundi prochain ? me questionne Greg tandis que je le rejoins sur le banc en prenant Gaby sur mes genoux.

Celui-ci s'échappe aussitôt, impatient de retourner s'amuser sur le petit toboggan.

– Où est Margot ? Je déteste ces aires de jeux remplies de gosses. Ça hurle, ça braille, une horreur.

– Arrête de râler, papy. Il fallait bien que j'occupe mes neveux durant ta consultation. Margot est dans la piscine à balles. Ah, et il y a un spectacle de rue un peu plus loin, je leur ai promis d'y aller au retour et de leur acheter de la barbe à papa. Mais comme t'es là, tu vas t'en charger, me charrie-t-il, un rictus au coin des lèvres. D'ailleurs, tu as fini tôt, comment ça se fait ?

Je hausse les épaules.

– Je n'avais pas grand-chose à raconter. Je sais que ces séances me sont bénéfiques, mais depuis un moment, j'ai l'impression de perdre mon temps.

– Peut-être le signe que tu vas mieux ?

– Sûrement. Néanmoins, je préfère continuer par sécurité.

– C'est plus sage, effectivement. Tu as traversé un véritable enfer cette année et après tous ces efforts, je ne voudrais pas que tu replonges. On n'est jamais trop prudent.

Un enfer, oui. Et le mot est faible.

La journée du 23 janvier est gravée dans ma mémoire comme si c'était hier. Jamais je n'aurais imaginé tomber si bas un jour. Je me souviens encore du poids de l'arme, de ce sentiment de résignation, puis de ce rugissement soudain surgi de mon subconscient. Ce n'était pas ma voix. C'étaient leurs voix, à tous. Mes proches. Mes enfants. Ava. Lancées avec une puissance telle qu'une immense vague de honte m'a submergé.

Comment… Comment avais-je pu en arriver là ?

Tout ce pour quoi j'avais lutté ces dernières années était parti en fumée en un clignement de cils ; j'avais perdu la bataille face à mes démons. Parfois, ce cri d'alerte me réveille encore la nuit et une sueur froide me court le long de l'échine. Mon psy affirme que c'est ma volonté qui m'a sauvé – que ce soit ce jour-là ou les semaines suivantes lorsque j'ai dû me soigner, me sevrer, vaincre le manque ainsi que cet innommable sentiment d'échec, aussi sournois que toxique, qui rongeait mon cœur, mon esprit, mon âme et me privait de tout discernement. Seulement, ma volonté, je la dois à ceux qui me sont chers. Mon courage vient d'eux. J'ai encaissé, sans jamais faiblir, dans l'espoir de les retrouver un jour. Dans l'espoir de pouvoir serrer à nouveau mes enfants dans mes bras, qu'ils aient un papa – et non une caricature – dont ils pourraient être fiers, mais aussi dans celui d'être avec celle que j'aime. Celle qui, un beau jour, a envahi mes pensées pour ne plus jamais les quitter.

Lors d'une de nos nombreuses séances, mon psy m'a conseillé d'avoir un point d'accroche. Cela pouvait être une photo, un objet, une image, une phrase ou encore un souvenir, quelque chose qui me reliait à la réalité et chasserait les ondes négatives. Certains utilisent des élastiques en caoutchouc en guise de bracelet qu'ils claquent doucement sur leur poignet en prononçant le mot « stop » afin d'habituer le cerveau à ne plus s'égarer vers des idées néfastes. Pour ma part, j'ai aussitôt pensé à ma fée et son mantra incongru. L'effet d'apaisement a été immédiat. Toutefois, après l'avoir murmuré plusieurs fois, j'ai compris que ce n'était pas les mots prononcés qui agissaient sur moi comme un baume, mais elle. Juste elle.

Si mes enfants sont ma raison de vivre, Ava est mon ancre. Sans elle, je ne suis qu'une âme à la dérive.

J'en ai eu maintes fois confirmation durant ces mois passés loin d'elle. Son sourire m'a permis d'endurer la souffrance causée par l'isolement et la solitude. Il m'a donné l'énergie nécessaire pour affronter mes démons et les combattre sans relâche. Une scène, en particulier, revenait sans cesse : celle de ma fée, le ventre rond comme un ballon, le visage rayonnant de bonheur tandis qu'on se promenait main dans la main, Gaby sur son tricycle et Margot testant le vélo sans petites roues. Une image qui, de prime abord, pouvait sembler d'une banalité confondante, et pourtant ! Ce sont ces moments de vie simple qui illuminent mon cœur ; le désir de fonder une famille heureuse et aimante est le remède à mes maux. Et je veux qu'Ava en soit le pilier.

– Eh, mec, redescends un peu sur terre ! T'es parti où, là ?

– Nulle part. J'observe les enfants jouer.

– Tu serais plus crédible si tu regardais dans la bonne direction. Ils sont de ce côté, rit-il en m'indiquant ma droite. Pourquoi tu ne vas pas la voir ? Il est temps que tu sortes de ta grotte ! Greffe-toi une paire de couilles et profite de son inauguration pour faire ton come-back.

– Ce n'est pas une question de cran, mais de timing. Je veux être certain que les ténèbres sont derrière moi. Je n'ai pas peur pour moi, mais pour elle.

En vérité, j'ai aussi un peu la trouille ; plutôt m'étouffer avec ma langue que de le lui avouer. Cela fait plus de huit mois que nous ne nous sommes pas revus avec Ava, évidemment je flippe. Comment être serein dans ces circonstances ? Mon dernier contact avec elle remonte à ce fameux jour, à la fois maudit et salvateur. Après m'être définitivement débarrassé de l'arme, je l'ai appelée. J'avoue ne pas me souvenir avec exactitude de notre conversation. Seulement des émotions qui parasitaient mon cerveau. J'étais anéanti par la puanteur de mes agissements, pétri de remords et dévoré par la honte et la culpabilité. Des sentiments qui m'ont longtemps collé à la peau. Je sais aussi que je l'ai suppliée de m'attendre et Greg m'a certifié que c'était le cas. Néanmoins, elle serait en droit de refuser. Je comprendrais qu'elle m'oublie ou me rejette, même si dorénavant je ne me qualifie plus de merde ou de déchet sans mérite. Retrouver l'estime de soi est un travail de longue haleine qui prendra encore sûrement des années. Cependant, je peux déjà affirmer que je suis en voie de guérison. Que ce soit physiquement ou psychologiquement. Je me sens à nouveau le Seth d'avant l'accident. Bien sûr, mon assurance est parfois vacillante, toutefois, je réapprends à m'aimer. Je m'approprie de nouveau mon corps et mon esprit ; chaque jour qui passe est une victoire sur moi-même, qui me rend plus fort, plus confiant.

Je glisse une main dans la poche de ma veste pour toucher mon badge du bout des doigts. Une de mes fiertés, le gage de ma bonne conduite.

– Justement, le timing est parfait ! plaide Greg. Tu l'as dit toi-même, tu vas mieux. Tu es sobre depuis des mois, et avec tes séances chez le psy, ça prouve que tu as repris ta vie en main.

Comme ânonnerait mon thérapeute : « Le premier pas vers la guérison est de se confronter à sa condition. » Cela paraît simple, cependant, admettre qu'on a un problème et qu'on ne peut pas le gérer seul, c'est peut-être le plus dur à accepter. Vivre dans le déni est la spécialité des alcooliques. Ajoutez à cela une putain de dépression et vous avez là un cocktail explosif.

Je me rends compte à présent à quel point j'ai eu de la chance. J'ai toujours été entouré, soutenu, contrairement à beaucoup d'autres. Les histoires narrées lors des séances de groupe font parfois froid dans le dos. Je pense que c'est aussi un peu le but de ces thérapies : réaliser qu'il y a toujours pire que soi et prendre de la force en chacune des personnes présentes à ces réunions. Nous ne sommes pas seuls, nous ne sommes pas une exception, cela peut toucher tout le monde, sans distinction de genre, de classe, d'ethnie ou autre. Parce que nous sommes tous humains, avec nos failles et nos faiblesses, et l'admettre ne fait pas de nous quelqu'un d'inférieur mais quelqu'un de noble. Et, plus important encore : ce n'est pas une fatalité ! Le chemin est ardu, semé d'embûches et de tentations, mais on en guérit.

– Et si elle me refoule ?

– Oh, papa ! s'écrie ma grenouille au même instant. J'avais pas vu t'étais là ! Tu viens jouer avec nous ?

Pour toute réponse, je souris et retire mes chaussures.

– C'est pour les gosses, Seth. Tu fous quoi ?

Je m'esclaffe et lui articule muettement un « rien à foutre ».

– Je te préviens, ne compte pas sur moi pour t'aider si tu restes coincé dans l'aire de jeu. En revanche, pour les photos, t'as pas à t'inquiéter, je m'en charge.

– J'en escomptais pas moins.

– Oh ! Eh, Seth ! m'interpelle-t-il de nouveau alors que je tente de suivre Margot et d'insérer mon grand corps dans un tunnel plus étroit que mon anus. Elle ne va pas te refouler, j'en suis certain. Mais si tu veux, j'irai prendre la température avant ? Je demanderai à Helen si elle désire m'accompagner, ça lui fera sûrement plaisir.

– Fais donc ça !

Je grogne en me contorsionnant tel un ver de terre, ce qui arrache des éclats de rire à mes enfants.

– Bordel, heureusement que le ridicule ne tue pas ! se marre Greg. Tu permets que je filme pour la postérité ?

Je voudrais lui répondre d'un doigt, mais cela m'est impossible ; ces derniers sont coincés sous mon buste.

– Allez papa, glisse sur le toboggan maintenant ! m'encourage ma fille.

Elle est mignonne.

Puisque je suis dans l'incapacité de me retourner, je suis contraint de m'engager la tête la première sans pouvoir amortir ma chute de mes mains. Certes, c'est un modèle miniature destiné aux nains de jardin, néanmoins, vu d'en haut et dans la position dans laquelle je suis, c'est assez impressionnant.

– Ça fait pas peur ! me rassure ma grenouille, tandis que je scrute d'un œil méfiant la piscine à balles qui va réceptionner ce corps pataud.

– Oui, papa ! Boum ! exulte Gaby, la figure écrasée contre le filet de l'enceinte.

Trop petit pour accéder au dispositif, il s'amuse à écrabouiller son visage contre les parois, faisant rire tous les enfants par ses grimaces.

Alors que je m'imagine déjà faire un plongeon digne d'un haut voltigeur, la réalité est tout autre. Je ne glisse pas. Pire, je me retrouve bloqué à mi-parcours, les mains toujours comprimées sous mon torse. Le haut voltigeur se transforme soudain en truite. Je me tortille avec acharnement non pour remonter le courant, mais pour descendre du toboggan.

Sous les applaudissements des marmots et des adultes présents, je finis par me dégager et me vautre lamentablement parmi les balles dans un risible bruit de pet.

Bon, ça, c'est fait.

Lorsque je me redresse enfin, je m'incline pour saluer la foule hilare.

– Papa, on recommence ? s'enthousiasme ma fille qui trépigne littéralement de joie.

Euh…

Incapable de lui refuser ce plaisir, mon cœur formule avant mon cerveau :

– C'est parti !

Lors de mon « séjour » – comprendre par là « internement consenti » – au sein d'une clinique privée spécialisée dans les addictions en tous genres, j'ai été obligé de m'éloigner de mes bébés pendant deux longs mois. Si j'ajoute à cela les deux dernières années perdues où je ne les ai que trop délaissés en raison de ma dépression, je n'aurais pas assez d'une vie pour me racheter. Alors, le moins que je puisse faire est d'être un papa qui les rend heureux. Et j'adore mon nouveau rôle de père au foyer. Auprès d'eux, je me sens vivre et j'en apprends plus sur moi que dans un milliard de thérapies. Chaque moment en leur compagnie est un cadeau du ciel que je chéris plus que tout. Je ne les gâte jamais dans la démesure, mais par des gestes simples, comme aujourd'hui. On n'est jamais ridicule quand il s'agit du bonheur de ses enfants.

Et puis, malgré le bilan positif de la thérapeute de Margot, j'ai toujours cette angoisse qu'elle ait des séquelles dues à mon comportement passé. Alors, elle aussi a eu droit à son lot de séances. Heureusement, ma grenouille est une petite fille équilibrée et en pleine santé. Par le biais de ces consultations, j'ai découvert, néanmoins, le mal que j'ai engendré et qui aurait pu la détruire si j'avais poursuivi sur cette voie.

À l'annonce de la mort cérébrale de Jessie, je n'ai rien dit à Margot. Elle aurait été dans l'incapacité de comprendre pourquoi le cœur de sa maman battait encore. Elle n'a jamais vu sa mère à l'hôpital ni lorsque je l'ai ramenée à la maison, puisque je ne l'ai évidemment pas informée de cette présence morbide. (Par chance, Margot, en sage petite fille, n'a jamais cherché à outrepasser l'ordre de ne pas ouvrir la porte face à la chambre de papa.) Elle n'avait que 4 ans à l'époque de l'accident, alors j'ai préféré contourner la vérité pour qu'elle puisse saisir la situation. Je ne remets pas en cause cette décision qui était plutôt sensée, mais la suite. Après lui avoir expliqué que sa maman était comme la Belle au bois dormant, sauf qu'à la différence du dessin animé, elle ne se réveillerait pas, j'ai cessé toute discussion ; parler de Jessie me fendait le cœur et je ne souhaitais pas perdre la face devant ma grenouille, au risque de la rendre encore plus malheureuse. Ce n'est que récemment que j'ai compris mon erreur. Quand, de sa petite voix, elle a avoué à la thérapeute qu'elle s'interdisait de prononcer toute chose en rapport avec sa maman parce que sinon j'étais « trop triste ». Non seulement elle avait capté ce que je tentais vainement de cacher, mais en plus, je l'avais brimée en l'empêchant de s'exprimer ouvertement. Cette révélation a failli m'achever. Toutefois, la rechute était proscrite. Au lieu de fuir, j'ai assumé et pris mes responsabilités. De retour à la villa, j'ai installé ma grenouille sur mes genoux, m'efforçant de ne pas fondre en larmes, et pendant de longues heures, nous avons parlé de Jessie. Écouter ma fille rire des anecdotes rigolotes que je lui racontais, mais aussi la voir s'autoriser à pleurer la perte de sa maman, sans peur ou culpabilité à mon égard, a été libérateur pour nous deux. Depuis ce jour, je prends garde à ce qu'il n'y ait plus aucun secret ou tabou entre nous, ni pour elle, ni pour son frère. Discuter et partager ces émotions, c'est devenu le leitmotiv de la maison, un rituel incontournable aussi vital que précieux.

Un mioche, à peine plus grand que Margot, tire la manche de mon pull à plusieurs reprises, me sortant de mes rêveries. Dans un sourire édenté, il saisit ma main pour y fourrer son vieux chewing-gum baveux, puis s'enfuit dans le tunnel.

Bouche bée, j'avise ma paume. Suis-je en train d'imaginer le clown de *Ça* l'attirer dans les égouts pour un petit tête-à-tête ? J'aime mes enfants plus que tout au monde, mais putain, ceux des autres, c'est une autre histoire ! C'est parfois difficile de rester stoïque.

– Papa, tu fais quoi ? Oh, t'as un chewing-gum ? Tu peux t'étouffer avec quand tu joues, tu sais ! me sermonne Margot, fâchée.

– Il n'est pas à moi.

– Ah, ça va alors ! déclare-t-elle, satisfaite, sans demander plus d'explications. Je vais en première sur le toboggan pour te montrer. Et après, c'est toi, d'accord ?

– Ça marche ! Mais on dit en premier et non en première.

Elle hoche la tête.

– Je vais en premier, répète-t-elle. Maintenant, observe bien comment on fait, papa !

***

Une heure plus tard, je suis courbaturé de partout.

– Pourquoi tu clopines comme un canard ? se moque Greg.

– Je crois que je me suis déboîté un os. J'ai passé l'âge pour ces conneries.

Puisque leur oncle leur a promis un peu plus tôt de regarder le spectacle de rue, nous voici debout à admirer des artistes parodier des danses et des chansons. C'est plutôt sympa et drôle.

– Qui veut se frotter à nous pour la battle finale ? s'exclame la dame dans le micro.

Mon fils me pousse vers l'avant.

– Papa, danse !

Je ne crois pas, non.

– Papa, danse ! S'te plaît. Merci.

– Il a prononcé les mots magiques ! me signale sa traîtresse de sœur en glapissant d'impatience.

Je soupire. Puis m'avance dans un déhanché digne de John Travolta sous ecsta.

– Mais, Seth ! Sérieux, mec… bredouille Greg en se tapant le front d'une main. Il n'est pas de ma famille ! clame-t-il ensuite bien fort. Je tiens à préciser que nous n'avons plus aucun lien de parenté !

Après cinq minutes de danse déchaînée, je finis ma prestation sous les acclamations enthousiastes du public. J'ai mis le feu avec mon mouvement de jambes croisées, décroisées et mes moulinets de bras. Et tout ça, sans être au mieux de ma forme !

– Chapeau bas, mec ! me félicite Greg tandis que je souris crânement. Je ne sais pas comment tu fais pour danser si mal. C'est limite un don ! Plus ça va, pire c'est…

Je chasse sa remarque d'un geste de la main.

Peu importe, mes objectifs sont atteints : Gaby saute de joie et Margot rit aux éclats.

***

Sur le chemin du retour, profitant que les enfants dorment, Greg m'asticote à nouveau à propos d'Ava.

– T'as pas répondu à ma question, tout à l'heure. Tu vas aller à l'inauguration ou pas ? Ou tu préfères te contenter de la poursuivre comme un dégénéré de *stalker* ?

– Je ne la traque pas !

Il me darde une œillade dubitative qui m'incite à me justifier.

– Je veille seulement sur elle…

Nouveau regard défiant avec cette fois un lever de sourcils impressionnant.

– Depuis des mois, tu passes ton temps à l'épier comme un vieux pervers sans jamais oser l'aborder. T'appelles ça comment, toi ?

Je me racle la gorge.

– Lundi, c'est ça ? Je vais voir si je peux y aller.

– Bah voilà, quand tu veux !

***

Si actuellement je me retrouve avec Ava en ligne de mire, ce n'est pas parce que je l'espionne. Je ne la guette pas tel un dépravé libidineux. Tout ceci est parfaitement justifié ! Si je la suis, c'est parce que nous allons dans la même direction, à savoir : sa boutique.

Je fronce les sourcils.

Pourquoi a-t-elle tant de difficultés à marcher ? S'est-elle blessée ?

Je pousse un soupir de soulagement accompagné d'un petit rire en repérant ses escarpins. Déjà qu'avec des chaussures compensées, elle manque parfois de stabilité, je n'ose imaginer les dégâts avec des talons aiguilles.

Ma fée n'a pas besoin de ces artifices pour éblouir, sa simple présence suffit pour que le monde soit à ses pieds. Il n'empêche que ses mollets sont incroyablement sexy, galbés ainsi !

Un autre soupir – énamouré, cette fois – m'échappe.

– Putain que j'l'aime !

Mon cœur rate un battement lorsqu'elle trébuche de nouveau suite à une tentative de je ne sais quel mouvement. Par chance, elle réussit à se rattraper.

Je l'encourage tandis qu'elle se dandine de façon adorablement ridicule.

– Vas-y, ma fée, tu peux le faire.

L'observer ainsi se démener, la mine concentrée, est d'une mignonitude absolue. Je n'ai qu'une envie, la soulever dans mes bras pour la porter jusqu'à mon lit. Un sourire s'épanouit sur mes lèvres à cette idée.

Soudain, son regard se fixe dans ma direction. Même de l'autre côté du trottoir, je peux distinguer ses grands yeux écarquillés. Elle s'immobilise un pied sur la chaussée et le second en équilibre à quelques centimètres du sol. Un miracle qu'elle ne tombe pas.

Mon souffle se bloque dans mes poumons. Je saisis ma casquette que j'avais placée un peu plus tôt dans la poche de ma veste et la visse sur ma tête. Puis, profitant d'une vague de passants, je me faufile tel un voleur parmi la foule.

Sombre crétin ! Non seulement elle t'a sûrement repéré, mais en plus tu fuis comme un pleutre ! T'es un champion, Seth !

Qu'est-ce que je fais maintenant ? Je vais avoir l'air d'un idiot si je me pointe à son inauguration après avoir décampé comme un lâche pour un malheureux *eyes contact*.

Ne sachant comment opérer, je préfère patienter un peu ; aux aguets, je me poste non loin de sa boutique. Les minutes s'égrènent sans que je parvienne à me décider d'entrer. C'est alors que j'aperçois Helen et Greg qui, bien moins hésitants que moi, se dirigent d'une démarche énergique vers la boutique. Une fois devant, au lieu de pousser la porte, ils restent un instant à scruter les lieux, leur visage quasi collé à la vitrine et les mains en coupe afin de limiter les reflets extérieurs.

Je secoue la tête, affligé.

– Mais rentrez, bande d'imbéciles ! Elle ne va pas vous manger !

À peine ma phrase prononcée, je grimace en me remémorant ma situation. C'est l'hôpital qui se moque de la charité.

Mon corps s'anime lorsque Ava, rayonnante et joyeuse, les invite à rentrer. C'est le signal, le moment idéal pour faire mon apparition. Néanmoins, je me fige après quelques pas. Son frère est sûrement là. Et ses parents ! Comment puis-je me présenter à sa famille ainsi ? Se manifester pendant cet événement est un très mauvais plan qui risque de gâcher l'ambiance. Ce moment est à elle, c'est sa consécration et je n'ai pas à m'immiscer là-dedans. Pas aujourd'hui, pas maintenant.

Cependant, je suis incapable de partir. Alors j'attends. Une heure, deux heures. Finalement, deux femmes qui me sont étrangères s'éclipsent, suivies par Ben et sa petite amie, ainsi qu'un couple d'âge mûr que j'identifie comme étant les parents d'Ava. Plusieurs longues minutes s'écoulent et Helen et Greg sortent à leur tour. Ce dernier, doté d'une vision d'aigle, me repère en un instant malgré la nuit tombée.

Je jure. Il n'a pas fini de me chambrer, c'est certain.

Je lui fais signe de dégager. Hélas, Greg ne serait pas Greg s'il n'en faisait pas qu'à sa tête. Il déclare quelque chose à Helen qui acquiesce en retour, puis s'élance, tout content, dans ma direction.

Connard.

– Mais ne serait-ce pas mon *stalker* préféré qui épie… Non, pardon, qui veiiiiille sur sa bien-aimée ? Qu'est-ce que tu fous, mon couillon ? La soirée est finie, maintenant ! Tu t'es dégonflé, c'est ça ?

– Absolument pas. J'ai réfléchi, et ça ne m'a pas paru judicieux de m'incruster pendant son inauguration alors que toute sa famille était présente et que c'était l'un des moments les plus emblématiques de sa vie. Voilà pourquoi.

– C'est cela, oui. Donc, tu vas aller la voir maintenant, je suppose ?

– Elle est seule ?

– Ses amies sont encore là. (Il se tapote les lèvres.) En parlant d'elles, Lenny est avec toi ?

– Oui. Pourquoi ?

– J'ai un imprévu qui m'oblige à rester dans le coin un moment. Du coup, je ne peux pas ramener Helen. Lenny peut s'en charger ?

– Et moi, je rentre comment après ?

Il souffle.

– Il reviendra te chercher. C'est son boulot, non ? Allez ! Ça m'enlèverait une grosse épine du pied.

– OK, mais tu m'en dois une.

– Super ! Bon, je te laisse à ton occupation d'imitation du lampadaire, je préviens Helen et je file.

Un pressentiment étrange m'envahit. Je le connais depuis tant d'années que je détecte dès qu'il prépare un mauvais coup. Et, assurément, là, c'en est un… et un gros ! Dans quoi va-t-il se fourrer ?

Cette question m'occupe l'esprit quelque temps, toutefois, je me recentre très vite sur mon objectif. Je ne partirai pas sans avoir vu Ava. Et quand je dis « vu », ce n'est pas la guetter au loin. Comme je ne désire pas l'interrompre avec ses amies, je patiente. Encore. Je ne suis plus à ça près, à ce stade je ne compte plus les heures. Si c'est le prix à payer pour la serrer dans mes bras, c'est le moindre des efforts. Je pourrais l'attendre des jours entiers. Le simple fait de l'imaginer discutant et riant avec ses proches suffit à mon bonheur et me permet d'oublier mes jambes lourdes et mes pieds endoloris par ma position statique. Lorsqu'un livreur leur apporte de quoi les sustenter, je devine que la soirée va être longue.

Enfin, vers vingt-trois heures, les filles quittent les lieux. Ses amies montent en voiture tandis qu'Ava, ses échasses aux pieds, oscille avec maladresse. Un pli d'inquiétude se forme entre mes sourcils quand je comprends qu'elles ne vont pas l'accompagner jusque chez elle. Il fait nuit, il est tard et la rue, bien que fréquentée, peut se révéler dangereuse ; c'est risqué de rentrer seule ainsi, même si elle n'habite qu'à deux pas.

C'est le moment ou jamais !

En quelques enjambées, je suis près d'elle. Sous la lumière des néons des enseignes, le bleu de ses iris paraît encore plus époustouflant. Ses yeux s'arrondissent de stupéfaction quand elle constate ma présence.

Elle ferme les paupières et secoue la tête en soupirant.

– Je suis un arbre dont…

– Les branches centenaires me protègent.

Ma voix est rauque, saisie par l'émotion.

La réaction de ma fée n'est pas tout à fait celle que j'escomptais. Non que je m'attendais à être accueilli à bras ouverts, cependant, son inertie me met mal à l'aise. Elle ne parle pas, ne bouge pas, comme tétanisée par ma subite apparition. Seul son regard est expressif, aussi tumultueux qu'une tempête. Toutefois, il est traversé de tant d'émotions, que je suis incapable de déchiffrer son état d'esprit – hormis sa confusion palpable.

Que dit-on à la personne qu'on aime le plus au monde après l'avoir ghostée volontairement pendant des mois ?

Ma gorge s'assèche. Je déglutis, en proie à une timidité naissante.

– Félicitations pour ta boutique.

Le silence en retour résonne dans mes oreilles.

– Je… je ne voulais pas te déranger… Mais je tenais à te féliciter… Je suis tellement fier de toi… Je n'ai jamais douté de ton talent ! Ton succès est vraiment mérité… Je suis sincère.

Comment un silence peut-il être aussi assourdissant ?

Une bourrasque la fait chanceler, je la rattrape par la taille. Je voudrais la garder ainsi près de moi toute ma vie, seulement son expression contrariée m'incite à la reposer et à m'éloigner prudemment.

– C'est quoi, ça ? m'interpelle-t-elle enfin en sortant de sa léthargie, son téléphone brandi en l'air.

– Euh… un téléphone ?

Elle trifouille sur celui-ci un instant et m'affiche un numéro sous le nez.

– Et c'est quoi, ça ?

Je plisse les yeux.

– To… ton numéro.

– Mon numéro.

Elle frappe à plusieurs reprises de son poing fermé le haut de mes pectoraux. J'ai peur qu'elle se fasse mal.

– Mon numéro. Mon putain de numéro ! Pourquoi tu ne m'as pas appelée ? Huit mois que j'attends un coup de fil, Seth ! C'est presque la durée d'une grossesse, bordel ! assène-t-elle d'une voix grondante. Qui laisse les gens sans nouvelles aussi longtemps ?

– Je suis désolé.

– Tu peux l'être, oui ! Maintenant, t'as intérêt à tout m'expliquer. Je veux tout savoir, et en détail !

– On pourrait aller boire un verre quelque part ? J'ai besoin de m'asseoir un peu.

– T'es malade ? s'affole-t-elle aussitôt.

– Courbaturé. Je suis resté trop longtemps debout.

– Tu m'attendais ?

Je confirme d'un petit mouvement de la tête.

– Depuis combien de temps ?

Afin de masquer mon embarras, je hausse les épaules avec nonchalance.

– Un moment.

– OK… Allons prendre ce verre.

***

Quelques minutes plus tard, Ava papote sans discontinuer avec Lenny. Cette scène a un goût perturbant de déjà-vu. Pourquoi discute-t-elle avec lui et pas moi ?

Je les coupe dans leur conversation.

– Amène-nous au 230 Fifth Avenue, s'il te plaît.

– C'est bientôt l'anniversaire de mon petit neveu. Je pourrai passer à ta boutique, tu crois ?

– Mais oui, ce serait génial ! Il a quel âge ?

– 230 Fifth Avenue.

– Il fêtera ses 11 ans le 14 octobre.

– J'ai des sweats *fashion*, des pièces uniques. Tu n'en trouveras pas deux identiques, ça pourrait peut-être lui plaire.

– Super ! Je viendrai la semaine prochaine, dans ce cas.

– 230 FIFTH AVENUE ! Oui, je crie, parce que vous ne m'écoutez pas !

– La destination est enregistrée, monsieur Manning. Alors, cette inauguration, c'était comment ? poursuit mon chauffeur comme si de rien n'était.

– Extra…

Et bla-bla-bla et bla-bla-bla.

Le message est limpide : ils n'en ont rien à carrer de moi. Je me rencogne dans mon siège en grognant tandis qu'Ava me lance un regard belliqueux.

***

J'ai choisi un *rooftop bar*[1] en espérant que le cadre spectaculaire nous mette dans une ambiance plus intimiste. Quand nous atteignons la terrasse du vingtième étage, l'effet sur ma fée est immédiat.

– Waouh ! J'en ai souvent entendu parler, mais je n'étais jamais venue ! C'est magnifique ! s'exalte-t-elle devant les lumières de la ville et la vue imprenable sur l'Empire State Building.

J'aurais dû réserver la terrasse pour nous seuls. C'est agaçant de partager l'endroit avec des inconnus.

Je profite qu'Ava admire le panorama pour m'esquiver un instant.

– Je reviens.

Cinq minutes plus tard, je suis de retour, un sourire barrant mon visage.

– Je crois que ça va fermer, se désole ma fée, la moue déçue. Ils sont tous en train de partir.

– Rassure-toi, on a toute la nuit devant nous. (Je lui indique une bulle géante où sont abrités des fauteuils blancs à l'aspect douillet.) Viens.

– On a le droit d'aller dans ce machin ?

– Bien sûr. On sera protégés du vent.

Une fois que nous sommes installés, malgré le décor idyllique, l'humeur n'est pas au romantisme. J'ai beaucoup trop de choses à éclaircir. Je voulais qu'elle entende de ma propre voix les étapes par lesquelles j'étais passé, les raisons de mon silence et surtout mes sincères excuses. Pendant mon discours, Ava est suspendue à mes lèvres, le souffle court. Nos émotions s'entremêlent. Elles sont si fortes qu'elles emprisonnent l'air, nous donnant l'impression de suffoquer.

– Tu aurais dû m'appeler, conclut-elle, ma tirade achevée. C'est une épreuve que l'on aurait dû traverser ensemble.

– C'est un cheminement personnel, qui ne peut fonctionner

1. Bar sur la terrasse d'un toit.

que si l'on est focalisé uniquement sur soi-même. Et puis, je n'avais pas à t'imposer ça. Tu as été assez éprouvée par mon comportement. Si tu savais à quel point je suis désolé de t'avoir fait souffrir... Pour mes mots durs, mes actions, mes mensonges. Tu es arrivée dans mon cœur telle une tornade imprévisible, alors que ce dernier était mourant. À ton contact, la noirceur qui le recouvrait s'est envolée. Malgré tout, certaines blessures profondes ont résisté. J'ai essayé de cacher ce mal-être parce que j'étais vraiment heureux avec toi, mais j'ai lamentablement échoué. À me voiler la face, j'ai fini par me perdre.

Je soupire.

– J'ai fait beaucoup de mauvais choix en pensant agir au mieux et c'est mon entourage qui en a le plus pâti. Maintenant, j'en ai conscience. J'ai vécu dans le déni, à toujours vouloir sauver les apparences… J'aurais pu vous briser, toi et les enfants.

– La seule personne que tu as brisée, c'est toi.

– Oui. Et il a fallu que je tombe au plus bas pour le réaliser.

J'ai retardé cet aveu, cependant, je lui dois la vérité. Non sans honte, je lui narre mon acte avorté qui a précédé mon appel désespéré. Comment, sans ce sursaut de conscience, je ne serais peut-être plus là aujourd'hui.

Cette confidence est un choc pour ma fée. Elle encaisse du mieux qu'elle peut, essayant de se montrer brave, cependant, de nombreuses larmes, témoins de sa douleur, sillonnent ses joues. Sa tristesse m'accable. Je n'aime pas lui faire ressentir cela, néanmoins, c'est un mal nécessaire si nous voulons repartir sur des bases solides où les dissimulations et les faux-semblants n'ont plus leur place.

Je la rassure par mes paroles maladroites. Si je suis près d'elle ce soir, c'est parce que je suis confiant, je sais que le pire est derrière moi.

– Je suis sobre depuis huit mois.

Je sors de ma veste mon badge blanc avec écrit dessus en grosses lettres noires : « Sobre depuis deux cents jours. »

– Bientôt, j'aurai celui des trois cents jours, puis des mille jours, etc. Je ne compte plus jamais replonger. Je n'ai plus jamais eu de pensées suicidaires non plus. Au contraire, je peux affirmer que je suis heureux. J'aime ma vie, j'aime m'occuper de mes enfants, je me sens revivre auprès d'eux.

Ma fée sourit. J'ai enfin réussi à lui décrocher un sourire !

– Greg m'a dit que tu étais devenu un vrai papa poule. Je trouve ça super. Gaby et Margot sont chanceux de t'avoir.

Je me racle la gorge, gêné. J'ai encore du mal à accepter les compliments, comme si j'étais un usurpateur. Néanmoins, ses mots me touchent au-delà de toute raison.

Je n'ai jamais douté de mon amour pour elle, je n'ai jamais cessé de l'aimer, cependant, je me surprends, après quelques heures en sa compagnie, à l'aimer encore plus fort ; si c'est possible.

Mon cœur déborde, il me hurle de lui déclarer mes sentiments.

« Ava, veux-tu m'épouser ? »

C'est précipité, j'en ai conscience mais je ne peux lutter plus longtemps contre mes sentiments.

Mon corps aussi la réclame à grands cris.

« Je te veux nue, ici et maintenant, et je veux te prendre sur-le-champ ! »

Je plante mes ongles dans mes paumes pour éviter de me jeter sur elle comme un sauvage, de m'accaparer sa bouche, de faire courir ma langue sur sa peau laiteuse, de… Stop ! Je bride mes pensées qui s'égarent vers un terrain dangereux. Je possède un certain self-control. Cependant, mon désir est si ardent que j'ai peur de craquer.

Afin d'alléger la tension engendrée par mes révélations, je dévie notre conversation sur des sujets plus anodins.

– J'imagine que tu es au courant pour le concert de BTS au Citi Field le 6 octobre prochain ? Tu dois sauter de joie !

Aussitôt, l'abattement froisse ses jolis traits. Elle pousse un long soupir découragé.

– Les places se sont vendues en cinq minutes ! Cinq minutes ! J'ai à peine eu le temps de battre des cils que tout était complet. Je suis tellement dégoûtée. Je ne les verrai jamais IRL.

Je fais mine d'être affecté alors qu'au fond de moi, je jubile. Merci, merci, merci !

– Ah, mince. C'est pas de chance !

– Comme tu dis, oui. C'est pas de chance… répète-t-elle, amère.

Je ravale un sourire. Je ne dois rien laisser transparaître, même si je crève d'envie de tout déballer tel un gosse impatient de livrer son secret.

« AVA, VEUX-TU M'ÉPOUSER ? »

– Quoi ?

Mon Dieu ! Ai-je parlé à voix haute ?

– Hum… je réfléchissais. Tu n'as connu que la face la plus sombre et la plus laide de ma personnalité, malgré cela tu m'as aimé. Je souhaiterais te faire découvrir l'autre côté. Te prouver que je ne suis pas qu'un être torturé et que ces démons que je combattais ne me définissent pas. Ce n'est qu'une partie infime de qui je suis. Si tu es d'accord, j'aimerais te montrer qui je suis vraiment. Accepterais-tu…

…de m'épouser ?

– … d'être mon amie ?

– Am… amie ? Amie… C'est une super idée ! s'exclame-t-elle après un temps d'hésitation dans un sourire éblouissant.

Pourquoi ai-je débité cette ânerie ? Et pourquoi est-elle si enthousiaste ? Ce n'est absolument pas ce que j'avais en tête ! Je ne veux pas être son ami, je veux être son mari !

Je lui rends un rictus crispé.

Pas grave. Je vais rattraper le coup. Mon plan est en marche, c'est le principal.

27

Ava

Tandis que je m'escrime à mettre du mascara sans faire de pâté, je rumine les paroles de mon ex-enfoiré de patron et petit ami. Je dois être sous mon meilleur jour, car d'ici peu je vais voir mon *ami* ! Comme je suis heureuse de retrouver mon *ami* ! J'ai toujours rêvé d'avoir un *A.M.I* !

– Je t'en foutrais d'un ami ! Ami, ami, ami, ami ! Il croit quoi, ce troufion ? Je n'ai pas attendu huit mois pour me faire *friendzoner* ainsi ! « Accepterais-tu d'être mon amie ? » Mets-la-toi où je pense, ton amitié !

– Du calme, Ava ! Quand tu t'énerves, tu as une veine sur le front qui apparaît, ça te fait ressembler à un alien. S'il te voit comme ça, même ton amitié, il n'en voudra pas ! s'esclaffe ma cousine, amusée par mes déboires.

À plat ventre sur mon lit, qu'elle squatte sans vergogne, elle scrolle sur son téléphone tout en m'observant d'un œil moqueur.

– Je vais lui faire regretter ses paroles ! Amie ? J'ai la tête d'une amie, moi ?

– Du tout, ma chérie ! Tu as une tête de psychopathe, là.

– Voilà ! Je vais lui dire ses quatre vérités à cet enfoiré ! C'est pas de son amitié dont j'ai besoin !

– C'est de sa queue…

Elle se marre. Moi, non.

– Bah, oui ! C'est pourtant pas compliqué à comprendre !

Je soupire.

– Plus sérieusement, t'imagines pas dans quel état j'étais, pire que si j'avais été sur un grand huit ! Déjà que j'étais bien secouée après ses révélations. Chamboulée par tout ce qu'il a dû endurer et, en même temps, gorgée de fierté par ses accomplissements. Bref. Il m'explique qu'il désire me faire découvrir l'autre face de sa personnalité et me sort un « Accepterais-tu… » avec tout le suspense qui va avec, évidemment ! À ma place, tu t'attends à quoi ? Une demande en mariage, non ? En plus, on avait le cadre romantique, la vue superbe, on était plus que tous les deux sur la terrasse, c'était le moment parfait. Forcément, je me suis emballée et mon cœur a eu le temps de s'arrêter au moins vingt fois, j'te jure ! J'étais à fond, prête à lui balancer mon plus grand « oui », quand ce connard a fini par un « d'être mon amie ? » (Mes paumes s'abattent sur le bois de ma coiffeuse dans un craquement sinistre.) Le con ! Tu y crois, toi ?

Cherryl éclate de rire.

– Merci pour ta compassion.

– Nan, mais tu t'es enflammée aussi. Tu ne trouves pas ça trop précipité ? T'aurais accepté sans hésitation s'il t'avait vraiment demandée en mariage ?

– Quelle précipitation ? Ça fait huit mois que je patiente !

– Oui, mais vous étiez en quelque sorte séparés. Vous devriez d'abord vous « réapprivoiser », non ? expose-t-elle en mimant des guillemets.

– Comme il l'a souligné, je connais déjà son côté le plus sombre et je suis tombée amoureuse malgré tout. J'ai aussi eu un magnifique aperçu de l'homme génialissime qu'il est, que ce soit en tant que petit ami attentionné ou en tant qu'amant fougueux. Et pour une fois, mon cœur et mon cerveau sont en symbiose. Je sais que c'est lui, et personne d'autre.

– La phase je-ne-vois-pas-d'avenir-pour-nous est terminée alors ?

– Depuis longtemps, tu le sais très bien. Je ne distinguais pas de futur parce que je n'avais pas toutes les données. Dès lors que la vérité a éclaté, aussi perturbante fût-elle, tout s'est éclairé.

– Et maintenant, tes vieilles habitudes sont de retour. Tu

extrapoles et tu te projettes dans des scénarios qui risquent de te briser le cœur.

– Tu es aussi nulle que Chad pour remonter le moral…

– Tu veux que je te dise quoi ? Qu'il avait réellement l'intention de te demander en mariage, mais qu'il s'est débiné au dernier moment ?

– Hum… par exemple, oui !

– D'accord, mais si ce n'est pas le cas ? S'il est passé à autre chose, tu ne crois pas que tu devrais te préparer à l'idée ? Tu vas souffrir, sinon.

– C'est pour ça que je suis en colère. La colère me permet de ne pas m'auto-apitoyer. Si je lui fais bouffer ses dents, c'est lui qui va douiller, pas moi.

– Vu comme ça…

Je m'inspecte une dernière fois dans le miroir. Sans excès de narcissisme, le reflet qu'il me renvoie me satisfait. Ne connaissant pas le programme de notre rendez-vous, j'ai opté pour une tenue passe-partout – jean taille haute et pull *oversize* en laine grise. En revanche, j'ai soigné mon maquillage, bien plus qu'à l'accoutumée, pour un résultat frais et naturel.

Je me tourne vers Cherryl.

– Verdict ?

– T'es canon. Mais t'es en retard…

Ahurie, je fixe l'écran de son téléphone qu'elle pointe dans ma direction.

– C'est pas grave, me rassure-t-elle devant mon air paniqué. Tu te fais désirer, c'est pas plus mal.

Au même instant, mon sac vibre. Ou plutôt le téléphone rangé dans mon sac vibre. Je m'en saisis d'une main tandis que de l'autre je m'empare de ma veste.

– C'est Seth. Je fais quoi ?

– Tu décroches ?

– Ah oui, c'est pas bête.

Sauf que mon index en décide autrement et glisse sur le bouton rouge.

– Merde.

– Tu ne décroches pas ?

– Mon doigt a ripé sur « Rejeter l'appel ».

Le *bultaoreune*[1] de Suga (ma toute nouvelle sonnerie de notifications que J'ADORE) m'indique l'arrivée d'un message. Je le lis à haute voix :

– « Je suis en bas de chez toi. » Et c'est suivi d'un émoji bisou. Waouh ! Je suis choquée ! Seth m'a envoyé un émoji bisou ! Il n'en a jamais utilisé auparavant, il a horreur de ça.

– C'est le nouveau prototype de M. Bite, version 2.0, modèle : « Accepterais-tu d'être mon amie ? », raille Cherryl, un sourire bêcheur aux lèvres.

– Connasse ! (Elle daigne enfin lever ses fesses de mon lit.) Tu t'en vas aussi ?

– Ce n'est pas dans mon intention, non. (Elle bâille.) Je vais faire une sieste devant la télé, je pense, en attendant ton compte rendu.

Je secoue la tête, amusée. Depuis le début de la semaine, Cherryl est en vacances. Elle a donc tout naturellement investi mon appartement sous prétexte qu'il est plus grand, mieux situé que le sien et qu'il possède de bonnes vibrations, idéales pour développer son inspiration et écrire.

– OK. À plus tard, la moche !

***

Assise du côté passager de la Bugatti de Seth, j'essaie de calmer mon pouls déchaîné. Depuis quand l'habitacle de cette voiture est-il si étroit ? Au moindre mouvement, nos bras se frôlent. Ce simple contact suffit à attiser mes sens. Ce mec doit dégager des phéromones dignes d'un incube, ce n'est pas possible autrement ! Son aura m'enveloppe telle une brume aphrodisiaque qui couvre mon épiderme d'un frisson de luxure. Seth est d'une beauté sidérante. C'est inhumain d'être si beau. Et pas fair-play du tout ! Comment suis-je

1. Issu du *satoori* (dialecte coréen) qui signifie « Y a le feu ! ». Et première note de la chanson « Fire » de BTS.

censée résister à cette vision céleste ? Il porte une chemise noire, retroussée aux manches, qui laissent apparaître ses avant-bras musclés dont les veines saillantes me susurrent des propos salaces :

« Ava, lèche-moi du bout de ta langue ! »

« Ava, caresse-moi ! Tu en meurs d'envie ! »

« Ava, mets-toi nue sur la banquette arrière et montre-moi ta jolie croupe ! »

Je bougonne, les lèvres serrées.

– Oh, oh, on se calme ! Saleté de veines bavardes !

Mon ancien patron me jette un regard confus.

– Hein ? J'ai pas parlé.

Toi, non. Mais tes veines, ces cochonnes, n'arrêtent pas ! Et s'il y avait que tes veines... Ton corps entier est un appel au sexe !

– Rha, c'est agaçant !

Aussitôt, Seth se décompose.

– Tu préfères que je te ramène chez toi ?

– Quoi ? Non, non. Je me parle à moi-même depuis tout à l'heure. Fais pas gaffe ! La nervosité, sûrement.

Il rit, soulagé.

– Oh, toi aussi tu es nerveuse ? J'ai l'impression d'être redevenu un adolescent à son premier rencard, me confie-t-il dans un sourire bien trop craquant.

Ne lui saute pas dessus ! Surtout ne lui saute pas dessus ! Pour tout un tas de raisons sensées, c'est une très mauvaise idée ! N'oublie pas qu'il ne souhaite que ton amitié...

– C'est peut-être parce que c'est notre premier rendez-vous en tant qu'amis ?

J'insiste bien sur le dernier mot en y ajoutant une bonne dose de sarcasme, afin qu'il comprenne ce que je pense de son idée stupide.

– Amis ? Ah, oui... C'est vrai. (Il se racle la gorge, puis lâche un petit rire gêné.) Puisque tu abordes le sujet, j'aimerais avoir ton avis pour un achat que je... Enfin, si tu es d'accord, évidemment ?

– Tu m'intrigues. Tu veux que je t'aide à choisir quoi ?

Alors que je m'apprête à réitérer ma question tant il tarde à répondre, Seth ouvre la bouche et prononce d'une voix incertaine :

– Une bague de fiançailles.

Il a murmuré la phrase, pourtant je jurerais qu'il vient de me la hurler aux oreilles. Le son s'amplifie et se multiplie à l'infini. Son écho résonne dans mes tympans, il obstrue mes synapses et bloque ma respiration.

– Tu as perdu quelque chose ? Tu cherches quoi ? me demande-t-il lorsqu'il me voit courbée sur mon siège.

Mon cœur. Je crois qu'il vient de s'écraser sur le plancher.

Je souffle doucement pour garder le contrôle. J'ai besoin d'un esprit lucide pour analyser ses propos.

Il veut acheter une bague de fiançailles…

OK.

Une partie de moi, euphorique, insouciante et définitivement délirante, s'imagine que cette bague est pour moi. Il souhaite m'épouser, raison pour laquelle il m'emmène écumer les bijouteries.

Une autre, plus rationnelle et beaucoup plus déprimante, me rappelle qu'il aimerait mon avis en tant qu'amie. AMIE ! Possiblement parce qu'il va se marier avec quelqu'un qui n'est pas moi, et qu'il m'a complètement zappée.

Il n'oserait quand même pas ? Qui aurait le culot d'inviter son « ex-petite amie » pour choisir une bague à sa nouvelle fiancée ?

Lui péter les dents est bien trop doux comme vengeance. Il mérite qu'on l'écartèle, pendu par les couilles !

Seth, ayant senti mon changement d'humeur, remue sur son siège.

– C'était une mauvaise idée, laisse tomber… soupire-t-il, mal à l'aise. (Il se frotte la nuque d'une main.) Oublie ça…

– Non, non. Ça ne me dérange pas du tout. C'est la moindre des choses que je puisse faire en tant qu'amie.

Il se racle à nouveau la gorge et déglutit.

Hormis sa gêne, clairement identifiable, je n'arrive pas à discerner ses émotions. Il paraît déçu et les œillades qu'il me lance semblent dire : « Ne vois-tu pas que je suis fou de toi ? »

Néanmoins, ma capacité d'interprétation est probablement altérée par mon propre désir. J'extrapole, encore une fois. Cherryl a raison, je vais finir par souffrir si je persiste. Mieux vaut ne pas me faire d'illusions…

Oui, mais si j'ai visé juste et que Seth m'aime toujours ?

– On n'est pas obligés, rétropédale-t-il en constatant que mon visage est fermé.

Je me force à me dérider. Toutefois, lorsque nos regards se croisent, mon sourire tendu s'élargit en une expression plus sincère. Je fonds comme un vieux chewing-gum au soleil devant la chaleur pénétrante de ses iris. S'ensuit un étrange dérèglement de mes fluides corporels. Ma bouche s'assèche, tandis qu'un feu liquide dévale le long de mon échine pour se loger vers l'épicentre de mon anatomie qui s'inonde tel un bassin de rétention. C'est bien le moment ! Qui a ouvert les vannes ? Je serre les jambes et les frotte l'une contre l'autre en espérant estomper ce tiraillement inopportun.

Troublée, je bats des cils et fuis l'intensité de ses prunelles. Je suis encore trop fragile pour soutenir cette vue fantasmagorique. Ma libido est exacerbée, due à une déficience de mon Rabbit. C'est sûrement la raison de mon émoi.

Après un moment d'égarement, je rétorque dans un gloussement :

– Mais non, ça va être marrant.

Une idée diabolique vient de germer dans mon esprit tordu ; je m'en réjouis d'avance.

***

Deux heures plus tard, nous sommes déjà à notre quatrième bijouterie, et la patience de Seth s'étiole à chacun de mes refus. Cela ne faisait pas partie de mon plan, néanmoins, c'est assez jouissif d'observer son impassibilité s'effriter peu à peu.

– Et celle-ci ? m'apostrophe-t-il avec une pointe d'espoir dans la voix, en me présentant une bague somptueuse sertie d'innombrables pierres précieuses.

Dès notre arrivée, la vendeuse nous a dirigés vers un espace privatif, réservé aux clients d'un certain standing. Chaque pièce qu'elle nous propose vaut au minimum dix mille dollars, si ce n'est beaucoup plus. D'ailleurs, les prix ne sont même pas affichés, et Seth semble s'en moquer. Rha, c'est beau d'être riche…

– Trop banal, dis-je avec désinvolture. Il faut quelque chose de plus marquant, de plus…

Soudain, mon regard est aimanté vers la bague la plus laide que j'aie jamais vue ! Mes yeux sortent de leurs orbites tant elle est moche. Qui a osé imaginer cette immondice ?

– *Oh, my Gosh* ! Elle est parfaite !

– Laquelle ? s'enquiert mon ancien boss avec un nouveau regain d'énergie. Celle-là ?

Il me désigne du doigt un magnifique anneau, un joyau d'une élégance rare tant par son esthétisme que par sa délicatesse, et fait signe à la vendeuse. Cette dernière, munie d'un gant de satin, s'en empare avec d'infimes précautions. Mon cœur se serre ; elle est tellement belle. C'est la bague que j'aurais choisie si…

– Non, non, pas elle ! Celle d'à côté !

Seth émet une sorte de jappement aigu quand il réalise de quoi je parle.

– Tu es sûre ?

– Elle est sublimissime !

Je me mords la lèvre sous son regard médusé. C'est à mourir de rire. La tête qu'il fait est épique, on dirait qu'il va s'étouffer.

– Elle est… tape-à-l'œil, murmure-t-il, de plus en plus troublé par mon choix.

– Remarquable, oui ! Tu ne trouves pas ?

– Euh… si tu veux. (Il toussote.) C'est pas un peu bling-bling ?

Si on aime les lustres anciens ou le caca de vache, non. Son créateur est soit un nostalgique des plafonniers de sa grand-mère, soit un scatophile. Puisque deux gros monticules d'or jaune ornent la bague, telles de valeureuses bouses, et des diamants, taillés à la manière de petites bougies – ou d'asticots, au choix –, agrémentent le tout.

– C'est conceptuel, très Art déco.

Je me retiens à nouveau de rire devant mon ramassis d'inepties et son expression éberluée. Il regarde tout autour de lui, désemparé. Cherche-t-il une caméra cachée ?

– Voulez-vous l'essayer ? me propose la vendeuse.

Pourquoi je ferais ça ? Ce n'est pas comme si elle m'était destinée.

Je bafouille, gênée :

– C'est-à-dire que je n…

– Excellente idée ! renchérit Seth. Tu te feras une meilleure opinion si elle est sur ton doigt. Parfois, on croit que c'est joli et une fois porté, le résultat est décevant ! m'explique-t-il, et j'entends dans son timbre sa prière muette pour que ce soit le cas.

Lorsque je la passe à mon annulaire, je ravale un cri d'horreur. Cependant, un gloussement bruyant m'échappe malgré ma bouche scellée. Je ne pensais pas cela possible : elle est encore plus affreuse exhibée sur ma main ! D'une laideur sans pareille. La pauvre fille qui va porter cette horreur va morfler. Elle va m'en vouloir pour le restant de sa vie. Je me retiens si fort d'exploser de rire que des spasmes me secouent et les larmes me montent aux yeux. Je vais caner. C'est trop moche.

Sous leurs traits peints de surprise, je me justifie :

– Excusez-moi, c'est l'émotion.

– Tu aimes ? s'étonne Seth, dont la mine déconfite manque de me faire perdre le peu de sang-froid qu'il me reste.

Je pivote pour ne plus l'avoir dans mon champ de vision et prends de longues inspirations. Une fois mes esprits retrouvés, je me tourne face à lui.

– J'adoooore !

Il soupire, acquiesce, puis me lâche le plus incroyable des sourires. Il est beau à pleurer. Salope de connasse de fiancée ! Même avec sa monstruosité au doigt, elle sera la femme la plus chanceuse du monde avec Seth à ses côtés.

Je la hais. C'est peut-être petit et mesquin, car elle n'y est pour rien, mais à l'heure actuelle, je m'en contrefiche.

– Si tu l'aimes, c'est le principal ! déclare Seth sans détecter mon agitation. Heureusement que tu m'as accompagné, je n'aurais jamais envisagé un modèle si extrava… comme celui-là.

Sans préavis, ses bras m'encerclent.

– Merci, susurre-t-il, en enfouissant sa tête dans le creux de mon cou.

Son souffle chaud hérisse mon épiderme d'un frémissement de plaisir, tandis que mes narines frétillent de bonheur en retrouvant son odeur si remarquable et unique – celle que j'associe à « mon chez-moi ».

Mes paupières se ferment tandis qu'au comble de l'émotion, je lui rends son étreinte.

C'est trop dur. Je ne veux pas être son amie. Je préfère mettre un terme définitif à notre relation plutôt que de m'infliger ça.

– Seth, il faut…

– J'ai une surprise pour toi ! s'exclame-t-il au même moment. Attends-moi juste deux secondes.

Il s'éloigne en direction de la vendeuse, discute quelques instants avec elle, puis revient vers moi, tout sourire. Il rayonne littéralement de bonheur. Ses iris chatoyants me dévisagent… avec amour ?

Je cligne des paupières. N'extrapole pas ! C'est ton propre désir qui se reflète dans ses yeux, rien de plus.

– J'ai réservé la bague, je passerai la chercher plus tard.

Sa main se pose ensuite sur ma taille pour me diriger vers l'extérieur. Bien que son geste soit spontané, mon corps s'enflamme. Je sens la chaleur de sa paume à travers mes vêtements, elle irradie dans tout mon être et parasite mon esprit qui s'égare dans des élucubrations amoureuses.

Il t'aime. Il est fou de toi, ça se voit. Fonce, embrasse-le !

Non, non, non… Arrête tes bêtises ! Reste sage et concentrée !

Il veut te demander en mariage, c'est évident ! Tu es

l'amour de sa vie, regarde-le, il n'attend qu'un signe de ta part pour faire sa déclaration !

Il va te rembarrer comme une idiote et tu n'auras que tes yeux pour pleurer ! Reste sage et concentrée, on a dit !

Sinon, en souvenir du bon vieux temps, dès que vous grimpez dans la voiture, tu devrais libérer son sexe et le sucer !

– Ça va ? me questionne l'objet de mes délires lubriques. Tu penses à quoi ?

Aussitôt, mes muscles faciaux se figent dans une grimace apeurée.

Là, tout de suite ?

Je couine, prise en flagrant délit :

– Hum… à rien. Je ne pensais à rien du tout. Ma tête est vide. Totalement vide. Qui t'a dit que je pensais à quelque chose ?

Mon ton un peu revêche n'ébranle pas Seth. Au contraire, sa poigne sur ma taille se resserre. À présent, nos flancs se touchent pendant que nous remontons Madison Avenue.

Tels deux amants, me souffle ma conscience.

Mon cœur, en acteur principal dévoué, prend son rôle très au sérieux. Il s'est engoué d'un devoir scientifique et s'échine à vouloir établir un nouveau record de rapidité. Il tambourine si violemment que des points noirs floutent ma vue.

Je devrais me libérer de l'étreinte de Seth pour espérer survivre. Sauf que :

Petit 1) Je n'en ai pas envie.

Petit 2) Je n'en ai pas envie.

Petit 3) Je n'en ai pas envie.

Existe-t-il une mort plus douce et délectable que celle-ci ?

À cet instant, je me moque des mises en garde de Cherryl. Je veux y croire, j'ai besoin d'y croire.

– Tu as prévu quoi après-demain soir ? m'interroge soudain l'homme de ma vie.

– Après-demain, c'est quel jour déjà ? Vendredi ? (Il opine.) Ah, oui… j'ai un programme super chargé ! J'ai prévu de pleurer toute la soirée, affalée sur mon canapé, en mangeant des tonnes de litres de glace. En revanche, je suis encore indécise pour le parfum.

– Effectivement, ton programme est chargé… Mince. J'avais deux places VIP pour le concert de BT…

– QUOI ? QUOI ? (Je me décale pour lui faire face et attrape sa chemise.) TU AS QUOI ?

Seth sursaute.

– Tu vas me frapper ? s'informe-t-il, circonspect.

Sa méfiance soudaine me surprend.

– Bien sûr que non ! Pourquoi cette quest…

Je suis son regard qui descend sur mon poing menaçant. Oups ! Je relâche aussitôt sa chemise et, dans un sourire contrit, je défroisse le tissu du plat de la main. Avant que celle-ci retombe contre mon flanc, il s'en saisit et entrelace nos doigts.

Mon cœur chavire.

***

Devant mes amies impassibles, j'exécute des petits sauts de chat. Toutes les trois assises sur mon grand sofa, elles me dévisagent sans broncher.

– Je ne sais pas ce qui me fait trépigner le plus : me fiancer ou voir les garçons IRL ?

Je virevolte, les bras écartés. La vie est belle !

Je leur ai narré mon après-midi de folie avec Seth, notre aventure à la bijouterie, ainsi que sa surprise avec les places VIP pour le concert du siècle. Néanmoins, elles ne sont pas aussi enthousiastes que moi. Pas étonnant, elles ne sont pas Army. Les pauvres, elles ne savent pas ce qu'elles ratent !

– Tu n'as pas l'impression de mettre la charrue avant les bœufs ? Ta bague moche, là, elle n'est pas encore à ton doigt, me précise Chad, tatillonne.

– Ce n'est qu'un détail ! C'est évident qu'il va le faire pendant le concert.

Maintenant, j'en suis convaincue : Seth m'aime. Il n'agirait pas de la sorte sinon. Ses actes parlent pour lui. D'ailleurs, quand il m'a raccompagnée tout à l'heure, sa bouche a quasiment frôlé la mienne tandis qu'il m'aidait à ouvrir ma portière. Ce qui en dit long sur ses sentiments… Et on ne me fera pas croire que c'était accidentel ! SETH M'AIME !

– Tu penses qu'il va monter sur scène pour faire sa demande ? s'enflamme Lana.

– Il ne faut peut-être pas exagérer, on n'est pas dans un film ! Il sera viré manu militari par les vigiles s'il tente de franchir les barrières de sécurité, intervient Cherryl.

– Elle a raison, rajoute Chad.

Je frissonne. Je ne suis pas très emballée à l'idée qu'il fasse sa déclaration en public. Je n'aime pas ça. Je préfère l'intimité à la foule. Toutefois, je ne vais pas faire ma difficile. Je prendrai sur moi et accepterai volontiers qu'il glisse à mon annulaire la bague la plus hideuse que la terre ait jamais portée.

– Rhaa, j'ai hâte ! J'ai hâte ! J'ai hâte !

– D'avoir ta bague moche au doigt ou de voir BTS ? rigole Cherryl.

Survoltée, je crie à pleins poumons :

– LES DEUX !

L'*opening* de *Game of Thrones* retentit. Par réflexe, je me saisis du téléphone posé sur la table basse qui pleure pour être décroché.

– Chad ? Y a « Crétin » qui t'appelle…

Je ne sais pas de qui il s'agit, mais la personne est enregistrée sous ce doux sobriquet.

– Raccroche. C'est un crétin !

Comme son nom l'indique, quoi.

Je m'exécute, non sans lui jeter un regard intrigué, auquel elle répond d'un sourire narquois.

Je n'ai pas le temps de m'épancher plus longtemps que Lana se lève d'un bond pour m'enlacer.

– Je suis vraiment heureuse pour toi ! soupire-t-elle, des trémolos dans la voix.

– Je suis ravie pour toi aussi, ma pouilleuse ! Même si je

trouve ça trop précipité, souffle Chad qui nous encercle à son tour.

– Accepter sa demande ne signifie pas que l'on va se marier dans le mois ni même dans l'année. On prendra le temps qu'il faudra, rassure-toi !

– Eh ! Et moi, alors ? J'ai pas droit à un câlin ? se vexe Cherryl en fonçant sur nous tel un bulldozer.

Déstabilisées par la force de son étreinte, nous manquons de nous écrouler par terre et rions aux éclats de sa maladresse.

Je me sens exaltée, heureuse, vivante… Et mon instinct me souffle que ce n'est que le début.

***

– Je suis passé devant le Citi Field hier après-midi et figure-toi que c'était déjà plein à craquer. Il y avait des tentes partout ! s'exclame Seth, sous le choc, tandis que Lenny nous conduit vers le stade.

Depuis que je suis montée dans la voiture, Seth n'a pas lâché ma main. Si nos ceintures de sécurité ne nous entravaient pas, il y a fort à parier que mon fessier aurait déjà salué son entrejambe. Fichue sangle qui m'empêche de m'asseoir sur ses genoux et nous oblige à garder nos distances.

– Oh, ça ne date pas d'hier ! Ça fait déjà une semaine que de nombreux fans campent devant le stade.

Je ris devant sa mine stupéfaite. Il ne connaît pas la folie des Army, lui.

– C'est le premier concert en stade des garçons aux États-Unis et il n'y aura pas de numérotation des places pour la fosse. Ce qui signifie : premier arrivé, premier servi. Tous veulent être au plus près de la scène, logique. Ce sera la cohue, c'est certain.

– Ah… (Il réfléchit un instant.) Tu souhaitais être proche des barrières, toi aussi ?

Je frissonne en imaginant les mouvements de foule.

– Non, merci ! Je préfère respirer, quitte à les voir d'un peu plus loin.

Une crampe vicieuse me noue les intestins. C'est pénible d'avoir le bide en vrac dès qu'un événement, positif ou négatif, fait monter ma tension.

– Tu as mal au ventre ? s'inquiète aussitôt mon M. Bite.

– L'excitation me rend fébrile. (Je soupire avec nervosité.) Au moins, si mon cul décide de participer au concert en jouant de la contrebasse, j'imagine que ça passera crème.

Je secoue la tête. Ce détail, je n'étais pas obligée de l'énoncer à voix haute…

En une phrase, je viens de casser tout le potentiel romantisme de la soirée. Toutefois, le doux rire de Seth me rassérène et je me détends un peu.

– Ma fée, toujours prête à mettre des paillettes dans la vie des gens, à ce que je vois, glousse-t-il en embrassant une à une mes phalanges. Si une émanation… florale accompagne ta symphonie, tu peux compter sur moi pour lancer des regards suspicieux et indignés aux personnes alentour afin de brouiller les pistes.

Je m'esclaffe à mon tour. Malgré tout, je prie pour que ce scénario ne se produise jamais.

Heureusement, une fois à nos places, lorsque la première note de musique résonne dans le stade, toutes mes appréhensions se dissipent. Je ne pense plus à rien, juste à la joie d'être là, à profiter de mon groupe fétiche auprès de l'homme que j'aime le plus au monde.

Ce dernier, un peu mal à l'aise parmi toutes ces Army en furie, se dandine d'un pied sur l'autre. Lorsqu'il repère deux garçons non loin de lui, ses épaules se décontractent. Du doigt, je lui en montre trois autres sur sa gauche et un groupe de cinq individus derrière nous. Certes, ils ne sont peut-être pas aussi nombreux que les femmes, néanmoins, ils sont bien là, nos représentants masculins. En réponse, mon ancien boss et futur mari enlève sa veste et brandit son Army bomb avec fierté.

Ça, c'est l'homme que j'aime !

Intriguée par une soudaine agitation dans notre dos, je me retourne pour comprendre de quoi il s'agit. Des filles se bidonnent en détaillant Seth. L'une d'elles lève un pouce et articule le mot « génial ». Une autre pointe son haut et applaudit. Je me penche en arrière pour lire l'inscription écrite dessus et me contorsionne sous l'hilarité.

Seth porte un tee-shirt où est noté en gros caractères « Yoongi, *marry me* ? »[2] – Yoongi aka Suga, l'un des membres de BTS ! Je m'esclaffe de plus belle en constatant que la même inscription figure aussi sur le devant. Bah mince, alors ! Je m'attendais à une déclaration, mais pas à celle-là !

Mon adorable M. Bite est encore plus imprévisible que moi. À son tour piqué par l'effervescence autour de lui, son regard glisse sur son buste. Il sourit, relève la tête pour m'observer avec tendresse, quand brusquement son expression se transforme en moue épouvantée. Empreint d'une certaine nervosité, il saisit son tee-shirt et le tord entre ses mains pour tenter de distinguer sa légende.

Il ouvre la bouche, sûrement pour m'expliquer quelque chose. Cependant, en raison du bruit assourdissant, seules des bribes me parviennent :

– C'est… Pas… Ava… Greg… Connard… Tu… Connard… Rha.

Je ne suis pas très douée en charade, toutefois, j'en déduis que Greg lui a joué un mauvais tour.

Je me dresse sur la pointe des pieds et dépose un bisou sur sa joue en m'écriant :

– J'adore ton tee-shirt ! Je veux le même !

Je ne sais pas s'il m'a entendue, néanmoins, mon baiser le ragaillardit. Il passe son bras autour de mon épaule avant de m'embrasser la tempe.

À cet instant, j'en conclus que le bonheur – mon bonheur – tient en deux mots : Seth Manning.

Les deux heures qui suivent ne sont que pure allégresse. Autant l'un que l'autre, nous nous éclatons. Durant le *medley*, ainsi que pendant « MIC Drop » et « Anpanman », Seth nous

2. « Yoongi, *marry me* ? » est une sorte de *private joke* entre les Army et l'artiste.

régale de sa plus belle chorégraphie. Muni d'une Army bomb dans chaque main, il s'excite à coups de moulinets de bras et de jeux de jambes bizarres. C'est comme s'il était relié à des fils invisibles qui agitaient ses membres de façon grotesque. Je ne serais pas étonnée de voir sa performance publiée sur les réseaux sociaux – non seulement il est acclamé par le public qui nous entoure, mais plusieurs personnes le filment également. Quant à moi, je me tape mes meilleurs yaourts sur « Epiphany » et « The Truth Untold ».

Le concert terminé, nous sommes aphones, lessivés, courbaturés, mais prêts à recommencer sur-le-champ, tant c'était génial. Un moment exceptionnel, indescriptible, qui restera à jamais gravé dans nos mémoires.

C'était si grisant que, sur le chemin du retour, nous sommes encore tous les deux déconnectés de la réalité. J'ai du mal à remettre les pieds sur terre et Seth semble être dans le même état d'esprit.

– Je comprends pourquoi tu les aimes tant, finit-il par prononcer après quelques minutes de silence. Au-delà de leur musique, ils délivrent un vrai message. Le discours du leader – Namjoon, c'est ça ? – (j'opine) sur l'importance de s'aimer soi-même m'a beaucoup touché. Je me suis reconnu en lui.

Ma main se resserre sur la sienne. J'étais sûre que ces mots avaient fait écho en Seth. *Love Yourself* [3], c'est exactement ce pour quoi il a combattu ces derniers mois.

Je lâche un grognement satisfait.

– Ils sont formidables, oui.

Néanmoins, au fil des kilomètres me ramenant vers mon appartement, je constate avec une légère amertume que mon doigt est désespérément vide. Mon instinct ne s'était pourtant trompé qu'à moitié : il a bien fait une déclaration, sauf que ce n'était pas celle que j'avais envisagée.

Je soupire – mélange de bien-être, d'euphorie et de fatigue.

3. C'est le nom de la tournée (et de l'album) de BTS en 2018-2019.

– Alors comme ça, Yoongi et toi…

Il secoue la tête, affligé. Toutefois, ses yeux rieurs démentent sa pantomime.

– C'était pas vraiment ce que j'avais prévu… Greg va me le payer cher ! Mais c'est pas grave, c'est mieux ainsi en y repensant.

Ses paroles sibyllines titillent ma curiosité.

Alors que je m'apprête à le questionner davantage, il poursuit :

– Ça te dit qu'on aille marcher un peu avant de rentrer ?

Je suis crevée, j'ai mal aux pieds, mes oreilles bourdonnent et j'ai l'impression d'avoir mis ma tête dans une essoreuse. De plus, il fait froid et pour couronner le tout, il pleut. Cependant, je n'hésite pas une seconde.

Je retiens un couinement joyeux.

– J'aimerais beaucoup.

***

C'est étrange, je réside à Brooklyn depuis plusieurs années maintenant, pourtant je ne m'étais jamais promenée sur son pont. Malgré le temps pluvieux, la *skyline* de Manhattan et ses buildings illuminés sont incroyables. On distingue aisément le quartier de Financial District avec ses immenses gratte-ciel. La statue de la Liberté est quelque part sur notre gauche. Néanmoins, elle est impossible à discerner. Tant pis. La vue est déjà stupéfiante. Je penche la tête pour observer le flux incessant des voitures sur l'étage en contrebas. C'est impressionnant.

Lorsque quelques gouttes mouillent mon épaule, Seth, tenant le parapluie, raffermit son étreinte de sa main libre. Ça a vraiment du bon la pluie ! J'ai le sentiment de vivre un rêve éveillé. Nous deux, collés l'un à l'autre, la vue magnifique, le pont déserté en raison de la météo capricieuse et de l'heure avancée, c'est digne d'une scène de film romantique. Et j'en suis l'héroïne !

À mi-parcours, nous nous arrêtons pour admirer le

spectacle qui se dresse tout autour de nous.

– Lenny nous attend de l'autre côté, m'informe alors Seth. Comme ça, ça nous épargne le trajet du retour. Trente minutes de marche, vu notre état, c'est plus que suffisant, je crois.

Je ferme les yeux et pousse un gémissement comblé.

– Tu es fatiguée ?

J'opine du menton.

– Mais heureuse.

– Tes mains sont gelées… s'agite-t-il, la mine contrariée, en me voyant les frotter l'une contre l'autre.

Il s'en saisit de sa main qui ne tient pas le parapluie, les enveloppe de ses grands doigts, puis les porte à sa bouche afin de les réchauffer par son souffle.

– Puisque tu n'as pas de gants, je me dois de les protéger ! clame-t-il ensuite en plaçant ces dernières dans ses poches, de part et d'autre de sa veste. Ce qui m'oblige, pour mon plus grand plaisir, à me rapprocher de lui jusqu'à m'appuyer contre son corps dur.

Je me blottis contre lui, sa bouche tentatrice n'est plus qu'à quelques centimètres de la mienne. Un léger mouvement, et nos lèvres ne feront plus qu'un.

Il s'amuse un instant avec mes doigts toujours à l'abri dans sa poche, mais je n'y prête pas attention. Je suis ensorcelée par sa beauté. Il émane de lui une virilité naturelle et imposante qui couperait le souffle à quiconque lui fait face, contrebalancée par une timidité et une humilité désarmantes. Ses iris expriment un amour sans faille, un désir brut, ainsi qu'une peur sous-jacente. Je peux même apercevoir les battements affolés de son pouls se dessiner sous la peau de son cou.

Il ferme les paupières, comme pour se donner du courage et, lorsqu'il les rouvre, je découvre dans ses prunelles insondables une gravité qui me fait frémir.

– Je ne sais pas par où commencer. (Il lâche un petit rire nerveux.) Ça paraît tellement facile quand les autres le font.

À mon tour, mon rythme cardiaque frôle la tachycardie.

– Je t'aime, Ava. J'espère que tu n'en as jamais douté, parce que je n'aurais jamais assez d'une vie pour te le démontrer.

Il sort ma main de sa poche et j'observe, ahurie, mon annulaire habillé de la bague. Je pousse un cri stupéfait et ravi. Elle est toujours aussi moche, pourtant à cet instant, je la trouve resplendissante, d'une magnificence sans pareille, car elle est le symbole de notre amour.

Il reprend d'une voix chancelante, éraillée par l'émotion :

– Lorsqu'on se marie, il y a un adage, « pour le meilleur et pour le pire ». Nous avons vécu le pire, j'aimerais à présent t'offrir le meilleur, si tu le veux bien. Ava Summer, ma petite fée aux paillettes, accepterais-tu de faire de moi le plus heureux des hommes ?

Mon « oui » vibrant s'envole dans les airs. Il se réverbère dans l'enchevêtrement des câbles au-dessus de nos têtes et zèbre la nuit d'un éclair de félicité.

Incapable de résister plus longtemps, Seth fond sur ma bouche. Dans sa précipitation, le parapluie lui échappe et tombe à nos pieds. La pluie devient notre refuge, comme lors de notre premier baiser. De ses paumes, mon fiancé encercle mon visage avec une infinie tendresse, tel son bien le plus précieux. Retrouver le velouté de ses lèvres est indescriptible. Le contact enivrant de sa langue contre la mienne éveille mes sens, stimule mes terminaisons nerveuses jusqu'à enfiévrer la moindre parcelle de mon corps.

Ce baiser est un baiser au goût d'éternité.

Mon cœur se disloque. Ses fragments s'éparpillent dans le ciel new-yorkais, qui nous berce d'une douce quiétude. Est-ce donc ainsi que naissent les étoiles ? Par les éclats lumineux des cœurs amoureux ?

ÉPILOGUE

Seth

Le sourire aux lèvres, je traverse le couloir d'un pas guilleret pour rejoindre ma fée. Néanmoins, un bruit suspect sur ma gauche attire mon attention et stoppe mon élan. Mes sourcils se plissent sous l'étonnement. Cette pièce n'est pas censée être occupée aujourd'hui. Il s'agit d'une chambre d'amis, toujours en réaménagement, donc aucun invité ne devrait s'y trouver.

Un juron lancé d'une voix bourrue traverse la cloison. Sans même l'apercevoir, je reconnais son auteur. Je glisse un œil dans l'interstice de la porte, tandis que les bramements s'accentuent.

– C'est une blague. Ça ne peut qu'être une putain de blague ! Qui est le couillon qui me joue un mauvais tour ?

Celui que je considère comme mon frère, plutôt chiant sur les bords, trifouille ses poches avec frénésie.

– Elles ne sont pas là. Elles ne sont toujours pas là !

Il a l'air totalement paniqué et des perles de sueur ruissellent sur son front.

– Je vais mourir. Elle va me trucider à la petite cuillère, m'éviscérer à coups de tournevis et faire de la chair à saucisse avec mes boyaux.

Je glousse. Je ne sais pas quelle gaffe il a commise cette fois-ci, mais elle doit être énorme pour qu'il soit dans cet état. Je l'apostrophe :

– Qu'est-ce qui t'arrive ? C'est le mariage qui te rend si nerveux ?

Greg sursaute, comme si je venais de le surprendre en

flagrant délit. De quoi ? Je n'en ai aucune idée. Une lueur sauvage fait briller son regard fou, tandis qu'il se rue sur moi.

– Mon sauveur ! Tu sais combien tu comptes pour moi, hein ? bafouille-t-il d'un timbre qui ne me dit rien qui vaille.

– Hum… tu veux quoi ?

Je ne cache pas ma méfiance.

– Pitié, protège-moi. Elle va me massacrer !

Comprenant aussitôt de qui il parle, je gronde, prêt à user de mes poings.

– Tu as fait quoi ?

Il recule prudemment.

– Rien. J'ai rien fait. Mais, entre tout à l'heure et maintenant… les bagues ont disparu de ma poche.

Mes yeux s'arrondissent sous le choc.

Oh, putain ! L'andouille !

– Quoi ?! T'as paumé les alliances ?

– Tout de suite les grands mots ! Je ne les ai pas perdues, je les ai, possiblement, égarées quelque part.

– Mais pourquoi tu ne me les as pas données ? Trois fois que je te les réclame depuis…

– On n'a pas le temps de bavasser, me coupe-t-il. Aide-moi à les retrouver, s'te plaît ! C'est un vrai labyrinthe ici, je ne m'en sortirai jamais tout seul.

Je le comprends. Si ma villa à New Haven était déjà immense, celle de notre maison de vacances dans les Hamptons est digne d'un château. Pendant plusieurs semaines, Ava ronchonnait qu'un GPS était nécessaire pour situer les toilettes.

Peu de temps après nos fiançailles, nous nous sommes installés dans un sublime appartement de l'Upper East Side, avec une vue plongeante sur notre « jardin privatif », à savoir Central Park. Cette décision s'est imposée naturellement. D'abord, pour une question de praticité (puisque Ava est souvent amenée à se rendre à Brooklyn pour gérer sa boutique), mais également pour des raisons plus personnelles. À nouveau départ, nouveau lieu de résidence. Il m'était impossible de contraindre ma future épouse à réaménager dans une demeure où les souvenirs du passé nous auraient tourmentés. Nous avons donc vendu l'héritage familial, embarqué Helen, Antonio, Rosa et Lenny avec nous, pour devenir de vrais petits citoyens new-yorkais. Néanmoins, pour pallier l'agitation perpétuelle de la ville qui parfois m'oppresse, nous avons acheté cette résidence secondaire dans les Hamptons. Une somptueuse villa, les pieds dans l'eau, qui sert aujourd'hui de lieu de réception au mariage. Somptueuse, mais démesurément grande !

Je souffle, conscient de la situation fâcheuse dans laquelle nous sommes.

– OK. Ne paniquons pas et procédons par étapes ! Il vaut mieux garder la plage pour la fin, parce que, là, vraiment, ce sera… (Je frissonne d'épouvante rien que d'y penser.) Ouais, non, commençons par le jardin ! Je m'occupe de la partie avant et toi de la partie arrière.

Je zieute mon téléphone.

– On se donne rendez-vous ici dans quinze minutes. Go !

Il joint ses mains dans une prière.

– Merci !

Puis, avant que je ne quitte la pièce, il m'interpelle à nouveau :

– Et si tu croises qui tu sais, je t'en supplie, ne lui dis rien, d'accord ?

***

Les quinze minutes écoulées, je reviens bredouille. Greg, quant à lui, arbore une mine déconfite qui fait peur à voir.

– À ta tête, je présume que tu ne les as pas retrouvées ? Moi non, plus. J'ai fait chou blanc.

Les yeux rivés dans le vague, il ne répond pas, ne réagit pas.

Tout ce stress a dû le secouer plus que je l'imaginais. Lui habituellement si imperturbable est sur le point de s'effondrer.

– Pourquoi tu es tout pâle comme ça ? Ne te mets pas dans des états pareils, enfin ! On va les récupérer ces satanées bagues.

– Est-ce que j'irai mieux si je vomis ? Je devrais vomir.

– Vomir ? Pourquoi voudrais-tu vomir ? Déstresse, c'est pas grave. On va lui expliquer, elle comprendra.

Je tente de le rassurer, sans succès.

– Tu vas pas te rendre malade pour si peu quand même ? Il y a pire dans la vie. C'est pas comme si t'avais croisé un fantôme ou je ne sais quoi, lui dis-je pour dédramatiser.

– Un fantôme… reprend-il, troublé. Les fantômes, ils font des… des choses, des fois, tout nus ? Parce que si c'est oui, je viens d'en apercevoir deux qui…

La perplexité froisse mes traits.

– Tu as vu qui-quoi tout nu, exactement ? Des personnes qui s'envoyaient en l'air ?

Il confirme d'un hochement vigoureux.

– C'étaient des fantômes ! Ils ressemblaient à… Mais c'étaient des fantômes.

Il s'ébroue, ses pupilles encore hantées par sa vision.

– Maintenant je comprends ton désarroi ce jour-là, frémit-il en me dardant une œillade compatissante. Le karma nous rattrape toujours, je n'aurais pas dû me moquer.

Son insinuation se réfère-t-elle à ce que je pense ? Aurait-il surpris ce qu'il n'aurait pas dû surprendre et qui le poursuivra des mois durant ?

– Pourquoi fallait-il qu'ils me fassent ça, à moi, aujourd'hui ? continue-t-il en se frottant les paupières. Et pourquoi j'ai eu la curiosité d'aller jeter un œil dans ce maudit cabanon isolé alors que je n'y avais jamais foutu les pieds auparavant, tu peux me le dire ?

N'en pouvant plus, je m'écroule de rire, le corps plié en deux.

Le karma, c'est jouissif !

– Tu entends des bruits suspects, c'est pas ton problème ! Normalement, tu te barres, mon couillon ! se morigène-t-il. Ça m'apprendra à vouloir me comporter en bon samaritain…

Et après, on ose critiquer les jeunes en les accusant de ne penser qu'au sexe ? Les vieux sont pires ! Helen cache bien son jeu, c'est une sacrée coquine !

Il pouffe, mais ne peut réprimer un nouveau frisson. Un courant glacial couvre malgré moi mon épiderme, même si j'ai cadenassé ce souvenir. Il y a des traumatismes qui restent…

Après je ne peux pas leur en vouloir. C'est un peu le rêve de tout un chacun de finir ses vieux jours en compagnie de la personne qu'on aime. Helen a cette chance et j'en suis ravi pour elle. Depuis qu'elle s'est mariée avec Antonio, l'année dernière, ces deux-là sont en lune de miel perpétuelle. Je me souhaite la même chose avec Ava. Vivre chaque jour à ses côtés est un privilège unique qui…

Greg tape dans ses mains, à quelques millimètres à peine de mon visage, mettant brutalement fin à mes songes.

– Oh ! On redescend sur terre. Bon ! (Il frappe à nouveau ses paumes.) Je m'occupe des chambres d'amis et toi du séjour et de la salle de réception.

– Dans tes rêves ! Ce n'est pas du tout équitable.

Même si la cérémonie ne débute pas avant une heure, le rez-de-chaussée grouille déjà de monde. Hors de question que je m'y colle. Après tout, c'est lui qui a paumé les alliances.

Il tend son poing pour un chifoumi.

– En trois rounds. Prêt ?

J'acquiesce.

Deux secondes plus tard, je pivote d'un pas boudeur en direction de la salle de réception.

– N'oublie pas : le premier qui retrouve les bagues bipe l'autre, sinon rendez-vous ici dans quinze minutes ! me rappelle-t-il.

Encore irrité d'avoir perdu, je lui dresse mon majeur en signe d'accord.

Je dois me la jouer cool et détendu. Je plaque sur mon visage un air innocent et me faufile, tout sourire, parmi les invités et les pique-assiettes. Heureusement, j'ai déjà salué la plupart, ce qui m'épargne des arrêts intempestifs.

Merde, la mère de Greg !

C'est LA personne que je dois éviter à tout prix. Si elle me chope, c'est foutu. J'en aurais pour des heures. Je suis sûr qu'elle a un milliard de potins à me raconter. Les coucheries, les problèmes d'argent, relationnels ou intimes, rien ne lui échappe, elle connaît absolument tout de la vie de ses proches et moins proches. D'ailleurs, je ne serais pas étonné qu'elle soit déjà informée de la bévue de son fils.

Je bifurque en vitesse vers la droite et me trouve nez à nez avec ma belle-famille.

Impossible d'esquiver. Puis, en réalité, je n'en ai pas envie. J'aime le tableau resplendissant qui s'affiche sous mes yeux. Malgré les cris perçants des enfants, cela transpire de joie de vivre. Harry et Ron, les jumeaux de Benjamin et Alice, crapahutent dans tous les sens avec une énergie débordante. Ils sont infatigables. Parfois, je plains les parents, puis je me souviens que ma condition de papa au foyer n'est pas non plus de tout repos. Élever trois enfants, bientôt quatre puisque Ava est de nouveau enceinte, est souvent épique. Toutefois, je ne regretterai jamais ma décision. Être père au foyer est la plus belle expérience de ma vie. Mouvementée, voire quelques fois chaotique, avec son lot de petits drames, mais surtout d'immenses bonheurs.

Un sourire irrépressible étire mes lèvres lorsque j'aperçois dans les bras de son grand-père l'une de mes plus grandes fiertés. Hope. Une source de joie intarissable. Du haut de ses 9 mois, elle fait chavirer tous les cœurs avec sa bouille à croquer, et ce, malgré sa puissance vocale impressionnante. Un trait de sa mère, à n'en pas douter.

Par réflexe, je tends mes mains pour la prendre dans mes bras, cependant, l'image d'un Greg désespéré avorte mon geste. Je ne dois pas me laisser distraire, j'ai une mission à mener pour préserver les testicules de mon frangin. Il est jeune, il peut encore en avoir besoin. Sur cette résolution, et après avoir échangé quelques mots avec ma belle-famille, je m'éclipse en quête de la virilité de mon meilleur pote.

Une main me tire vers l'arrière et m'entraîne en direction de l'étage.

– Ava, je n'ai pas trop le temps, là.

– On a toujours le temps pour une pipe, me contredit-elle avec malice tandis qu'elle me pousse vers notre chambre.

Une fellation ? Maintenant ?

Ce n'est pas du tout raisonnable. Greg compte sur moi.

– Si tu me prends par les sentiments…

Oui, je suis faible. Cependant, il y a des impondérables dans la vie qu'on ne peut éviter.

Et, pour ma défense, nos moments d'intimité sont parfois compliqués ; entre les enfants et le début de grossesse difficile de ma fée, nous avons essuyé une phase creuse qui vient tout juste de reprendre. Depuis lors, nous profitons de chaque occasion pour nous retrouver. Que ce soit pour cinq minutes ou une heure, on accepte sans rechigner ! Ces petits instants volés sont notre bulle d'oxygène, indispensables à la pérennité de notre couple, et nous les chérissons tel le cadeau inestimable qu'ils sont.

Alors que la porte se referme derrière nous, un dernier élan de lucidité m'oblige à plaider en faveur de mon ami. Il a besoin de moi.

– Greg m'attend.

– Greg attendra, réplique-t-elle aussitôt en dézippant la braguette de mon pantalon et en extirpant mon sexe déjà bandé de mon caleçon.

Parfois, il faut savoir se résigner et avouer sa défaite. Désolé, mon pote, j'aurai tout essayé. Ma femme est diabolique.

Un râle s'échappe de mes lèvres entrouvertes quand la langue de ma fée parcourt mon sexe.

Putain, que c'est bon !

En quelques secondes, j'oublie où nous sommes, les invités au rez-de-chaussée, le mariage, les bagues perdues. Plus rien n'a d'importance, sauf Ava qui, avec sa divine bouche, m'octroie la plus délicieuse des attentions.

Ses grands yeux expressifs se lèvent sur mon visage, et j'y

perçois tout l'amour qu'elle me porte ainsi que le désir qui pare ses prunelles d'un éclat sauvage. Cette image, combinée aux caresses qu'elle me prodigue, me conduit aux portes de l'orgasme. Lorsque le plaisir atteint son paroxysme, je me retire rapidement et, le poing serré sur ma verge tendue, je jouis dans un long gémissement.

Une fois nettoyé, je traîne, peu enclin à quitter ma femme. Insatiable, j'aimerais que ce moment dure, encore et encore.

– Tu n'as pas dit que Greg t'attendait ? souffle ma fée contre ma bouche alors que je m'apprête à fondre sur elle à nouveau, avide de ses baisers.

– T'as pas dit qu'il pouvait attendre ?

Elle rit.

– Si. Mais ça fait déjà vingt minutes qu'on est là-haut.

– Quoi ? La cérémonie commence dans combien de temps ?

– Trente minutes.

Merde ! Je suis en retard.

J'embrasse ses lèvres sucrées.

– Faut que je me dépêche, on a des… détails à régler.

– Je dois rejoindre Chad de toute façon, on a un souci de robe.

Elle passe ses doigts dans ses cheveux pour discipliner ses mèches rebelles, échappées de son chignon sophistiqué, avant de pousser un cri aigu.

Sa bague, son affreuse bague de fiançailles, vient encore de s'accrocher dans ses cheveux. J'ai hurlé de rire lorsqu'elle m'a expliqué la raison de son choix délirant ; il n'y a que ma petite fée pour avoir des idées aussi tordues. Néanmoins, ce à quoi je ne m'attendais pas, c'est que même une fois le malentendu dissipé, elle refuse catégoriquement de la retirer. Elle reste ferme sur sa décision malgré mes recommandations appuyées et l'insistance de son entourage. Selon elle, sa laideur cache une beauté intérieure que personne ne peut comprendre. Déjà qu'à la bijouterie je la trouvais d'une mocheté sans pareille, mais depuis l'intervention de Greg, c'est pire. Dès que son regard s'est posé dessus, il s'est écrié avec un mélange d'horreur et de fascination que c'était « méga original de porter le moulage de mes couilles sur une bague ». Depuis, tout ce que je vois, ce sont des testicules velus – *MERCI, GREG !* – bien que d'après le descriptif du créateur, ce seraient des cactus (déguisés en couilles, donc…).

– Ma fée…

– Non, je ne l'enlèverai pas ! anticipe-t-elle avant que je puisse formuler ma requête.

Elle parvient à libérer son doigt d'un geste sec qui lui arrache un jappement.

– C'est ma bague et je l'aime d'amour.

– Mai…

– Ava, Seth, vous êtes là ? questionne Cherryl derrière le battant, interrompant notre échange. J'espère que vous êtes présentables, parce que je rentre !

Sa mise en garde émise, elle pénètre dans la pièce.

– Qu'est-ce que vous foutez ? nous lance-t-elle aussitôt en nous dardant une œillade suspicieuse. (Ses billes accusatrices se plantent sur moi.) Greg te cherche partout !

Gêné, je bafouille en sentant mes joues chauffer :

– Je… j'arrive.

Après un dernier baiser à ma fée, je rejoins Greg qui m'attend à notre point de rendez-vous. En chemin, Cherryl m'explique qu'elle est également dans la confidence et qu'elle va nous aider dans notre recherche. Cette situation semble particulièrement l'amuser. Si j'étais mauvaise langue, je jurerais que ça l'éclate.

– J'ai du flair pour ce genre de choses. Avec moi, Greg est sauvé ! Dans cinq minutes chrono, je vous les aurai trouvées. D'ailleurs, mon instinct me souffle qu'elles sont par ici, affirme-t-elle avec assurance en s'éloignant en direction des cuisines.

Je ne peux m'empêcher de rire devant son air crâneur. J'aime bien cette fille. Célibataire, elle mène sa vie comme ça lui chante sans se préoccuper des qu'en-dira-t-on. Elle ne souhaite ni se marier, ni avoir des enfants et se moque royalement des « normes » sociales édictées par des arriérés. Je ne peux que lui donner raison.

Avec dix bonnes minutes de retard, je reviens vers mon frangin, en arborant une mine penaude. Toutefois, ce dernier, en pleine conversation avec Gabriel, ne me calcule pas.

– Parle moins fort, c'est un secret ! chuchote Greg en mettant un doigt devant sa bouche pour intimer mon fils au silence.

Bien évidemment, cela n'a aucun impact sur son enthousiasme grandissant. Gaby exulte littéralement.

– Waaaooouh ! Tu cherches un trésor, c'est ça ?

– D'une certaine façon, oui.

– Moi aussi, moi aussi, moi aussi, moi aussi, moi aussi, moi…

– Punaise ! Elle te dope à quoi ta mère pour être si énergique ?

Je pouffe devant l'air désemparé de Greg et l'enfièvrement de mon fils.

– S'te plaît, s'te plaît, s'te plaît, s'te plaît, s'te plaît, s'te plaît, s'te plaît… continue celui-ci, exalté à l'idée d'une chasse au trésor.

– Aide-moi, toi, au lieu de te marrer ! grogne Greg en m'apercevant. Je regrette l'époque où il ne baragouinait que deux mots. Dire qu'à ce moment-là, vous vous inquiétiez qu'il puisse avoir un retard de langage. Il se réservait seulement pour nous casser les cou… pieds plus tard.

Au même instant, Cherryl revient à son tour, accompagnée de Lana.

– Je ne les ai pas encore retrouvées, mais j'ai mis Lana au parfum. À quatre, on ira plus vite !

Je ne suis pas certain que ce soit une bonne idée. J'ai longtemps cru que Lana était la moins folle de leur quatuor. La plus posée, la plus pragmatique. Toutefois, j'ai révisé mon jugement durant nos fiançailles. Greg et moi avons un pote en commun que nous n'avions pas revu depuis plusieurs années, cet événement était l'occasion idéale pour se réunir. Daryl n'a jamais bien supporté l'alcool et, pour fêter nos retrouvailles, nous voulions vérifier si cela avait changé. La réponse est non. Tandis qu'il dégobillait tripes et boyaux dans les buissons, Lana a débarqué. Au lieu d'être dégoûtée, elle s'est penchée vers lui pour lui demander s'il « évacuait un trop-plein de sagesse ». Daryl a bredouillé je ne sais quoi, avant de vomir de plus belle. Et là, Lana s'est écriée d'une voix surexcitée : « Oh, c'est trop mon âme sœur ! » J'ai donc supputé qu'elle était aussi frappadingue que ses amies et ma fée. Le comble : Daryl et elle sont ensemble depuis ce jour…

Greg soupire, fataliste.

– Gab va nous aider, également… Mais tu n'oublies pas : c'est un secret, OK ?

– Papa, t'as entendu ça ? Je fais partie de l'équipe d'expédition ! sourit-il, tout content. On va à une chasse au trésor ! On va à une chasse au trésor ! On va à une chasse au tréso…

Sa joie est contagieuse et je souris en retour. Néanmoins, je le tempère :

– Le mot d'ordre est : discrétion. Dis-cré-tion. OK ?

En réponse, il hoche la tête, ravi de partir en expédition.

– As-tu été sur la plage dernièrement ? s'enquiert Lana en se recentrant sur notre priorité.

– Malheureusement, oui. On s'y est baladés un peu plus tôt, rumine mon pote en me lançant un regard dépité. Si j'ai paumé les bijoux dans le sable, c'est foutu…

– Tonton Greg, on cherche quoi comme trésor déjà ? l'interroge mon fils.

– Des bagues.

– Oh ! Waaaaooouh ! Comme celles que Gibbs a mangées qu…

Une expression d'effroi fige les traits de Greg qui s'époumone :

– QUOI ? Où est cet enfoi…

Je lui frappe l'épaule afin qu'il modère son langage. Il gémit exagérément, puis reprend :

– Laissons tomber la plage, allons trouver Gibbs ! Où est-il ?

– Il est quelque part avec Margot ! s'exclame Gaby.

Il nous dévisage tour à tour, sans saisir la gravité de la situation.

– Pourquoi ? On va jouer avec le chien ?

Son oncle renâcle.

– Non, on va tuer le ch…

Plus rapide que moi, c'est Cherryl qui, cette fois, tape sur son bras pour le faire taire.

– S'il a avalé les bagues, il faut attendre qu'il les défèque, conclut Lana. À moins que ce ne soit déjà le cas ? C'est Antonio qui se charge de ramasser les excréments ?

– Vu comment il était *affairé* tout à l'heure, ça m'étonnerait qu'il ait nettoyé quoi que ce soit, siffle Greg, railleur.

J'interviens :

– C'est Peter, son apprenti, qui s'en occupe.

– Eh ! Suivez-moi, je sais où est Gibbs ! proclame mon fils en prenant la tête de notre groupe de fortune.

– Ce n'est pas ce que j'avais imaginé en ce jour de mariage… grogne Greg, et je ne peux qu'acquiescer d'un air compatissant tout en emboîtant le pas à notre chef improvisé.

Après nous avoir baladés dans tout le jardin, je m'impatiente :

– Bon, tu sais où il est ou pas ? La cérémonie ne va pas tarder, c'est pas un jeu, Gab !

– Mais on s'amuse, non ? sourit-il avec innocence.

– On s'éclate ! rétorque Greg, pince-sans-rire.

Trop petit pour comprendre son sarcasme, la bouche de Gaby s'étire maintenant jusqu'aux oreilles. En retour, son oncle secoue la tête, un rictus irrépressible aux lèvres.

D'un coup, Gab sautille, survolté.

– Là, lààààà ! On a trouvé le trésor ! s'extasie-t-il, tout heureux, en pointant son index vers Gibbs, qui remue joyeusement la queue en nous apercevant.

Il s'adresse ensuite à sa sœur qui nous dévisage avec étonnement.

– On est en train de faire une chasse au trésor, mais c'est un secret ! Chut !

– Et moi alors ? soupire ma grenouille, déconfite. Je peux pas jouer ?

Je me baisse pour embrasser sa tempe et pose ma main sur son épaule, tandis que Greg maugrée :

– Est-ce que ton chien a fait caca récemment ?

Le regard que lui renvoie Margot – la tête penchée sur le côté, le menton fier et ses magnifiques billes chocolat levées dans sa direction dans une expression désabusée – est plus éloquent qu'un long discours. À cet instant, la ressemblance avec Jessie est frappante. Cela me rappelle les fois où, au lycée, elle sermonnait son frère pour ses idioties. Je glousse à ce souvenir en scrutant le ciel. Où qu'elle soit, je sais qu'elle veille sur nous. Elle doit être apaisée et heureuse de voir ses enfants épanouis et choyés par des parents qui les aiment plus que tout. Ava est dorénavant une mère à part entière pour eux, et ce constat me met en joie, moi aussi.

– Je ne suis pas comme mon frère, je ne suis pas passionnée par les crottes ! proteste ma fille, indignée.

Il est vrai que depuis quelque temps, Gaby a une fascination étrange pour les déjections de toutes sortes.

Comme pour conforter ses propos, ce dernier s'exclame :

– On a qu'à le regarder faire caca ? C'est trop marrant ! s'enthousiasme-t-il. Mets-toi derrière lui, tonton Greg, c'est là qu'on voit le mieux !

La tête de son oncle est à mourir de rire.

– Je ne vais pas m'accroupir et attendre que Gibbs nous pose sa crotte en inspectant son trou de balle, enfin ! clame-t-il d'un air atterré.

Et pourtant... si.

Deux minutes plus tard, nous sommes tous agglutinés autour du chien, à l'encourager, à coups de « Bon chien, vas-y, fais-nous un beau caca ! » afin qu'il nous restitue les bijoux. C'est surréaliste !

Malgré tout, cela a comme un goût de déjà-vu. Gibbs n'en est pas à son premier essai. L'année dernière, il avait ingurgité une des montures d'Ava. Hélas, ce n'était pas sa bague de fiançailles.

– Vous faites quoi tous, ici ? râle ma fée qui débarque au même instant en chuchotant pour ne pas réveiller Hope, endormie dans ses bras. On vous cherche partout avec

Chad depuis tout à l'heure. Les invités s'impatientent, je vous signale !

Greg riposte d'un ton accusateur :

– Ton chien a mangé mes alliances ! Je fais comment moi, maintenant ?

– Quoi ? Comment ça ?

– Gibbs a boulotté les bagues, alors on attend qu'il les chie ! répète-t-il, exaspéré.

– Mais qu'est-ce que tu racontes comme ânerie ? Elles sont dans ma poche. Tu me les as données en début d'après-midi, quand tu as changé de veste, lui précise-t-elle.

Oh, putain ! Le con !

– Aaah ! (Il se frotte vivement le visage.) Quel con ! Mais quel con ! Le stress ne me réussit pas.

Je toussote pour dissimuler mon fou rire.

– Clairement ! Je ne comprends pas… Comment as-tu pu croire que c'était le chien qui les avait avalées ? reprend ma femme, interloquée.

Tous les yeux se braquent sur notre fils qui hausse les épaules.

– Quoi ?

– Tu ne vas pas oser nier, tout de même ? s'insurge son oncle, qui sent la moutarde lui monter au nez.

– Bah quoi ? Pourquoi vous me regardez ? s'exclame-t-il, confus. J'ai pas fait de bêtises, maman ! J'te promets. Croix de bois croix de fer, si j'mens j'vais en enfer. (Il pointe mon frangin du doigt.) C'est tonton Greg qui voulait voir le chien !

Le visage de ce dernier s'empourpre sous la colère.

– C'est toi qui nous as informés qu'il les avait bouffées ! On peut tous en témoigner.

Gab secoue la tête, buté.

– Bah non. J'ai juste dit que Gibbs avait mangé des bagues.

– Ce gosse va me rendre chèvre ! C'est exactement ce que je viens de dire ! Tu avoues, enfin ?

– Mais… c'était pas aujourd'hui ! réplique-t-il comme

s'il était face à un débile. C'était quand j'étais petit. Hein, maman, c'est vrai ?

– Oui, mon chéri, confirme Ava.

– Moi aussi, je m'en souviens ! se bidonne Margot. C'était cracra.

Oups, je crois qu'il y a eu confusion. N'en pouvant plus, je laisse échapper un gloussement, très vite accompagné par les autres, qui s'esclaffent à leur tour.

– Qu'est-ce qui se passe ? se renseigne la reine de cette journée, vêtue de sa magnifique robe blanche.

Chad nous détaille d'une œillade suspicieuse et aussitôt le regard de Greg s'allume d'une lueur concupiscente.

J'ai encore du mal à y croire.

Greg va se marier.

Avec Chad.

Aujourd'hui.

Qui aurait imaginé qu'une relation puisse naître entre ces deux-là ?

Eux-mêmes ont été les premiers surpris. Celle qui n'était au départ qu'un « coup de sexe », comme aime à le préciser Greg, a fini par migrer vers son cœur. Pendant plusieurs mois, ils se sont vus en cachette, il était son « Crétin » et elle sa « Tigresse ». Après l'inauguration de la boutique de ma fée, il s'est débrouillé pour avoir son numéro, son adresse… et il l'a attendue en bas de chez elle comme un bon petit *stalker* ! (Selon lui, il a eu un excellent professeur – je ne vois pas du tout ce qu'il insinue !) Toutefois, cela n'a pas été sans difficulté. Il m'a raconté qu'elle l'avait dans un premier temps envoyé paître. Ensuite, il lui a proposé un deal que seul Greg pouvait inventer : elle aurait accès à tous ses réseaux sociaux pour y écrire ce qu'elle veut pendant une semaine s'il ne lui procurait pas au moins deux orgasmes lors de leurs ébats. Chad a accepté par défi. Au mieux, elle avait deux orgasmes, au pire, elle avait sa vengeance.

De vrais cinglés. Ils se sont bien trouvés, finalement.

Et nous voici, quatre ans plus tard, sous un temps radieux, prêts à célébrer leur union.

Mon pote me donne un coup d'épaule et murmure pour que moi seul entende :

– Bordel, je dois être maso, mais j'adore son regard de castratrice. Ça m'excite !

Chad, qui l'observe avec gravité, soupire :

– Tes pupilles affichent encore un por… (elle avise Margot et Gab) un film pour adulte.

Il répond dans un sourire narquois :

– Je sais. Comment faire autrement quand je te vois, ma Tigresse ? Tu es magnifique ! Tu fais de l'ombre au soleil tellement t'es éblouissante.

C'est qu'il peut être poète à ses heures !

Nous acquiesçons d'un mouvement de tête unanime et Chad se pâme sous le compliment. Elle exécute un tour sur elle-même pour nous montrer sa superbe robe de mariée. J'aperçois ma fée qui essuie discrètement le coin de ses yeux tandis que Lana et Cherryl reniflent pour retenir leurs larmes.

– Ça me donne envie de la lui arracher avec les dents, chuchote Greg, troublé d'une tout autre manière.

D'un coup empressé, il s'agite :

– Allons vite nous marier ! On se dépêche !

Les enfants s'éloignent aussitôt en courant. J'enlace ma femme, Greg fait de même avec sa future épouse et, alors que nous nous dirigeons tous ensemble vers la maison où attendent les convives, je me réjouis pour mon ami :

– Et c'est ainsi que Chad et Greg se marièrent et eurent beaucoup d'enfants.

– C'est ta réplique, ça, *bro* ! La nôtre sera plutôt : et c'est ainsi que Chad et Greg se marièrent et baisèrent jusqu'à la fin des temps !

Nous éclatons de rire devant sa repartie. Après tout, chacun est libre d'écrire la fin de son conte de fées. Le principal, c'est d'être heureux. Et nous le sommes. Tous.

PLAYLISTS

Spéciale BTS :

Chansons citées dans le roman :

« Baepsae » (« Silver Spoon »)
« Born Singer »
« Save me »
« Danger »
« Dope »
« MIC Drop »
« Spring Day »
« So What »
« Boy in Luv »
« Anpanman »
« Fire »
« Epiphany »
« Attack on Bangtan »
« The Truth Untold »

Petit supplément :

« Mikrokosmos »
« Go Go »
« Spine Breaker »
« Pied Piper »
« Jamais Vu »
« ON »
« Tear »
« We are Bulletproof : the Eternal »

« Louder Than Bombs »
« Two ! Three ! »
« Young Forever »
« Telepathy »

Playlist :

« Only Then » (Roy Kim)
« BTBT » (B.I feat. DeVita)
« Sorry » (The Rose)
« Extraordinary You OST », part. 7 (Stray Kids)
« Loser Lover » (TXT)
« Paper Cuts » (EXO)
« Fireworks » (Ateez)
« Blow » (Jackson Wang)
« Angel Baby » (Troye Sivan)
« Falling » (Harry Styles), reprise de Jungkook
« Less and Less » (Matt Maltese)

REMERCIEMENTS

Les remerciements ont toujours été un moment particulier pour moi, car ils concluent l'accomplissement d'un travail. Pour ce roman, c'est d'autant plus vrai, parce que j'ai longtemps cru qu'il n'aurait jamais de fin. Il m'aura fallu plus de deux ans et demi pour apposer le dernier mot. Alors, le premier remerciement ira pour… moi. (Ouais, la crevarde, elle s'autocongratule.) Parce que je suis plutôt fière de moi, fière d'avoir réussi à surmonter mes doutes, fière de m'être sorti les doigts du c** pour enfin terminer ce manuscrit.

Après, je ne vous cache pas que sans la pugnacité d'un petit groupe d'individus *extrêmement tyranniques*, je ne serais sûrement pas en train d'écrire ces mots. Encore une fois – c'est une habitude –, Fatima Teixeira m'a accompagnée dès le début de l'écriture, rejointe par Adji Doum, Emmanuelle Bvs et Jessica Canovas Poali, trois chieuses qui n'ont rien à envier à la première. Ces quatre tortionnaires ont été diaboliques : chantage, menaces, coups de gueule, tentatives pour me soudoyer… Elles ne m'ont rien épargné ! Merci les grognasses, je sais que sans vous, j'aurais lâché l'affaire. Cœur sur vous !

Merci également à Kristen Rivers pour tes conseils et ton écoute. À Qhuay, parce que j'avais juste envie de te dire merci et que nos échanges sur BTS sont un régal. Merci à mes sept amours (si vous vous demandez encore qui c'est, relisez le livre) qui ont été ma source d'inspiration. Kim Namjoon, Kim SeokJin, Min Yoongi, Jung Hoseok, Park Jimin, Kim Taehyung et Jeon Jungkook : *borahae !* Merci également aux éditions Addictives, notamment à Juliette, mon éditrice. Merci pour votre confiance, c'est toujours un plaisir de travailler avec vous. Et enfin, si tu es parvenu(e) jusqu'ici, merci à toi, lecteur/lectrice !

Pour ne rien manquer
des éditions Addictives, suivez-nous
sur les réseaux sociaux.

Autrice : Mila Jensen

Edisource – Éditions Addictives
1 bis, avenue de la République – 75011 Paris
Imprimé par FINIDR – Lipova cp. 1965 – 73701 Cesky Tesin,
République tchèque
Dépôt légal : septembre 2024 – Achevé d'imprimer : août 2024
ISBN : 978-2-37126-716-9
Réf. contrat : ZPET_001